불의 제전 1

김 원 일
소 설
전 15 집

김원일 장편소설
불의 제전 1

이 장편소설은 1950년 1월부터 그해 10월까지의 기록으로,
분단과 전쟁의 격류에 휩쓸려 숨진 그 시대의 모든 영혼과
당대를 정면으로 관통한 아버지 김, 종, 표, (金鐘杓) 님께 바칩니다.

작가의 말

작품을 끝낸 뒤 일별로 손을 보아서 단행본으로 출간하게 되면 일단 작가의 손을 떠난다. 한참 날수가 지난 뒤에 어쩌다 그 책을 펼치면 그제야 글꼴이 제대로 보이는지 표현이 어색한 부분과 집필 때는 미처 몰랐던 느슨한 대목이 눈에 띈다. 그래서 개정판을 낼 기회가 오면 부족했던 부분을 손보아 다듬었다. 이번 '소설전집'을 펴내며 일곱 권짜리였던 『불의 제전』 역시 그런 첨삭을 거쳐 두 권 분량을 덜어냈고, 다섯 권으로 묶게 되었다. 그러나 이 소설을 구상하고 기고했을 때와 시대적 상황이 달라졌다고 해서 새 삽화를 첨가하거나 내용상 해석을 달리하여 개고하지는 않았다. 6·25 전쟁을 다룰 경우, 1950년 당시 남과 북이 당면했던 가파른 현실과 그 시대를 힘겹게 살고 간 보통사람들의 삶 자체에 정직해야 한다는 게 이 소설을 생각했던 청년기부터 지금까지 일관된 내 소신이기도 하다. 그런 뜻에서 13년 전에 출간했던 '문학과지성사'판 일곱 권짜리 완간본과, 27년 전 『문학사상』 연재분만으로 문학과지성사에서 우선 펴냈던 두 권짜리 『불의 제전』 '책

머리에'에서 썼던 두 서문을 이번 개정판 '작가의 말'로 대신해도 되겠다 싶어 다시 옮긴다.

그해 6·25 전쟁을 여덟 살 소년의 눈으로 서울 충무로 4가에서 맞았던 기억이 지금도 눈에 선한데, 어언 60년 세월이 흘렀다. 전쟁 난 지 60년을 맞아 『불의 제전』 새 판본을 출간하니 감회가 더 새롭다.

2010년 6월 서초동 서재에서

김원일

*

내가 소년기를 보냈던 시대와 그 시절 살았던 사람을 중심으로 『불의 제전』을 구상하여 초고에 착수하기가 나이 스물한 살, 초급대학을 졸업할 무렵이다. 내 문학의 출발점이었고 작가가 되기로 마음먹기도 그 이야기를 엮어보겠다는 소망에서 비롯되었다. 1980년 장편소설로 잡지에 연재를 시작하여, 나이 쉰 중반에 이른 이제야 완성을 보았으니, 본격 집필 기간만도 18년의 세월이 걸렸다. 『문학사상』(1980~1982)에 첫 연재를 시작해, 『학원』 (1984~1985), 『동서문학』(1988~1989)에 띄엄띄엄 이어나가다, 이제 때를 놓치면 더 써나갈 여력도 없겠다 싶어 『문학과사회』 (1993~1995)에서 힘들게 마무리를 지었다. 그동안 지면 준 분들이 없었다면 이 소설은 미완에 그칠 뻔했기에 먼저 그분들에게 감사한다. 매번 내 소설을 첫번째로 읽어주는 김병익 형, 문학과

지성사 편집부 여러분, 특히 책교로 오식을 꼼꼼하게 잡아준 백은숙 님, 이 소설이 『학원』에 연재될 동안 병고를 무릅쓰고 판화를 그려준 고 오윤 형, 그 외 6·25 전쟁 전후의 체험담을 들려준 많은 분들에게 이 자리를 빌려 감사드린다.

남북분단 이념 문제가 주조를 이루는 이 소설이 씌어질 동안, 세계 곳곳에서 현실 사회주의 국가들의 체제가 잇달아 와해되었다. 그러나 나는 가능한 1950년 그 현재 시제로 돌아가 그 시대를 객관화하려 노력했다. 1983년 문학과지성사에서 앞부분 두 권을 출판했을 당시의 머리글을 지금 읽어보니, 이 소설을 두고 그 머리글에서 특별히 보태거나 뺄 말을 찾지 못했다. 80년대 초에서 90년대 후반에 이를 동안은 국내외적으로 유례없는 격동의 변혁기를 거쳐왔음에도 이 소설의 집필 의도가 시작 때의 마음 그대로였기에 시대의 변화에 적절하게 대응하지 못하는 아집을 두고 괴로워했으나, 문학에 입문했던 시절의 첫 순정이 이토록 질기게 내 중심을 잡아 놓지 않는 데 놀라기도 했다.

14년 전 '문학과지성사' 판 머리글을 그대로 옮긴다.

1997년 4월

*

광복 후부터 6·25 전쟁 사이의 세월은 아물지 않은 상처를 보듯 눈만 주어도 민감하게 통증이 오는 시대이다. 나는 잃은 나라를 되찾은 기쁨을 기억하지 못하고, 6·25를 초등학교 삼학년에 겪었다. 그러므로 나의 세대가 그 시대를 정공법으로 다루자면 뜨거운 가슴이 아닌 추체험의 현장감도 문제지만, 자료의 부족과 편견의 삼십여 년 세월이 허리를 접고 있는 현실적 제약 또한 간과할 수 없다. 그럼에도 불구하고 아련한 기억의 그리움에 연연하며, 나는 그 시대를 쓰지 않고는 다른 어떤 소재도 내 몫이 아닌 듯 여겨졌다.

되짚어보면 이 소설을 기고하기가 20대 초반이고 졸작 「어둠의 혼」 외 두어 작품도 삼백여 매 써둔 초고에서 발췌하여 발표했으니, 내 문학의 그리 길지 않은 족적 속에서도 이 소재는 나의 고통스런 환부를 헤집으며, 또는 행복한 상상력으로 끊임없이 내 문학혼을 일깨워온 셈이다. 장편 『노을』을 끝내고 그 일인칭 소설의 여러 약점을 보완한 새 장편을 쓰기로 작심했을 때, '이 이야기를 엮다보면 내가 문학청년 시절의 바람이었던 한 작가로서의 몫도 대충 마무리짓게 되리라'는 예감이 들었다.

『불의 제전』은 6·25 전쟁이 시작된 1950년이 시대적 배경이다. 1950년은 우리 민족이 겪어야 했던 사상 그 유례를 찾을 수 없던 비극의 해로 세계 냉전 체제의 양극화 현상이 이 반도 땅에서 처음으로 첨예하게 맞섰고, 그러므로 인간의 삶의 양태를 가장 적나라하게 보여준 시대가 아닌가 싶다. 그러나 나는 본격 전쟁소설로서 6·25를 쓰겠다는 마음은 애당초 없었다.

사실 그 시대는 우리 민족만이 당한, 지금도 증오로 앙갚음하겠다는 분단의 연장선상만은 아니다. 과거에도, 지금 제3세계라고 일컫는 세계 여러 나라에서도 동질의 악순환은 되풀이되고 있다. 절대적 빈곤과 질병에 시달리며 생존 자체를 위협받고 있는 나라, 이데올로기나 계층 간의 편견으로부터 해방을 원하는 나라, 사대주의와 민족주의의 간극이 갈등을 빚는 나라, 자유와 민주 또는 평등의 실천적 외침이 통제되는 나라가 있는 한, 이런 소재가 역사의 한 장으로 물러날 수 없으며, 작가는 그런 모순의 현실을 외면해서는 안 된다고 믿는다.

'리얼리즘 소설 미학을 신뢰하며, 그 시대를 다양하게 파헤쳐 우리 민족의 삶을 총체적으로 표현한다'는 낡은 창작 노트의 낙서가 한갓 의욕만으로 끝나서는 안 된다는 마음으로 힘을 들였지만, 과연 물목을 갖추어 전자리를 벌였는지, 다만 능력의 한계가 부끄러울 뿐이다.

1983년 2월

일러두기
1. 이 소설전집의 맞춤법 및 외래어 표기는 현행 맞춤법통일안에 따랐다.
2. 수록된 모든 작품은 최종적인 개고와 수정을 거쳤다.
3. 권별 장편소설 배열과 중단편소설집 배열은 발표 순서에 따르는 것을 원칙으로 하였으나, 여러 권짜리 소설 『늘푸른 소나무』와 『불의 제전』은 장편소설 끝자리에 배치하였고, 연작소설은 별도로 묶었다.

김원일
소설
전 15 집

차 례

작가의 말　　7

1월_ 가진 자와 못 가진 자
　　　　5일　　17
　　　　8일　　30
　　　　14일　　41
　　　　15일　　70
　　　　20일　　92
　　　　25일　　126
　　　　31일　　137

2월_ 지키기, 깨부수기
　　　　7일　　179
　　　　9일　　225
　　　　14일　　265
　　　　17일　　288
　　　　25일　　335
　　　　28일　　360

『불의 제전』, 작가에게 듣는다 정호웅　　401
한국전쟁 연표　　423
등장 인물　　428
지도　　430

1권 1월 가진 자와 못 가진 자
　　　2월 지키기, 깨부수기
2권 3월 토지는 누구의 소유인가
　　　4월 떠나는 사람, 남는 사람
3권 5월 지하생활자들
　　　6월 인민공화국의 전쟁
4권 6월 인민공화국의 전쟁
　　　7월 해방구 서울, 살아남기
　　　8월 자유, 그 신기루를 찾아
5권 9월 죽은 자를 넘고 넘어
　　　10월 전쟁, 타오르는 불

1월
가진 자와 못 가진 자

1월 5일

 겨울보리를 갈지 않은 들녘이 재색으로 가라앉았다. 해가 지기에는 시간이 이른데, 하늘은 구름이 무거웠다. 며칠 전에 뿌린 싸락눈으로 잔설이 희끗한 논배미를 쓸며 서북풍이 몰아쳐왔다. 묵정논 방죽과 논배미에 남은 마른 들풀과 언 논바닥의 그루터기가 바람에 떨었다.
 한 떼의 까마귀가 낙동강 쪽에서 들녘을 질러왔다. 읍내로 날아오던 까마귀들은 읍내를 저만큼 두고 방죽에 날개 접고 앉았다. 까마귀들이 읍내 쪽을 보며, 까륵 까르륵 악다구니를 퍼부었다.
 읍내와 그 주위에 촘촘히 널린 마을은 저녁밥 짓는 연기가 세찬 바람을 타고 초가 이엉과 토담 주위로 궁싯거렸다. 군주 봉건제 시절부터 식민지 시대를 거쳐 해방된 지 다섯 해째를 맞는 지금까지 경남 남부 지방 진영읍(進永邑)은 소작농, 빈농, 고용농가 수가 열에 아홉이 넘었다. 그들은 지방 관리, 토호, 지주의 소작료 착취와 각종 공과금과 부역에 부대껴 가렴주구의 신세를 못 면하다보니 낮이 짧은 겨울 한 절기는 늦은 아침밥을 푸석한 잡곡으로 배를 채우고 점심은 건너뛴 채 이른 저녁밥은 풀떼죽으로 허기를 껐다. 해방이 되고도 사정은 변하지 않았고, 농가의 궁핍한 실정은 해가 갈수록 나빠졌다.

 진영지서 차석 강명길은 잡책을 옆구리에 끼고 지서 뒷문을 나섰다. 뒷문 앞은 삼랑진과 마산을 잇는 철로였고, 철길 건너가 오일장에만 장이 서는 쇠전이었다. 쇠전 주위로 주막 둘을 합쳐 초가 몇 채와 흙벽돌을 쌓아 지은 공민학교가 있을 뿐, 거기서부터 툭 트인 진영평야가 낙동강까지 가없이 펼쳐졌다. 들녘으로 나선 강명길은 지나리로 가는 달구지길이 아닌 지름길을 잡아 논배미 길로 접어들었다. 차가운 들바람에 방한복 외투 깃을 세우고 순경모를 당겨 내렸으나 걸음이 도두 떼어지지 않았다. 읍내에서 지나리까지는 이 킬로로, 오 리 길이었다. 점심까지 거르며 서유하 씨 마름 장세간을 취조하느라 지친데다 추위까지 들볶다보니 짜증이 났다. 자전거라도 있으면 편할 텐데 지서에 한 대뿐인 자전거는 노기태 순경이 아침에 타고 나갔다. 오늘 정오 설창리에서 있을 '국민보도연맹(國民保導聯盟) 설창리 분대' 발대식에 참석차 출장길에 나선 참이었다. 발대식에는 근동 사람들을 소집한 가운데 지서장과 우익단체 대표가 참석하고, 기념 웅변대회와 귀순자 보고대회가 있을 예정이었다.

 국민보도연맹이란 8·15 해방 후 좌익 성향 정당이나 단체에서 활동한 전력이 있는 자들이 대한민국 품에 귀순하여 애국애족을 다짐한다는 뜻으로 결성된 관변단체였다. 가입은 자수나 자발적인 의사라기보다 숫자를 불리려는 행정기관의 강권이 더 작용했다. 좌익 전력자의 명단을 작성해서 순경이 직접 나서기도 했지만 우익단체인 대한청년단, 자주통일청년단, 서북청년단 대원에게 동네마다 일정 수의 할당을 주어 강제 가입을 독려하기도 했다. 해방 초기에 좌익와 우익의 정치 노선을 제대로 알지 못한 채 해방이 됐다는 기분에 들떠 선동하는 자의 권유로 아무 단체나 가입해 경중댄 농민에게, 당신 전력에 문제가 있다며 윽박지르면 지레 겁을 먹고 가입자 명부에 손도장을 찍었다. 특히 1948년 이후부터 경찰이나 극우단체가 좌익 혐의자를 잡아들여 물리적으로 가혹하게 다루었기에 그 악명이 높았다. 반쯤 죽여놓는 고문은 다반사였고 재판 없는 처형도 마다 않았다. 그래서 좌익 성향의 정당, 농민조합, 인민위원회, 청년동맹 주최의 학습 모임에 참석한 전력이 있었거나, 해방 이듬해 가을 대구에서 터져 삼남을 휩쓴 '10·1 사건'에 줄을 섰거나, 입산한 유격대(빨치산)의 출몰 때 먹을거리 정도를 주었어도, "당신이 거기에 끼었지?"란 윽박지름에 지레 겁먹고 국민보도연맹에 가입해야 했다. 그 연맹은 정부 사주로 전국 이(里) 단위까지 조직됨으로써 좌익 말소 정책에 적잖은 실효를 거두고 있었다. 진영읍 경우에도 설창리는 해방 직후부터 좌익단체가 조직망을 구축한 마을로, 국민보도연맹 가입자가 열 명이 넘었다.

강명길이 얼음 언 수로를 건너 방죽으로 올라서자 바람은 한결 드세고 매웠다. 사람 기척에 까마귀 떼가 우짖기를 그쳤으나 사람을 보고도 겁 없이 제자리를 지켰다. 사람 피 냄새 맡고 몰려드나 하며 돌멩이를 던져보았으나 까마귀는 자리만 비켜 옮겨 앉을 뿐 날아가지 않았다. 새 중에도 지능이 높아 총을 가진 사람을 분별할뿐더러 우는 애 목소리까지 흉내 낸다니, 돌팔매질에 놀랄 놈들이 아니었다. 새해에 들자마자 터진 '서유하 살해 사건'은 올해를 전망하는 데 조짐이 불길했고, 지서 다섯 순경 중 자기가 그 사건을 전담한 것도 달갑지 않아 기분이 찜찜했다.

　지나리 마을은 가구 수가 쉰 호 정도였다. 일제 초기에 큰물이 져 낙동강이 범람하자 진영 들판이 물에 잠긴 적이 있었다. 들쥐 떼가 물난리를 피해 동산에 위치한 '건너말'로 모여들고부터 '쥐난리'로 불리다, 읍내를 지나서 있는 마을이란 뜻도 있고 부르기가 쉬워 지나리가 되었다. 진영평야에 널린 마을들이 대체로 그렇지만 지나리에도 지주는 한 가구도 없었다. 대여섯 집만 반자작농으로, 그것도 예닐곱 마지기(한 마지기는 150평)의 농토를 부쳤고 나머지 가구는 모두 소작농이었다. 촌마을이 다 그렇듯 영아 사망률이 높아 자식 열을 낳아도 반타작이 일쑤였고, 춘궁기면 영양실조로 병에 걸려 병약한 노인과 애들부터 회복을 못한 채 죽어나갔다. 진영읍 주위는 들판이 너른 대신 산다운 산이 없어 나무가 귀하기도 했지만, 뒤주 놓인 마루는커녕 밥상 받을 마루 깐 집도 흔치 않았다. 쪽마루 붙은 방 한 칸에 정지(부엌)가 있었고 사정이 조금 나은 집은 방 두 칸에 정지가 고작이었다.

　삼대 겨릅으로 엮은 차구열 집 삽짝은 강명길이 아침에 다녀간 그대로 삐뚜름히 젖혀져 있었다. 드세어지는 바람 따라 땅거미가 깔려오고 동네 개 짖는 소리가 들렸다. 마당으로 들어서도 사람 사는 흔적이 없어 기침을 하곤 방문을 열었다. 컴컴한 방 안은 썰렁하게 비어 있었다. 반닫이 앞에 뒹구는 목침만 눈에 뜨일 뿐 이불도 없었다. 아침에 다녀갔을 적만도 아치골댁이 누렇게 뜬 얼굴로 누가 채갈세라 세 자식을 보듬고 있었다. 그네의 연행이 불가능함을 알자, 토담을 사이한 맹달호 집으로 건너갔다. 주인을 찾자, 방문이 열리고 맹씨가 얼굴을 내밀었다. 식구가 둥글상에 머리 맞대고 둘러앉아 시래기죽을 먹던 참이었다. 맷돌에 보리쌀을 설푼 부수어선 맵쌀 한줌 넣고 시래기 풀어 끓인 죽은 소작지기 빈농의 겨울나기 주식이었다.
"아침에 댕겨간 강차석님이시네. 차서방이 안죽 안 잡힌 모양이지예?"
"우리도 손이 모자라는데 삼십육계 줄행랑친 놈을 어째 따라잡겠소. 고향 집에 평생 발 안 붙이면 몰라도, 언젠가는 잡힐 끼요." 강명길이 쪽마루에 걸터앉으며, 차구열에 대해 물을 게 있어 왔다고 했다.
"날씨가 추븐데 방으로 들어오시지 않고……" 맹씨가 빈말을 하며 쪽마루에 쪼그리고 나앉았다.
강명길이 아침에 보았던 차구열 처와 애들은 어디로 갔냐고 서두를 떼었다. 아치골댁 모친이 와선 굶고 짜붙이는 손자를 보다 못해 친정으로 데려갔다고 맹씨가 말했다. 친정이 여기서 몇 리쯤 되냐고 물으니, 낙동강 쪽으로 십 리는 좋이 가야 한다고 했다.

"차구열이 서유하 씨 땅을 사들인 게 언제였소?" 강명길이 메모한 잡책을 펼쳐보며 물었다. 사방이 컴컴해 잡책 글씨가 잘 보이지 않았다.

"작년 추수 끝내고지예. 차서방이 샀다기보다, 지주 땅을 몽지리 몰수해뿐다 우짠다 캐싸으께 작은서어른이 외상으로 떠앵긴 깁니더."

"서씨가 어떤 사람인데 땡전 한 닢 나올 구녕 없는 알거지한테 상등답을 외상으로 넘겨. 이치가 안 그렇소?"

"차서방이 수완꾼이라 빚까지 낸 눈치던데예."

"처음 듣는 소린데, 액수가 얼마요?" 그 말에 강명길의 귀가 트였다.

"그거꺼정이사 우째 압니꺼." 말을 잘못 꺼냈다 싶은지 맹씨의 표정이 떨떠름했다.

"맹서방, 식사 중인 모양인데 끝내고 나오시오. 지서로 좀 가줘야겠어." 강명길이 으름장을 놓았다.

"해도 진 마당에 읍내 지서꺼정 우째…… 아는 대로 대충 말씀 드릴께예." 맹씨가 겁을 먹고 말을 서둘렀다. "아매 십만 원쯤 될 끼라예."

십만 원이라면 천정 모르고 뛰는 쌀값이라지만 열 가마가 넘는 돈이었다. 서유하 씨가 수전노라 월 오 부 이자는 쳤을 텐데 이자는커녕 원전 받기조차 힘든 작인한테 큰돈을 빌려주다니, 강명길은 납득할 수 없었다. 초점을 거기에 맞추면 살인의 동기를 밝혀내겠다 싶었다. 해동과 더불어 남한 전역의 농지개혁 실시를 앞두고, 지난 몇 년에 걸쳐 지주가 소작인을 꾀거나 협박해 농지를 사사로이 매매하기가 비일비재했다. 지주가 땅을 팔아야겠다며 소작인한테, 내년부터 땅을 그만 부치라고 소작 해약 통고부터 내렸다. 그런 다음, 기왕이면 당신이 부치던 농지이니 정리를 봐서 싸게 팔겠다며 매입을 권했다. 세상 물정에 어둡던 작인이 부치던 땅을 빼앗길까봐 장리빚을 내어 농지를 덥석 샀다. 차구열이 소작하는 유등리 수리답 세 마지기를 서유하로부터 매입한 경위도 그럴 것이라 여겨져, 강명길은 아치골댁을 취조할 때 그 문제를 집중적으로 따졌다. 그네는, 서방이 작은서어른한테 장리빚까지 낸 사실은 몰랐다고 도리질했다. 이웃집 맹씨까지 그의 부채를 아는데 한방 쓰는 처가 모를 리 없었기에, 여편네가 자기를 속였다는 생각이 들었다.

"십만 원이라면 큰돈인데, 그렇담 차씨가 빚 독촉에 볶였을 게 아닌교?"

"차서방이 작은서어른 빚 독촉에 쫓긴 기 올 추수 때부텀입니다. 처음에사 집사(마름)가 오가며 빚 독촉을 해쌓더마는 동지 들고 부텀은 작은서어른이 직접 걸음했심더. 말이사 바른말이지, 작은서어른이 어데 보통 사람입니껴. 차서방 맥살을 잡고 쥑인다, 가막소에 보낸다며 동네가 떠나가도록 호통쳤지예. 차서방도 보통 성깔이 아인데 찍소리 몬하고 그 수모를 받아냅디더."

"그라면 차씨가 언제, 무슨 곡절로 장리빚을 쓰게 됐소?"

"두꺼비 같은 그 속셈을 우예 알겠습니꺼. 하기사 거년 봄 차서방 모친이 오줌통에 병이 나 탕약깨나 쓰다 가실(추수)할 무렵에 별세했 지예. 그 일로 빚을 안 냈는가 모르지예."

"서유하 씨가 능력 없는 사람한테는 돈을 안 빌려준다는 걸 삼척동자도 아는데, 알다가도 모르겠군. 차씨가 무슨 재주로 그 금싸라기 같은 돈을 후려냈을꼬?" 강명길은 맹씨 뒷말을 들으려 말을 끊었다. 이제 불을 켜야 할 정도로 사방이 박명에 잠겼다. 바람이 몰아 불 때마다 수숫대로 엮은 울타리가 서걱댔다.

"한분은 차서방이 이런 말을 합디더. 일본 오사칸가, 거게 차서방 행님이 있다 카데요. 밀항선 타고 몰래 조선 나오는 인편에다 그 행님이 편지하고 물건을 부치왔다고 자랑합디더. 그렁께 차서방이 작은서어른한테 그 편지를 미끼로 해서, 일본에 있는 행님이 또 값비싼 물건을 부쳐올 끼라고 말해서 돈을 좀 빌렸는지도 모르지예."

"어떤 물건이었소?"

"본 적이사 읎지마는 회중시계하고 목걸이라 캅디더." 맹씨가 더는 할 말이 없는지, "아이구 추버라. 밤바람이 억시기도 쎄네" 하며 짐짓 어깨를 떨었다.

"내일이라도 아치골댁이 집에 들리모 지체 말고 지서로 출두해 달라고 전해주소. 만약에 지서로 안 나오면 답싹 잡아들인다꼬." 강명길이 쪽마루에서 일어섰다. 이쯤에서 방증 수집을 끝내기로 했다. 추위도 추위지만 허기로 속이 쓰려, 빨리 읍내로 들어가 국밥에 막걸리나 한 사발 걸치고 싶었다. 지금쯤 감나무집에는 설창리에 갔다 온 노순경이 작부를 끼고 음담깨나 늘어놓을 터였다.

강명길이 지나리를 빠져나와 읍내로 걸음을 재촉했다. 차가운

바람 건너 읍내 중심부의 불빛이 바람에 쏠리는 불티같이 점점이 반짝였다. 대부분 호롱불이었고 특선(特線)이 들어와 전등을 켜 제법 훤한 곳은 읍사무소, 지서, 소방서, 기관장 사택과 유지 집 몇 군데뿐이었다.

강명길 차석이 서유하 살해 사건을 보고 받기는 사건이 나고 이십 분쯤 뒤, 저녁 아홉시경이었다. 어제가 마침 숙직이라 지서를 지키고 있었다. 작은서어른을 급히 자혜병원으로 옮겼으나 민 원장이 손쓸 틈도 없이 절명하고 말았다는 전갈을 해온 사람은 요릿집 일성각 사동이었다. "사건 발단이 어떻게 됐고, 누가, 어데서, 어떻게 했기에 병원으로 옮겼다는 기고?" 강명길의 호통에 사동은, 가슴에 정곡으로 칼을 맞아서 그렇게 된 것 같다고 말했다. 강명길은 지서장 사택으로 전화를 걸어 우선 사건 전말을 보고 하곤 자혜병원으로 달려가 서유하 시신을 확인했다. 그길로 사건 현장인 일성각으로 갔다. 서유하와 함께 자리한 사람은 성냥공장 사장 곽재양, 금융조합장 도문규, 접대부 둘이었다. 접대부 말은, 술이 몇 순배 돌아 거나하게 취했을 때 사동이 문밖에서, 서어르신 찾는 손님이 왔다고 말했다는 것이다. 서유하가 방문을 열고, 웬 손이냐고 물었다. 사동이, 지나리 차서방이라면 알 거라고 했다. 서씨가, "그노무 자슥, 내일까지 돈 안 내놓으면 마누라라도 뺏아뿐다고 엄포를 놓았더니 무신 해결책을 가지고 왔나" 하며 밖으로 나갔다. 십여 분이 지나도 나간 사람이 오지 않기에 곽사장이 접대부를 밖으로 내보냈다. 접대부가 비명을 지르며 달려와

선, 대문 밖 개골창에 신음 소리가 들리더라고 했다. 서유하가 개골창에 처박혀 마지막 가쁜 숨을 몰아쉬고 있었다.

지서가 발칵 뒤집혔다. 긴급 연락을 받은 순경들이 지서에 모였고, 지나리 차구열 집으로 카빈총 멘 최양금 순경이 자전거 편에 급히 떠났다. 최순경이 차씨 집을 덮치니, 그는 해거름에 집을 나가 귀가하지 않았고 처는 서방이 살인을 저지른 줄도 모르고 있었다. 살인 사건이 읍내에 알려지기는 오늘 새벽으로, 그 시간이면 여자들 발길이 부산한 장터 공동우물터에서부터 소문이 퍼졌다. 차구열이 읍내 중심부에 살지 않기도 했지만, 화제는 불의에 횡사를 당한 서유하를 중심으로 엮어졌다. 서씨는 진영중학교 교장인 서용하의 아우로 사람들은 그를 형과 구별해서 작은서어른이라 불렀다. 그는 진영 근동에선 알려진 지주로서, 이재에 밝은 재력가였다. 장터 주변의 장사치치고 서씨 돈을 돌려쓰지 않을 사람이 없을 정도였다. 마흔 중반 나이로 키가 성큼했고 갸름한 얼굴에 콧날이 섰다. 해방 후론 위엄을 차리느라 콧수염을 길렀고 평소에는 근엄한 표정으로 뒷짐 지고 걸었다. 외양에도 신경을 써 외출할 때는 모직 양복에 나비넥타이를 매곤 지팡이를 휘두르며 나들이했다. 금전에 인색한 좀생원으로 평판이 좋지 않았으나 읍내 두 군데 요릿집에서만은 손이 커 접대부들 환대를 받았고, 마산에 나이 어린 첩을 두었다는 소문이 있었다. 이 바닥에서는 누대에 걸쳐 권세깨나 누린 세족으로, 재산 목록 중 으뜸은 전답일 터였다. 지나리 앞벌 수리답만도 육천 평이 넘었다. 소작을 내주곤 집사를 두어 관장했는데, 집사 가족을 한 울타리 안에 두어 행랑식구로 부리며 살았다.

　차구열 쪽을 보자면, 키가 껑충하고 말랐으나 어깨가 넓은 만큼 뼈대가 튼튼한 장정이었다. 지나리에 있는 서유하 씨의 전담 소작지기로, 농사일은 뚝심 세고 부지런했다. 평소에는 과묵하나 화를 내면 성질이 불같아 마을 사람들은 그와 언쟁을 꺼렸다. 이태 전 한여름 가뭄에 발동기로 퍼낸 웅덩이물의 수로를 터야 한다, 물꼬를 돌려야 한다는 문제로 시비가 붙었을 때 그가 상대를 쇠스랑으로 내리쳐서 지서에 달려간 끝에 김해경찰서로 넘어가 한 달간 콩밥 먹은 적이 있었다. 집안에서도 엄부 티를 내어 처 머리끄덩이를 잡아채 손찌검하기도 예사였다. 이유인즉, 죽사발에 얼굴이 비쳐야 하는데 너무 빡빡하게 끓여 양식을 낭비했다느니, 읍내 오일장에서 몇 푼 되잖은 구리비녀를 사왔다느니 하는 사소한 문제였다. 자식들에게는 정을 쏟아 해거름이면 막내여식을 무등 태워 미루나무 늘어선 냇가로 거니는 모습을 더러 볼 수 있었다.

　차구열의 조부는 서유하 씨 부친 서참봉 집안의 가노(家奴)였다. 차씨 아비 차바우는 참봉댁 행랑에서 태어났다. 개화 물결이 밀려들고 전라도 땅에서 동학이 위세를 떨칠 무렵, 지주에 예속되었던 노비들도 인간 해방의 기회를 맞아, 차바우도 누대로 이어온 종 신세에서 풀려나 따로 살림을 났다. 그해가 경인철도가 놓이던 광무 3년이었다. 충직했던 차바우는 서참봉 가노에서 작인으로 승격되었다. 차바우의 장자는 나이 스물에 들자 집을 떠나 부산으로 나가 현해탄 건너 일본 오사카로 들어갔다. 돈부리(일본식 덮밥) 식당에 일터를 잡자, 성공할 때까지는 환고향하지 않겠다는 편지를 대필로 보내왔다. 차구열은 차바우 차남으로, 3·1 만세운동이 있은 이태 뒤 지나리에서 태어났다. 1943년 태평양전쟁이 막바지에 올라 조선인 강제 징병제와 노무자 차출이 심할 때, 차구열은 스물세 살의 실한 장골이었다. 그해 설을 앞두고 부친이 중병으로 눕자 장자 몫을 하던 차자의 혼례를 소원했기에, 차구열은 아치골에 사는 비슷한 처지의 짝과 성례를 치렀다. 아치골댁은 길동그란 얼굴에 사람을 흘겨보는 눈매가 곰살궂어, 서방 두엇은 거칠 팔자라는 말이 돌았으나 한눈팔 줄 모르는 바지런한 촌부였다. 이듬해 초여름, 차씨는 태기 있는 처를 두고 징병에 뽑혀 북지 만주로 떠났다. 하얼빈 근교 탄약소의 보초병으로 근무한 지 이태 만에 해방을 맞자, 그해 가을에 고향으로 돌아왔다. 그사이 부친은 타계했고 소작지 임자도 서참봉 둘째아들 서유하로 바뀌어 있었다. 그동안 처는 소작지를 뺏기지 않으려고 아녀자 몸으로 억척스레 농사일을 해내며 아들을 키웠다. 해방된 지 다섯 해째, 그사이 남매가 태어나 슬하에 자녀가 셋이었다.

  차구열은 서유하와 작인과 지주라는 관계 말고도 다른 문제가 있었다. 그는 미군정(美軍政) 초기 면 단위까지 조직을 갖춘 인민위원회에 발을 들여놓았고 군정 당국의 탄압으로 그 좌익 조직이 깨어진 후, 새로 태동되어 금방 세를 불려나간 남로당(남조선노동당)에 몸을 담은 전력이 있어 보도연맹에 가입해야 했다. 이를 두고 강명길은 이번 살인 사건과의 연관을 따지지 않을 수 없었다. 읍사무소, 지서, 소방서, 금융조합, 우체국, 연초조합, 변전소, 국민학교 둘에 중학교 하나 등, 공공기관이 촘촘한 읍 중심부만도 인구 칠천 명에 육박해 강명길로서는 남자 어른만 가려도 얼굴과 이름 맞춰 기억할 수 없었다. 게다가 그는 경남 양산군 물금면의 고향 지서에서 진영지서로 전출 온 지 일 년밖에 되지 않은 터였다. 하물며 읍내 중심부에서 오 리 밖 지나리 사람들 얼굴까지 일일이 기억할 수는 없었다. 그러나 살인 사건이 나기 전부터 차구열만은 알고 있었다. 그가 남로당 세포란 혐의로 지서를 들락거렸고, 작년 섣달에는 서청(서북청년단)에 잡혀가 뭇매를 맞고 나왔기 때문이었다. 그렇다고 차구열이 좌익 활동에 내놓고 나선 적은 없었다. 남로당 지나리와 본산리 이책(里責)은 정한수였는데 그는 작년 초겨울에 '농지개혁 유상몰수 결사반대'란 선전 삐라를 지나리와 이웃의 대촌 본산리 가가호호에 배포한 혐의로 연행되어 김해경찰서로 넘어간 뒤, 재판에 계류 중이었다. 차씨가 정한수 하수인이 아니냐는 공론은 소문에 그쳤을 뿐 지서에서 한 차례 조사를 받았으나 확증이 없어 며칠 만에 풀려난 적이 있었다.

1월 8일

기차가 산모롱이를 돌자 시야가 확 트이며 강줄기가 나섰다. 겨울 한낮의 맑은 햇살에 강물이 반짝였다. 기차가 강에 걸린 철교로 들어섰다. 허정우는 차창을 조금 올려, 쓰고 있던 마스크를 벗어 창밖으로 버렸다. 기차의 속력 탓에 마스크는 눈앞에서 금세 사라졌다. 객담 밴 축축한 마스크가 떠나온 서울 생활을 싸안고 사라졌다는 느낌이 들자 왜 진작 마스크를 버리지 않았을까 싶었다. 창밖 트인 전망에 눈길을 옮기자 순간적으로 고향 땅 대동강 철교를 건넌다는 착각에 빠졌다. 곧 평양 시가지가 나타날 것만 같았다. 그러나 이 강은 대동강과 정반대 방향인 낙동강이었다. 고향에서 너무 멀리 내려온 셈이었다. 하류로 접어든 강이라 강폭이 넓었고 바람이 없어 수면이 잔잔했다. 모래톱이 강줄기를 따라 휘어져 뻗어 있었다. 강둑에 늘어선 미루나무의 빈 가지 위로 들오리 댓 마리가 날아갔다. 한가롭고 아름다운 겨울 풍경이었다. 오랫동안 잊고 있던 자연이었다. 절기를 바꾸어가며 늘 옆에 있어온 자연인데, 몇 년 동안 그는 주변의 자연을 눈여겨 보거나 느낀 적이 별로 없었다. 고향을 떠나 서울로 내려온 세 해 동안이 그랬다. 복학을 못한 채 호구 잇기에도 정신없이 바빴고 몸마저 성치 못했던 터였다.

갑자기 허정우 눈앞을 굵은 쇠막대가 가로질렀다. 철교 안전대가 빠르게 지나가자 기침이 쏟아졌다. 세찬 바람이 폐를 찌른 탓인지 기침이 그치지 않자 생목이 솟고 식은땀이 등에 닿았다. 일주일 동안 호되게 앓은 끝에 겨우 가라앉았다 싶던 감기가 기관지에 아직 눌어붙어 있는 모양이었다. 아니면 협심증(狹心症) 발작의 조짐인지 몰랐다.

허정우 맞은편 의자에 한 처녀가 성경책을 읽고 있었다. 그녀는 허정우가 기침을 계속하자 잠시 고개를 들어 눈길을 던졌다. 그의 눈물 밴 눈에 처녀 얼굴이 흐려졌다. 등받이에 머리를 기대어 손수건으로 땀을 닦으며 그는 생각했다. 나는 서울의 무질서로부터 빠져나왔고 진영이란 낯선 소읍에서 새 생활을 시작한다. 고향 땅을 당분간 못 밟게 될 바에야 차라리 남도 진영을 평양 부근 중화나 송림쯤으로 여기고 살 일이다. 그는 자기최면이라도 걸듯 이번 요양을 잘 결정했다고 생각했다. 해방되고 몇 해 사이에 풍비박산이 난 집안은 물론, 개인 일도 잘 풀리지 않았고 건강은 날로 나빠졌다. 어쩜 북조선을 떠날 때부터 선택이 잘못되었는지 몰랐다. 그러나 아직까지 월남을 후회해본 적은 없었다. 객지살이 적응이 벅찼고 건강이 이를 허락하지 않았을 뿐이었다. 우선 만사를 제쳐두고 병을 다스리는 일이 급해 정양이라도 가야 할 형편에 몰렸다. 그럴 즈음 해방 전 경성제대 예과 시절 친구였던 심찬수로부터 편지가 왔다. 구랍 12월, 심찬수가 상경했을 때 친구 여럿이 모인 술자리에서 만난 적이 있었는데, 자신의 건강과 근황을 묻는 편지였다. 그는 편지 끝에, 정양차 자기 고향으로 내려와 지내면 어떻겠느냐는 의견을 달았다. 허정우는 친구 편지를 받자 자신의 병 상태를 적고 그쪽에 요양 삼아 할 수 있는 일자리가 있겠느냐고 묻는 답장을 냈다. 친구 부친이 그곳 중학교의 재단이사장임을 알고 있었던 것이다. 심찬수로부터 곧 연락이 왔다. 진영으로 내려와 정양하다 건강이 양호해지면 봄부터 중학교 영어 과목을 맡으면 어떻겠느냐는 내용이었다. 이사장인 아버지와 학교 교장에게도 내락을 받았다고 했다. 허정우는 고맙다는 승낙 편지를 냈다. 이태 정도 친구 고향에 숨어 살며 세상일을 잊기로 마음먹었다. 그러나 친구에게 출발 전보를 칠 때까지도 자기 청춘이 진영이란 남도 땅에서 끝나버리는 게 아닐까 하는 비감을 떨칠 수 없었다. 여장을 꾸려 기차에 올라 한강철교를 건너면서부터 마음이 차츰 안정을 찾았다. 낙오자로 내려가는 게 아니라 재정비할 기회라 여기자고 생각을 돌리자 낯선 땅의 환상까지 가세해 기분이 의외로 빨리 회복되었다.

 기차가 낙동역과 한림정역을 거쳐 진영역에 도착할 때까지 허정우의 마음은 들떠 있었다. 어제 이십시 삼십분에 서울역을 출발한 밤열차에 몸을 실은 뒤부터 아침을 거쳐 한낮이 될 동안 청각과 시각에 지겹게 닿던 승객들의 범속한 잡담에서 해방되어 한동안 몽상적인 흥분에 사로잡혔다.

"보이소. 다 왔습니더. 여기가 진영읍이라요." 기차가 길게 기적을 울리며 속력을 늦추자, 허정우 앞에 앉은 처녀가 말했다.

허정우는 감았던 눈을 떴다. 물엿 속을 빠져나온 느낌인데, 남색 호박단 저고리 입은 동그란 처녀 얼굴이 흐릿했다. 그는 삼랑진역에서 하차해선 경전남부선 기차로 바꿔 탄 뒤 자리를 정하자 맞은편 처녀에게, 진영역이 여기서 몇 정거장째냐 물었던 것이다.

"진영에 처음인가보네예?" 그녀는 읽던 성경책을 광목 보퉁이에 끼웠다.

"초행길입니다." 허정우는 선반에서 가방을 내리려 자리에서 일어섰다.

"오래 계실 낍니까?"

"당분간은 여기서 살 거외다. 아가씨도 내려요?"

"여기가 제 고향입니다." 처녀가 허정우에게 당돌하게 말을 달았다. "진영에서 살면 종종 뵈올지 모르겠네예. 아가씨라이, 제 이름은 박상란입니다." 말을 하고 나자 그녀는 자기 말의 대담함에 스스로 놀라 손으로 입을 가렸다.

남녀가 무람없이 만날 수 있는 교회에 다니다보니 저렇듯 개방적인 걸 거라고 허정우는 짐작했다. 그는 예수교 신자가 아니었으나 평안도는 어느 지방보다 예수교가 일찍 교세를 확장해 신자 수가 많았다. 그는 선반에서 큰 트렁크 두 개를 내려놓곤 의자에 앉아 차창 밖을 내다보았다. 먼저 변전소가 보였다. 여러 개의 철탑과 고압선 아래로 일제 때 지은 변전소 사택이 나타났다. 아낙네가 빨래하는 개울과, 소나무로 감싸인 구릉도 보였다. 초가가 촘촘한 마을 옆으로 너른 들녘이 까마득히 펼쳐져 있었다. 기차는 기적을 울리며 초가, 함석집, 기와집이 뒤섞인 읍내로 제동을 걸며 미끄러졌다. 그는 북쪽 창에서 눈을 거두어 건너쪽 바깥을 내다보았다. 지나쳐버렸는지, 역사(驛舍) 건너쪽인지 학교 닮은 건물이 얼른 눈에 띄지는 않았다. 읍내 중심부 집들이 눈앞을 가렸다. 집들은 남쪽 산비탈을 타고 북을 향해 앉았는데 산비탈 허리를 자르는 데부터 과수원이었다. 토종 감나무 품종과 달리 속살 여문 단감을 먹어봤는데, 진영이 국내 유일의 단감 산지란 말을 찬수로부터 들은 적이 있었다.

허정우는 트렁크를 양손에 들고 출입문 쪽으로 걸었다. 앞에는 장사치 아낙들이 보통이나 대광주리를 이고 늘어섰다. "살(쌀) 한 되에 오백 원이 먼교. 작년 봄 되련(도련님) 장개 보낼 때 삼백 원했는데 그새 그래 올랐으이 보리살 두 말에 살 한 되 끼아사묵는 우리사 입에 금구(거미줄) 치기 꼭 알맞소." "함안때기, 만주서 나온 시동상이 죽었담서?" "아핀 맞는다고 몇 년을 깨진 쪽박까지 다 팔아묵다 덜렁 죽어뿟으이 아아 자슥 넷을 주렁주렁 단 동서 앞질이 캄캄절벽입니더." "대동아전쟁으로 신세 조진 여핀네가 어데 한둘인교. 짐(김)구장 둘째딸 길례 안 있는교. 학빙 끌리간 새신랑이 하메 올까 하고 여태 기달리다가 종내 소식이 읎자, 술도갓집 현주사 큰아들 재취로 드갔다 카데요. 잘했재. 자슥도 안 딸린 수무 살 겨우 넘간 생과분데 평생 수절이 어데 말이 되는 소립니꺼." 아낙네들은 남도 사투리로 수다를 떨었다.

몇 달 전 허정우가 형님이 사는 보광동 사글셋방을 찾았을 때, 형님이 했던 푸념이 떠올랐다. "살아갈수룩 남한으루 너무 급히 내래왔다는 생각이 들어. 당쯩 가진 무산대중 설쳐대는 꼬락서니 보기 싫어 내래왔다만 녀기 세상도 꼴같잖긴 마찬가디야. 피양에 그대루 참구 있었담 한동안은 부르좌 계급으루 몰려 고생했갔디만 고분고분했담 지금쯤 형편이 나아졌잖갔어? 여기 세상 보더라구. 수백만 귀환동포가 유입됐디, 청장년 태반이 실업자디, 도적과 거디는 들끓디, 시장을 자유경쟁에 맡게두니 악질 모리배들의 매점매석이 판을 치잖아. 법 우에서 설쳐대는 놈들이 어데 한둘인감? 배 터져 죽는 부르좌는 다 따루 있어. 있는 놈들 배 채워주는 미국놈들 원조 정책부터 글러먹었구······" 뒷전에서 형수는 수북이 쌓인 책표지 가장자리에 풀칠한 헝겊을 씌우고 있었다. 월남한 지 이태 만에 겨우 인쇄소 식자공 일자리를 얻은 형님이 부업으로 날라온 일감이었다. 형은 명색 전문대학 출신이었다.

박상란은 아낙네들을 앞서 걸었다. 허정우는 낯선 소읍의 기대감에 들떠 이미 처녀를 잊은 채 승강장으로 내려섰다. 한파 드셀 1월인데, 남도라 그런지 날씨가 따뜻했다. 사백 킬로 넘는 길을 남행했으니 서울과 기온 차가 있게 마련이었다. 그는 역사 개찰구를 살폈다. 제복 입은 개찰원 옆에 심찬수가 눈에 띄어, 친구 이름을 불렀다. 국민복 차림의 심찬수가 개찰구를 빠져나왔다. 태평양전쟁 말기, 학병으로 필리핀 군도까지 끌려가 왼팔을 잃은 빈 소매가 덜렁댔다.

"전보 받고도, 이 친구 갑자기 마음 변해 안 올까 걱정했다."

"군청 소재지는 김해읍이라 여긴 들어앉은 시굴인 줄 알았디. 읍내가 크군. 앞에 들두 너르게 트였구."

"이 들판이 진영평야로 김해평야와 맞먹는 곡창지대야. 농경지가 잘 정비된 전천후 수리답이지. 대산면 한림정까지 합쳐서 대략 오천 정보쯤 돼."

"오천 정보라면, 넓이가?"

"일 정보가 삼천 평이야. 김해평야가 대충 칠천 정보쯤 될걸." 심찬수가 성한 손으로 친구 어깨를 쳤다. "어쨌든 첫인상이 좋았다니 다행이군. 정양 핑계 대고 학생들 몇 달 가르치다 후딱 봇짐 싸는 건 아니겠지? 듣자니 작년에 그런 선생이 있었다더라." 심찬수가 껄껄대며 공허하게 웃었다.

마침 기차가 다음 역을 향해 출발한 뒤라 허정우는 역사 건너에 눈을 주었다. 너른 들을 안고 함석으로 지은 대형 창고 대여섯 동이 늘어서 있었다. 심찬수도 거기로 눈길을 맞추었.

"해방 전 일본 섬나라로 실어 나를 쌀가마 임시 보관창고로 미창(米倉)이라 하지. 내가 징집되기 전 고향에 잠시 들렀을 때가 십일월이었어. 공출당한 쌀가마 실은 소달구지가 신작로에 일 킬로 넘게 줄을 섰더군. 그 많은 쌀이 섬나라 본토, 북지, 남양으로 다 빠져나갔으니. 남의 전쟁에 다 키운 자식 뺏기고 놈들 양식 대느라 조선 농민은 초근목피로 연명하다 못해 개미허리 붙안고 대륙으로 나가선 유랑 걸식하고……"

심찬수 말에 허정우는, 그가 아직도 일본 제국주의 망령을 떨쳐내지 못한 채 그 시절을 반추하며 살고 있음을 알았다. 그와 더불어, 이제 이 고장 사람으로 행세하자면 붙임성 없는 자신이 성미 까다로운 친구와 어떻게 원만한 유대를 이루어나갈까 하는 염려가 마음 한쪽에 그늘을 드리웠다.

허정우가 트렁크를 양손에 들자, 심찬수가 트렁크 하나를 빼앗다시피 받아들었다. 그는 친구의 홀쭉한 왼팔을 보았다. 다행히 책이 아닌 옷가지를 넣은 트렁크라 가벼웠다.

역사 뒤로는 전지된 탱자 울타리가 쳐져 있었다. 울타리 너머 역 마당에는 방금 하차한 사람들 속에, 박상란이 탱자 울타리 위로 두 남자를 지켜보고 있었다.

젊은 집찰원이 심찬수에게 알은체하곤 허정우가 내민 차표를 받았다. 계집애들이 고무줄놀이를 하는 대합실을 거쳐 둘은 역 마당으로 나섰다. 사내애들이 기왓장을 갈아 만든 구슬로 구슬치기를 하고 있었다. 애들 옷차림이 넝마에 가까웠다. 버선이나 양말도 신지 않은 새까만 맨발에 가위로 머리칼을 깎은 애, 누런 풀코를 인중에 단 애도 있었다. 박상란은 떠나고 없었다. 역 마당 건너는 이층집 높이의 축대에 막혀 있어 둘은 왼쪽의 축대 높이에 이르는 계단을 밟고 올랐다. 계단이 끝나자 부산과 마산을 잇는 이차선 신작로가 나섰다. 길가 상점들은 유리문짝을 달고, 진열대에는 먼지 쓴 생필품 따위를 늘어놓고 있었다. 둘은 신작로를 건너 우체국 모퉁이를 거쳐 완만한 언덕길로 접어들었다.

"교장 선생이 마중 나오기로 했는데 요즘……" 심찬수가 침묵을 깼다.

"아직 발령장두 안 받았는데 교장 선생 마중까지야……"

"격식과 법절깨나 따지는 도덕군자시지." 심드렁하게 말하던 심찬수가 허정우를 보았다. "그런데, 얼마 전 교장 선생 제씨 되는 이가 비명에 횡사를 당했어. 장례는 치렀지만, 범인은 아직 안 잡혔어. 서교장도 골치깨나 아플걸."

"횡사라니?"

"서유하 씨라고, 지주에다 읍내의 대금업자랄까, 자기 작인에게 살해됐어. 범인은 좌쪽 사람인 것 같고……"

"교장이 서씨라? 그럼 주희 양 부친 맞지?"

"그래서?" 친구를 보는 심찬수 표정이 굳어졌다.

"자네, 그럼 서양과 파혼했다는 게 사실인가?"

"앞으로 그 얘긴 꺼내지 말아줘. 다 끝났으니깐."

허정우는, 자네가 징병 갔다 오는 사이 서양이 다른 남자와 결혼했느냐고 물으려다 그만두었다. 이곳에 살다보면 자연스럽게 알게 될 사실이었다.

역 대합실에서부터 그랬지만 길거리에는 널린 게 애들이었다. 누더기 차림의 조무래기들이 욕설 섞인 고함을 지르며 싸댔다. 둘이 장터에 들어설 때까지 많은 코흘리개를 만났는데 대부분이 가느다란 목줄기에 어깨가 좁은, 영양실조증에 걸린 상태였다. 그중 서너 애는 트렁크 든 낯선 허정우가 구경거리란 듯 장터까지 졸졸 따라왔다.

장터 어귀로 접어들자 장날이면 어물전이 서는 땅바닥은 생선 비늘이 깔려 정오의 햇살에 까팡이처럼 반짝였다. 허정우는 한랭

한 공간에 풀린 생선 비린내를 맡았다. 비린내는 약한 비위를 자극하며 친구가 말한 살인 사건의 꺼림한 느낌과 함께, 읍내의 독특한 체취로 받아들여졌다. 이곳을 떠날 때까지 모든 것을 삭여내야 하고 이 바닥에서의 삶을 긍정적으로 받아들이지 않는다면 건강이 더 나빠질 거라는 생각이 들었다.

읍내가 산비탈을 타고 발달했다보니 장터 마당은 기울기를 이루고 있었다. 북으로 전개된 들과 철길을 내려다볼 수 있는 장터 위쪽 방앗간 앞에서 둘은 걸음을 멈추었다.

"여기가 읍내 심장부야. 오일장 서는 장터라 풍광 좋은 시골 정취가 없는 곳이지. 그러니 여긴 시골도 아니요, 그렇다고 도시도 아닌 어중간한 데야. 교통 요충지라 도시 유행도 빠르고 헛소문도 빨리 퍼지는, 개방적인 소도시 축에 든달까……" 말을 죽이던 심찬수 목소리에 힘이 빠졌다. 그는 앞뒤가 닿지 않는 말을 늘어놓았다. "살다보면 알겠지만 우리 전래의 고풍스러움이 없고, 장바닥이라 인심이 좀 사납달까. 난 여기서 태어나 자랐어. 남양까지 끌려가 한 팔을 잃고 용케 살아 여기로 돌아왔지. 겨우 목숨을 건지자, 이승에선 돌아올 곳이 여기밖에 없기도 했지만……"

허정우는 불구가 되어 돌아와 다섯 해를 고향에 죽치고 앉아 자학을 일삼는 친구의 얼굴에서 허무랄까 쓸쓸함을 읽었다.

"이 방앗간이 자네 집 맞디? 아버님 계신가?"

"아버진 마산에 차린 염색공장에다 여기 농지개혁위원장을 맡아, 나도 얼굴 뵙기가 힘들어."

심찬수 집안은 심진사댁으로 불린, 군내에서는 평판 난 세족이었다. 조부는 조선조 사대부로 지조 있는 일생을 사신 분인데, 1936년에 사재를 털어 향리에 고등공민학교를 설립하기도 했다. 해방이 되어 정식 중학교로 인가가 났고, 심찬수 부친이 이사장직을 맡고 있었다. 방앗간 운영은 집안의 부대사업 격이었다.

"자네 하숙방은 노인당 아래에다 정해뒀어. 촌이라 하숙만 전문으로 치는 집이 없어 어렵게 구했지." 심찬수가 말을 돌렸다. "배고프겠어. 자네 온다고 점심밥 해놨을 거야."

둘은 방앗간 옆에 붙은 솟을대문으로 들어섰다. 앞마당을 가운데 두고 맞은편은 기역자 안채였고 왼쪽은 사랑채, 오른쪽은 곳간, 헛간, 변소였다. 안채는 두 벌 지대 위에 용마루가 덩그랬다. 방 세 개에 대청, 정지 달린 다섯 칸 안채였다. 후원이 넓어 안채와 행랑채 사이로 사랑채가 처마를 보였다. 나무 한 그루 없는 앞마당과 달리 후원에는 정원수가 울울했다. 둘이 앞마당으로 들어서자, 머릿수건 쓴 몸집 작은 아낙이 앞치마 바람으로 부엌에서 나왔다. 심찬수 모친 화개댁이었다.

심찬수가 모친을 소개해, 허정우가 화개댁과 인사를 나누었다. 행랑방과 부엌에서 행랑 권솔이 얼굴을 내밀고 호기심 서린 눈으로 낯선 객을 훔쳐보았다. 어디에선가 축음기 소리가 흘러나왔다. 안채 건넌방 장지문이 빠끔 열리더니 안색이 유독 뽀얀 처녀가 얼굴을 내밀었다. 그 방에서 축음기 소리가 흘러나왔는데, 이탈리아 가곡「산타루치아」였다. 허정우와 눈이 마주치자 처녀가 얼른 방문을 닫았다. 심찬수의 여동생이겠거니 짐작했으나 처녀의 맑고 여윈 미라 같은 얼굴이 인상에 남았다.

1월 14일

"천총 어르신 계십니꺼." 밖에서 찾는 소리가 들렸다.

방바닥에 활과 화살을 펼쳐놓고 화살대를 만지던 안시원이 방문을 열었다. 바깥 날씨가 쌀쌀했다. 아침상을 물린 지 얼마 되지 않았건만 벌써부터 장터의 왁자지껄한 소음이 돌아앉은 사랑채까지 들려왔다. 안시원 자신이, 조부가 정3품 무관직인 천총 벼슬을 지냈다는 말을 흘려 읍내에서는 그를 안천총, 또는 천총 어른이라 불렀다. 나이 쉰 중반인 그는 그런 존칭에 걸맞지 않게 처를 내세워 작부를 둔 객줏집을 열고 있었다. 용모로 말하자면 배코 친 머리에 콧날이 날카로웠고 옴팡한 눈매가 매서웠다. 사람들은 살점이 없어 깎아 빚은 듯 냉정해 뵈는 그의 얼굴과 대면하면 공연히 어려워했다.

"주인어른 심부름 왔습니더. 벨 바쁜 일이 읎으시모 집에서 점심밥이나 같이 들자고 전하라 카데예." 서용하 교장댁 청지기로 과수원 일을 두량하는 채재학이었다.

　서용하는 진영중학교 교장이란 직함 외, 중앙산을 중턱까지 덮은 단감나무 오백여 주의 과수원 주인장이기도 했다. 안시원은 서교장의 권유로 작년부터 소일 삼아 중학교에서 한문 과목을 가르쳤다. 일주일에 사흘 나가는 시간강사였다.

　"집에 무슨 일이라두 있는가?" 하고 안시원이 묻긴 했으나 서교장 아우 서유하 씨 장례 때의 문상에 따른 답례라고 짐작했다.

　"잘은 모르지만 벨일은 읎는 거 같고, 읍장님하고 지서장님도 온답니더. 오포(정오를 알리는 사이렌) 불모 시간 맞차서 과수원으로 올라오시이소."

　"지서장? 범인이라두 잡았다던가?"

　"잡기는 멀 잡아예. 살인한 늠 잡을라고 수고가 많으이 대접 삼아 모시는 기지예." 채서방이 안시원의 배코 친 머리와 만지고 있는 화살을 번갈아보며 웃음을 빼어 물었다. 안시원 이마 가운데에 닭 벼슬같이 붉게 돌기 진 흉터가 있었다. "천총 어르신예. 엄동 한풍에 웬 활입니꺼? 또 한 방 믹일 늠이라도 있습니꺼?" 안시원의 대답이 없자 그가 머쓱해져 돌아서다 목을 꼬아 돌려 한 마디 보태었다. "살인범 잡으모 천총 어르신이 그늠 아구창에 정통으로 한 방 믹이뿌리이소. 막쇠한테 한 방 믹였듯이 말입니더."

　채서방이 근엄한 안시원에게 농을 한 게 스스로 대견스러운지 낄낄대며 바깥채로 나섰다. 바깥채 마당에는 광목포로 차양 친 평상에 손을 받으려 통영반 여러 개가 놓여 있었다. 오늘이 닷새

마다 돌아오는 진영 오일장 장날이었다. 진영읍은 양력으로 4자와 9자가 든 날에 오일장이 섰다.

감나무집은 아침나절부터 부산했다. 장터와 면한 바깥채는 길게 지어진 초가로, 목로주점과 봉놋방에, 따로 술방 세 개가 붙어 있었다. 감나무댁이 퍼질고 앉은 봉놋방과 도마의자 딸린 사인용 술상 여러 개가 있는 목로주점은 장터와 면해 있었고, 옆쪽으로 돌아앉은 술방 세 개는 목로주점 통로를 거쳐 바깥마당으로 나가야 드나들 수 있었다. 장꾼을 재우기도 하는 봉놋방 아궁이 앞에는 국밥용 선짓국이 끓는 가마솥이 걸려 있었다.

"아지매, 한창 바뿌네예." 채재학이 봉놋방 가마솥 옆 수채 가에서 가오리회를 뜨는 봉주댁에게 말을 붙였다.

"처 해산날이 다 됐다더니 소식 있냐?" 봉주댁이 가오리를 칼질하며 물었다.

"배불뚝이로 늘어져서 숨만 씩씩거립니더. 어데 알라는 지 혼자 낳습니꺼."

"양수 음수가 만나야 자식이 생기긴 하지. 채서방은 양기가 좋으니, 점복이가 부랄 큰 아들 녀석을 쑥 뽑을 기라."

"아지매가 내 그거 맛봤어예? 양기 좋은 거 알구로."

"저 입심 봐라. 장가들구 사람 아주 버렸어. 점복이 배가 앞산만하니 양기가 주둥이로 모였구나."

"양기 좋다 카이 하는 말 아닌교. 아지매사말로 독수공방 하이께로……"

"씨름판에서 무명필깨나 탄 네 허릿심이 안 좋으면 누가 좋을

구." 봉주댁이 채재학 말을 밀막았다.

봉주댁 형부가 안시원이었다. 그네는 경기도 수원 쪽 친정과는 스무 해 가깝게 담을 쳤으니 언니댁이 그네에게는 친정이었다. 장날이면 언니댁의 바쁜 주막 일을 거들고 끼닛거리를 얻어갔다.

"아침부터 무슨 육담이 그리 늘어졌누." 감나무댁이 봉놋방 유리문을 열고 얼굴을 내밀더니 채서방을 보곤 한 방 먹였다. "장가 들어 색시 옆에만 붙어산다더니 오늘 아침은 웬일루 여기까지 내려와 얼쩡거려."

"아침부텀 놀로 댕기는 줄 압니꺼. 교장 선상님 부탁으로 천총 어르신께 심부름 왔심더."

"볼일 봤으면 어서 갈 일이지, 해장술두 끊은 주제에." 감나무댁은 몸매며 허리가 절구통 같은 가당찮은 덩치였다.

"총각 때사 노름판서 밤새우다보이 해장술도 했지예. 인자 마누라가 노름 밑천도 안 대줍니다."

"그러니 모두 자네보구 첫 자식 보기두 전에 마누라한테 잽혔다지 않아" 하곤, 감나무댁이 봉놋방 문을 닫았다.

"갑해아부지 소식은 통 없지예?" 채재학이 도마의 가오리를 칼질하는 봉주댁에게 넌지시 물었다.

"너두 지서 첩자로 나섰나, 그건 왜 물어?"

"자슥들 데리고 고생하이 안돼서 묻는 말임더."

"미친 서방 소식은 알아서 뭘 해. 어데서 콱 뒈졌다는 소문이나 들렸으믄 좋겠다." 봉주댁이 한숨을 쉬었다. 도마 홈에 괸 가오리 내장과 피를 칼날로 쓸어내리다 식칼을 흔들며, "서방 낯짝 보면

이 칼루, 너 죽구 나 죽자며 생사결단 내구 싶어" 하며 찌르는 시늉을 했다.

"좌익 하는 일에 나섰다가 입산해뿐 종자들, 그 심사를 알고도 모리겠심더. 갑해아부지사 공부 많이 해서 중학교 선상까지 지냈겠다, 머가 부러버 산에 들어가 그 생고생을 하는지 모리겠어예. 무지랭이 촌것들이사 전답 공짜로 챙길 수 있다이 그 욕심으로 나섰는지 모르지만······"

"산채로 들어가서 용쓰면 어디 남한 군경이 무서버서 벌벌 떨겠나. 차라리 삼팔선 넘어가서 저쪽에서 용쓰면 누가 뭐래."

"세상 뒤바뀌모 사또 덕분에 나발 불란지 아는교. 지나리 차씨를 보더라도 그 일 나선 사람은 씨종자가 따로 있어예." 채재학이 말을 마치곤 과수원으로 올라가겠다며 장터로 나섰다.

대문과 바깥 변소 사이, 객줏집 이름답게 큰 감나무 한 그루가 가지를 높게 벌려 모양새 좋게 서 있었다. 감나무는 바깥채 종마루보다 키가 컸다. 높은 가지에는 까치집이 있었고, 찢어진 방패연이 걸려 겨울바람에 떨댔다.

감나무집 사랑채는 정남향이라 볕이 누마루를 지나 볕뉘로 방 안이 밝았다. 사방탁자와 문갑에, 액자와 족자도 한쪽에 걸려 있었다. 아랫목에는 잿불 담은 놋쇠화로 뒤로 보료가 깔렸고 장침과 방침이 있어 사랑으로서는 격식을 갖추었다. 안시원은 전동에 꽂힌 화살을 꺼내어 기름걸레로 촉을 닦았다. 살대 끝에 붙은 깃털을 살펴선 해진 깃털은 새것으로 갈아 끼웠다. 부린 활에 시위를 채워 그 탄력을 가늠해보기도 했다. 그는 시간 반을 쓴 끝에 활과 화살 손질을 마치자 활은 궁대에, 화살은 전동에 넣고 고비 옆에 걸었다. 그는 활을 쏘는 절기가 아니더라도 자주 궁시(弓矢)를 살폈다.

사랑마루에 걸린 벽시계가 열한시를 쳤다. 뜰로 나가 손을 씻고 들어온 안시원은 책상 앞에 앉아 장지연의 『조선유교연원(朝鮮儒敎淵源)』을 펼쳤다. 사방탁자에는 여러 종류의 유학 강론집과 개화기 인사가 쓴 서책이 얹혀 있었다. 시계 있는 집이 흔치 않다 보니 시간을 알리려 소방서에서 확성기로 틀어대는 열두시 정오 사이렌 소리가 들릴 때까지 그는 책을 읽었다. 사이렌 소리가 길게 꼬리를 끌다 멈추자, 그제야 책을 덮고 의관을 갖추었다. 저고리 위에 마고자를 입고 쥐색 모직 두루마기를 걸쳤다. 여우털로 만든 방한모를 배코 친 머리에 썼다. 누마루로 나서선 댓돌에 놓인 흰 고무신을 신었다. 뒷짐 지고 사랑채를 돌아 바깥채로 나갔다. 차양을 친 평상에는 장돌림과 장꾼 여럿이 둘러앉아 점심 요기를 하고 있었다. 벽막이 없는 한데라 어깨를 옹송그린 채 국밥을 먹으며 막걸리 잔을 기울였다. 옆 사람들과 잔을 돌리며 이야기가 분분했다. 근간 쌀 파동이 심각해지자 정부미가 곧 방출될 것이란 말에서부터 여러 소문이 화제로 올랐다.

감나무집은 소고기 선짓국밥이 장터에서 맛이 좋기로 알아주었다. 소뼈로 우려낸 육수에 핏덩이와 내장을 넣고 무, 콩나물, 시래기, 대파, 근대 줄기나 고사리를 넣은 뒤 고춧가루 쳐서 얼큰한 진국으로 끓여내었다. 장터 국밥은 역시 감나무집이라고 모주꾼들이 추켜세웠다. 그런 국밥으로 한 끼를 때우는 장돌림이나 장꾼은 푼돈이나마 쓸 만한 치들이었다. 장에 나온 장꾼 중 일부는 좌판 막국수나 떡판 찾아 허기를 때웠고, 그런 먹을거리에는 눈요기나 일삼으며 지참한 찐 감자나 고구마로 시장기를 달래는 치가 더 많았다.

"정한수가 짐해경찰서로 넘어가고는 차구열이 그쪽 마실 남로당 이책을 맡아왔다 안 카나. 우리사 감쪽같이 몰랐재." 토끼털이 달린 남바위 쓴 수염 허연 장꾼이 말했다. "차씨가 이책이란 걸 누가 우예 알아냈는고?" 옆에 앉은 그 또래 장꾼이 물었다. "안방에 달아놓은 메주 짚새기에 그늠들 연락 핀지가 꽂혀 있었던 기라. 그 핀지 쪼가리를 순사가 찾아냈다 카데. 그런데 글짜가 암호로 돼 있어 당최 읽어낼 수가 읎었다데." 해방된 지 다섯 해가 됐건만 사람들은 아직도 순경이란 말보다 일제 때 쓰던 순사란 말이 입에 붙었다.

안시원이 걸음을 늦추고 그들 대화를 듣곤 바깥마당을 거쳐 봉놋방 앞으로 나섰다. 그는 술방 쪽 목로주점 안을 거쳐 장터로 나설 수도 있지만 그쪽 통로를 이용하는 바깥출입은 절대 하지 않았다. 또한 목로나 술방에서 술을 마신다거나 바깥주인으로서 장사 뒷일을 봐주는 법도 없었다. 술도가, 어물점, 육우간 거래는 전적으로 처의 몫이었고, 심지어 처가 주정꾼과 시비가 붙어도 좀체 나서지 않았다. 객줏집 운영은 감나무댁 소관일 뿐 장사와 무관하게 지냈다. 감나무댁도 그런 서방에게 가탈 부리지 않았고 남자 같은 활달한 성품에 센 입심으로 장사를 탈 없이 잘 꾸려나갔다. 아니, 감나무댁은 존경심을 갖고 서방 앞에만 서면 늘 조신했다. 체질이 비대한 여성이 생식 능력에는 더러 이상이 있듯, 그네는 슬하에 자식을 두지 못했다. 아녀자 칠거지악의 첫째 흠을 말없이 덮어주며 머리칼 희끗할 나이가 되도록 다른 여자에게 한눈판 적 없는 서방을 황공하게 여겼다. 그런 점에서보다, 안시원은 그네에게 과분할 정도로 읍내에서는 바른말을 잘하는 대쪽 같은 선비로 알려졌다. 두 사람이 어떤 인연으로 짝이 되어 이십여 년 전 '6·10 만세사건'(1926)이 있었던 이듬해, 경기도 수원 땅 용담에서 남도 진영까지 흘러들어왔는지 그들 내외가 읍내 장터에 정착한 몇 해 뒤에 언니를 찾아온 피붙이 봉주댁만이 알까 읍내에서 그 내력은 수수께끼에 부쳐져 있었다. 그런데 안시원이 근년에 들어 감나무댁 서방으로서 위엄을 보인 적이 한 차례 있었다. 그 사단이 그의 이마에 흉터를 만들어놓았지만, 장터 주변 사람들에겐 안시원이 안명궁(安名弓) 소리를 듣기에 족한 기억될 만할 사건이었다.

  해방 이듬해니, 사 년 전이었다. 지금은 치안이 질서가 잡혔지만 당시 미군정 치하 때만 해도 남한은 무법천지로, 진영읍도 마찬가지였다. 일제 때 그들 서슬에 눌려 운신을 못했던 건달이나 왈패가 제 세상을 만나 주먹 하나로 장터를 휩쓸었다. 징용 피해 만주로 내뺐던 젊은이들과 전시 노무자로 끌려간 자들이 환고향하자 청년들 일부가 그 무리에 휩쓸렸다. 그들은 자치대를 조직해 적산가옥이 된 버스정류장의 미츠비시상사(商社)를 사무실로 삼아 자치대 간판을 내걸었다. 자치대원은 완장 차고 읍내 유지와 지주 집을 돌며 자치대 유지비를 뜯어냈다. 그들은 읍내의 치안 유지란 취지와는 달리 하루가 다르게 방약무도해졌다. 장날이면 어수룩한 장꾼 주머니를 털고 장돌림을 윽박질러 자릿세를 거두었다. 감나무집에서는 갚을 약속 없는 외상술을 마시며 주사 부리기가 예사였다. 감나무댁은 넉살 좋게 비위를 팔며 푼돈을 집어주어 견뎠는데, 늦봄 어느 날이었다. 낮부터 술에 취해 술청을 엎고 난동 부리던 자치대원 셋이 끝내 감나무댁 머리끄덩이를 잡고 흔들며 패악을 부렸다. 부엌아이가 사랑채로 달려가, 마님이 큰일 났다고 일렀으나 안시원은 못 들은 체 밖으로 나오지 않았다. 활쏘기에는 제철이라 그날도 그는 궁시를 만지고 있었다. 행패 부리던 셋 중에 김막쇠라고 주사 심하고 손버릇 나쁜 건달이 있었는데 그 녀석이 유독 발광을 떨었다. 김막쇠는 부엌칼까지 들고 우쭐거렸다. 감나무댁의 비명에 장터 이웃들이 모여들었으나 감히 말리려 드는 자가 없었다. 손찌검을 견디다 못한 그네가 코피를 흘리며 안채로 달려들었다. 패거리는 주모를 쫓아 안채로 들어왔다. 그 지경이 되어도 그네는 서방에게 구원 청할 생각은 않고, 안채 툇마루에 앉아 고함만 퍼질렀다. "슬하에 장성한 자식 없으니 이 봉변을 당하는구나. 네놈들은 부모두 없나? 술 주구 밥 줬으면 됐지, 내가 너들한테 못헐 짓 한 게 뭐가 있노?" 그때야 사랑방 문이 열리고 안시원이 마루로 나섰다. "대낮부터 웬 주정들이고. 낯술이 과한 것 같은데 그만큼 패악을 쳤으면 됐네. 이제 그만하구 돌아들 가게." 사태의 긴박함과 상관없이 패거리를 점잖게 나무랐다. "저놈 말솜씨 한분 봐라." 막쇠 눈에 사랑 누마루에는 유식꾼으로 자처하며 거만 떠는 술집 기둥서방이

서 있었다. 막쇠가 마루로 달려 올라가 안시원의 멱살을 잡아채서 마당으로 끌어내렸다. 안시원도 막쇠를 맞잡고 얼렀으나, 저쪽은 가릴 것 없는 왈짜라 그는 금세 오금을 싸쥐고 주저앉았다. 막쇠는 안시원을 타고 앉아 부엌칼을 쳐들었다. "마누라 술장사나 시켜묵는 주제에 니가 무신 양반이라고 거들먹거려. 천총? 니 조상 중에는 백총 베슬한 늠도 읎을 끼라. 마누래 술장수 시키묵는 주제에 니가 니 맘대로 천총 베슬을 붙여? 오늘부터 감나무집 술애비다!" 막쇠가 안시원을 주먹질했다. "네놈은 애비두 없나. 감히 어디다 손을 대!" 하며 감나무댁은 분에 받쳐 고함을 질렀다. 막쇠가 칼질이라도 했는지 안시원 얼굴이 피로 물들자 그제야 행패를 그쳤다. 세 녀석은 개선장군처럼 당당하게 바깥채로 나갔다. "해방된 마당에 계속 술장사 해처묵을라모 앞으로 우리 허가를 받아야 돼!" 막쇠는 으름장을 놓곤 장터로 나섰다. 피가 쏟아지는 이마를 짚고 일어선 안시원의 눈빛이 살기를 띠었고 표정은 노기로 등등했다. 피가 뚝뚝 듣는 찢어진 세모시 겹옷을 벗곤 사랑으로 뛰어들더니 시위 팽팽한 활과 전동을 들고 나왔다. 그는 맨발인 채 마당을 질러 대문을 나섰다. 막쇠 패거리는 천주교 회당 쪽으로 저만큼 올라가고 있었다. 장터 구경꾼들이 모두 나서서 그 광경을 지켜보았다. 안시원이 한쪽 무릎을 꿇고 전동에서 꺼낸 화살을 절피에 꽂았다. 한순간, 오른손에 잡힌 화살이 바람 소리를 내며 시위를 떠났다. 화살은 막쇠패 중 한 명의 등줄기에 정곡으로 꽂혔다. 살 맞은 자가 비명을 지르며 무릎을 꿇었다. 막쇠가 뒤를 돌아보았다. "저 술애비, 증말로 쥑이뿔 끼다!" 하며 막쇠가 장터 아래로 달려 내려왔다. 칠십 미터쯤 거리였다. 안시원이 자세를 흩트리지 않고 다시 절피에다 화살을 꽂았다. 삼십 미터를 채 못 달려오다 막쇠는 허벅지에 화살을 맞고 그 자리에 고꾸라졌다. "못된 놈, 어서 오너라, 진짜 네놈 멱을 딸 테다!" 안시원이 호통을 치며 화살 꽂힌 시위를 당겨 막쇠를 겨누었다. 허벅지에 꽂힌 부르르 떠는 화살을 보던 막쇠 얼굴이 하얗게 질렸다. 살 맞은 바지에서 피가 배어나왔다. 구경꾼들은 벼락 치는 소리를 내는 장총이나 권총이 아닌, 활의 위력에 새삼 놀랐고 감탄했다. "천총 어른, 지발 살리주이소!" 막쇠가 손을 내저으며 외쳤다. 안시원이 화살을 거두고 일어섰다. 벗은 웃통으로 이마의 핏물이 줄을 이었다. "네놈 멱통을 뚫어놓을까 하다 이번만은 살려준다." 그가 대문께로 몸을 돌리자, 구경꾼들이 외쳤다. "증말 대단하데이, 명궁이다!" "천총 연세가 을맨데, 저 가슴패기 알통 봐라!" 사실이 그랬다. 그때까지 장터 이웃들은 안시원의 활 솜씨와 벗은 몸을 보지 못했는데, 쉰 고개에 올라선 나이임에도 상체에는 군살이 없었고 팔은 알통 나온 근육질이었다. "누가 저 몸 보고 신축(辛丑)생이라 카겠노." 기름장수 방노인이 감탄했다. 막쇠는 허벅지의 화살을 겨우 뽑아내곤 구경꾼들의 조소 섞인 웃음에 무안해져 절뚝걸음으로 멀어졌다. 집 안으로 들어간 안시원은 몸을 씻곤 그길로 지서로 내려갔다. 그날 저녁, 막쇠 패거리 셋이 지서로 연행되었다. 안시원이 소장에 합의 도장을 찍어 이틀 뒤 그들 셋이 풀려나왔지만, 그 뒤부터는 감히 누구도 감나무집에서 행패를 부리지 못했다. 그 소문은 읍내에 알려졌고 활로 사람 사냥을 한 희한한 구경거리를 놓친 사람들이 두고두고 아쉬워했다. 이어, 행정체제에 질서가 잡히고 지서가 치안을 강화하자 그 후부터 자치대 행패가 숙지막해졌다. 이승만이 만든 '대한독립촉성전국청년동맹'이 여러 우익단체를 통합하자 이듬해 자치대도 그 단체 지부로 흡수되었다.

봉놋방 방문을 열어놓고 권솔에게 이것저것 지시하던 감나무댁이 출타 복장으로 나선 서방을 보았다.

"점심땐데 진지 안 드시구 출타하십니까?"

"서교장이 점심 같이 먹자구 해서……" 안시원이 허리 꼿꼿이 세워 장터로 걸음을 놓았다.

안시원이 노점 포목점을 빠져 벽막이 없이 기둥 세워 천장만 함석지붕을 올린 가건물 아래 물고기 상자를 늘어놓은 어물전으로 올라갔다. 서교장 집은 중앙산의 과수원 안에 있었기에 장터 윗길로 올라가야 했다. 정오 무렵이라 장판이 한창 성시를 이루었다. 장바닥은 장꾼으로 차서 밀려다닐 형편이었고, 장돌림의 물건 파는 외침에 잡다한 소음까지 합쳐 장판이 시끌벅적했다. 양력으로는 1월 14일이지만 음력으론 동짓달 스무엿새여서 대목장이 되려면 아직 몇 장이 지나야 했다. 그러나 동짓달로 들어서면 추위를 무릅쓰고 부쩍 늘어난 장꾼들로 오일장은 어느 절기보다 활기를 띠었다. 농사일이 연중 한가한 절기이기도 했지만, 해를 넘기지 않겠다고 마을마다 사나흘이 멀다하고 한두 집은 혼삿날을 받아놓고 있었다. 잔치를 벌이려면 혼숫거리와 잔치 음식도 장만해야 했고, 시골의 팔 물건 사들일 물건의 유통은 모두 장날에 이루어졌다. 음력설을 한 달 남짓 앞두고 있었지만 제상 차릴 일이며 식솔에게 한두 가지 설빔이라도 준비하자면 마음부터 오일장에 나갈 한길이 빤히 내다보일 수밖에 없었다. 비단 설밑 대목장이 아니라도 내다 팔 것과 살 것을 구경하고 시세도 알아볼 겸해서 장 주위에 널린 마을 사람들이 떼를 지어 장 구경을 나오다보니 장바닥이 개미구멍 앞처럼 붐볐다.

안시원이 곡물전을 벗어나자, 선달바우산과 중앙산 사이의 골짜기로 오르는 골목이 나섰다. 골목을 잠시 올라가 도랑골을 지나 돌다리를 건너면 거기서부터 집이 없는 산 초입 비탈길이었다. 골짜기로 계속 빠져 산을 넘으면 오추골, 방동리, 하계리가 나왔다. 과수원은 산비탈 오른쪽에 있었다. 저만치 탱자울 안에 보이는 기와집이 서용하 교장댁이었다. 안시원이 돌다리를 건너자, 뒤에서 인사 소리가 들렸다. 서교장 딸 주희였다. 서울의 이화여전 음악과를 나온 서주희는 아버지가 교장인 읍내 중학교에서 음악 과목을 가르치고 있었다. 읍내에서는 일찍부터 재색 겸비한 규수감이란 평판이 난 바 있었다. 그러나 심찬수와의 혼사가 유야무야된 뒤, 들어오는 청혼을 거절한 채 몇 해를 허송세월로 보내고 있었다. 그사이 처녀 나이가 과년해버려 그녀를 도타이 여기는 주위 사람을 안타깝게 했다.

안시원이 글방 훈장 노릇을 접은 지도 십수 년이 넘지만, 그가 진영에 정착했을 무렵, 대여섯 해 글방을 열어 아동들에게 천자문과 『동몽선습』 『소학』을 가르쳤다. 박학한데다 교수법이 좋아 노인당에 달린 서당보다 그의 글방에 학동이 더 모였다. 그 시절,

보통학교 조선인 교사였던 서교장과 교분이 두터워 그의 맏딸 주희도 보통학교에 입학하기 전 두 해 동안 글방 신세를 졌다. 요즘은 중학교 선생으로 동격이 되었지만 지난날 사제간의 존경과 사랑이 따로 있었다.

"아버님 뵈러 가시는 길이네요." 서주희는 명주 겹저고리와 검정치마에 목 긴 양말을 신었다.

"방학 중인데두 바쁘구먼."

"교회에서 애들 글 가르칩니다."

"글 가르친다 하구 예수쟁이 만들 속셈이야 뻔하지."

"예수쟁이라니요, 선생님도 참……"

"어디 내 말이 글렀는가?"

"어린 생도들에겐 성경 공부가 곧 인생 공부이니 다른 과목 공부만큼 중요합니다."

"내 말이 그 말 아닌가."

"우리나라는 어느 종교든 선택은 자유지만, 예수교는 유교나 불교하곤 차원이 다릅니다."

"서양이 또 제 주장을 시작하는구먼." 안시원이 서주희가 든 성경책을 보았다. "나두 젊은 한 시절, 신약성경을 일독했어. 예수란 그 양반, 참 대단한 분이구나 싶데. 이천 년 전 옛날 옛적에 감히 그런 말씀을 할 수 있었다니, 무릎을 치며 탄복했더랬지. 그러나 차원의 높낮이를 떠나 예수교나 불교나 바른 인륜을 깨우쳐주구 내세를 논하기는 동일하다구 봐. 유교는 종교적 차원보다 생활규범과 예를 강조하니 그렇다 치구, 불교의 극락이나 예수교의 천당이란 말은 다 같은 소리야. 그런데 예수의 부활이란 기적만은 영 믿질 못하겠어. 죽으면 영은 하늘로 갈지 모르나 죽은 자의 영육이 다시 생명을 얻는다는 건 누가 뭐래두 있을 수 없다고 봐. 생명 있는 것에 사망선고가 내려지면 육체는 썩어 흙으로 돌아가는 게 만물의 이치거든. 예수교 아니면 절대 안 된다는 독선이나, 조상 경배조차 우상숭배로 모는 독단 역시 찬성할 수 없구." 안시원은 서주희가 생각을 간추릴 사이 말막음할 심산인지 결론을 내렸다. "서양과 그 문제는 다음에 또 토론하기로 하구 그만큼 해두겠어. 내 사설이 너무 길었군."

둘은 탱자 울타리 사잇길을 거쳐 과수원 문 앞에 도달했다. 사람 발소리에 과수원 개가 짖었다. 서주희가 앞장서서 과수원으로 들어갔다. 감나무 가지들 사이로 겨울볕이 다사로웠고, 어디선가 쑥새가 울었다. 전지된 회양목이 줄지은 소로로 잠시 들어가면 집이 나섰다. 안채, 사랑채, 행랑채, 곳간, 외양간으로 나누어진 집이 흩어져 있었는데, 기와 올린 안채와 사랑채는 정남향인 중앙산 쪽으로 돌아앉았다.

그만 들어가겠다며 서주희가 안채로 걸음을 바꾸었다. 안시원은 따로 떨어진 사랑채로 걸었다. 사랑 댓돌에는 흰 고무신과 광을 낸 구두가 있었다. 안시원이 사랑마루로 오르며 큰기침을 했다.

"안선생, 어서 오시오." 서용하 교장이 장지문을 열고 안시원을 맞았다. "특별한 일은 아니고 상(喪)도 무사히 치렀고 해서 환담이나 할까 하고 불렀소." 아우가 상을 당했기에 서용하는 삼우제가 끝났으나 상복을 벗지 않았다.

안시원이 모자를 벗고 방으로 들어갔다. 몸이 홀쪽하고 키가 작은 지서장 한광조 주임이 책상다리로 앉아 있다 엉거주춤 일어서며 안시원을 맞았다. 그는 서교장이나 안시원보다 십 년은 수하였다.

 "······글쎄 말입니다. 그게 계획적이었다, 이 말이거든요." 한광조는 작은 체신과 달리 입이 컸고 목청이 걸쭉했다.

 "지나리 차씨 얘기요." 서용하가 안시원에게 귀띔했다. 그가 지서 주임에게 말머리를 돌렸다. "나도 그렇게 생각했더랬소. 아래(그저께) 뿌려졌다는 가술, 물결, 가동, 설창 여타 지역의 삐라도 바로 그 사건과 연관이 있어요. 북조선은 해방 이듬해 삼월, 한 달 만에 무상몰수에 무상분배로 토지개혁을 끝내 농민 일백 프로를 자작농으로 해방시켰다든지, 남조선은 작년 유월에야 농지개혁법을 공포하고선 아직도 밍그적거린다든지 하는 소리부터가 그놈들의 상투적인 선전 술책이라요. 더욱 낙동강 앞벌에 널린 유하 땅을 소작 내고 있는 마당이니, 그 삐라가 어느 놈들 소행이며 누구를 꼬실라고 배포한 것인지 알 만하잖습니까. 차씨가 자기 주인을 능지처참하기로 작심해선······" 서용하는 평소의 태도와 달리 목소리가 들뜬 채 입에 담기가 무엇한지 끝말을 흘렸다. 아우 장례 뒤치다꺼리로 잠을 설친 탓에 눈엔 아직도 핏기가 서렸다.

 "삐라 살포자를 잡진 못했으나, 조민세와 배종두를 필두로 재작년에 입산한 야산대(野山隊)가 이 일대 산야를 누비며 활개 치구 있어요. 놈들 세포두 마을마다 박혔겠구. 조만간 뿌리를 솎아내야지 그대로 뒀다간 앞으로 또 이런 사단이 안 벌어진다구 장담 못합니다. 작년 여름까지는 심산에 웅크린 공비가 기승을 떨더니, 군경의 꾸준한 토벌로 올해 들어 좀 잠잠해졌다 싶었는데……" 한광조가 주머니에서 등사된 삐라를 꺼냈다. "천총 어른, 이 삐라 좀 보십시오."

……1946년 3월 북조선인민공화국은 김일성 장군님의 영도 아래 토지개혁을 실시해 무상몰수 무상분배, 소작제 철폐, 부농 성장 제한 조치, 매매 및 저당 금지를 원칙으로 했다. 김일성 장군님은 토지개혁의 중요성을 두고 다음과 같이 교시하였다. "토지 문제는 민주주의 혁명 단계에서 선차적으로 해결해야 할 초미의 문제입니다. 토지 문제를 해결해야만 농촌에 뿌리박힌 반동세력의 경제적 지반을 없애고 농민들을 봉건적 착취에서 해방하여 그들의 정치적 열성을 비상히 높일 수 있으며 나라의 전반적인 정치 경제 문화생활을 민주화하기 위한 사회정치적 기반을 강화할 수 있습니다. 또한 토지개혁을 하여야만 농업 생산력을 봉건적 질곡에서 해방하고 빨리 발전시켜 민족공업과 전반적인 민족 경제의 부흥 발전을 힘 있게 추동할 수 있습니다." 이 얼마나 조선 농촌과 농민이 당면한 현실을 직시하여 농업혁명의 획기적 성과를 기약하고 전체 농민을 살리는 위대한 조처입니까. 이 얼마나 노동 계급의 지원을 강화하면서 고용농민과 빈농에 튼튼히 의거 중농과 굳게 동맹하여 부농을 고립시키고 지주의 온갖 반항과 술수를 철저히 분쇄하겠다는

단호한 맹세입니까. 남조선의 농지개혁은 미 제국주의의 사주를 받은 매국노 이승만 괴뢰정권의 사기극입니다! 부농과 지주의 권익 옹호에 앞장선 남조선 농지개혁은 전면 무효로 몰아붙여야 합니다! 세금, 공출, 소작료, 부역에는 일절 응하지 말고 맞받아 투쟁해야 합니다! 지주는 이미 자기 땅을 다 팔아먹었고,. 소유권도 명의 변경시켜놓은 지 오래입니다. 빈농과 고용농민이 나눠 받을 땅이 어디 있으며, 오 년간 분할 상환이란 농민의 노예 상태를 영구화하려는 부농과 지주, 지배 계층의 술책이 아니고 무엇입니까……

"내용적으로 논리가 정연하구, 글씨를 보니 달필이야. 산속에서 등사했을 리 없구, 도회지루 나다니며 이걸 나르는 연락책이 따루 있겠군." 안시원이 삐라를 한광조에게 넘겨주며 물었다. "지 나리 차씨 집 주위에는 지금두 잠복근무를 시켜요?"

"강차석이 죽을 노릇입죠. 며칠째 코앞인 하숙집두 못 들어가는 실정입니다."

"읍내 한복판에서 벌어진 살인 사건 범인을 아직두 못 잡다니……" 이번 일이 아니더라도 안시원은 한주임을 못마땅해했다.

"잡아야지요. 그게 쉽진 않겠지만 꼭 잡고야 말겠습니다."

한광조는 재작년에 진영지서 주임으로 부임해온 후, 읍내 유지라고는 해도 객줏집 주인에 지나지 않는 안시원의 대단찮은 신분을 알면서도 그 앞에서는 주눅들 수밖에 없는 요인이 있어, 까다로운 그와의 대면을 좋아하지 않았다.

안시원이 지금은 타계했지만 읍내에서 오 리 남짓 떨어진 금봉리의 김진사와는 일제 때부터 교분이 두터웠는데, 그의 아들 병훈이 어린 시절 안시원의 글방을 무시로 출입했다. 진영 대창국민학교를 거쳐 부산에서 중학 과정을 공부하고 일본 교토대학 법문학부를 다닌 김병훈이 지금은 나는 새도 떨어뜨린다는 시아이시(CIC, 미군 방첩부대) 부산지대에 통역 고문관으로 있었다. 올해 정초만도 그가 미군 지프를 타고 금봉리에 들렀던 길에 안시원에게 스승의 예를 깍듯이 차렸고, 지서에 들러선 지서장과 면담하며 읍내와 금봉리 일대의 치안 상태를 묻고 가기도 했다. 한광조는 안시원의 그런 든든한 배경을 잘 알고 있었다. 또한 그는 안시원과 같은 경기도 출신으로, 공개석상에서 대놓고 발언한 적은 없었지만 어떤 경로를 통해 알았는지 자신의 일제 때 이력을 안시원이 대충은 짐작하는 눈치였다.

"어떤 일이 있더라도 그놈은 잡아야 해. 집안 원한을 갚는다기보다, 작인이 자기 상전을 죽이는 이런 말세에, 읍내 위계 질서를 위해서도 반드시 잡아들여서 죄의 대가를 받게 해야 해요." 서용하가 아금받게 말했다.

"저쪽에선 지주를 인민재판에 회부해선 타지로 쫓아 평생 고생하는 노동판엘 보내구, 평판이 아주 나쁜 자는 징역까지 살린다는데, 새삼 무슨 지주 타령이오. 한주임이 자기네 소관으로 알구선 꼭 잡아들이겠다구 했으니 짐짓 기다려볼 일이지." 안시원이 시퉁하게 말했다.

"안선생, 감히 어떻게 그런 말을. 누가 아니랄까봐 그놈의 입하고선…… 그럼 이북 망나니들 하는 짓이 다 옳단 말이오?" 서용하가 발끈했다.

"말이 났으니 그렇단 말이지요." 안시원이 얼굴을 돌린 채 헛기침을 했다.

"오늘은 어찌 교장 어른과 천총 어른이 뒤바뀐 것 같습니다그려." 껄끄러워진 분위기가 재미있다는 듯 한광조가 미소를 띠었다. "이북에선 지주가 반동세력의 표본입지요. 그래서 짐승 내치듯 사람 내치는 그 꼴 못 봐내겠다며 많이들 월남했잖습니까. 해방 후부터 작년까지 저쪽에서 내려온 난민 수가 일백육십만 명이라든가? 남한 인구가 일천칠백만 정도라니 그 수가 일 할에 가깝잖습니까. 서울엔 몇만 모여도 거기엔 반드시 이북 출신이 섞였답디다."

"이북에 지주 숫자가 그만큼 많은 게 아니구, 저들로부터 불이익을 당할까봐 겁이 나서 내려온 동포까지 합쳐 그만큼 많다는 게지. 갑자기 세상살이가 전면 바뀌어버리면 사람들은 대체로, 세상이 이래도 되는가 하고 불안해들 하지. 저쪽은 종교를 아편이라 말하니 종교인들이 많이 월남했구." 안시원이 정정하여 말했다.

바깥에서 기침 소리가 들렸다. 행랑식구 채서방의 읍장님이 오셨다는 말에 이어, 다들 오셨군 하며 읍장 허구가 마루로 올라섰다. 서용하가 방문을 열고 읍장을 맞으며 채서방에게, 이제 상을 들여보내라고 일렀다.

"우째 이래 바뿐지, 어데 틈이 나야제. 오포 소리 듣고 막 나설라 카는데 오추골 이장이 와서는 좀 보자 캐서……" 읍장 허구가 방으로 들며 수선을 떨었다. "군청에 출장 나간 부읍장은 오늘 아침에 온다 캤는데 무슨 일인지 안죽 안 왔제, 작년 말에 실시한 임시 징병검사 보고서가 잘못됐다고 군청서 연방 공문 새로 보내라는 독촉장은 날라오제……"

"사람은 바빠야 안 늙는답니다. 그래두 읍사무소야 우리하구 달라 해만 지면 다들 집에서 다리 뻗구 앉아 쉬잖아요. 우리야 어디 밤낮이 있나요, 출퇴근 시간이 정해져 있나요." 한광조가 말했다.

잠시 뒤에 아낙 둘이 음식이 가득 차려진 교자상을 맞잡고 들어왔다. 쇠고기 갈비전골, 산적, 도미찜이 있었고, 곰국에는 구수한 김이 올랐다. 채재학의 처 점복이 부른 배를 앞세워 주안상을 따로 보아 팔모반을 들고 왔다.

"시장들 하실 낀데 식사나 하며 반주로 드십시다." 서용하가 말했다. "이사장한테도 점심 같이하자고 전갈했는데, 오늘 첫차로 마산에 나가 빠졌소. 이사장은 요새 마산 염색공장에 붙어사는 모양이라." 이사장이란 심동호를 두고 하는 말이었다. 서용하가 손님 술잔에 약주를 쳤다.

내실께선 아직 거동이 불편하신데 음식상이 걸쭉하다고 한광조가 인사 삼아 말했다. 서용하의 처 동래댁은 척추가 좋지 않아 일 년째 자리보전하며 쑥뜸 치료로 버텨내고 있었다. 이번 상례에 여러 모로 후의를 베풀어줘서 감사하다며 서용하가 술잔을 들었다. 셋은 술잔을 비웠으나 안시원은 입술만 적시곤 잔을 놓았다.

그는 담배나 술을 즐기지 않았다.

 식사를 하면서도 농지개혁과 살인범 차구열에 대한 화제가 이어졌다. 허구는 말이 많았고, 한광조와 서용하는 읍장 말을 거들었다. 안시원은 듣는 편이었다. 서용하가 범인 체포를 두고 누차 강조해서 한광조를 곤혹스럽게 만들었다. 마치 오늘 점심 초대가 허읍장과 바른말 잘하는 안시원을 뒷배 삼아 지서장에게 닦달하려는 자리 마련 같았다. 한광조는 잘 차려진 음식상이지만 입맛이 개운치 않았다. 식사 뒤 반 되들이 청주 주전자를 비우자 한광조와 허구는 사무가 바쁘다는 핑계로 자리에서 일어났고, 안시원도 따라 일어섰다.

 허구는 장터로 먼저 바삐 내려갔다. 한광조와 안시원이 뒤처져 걸었다. 도랑골에 걸린 돌다리를 건너자, 성냥개비로 이빨 쑤시며 걷던 한광조가 걸음을 늦추었다.

 "천총 어른, 작은서씨가 말입니다……" 한광조가 술기 띤 얼굴로 안시원을 보았다. "살인범 차씨 마누라를 겁탈하려 했다는 걸 아십니까?"

 "겁탈이라니, 그러면 차씨가 그 원한으로?"

 "거기까진 모르시는군요. 보시면 알겠지만, 차씨 마누라가 육덕 좋구 얼굴이 꽤 반반합지요. 사건 나기 이틀 전, 밤이 이슥해서 작은서씨가 빚 채근하러 지나리로 직접 들어갔습죠. 마침 차씨가 집에 없었어요. 그놈이야 밤엔 지하공작 하러 마실 다니느라 바쁠 게 뻔합죠. 작은서씨가 서방이 없다는 낌새를 알구 갔는지는 알 수 없으나, 마침 집에는 차씨 마누라와 자식들밖에 없었답니다."

"그 얘긴 누가 한 말이오?"

"차씨 처를 족쳐 얻어냈지, 땅속에 묻힌 시신이 어찌 입을 열겠습니까." 안시원이 잠자코 있자, 한광조가 말을 이었다. "작은서씨가, 빚을 갚아라 어쩌라 하며 에멜무지로 차씨 처를 들볶아쳤지요. 차씨 처는 애들 애비께 말하라며 잡아뗐다지 뭡니까. 그러자 작은서씨가 그 여편네를 잡구 늘어지며, 서방을 안 찾아내면 댁이라두 인질로 잡겠다구 협박한 끝에, 서방 찾는다는 핑계로 방죽길까지 끌구 나온 것 같애요. 작은서씨가 차씨 처를 끌어내며 실랑이질하는 걸 옆집 맹씨 여편네두 담 너머로 봤구요."

"거참…… 그래서?"

"하여간 방죽길에서 작은서씨가 덤벼든 모양인데…… 그 여편네 가슴에 난 손톱자국이며, 작은서씨 손목을 문 시신의 이빨자국을 내 눈으로 확인했습죠. 장본인이야 겁탈 안 당했다지만, 그 점은 족친다구 나발 불겠어요? 서방이 시퍼렇게 살아 있는데, 아무리 낯판때기 두꺼운 여편넬지라두 감히 그 문제를 술술 뱉겠습니까." 술기로 풀어진 한광조의 작은 눈이 웃었다. 어느새 장터 어귀에 도착하자, 한광조가 목소리를 사무적으로 바꾸었다. "이 얘긴 당분간 비밀에 부쳐주십시오. 조사가 진행 중이니깐요. 천총 어른, 그럼 전 지서로 내려가겠습니다."

한광조는 어물전 쪽으로 내려갔다. 좁게 난 길은 떠밀려서 다녀야 할 정도로 붐볐다. 한광조는 기분이 흡족했다. 주머니에는 차구열 사건 수사 비용에 보태라고 서교장이 찔러준 봉투가 들어 있었다. 자그마치 일만이천 원이었다. 작은서씨 처 안골댁 주머니에서 나온 돈인지 서교장이 마련했는지는 알 바 없었고 알 필요도 없었다. 한 달 생활비는 빠진 셈이었고 앞으로도 그런 용도의 용돈은 서교장이나 안골댁으로부터 더 들어올 거라는 계산이 나왔다. 지서에 접수되는 사건이 가진 자와 결부되면 떨어지는 고물도 그만큼 있게 마련이었다.

"왜 길거리에 늘어놓구 지랄들이냐"며 한광조가 길가 생선 상자를 구둣발로 찼다. 퍼뜩 치우겠다고, 가게에 자리를 못 잡은 뜨내기 목판장수 아낙네가 상자를 머리에 이고 일어섰다. 그네는 사복 차림의 한광조가 지서 주임인 줄은 몰랐으나 권세깨나 부리는 사람으로 알아본 것이다. 장터를 빠져나와 신작로로 나선 그는 맞은편 지서 정문을 나서는 청년을 보았다. 학생복에 사각모를 쓴, 죽은 서유하의 아들 성구였다. 서울대학교 법과대학생인 그는 방학 때였으나 서울에 눌러앉아 고시 공부를 하다 부친의 급서 전보를 받고 귀향해 있던 참이었다. 국민학교를 향리에서 졸업하고 중학 과정부터 서울로 유학한 그는 철학이나 외국문학 쪽 공부를 원했으나 부모의 우격다짐으로 법과에 진학했다. 공부꾼답게 도수 높은 안경을 낀 그는 늘 생각에 잠긴 표정인데다 성격 또한 내성적이었다. 고향에 머무는 동안도 바깥나들이는 거의 않고 독서를 하거나 사촌간인 성호와 어울렸다. 둘은 대흥국민학교 동기동창이었다. 서교장의 아들 성호는 서울대학교 예술대학 서양화과에 재학 중이었다.

"서군, 지서에 들렀나보군?" 한광조가 물었다.

"편지를 지서에 맡기고 오는 길입니다. 혹 참고가 될까 해서요."

"어떤 편진데?"

"일본서 온 편진데, 아버님 유품을 정리하다 발견했어요."

"일본서 온 편지라, 그렇담 차씨 형한테서 온 편진가?"

"동생한테 보낸 게 아니고 아버지께 직접 보낸 편지라서……"

"고맙네. 그럼 가보게." 한광조가 몇 발 걷다 돌아섰다. "또 무슨 증거가 될 만한 걸 찾거든 지서로 보내주게."

한광조가 단층인 지서 건물 안으로 들어섰다. 장날이라 지서 안도 붐볐다. 읍내 근동 마을 이장들에다 피치 못할 사정을 호소하는 가해자 가족과 사건을 신고하러 온 피해자도 서넛 있었다. 절도범, 도벌범, 도박꾼도 있고 싸움패도 있었다. 그중에는 좌익 성향의 인근 마을 사람들 동태 보고차 들른 정보꾼도 있었다. 지서에서는 근동 마을마다 한두 명씩 정보원을 확보해두고 있었다.

"작은서씨 아들이 편지 가져왔다데" 하고 한광조가 강명길에게 물었다. 창가 쪽에 자리한 강명길이 서랍에서 편지를 꺼내 주임에게 넘겼다. 강명길 책상 앞에는 젖먹이를 안은 차구열 처 아치골댁이 파르족족한 얼굴로 앉아 있었다. 머리칼은 검불 같고 옷매무시도 험해 실성한 여자 꼴이었다.

한광조가 편지봉투를 보았다. 정식 우편물이 아니었고 인편에 전한 서찰이었다. 그는 미농지로 된 편지를 꺼냈다. 편지는 일본어로 적혀 있었다. 한주임은 일제 때 보통학교를 졸업했기에 일본글을 쓰고 읽을 줄 알았다. 보내달라는 물건은 구하기가 힘들다, 보내준 물건은 잘 받았다는 내용이었다. 다만 아우가 매입한 농지 대금은 자기가 조속히 해결하는 방법으로 물건을 구해 보내겠다는 추서가 달려 있었다. 날짜는 소화 24년 12월로 적혔으니 작년에 보낸 편지였다.

"일본서 보낸 물건이야 알겠다만 보낼 물건이라니? 이건 무슨 뚱딴지같은 소리야." 한광조가 강명길에게 편지를 돌려주며 머리를 갸우뚱했다.

"작은서씨가 차씨한테 장리빚 놓고 땅을 넘긴 이유야 대충 밝혀졌지만, 서씨가 일본으로 무슨 물건을 보냈는지, 그걸 밝혀내야 할 것 같심더."

"지서장 나리님, 강차석님……" 지서 주임과 강명길을 번갈아 살피던 아치골댁이 우는 젖먹이를 안고 의자에서 일어났다. "방금 집에 보내줄라 카다가 그 편지 보더마는 또 좀 있으라 캅니더. 지는 알라 아부지가 한 일은 증말로 모릅니더. 아는 거는 사실 그대로 다 말했고예." 그네의 눈에서 흘러내린 눈물이 갈라터진 뺨을 적셨다. 그네의 양손 손톱은 꺼멓게 죽었고 멍이 든 목도 부기가 빠지지 않았다. 며칠 전에 지서 지하실에서 당한 고문 탓이었다. 그네는 사흘 동안 지서에 갇혀 취조를 받다 그저께 풀려났다 오늘 아침에 다시 지서로 불려온 참이었다. "알라는 배고프다고 짜쌓지예, 하도 굶어 젖은 한 방울도 안 나오지예. 집에는 몇 끼 굶은 자슥들이 기달립니더……" 그네가 젖먹이를 추스르며 통사정했다. 돌 안 된 계집애는 피골이 상접해 노란 머리털이 가을 묏등 같았고 이마에 심줄이 비쳤다.

"예로부터 부부는 일심동체라 했는데 아줌마 서방이 살인을 했으니 자업자득으로 당하는 고초 아니겠수. 그러니깐 숨기지 말구 모든 걸 사실대로 말해요. 그럼 강차석이 알아서 집으로 돌려보내줄 테니." 한광조가 말하곤 주임실로 걸음을 옮겼다.

 아치골댁은 해가 진 뒤에야 지서에서 풀려났다. 온몸은 피멍이 들어 삭신이 쑤셨고, 걸음 떼어놓기조차 힘들었다. 젖먹이 딸애는 울기에도 지쳐 죽은 듯 등짝에 붙어 있었다. 등으로 딸애의 온기조차 느껴지지 않았다. 그네는 장터에 사는 시가 재종형 댁에 들러 죽이나 한 그릇 얻어먹을까 하다, 그냥 밤길을 내쳐 걷기로 작정했다. 온몸이 젖은 솜처럼 풀어진데다 하루를 꼬박 굶은 그네로서는 자정이 가까워야 아치골 친정에 도착될 시 오리 길 이수(里數)였다.
 "억울하고 서러운 내 팔자야. 전생에 무신 원한이 맺혀 내 신세가 이 꼴인고. 아이구, 울 엄마요. 초롱 같은 세 자슥 데불고 앞으로 우째 살아야 할꼬……" 어두운 땅을 밟으며 아치골댁은 쉼 없이 어깨 떨며 훌쩍였다. 밤과 더불어 몰아치는 찬바람이 장독(杖毒)으로 걸레쪽이 된 그네의 몸을 날릴 듯 휩쌌다. 눈물에 가려 아스라한 별도 눈송이처럼 흐려 보였다.
 그네는 아치골로 가는 길목에 있는 지나리 맹씨 집에 들렀다. 그 집 처지에 죽인들 남겨뒀을 리 없어서 한 끼 얻어먹을 수도 없었다. 그네는 맹씨댁의 죽 끓이고 남은 더운물로 목을 축이고 숨이 가랑가랑하는 젖먹이에게도 물로 배를 채워주었다. 단칸방이라 잠자리가 좁지만 어떻게 끼여 자고 아침에 떠나라는 가실댁의 간청을 뿌리치고 젖먹이를 들쳐 업었다. 삽짝을 나서니 바람은 더욱 맵고 찼다. 아치골까지 낙동강을 따라 달도 없는 밤길이 십 리 길이였다. 일주일 전만 해도 다섯 식구가 단란하게 살던 집에 눈을 주었다. 삽짝이 열린 채 젖혀졌고 봉창은 깜깜했다. 며칠 전까지 저 집에서 살았다는 사실이 실감나지 않았다. 염병으로 흉가가 된 물방앗간이나 폐가로 버려진 무당집을 보는 듯했는데, 깜깜한 방에 애 아비가 눈 부릅뜨고 숨어 있을는지 모른다는 생각이 들었다. 그런 생각만 해도 무서웠다. 서방을 만나기가 지서 지하실로 내려가기만큼 두려웠다. 그럴 리가 없어, 어느 먼 산속으로 도망가 이 추운 날씨에 산짐승처럼 쏘댈지 몰라, 하며 도리질했다. 태평양전쟁에 끌려가 그 먼 북지에서도 살아 돌아온 서방인지라 쉬 죽지는 않았을 거라고 믿었다. 눈물이 뺨을 타고 내려 별빛이 뿌예졌고, 서방이 살기등등한 눈으로 자기를 내려다보고 있었다. 서방이 징병에 뽑혀 만주로 떠난 후 이 년여 시어머니 모시고 독수공방을 살 때 떠오르던 지아비 모습이 아니었다. 이제 지은 죄로 하여 서방을 대면할 수 없을 것 같았다.

"한분만 용서해주이소. 하늘님도 이년이 이심 품은 거 아인 줄 아실 테이께 지 본마음만 봐주이소." 속으로 하소연하지만 서방의 살쾡이 닮은 눈초리가 정수리만 팔 뿐, 들녘을 휩쓰는 바람 소리 외엔 어디에서도 대답은 들려오지 않았다. 무뚝뚝하고 손찌검도 잦았으나 그 여문 등짝에 의지하는 데 그만큼 실한 서방도 없었다. 여필종부라, 그저 평생을 그 그늘 입고 살며 욕먹고 매 맞는 것이야 팔자소관이요, 서방에게 따로 기릴 만한 점이 없지도 않았다. 평소 술과 노름을 멀리했고, 자식들 사랑하기와 잠자리 금실만은 도타웠다.

"염 소리 들릴 것 같은 빈집을 멀 그래 넋 놓고 보고 섰노. 마 우리 집에서 등 붙였다가 내일 새북에 떠나라 카인께." 가실댁이 말했다.

"가야지예. 두 자슥 에미 기다리는 아치골로 가야지예." 아치골댁이 조그맣게 중얼거렸다. 그네는 저리고 쑤시는 오금에 힘을 주었다. 더운물이나마 빈 위장을 데워선지 힘이 났다.

가실댁은 동구 앞 느티나무목까지 아치골댁을 배웅하곤 한뎃바람에 떨며 집으로 걷다 안타까운 마음으로 돌아보았다. 이미 어둠에 지워져 아치골댁의 자태는 보이지 않았다.

"참말로 모질고 옹골차다. 저 몸으로 이 매븐 들바람 마시며 십리 길을 걷다이." 가실댁이 혀를 차며 중얼거렸다.

1월 15일

 정양차 내려온 허정우가 읍내 장터에 정착한 지 여드레째를 맞는 날이었다. 그동안 그의 지병은 어떤 징후도 보이지 않았다. 보름을 주기로 따진다면 한 차례쯤 있어야 할 발작이었다. 그런데 점술이엄마가 보아준 저녁밥을 먹고 난 뒤였다. 호롱불을 밝혀놓고 일어판 아놀드의 『교양과 무질서』를 읽던 중에 발작의 조짐이 나타났다. 처음엔 목구멍이 답답하더니 목이 졸리는 느낌이었다. 천장을 보고 반듯이 누웠다. 숨이 가빠지고, 예의 불안이 심장을 죄어왔다. 불안은 환각 증세로 이어져서 천장 대들보와 서까래가 눈앞에서 엇갈렸다. 눈을 감았으나 심장을 죄어오는 압박감을 견디지 못해 눈을 떴다. 협심증의 시작이었다. 일어나 앉자 흉골 안쪽에도 통증이 미쳤으나 참지 못할 정도는 아니어서 앉은뱅이책상 서랍에서 약병과 약봉지를 꺼냈다. 서울서 가져온 상비약으로,

미군 부대 의무대를 통해 구한 니트로글리세린 정제가 든 병과 진정제 봉지 약은 협심증 응급 처치용이었다. 진정제 한 알을 머리맡의 숭늉으로 삼켰다. 협심증은 무엇보다도 안정이 중요했다. 편안한 자세로 누워서 숨길을 조절했다. 생활비와 학비를 해결하려고 미 군정청을 들랑거리며 번역물을 맡아올 때, 그는 협심증 발작을 처음 경험했다. 사십대나 오십대, 그것도 육류를 많이 먹는 서양인이 잘 걸리는 성인병이 영양실조증을 겨우 면한 젊은 동양인에게 찾아온 까닭을 허정우는 납득할 수 없었다. 그 증세가 주기를 이루자 차츰 병과 친숙해졌고, 누구의 도움을 청할 게 아니라 자신이 다독거려야 하는 인내에 익숙해져갔다.

 오 분 정도 이어지던 심장의 압박감이 물러갔다. 이번은 증세가 비교적 가벼운 셈이었다. 온몸이 해면같이 풀어져 꼼짝을 할 수 없었다. 허정우는 이번 발작이 어떤 동기로 왔을까를 따져보았다. 진영에 정착하고 며칠은 감기 후유증이 있었다. 나흘째던가, 세수를 하다 코피를 쏟은 뒤에야 찌뿌드드하던 몸이 가뿐해지기 시작했다. 그로써 막혔던 코가 트였고 기침이 끊기더니 입맛이 돌아왔다. 그 뒤로 발작을 맞기까지 새 환경에 적응하려고 서두르는 짓은 삼갔다. 심찬수의 청으로 두 번 다방으로, 한 번은 주막 감나무집에 들른 것 말고 외출은 삼갔다. 식전에 선달바우산으로 산책 나가는 것 외에는 방 안에 박혀 지냈다. 가져온 책을 읽거나 서울서 번역하던 브라이스의 『근대 민주정치』를 틈틈이 이어나갔다. 오늘만도 그가 한 일이라곤 산책과 독서였고, 주인집 점술이네 식구 외에는 인사 나눈 사람조차 없었다.

바람이 세찬지 문풍지가 떨었다. 뒤란 텃밭에서부터 노인당 주위 산등성이를 덮은 대숲이 밤바람을 타고 수런댔다. 허정우가 혼곤한 잠에 빠져들 때 바깥에서 허정우를 찾는 소리가 들렸다.

"허선생님 계십니꺼." 이제 또렷한 목소리였다. 허정우가 방문을 여니 어둠 속, 축담에 한 소년이 서 있었다. 봉주댁 둘째아들 조갑해였다. "감나무집에서 심부름 왔습니더. 친구분이 기다린다고 전하라 캐서예."

"미안하다구, 몸이 아파 못 간다구 전해줘."

"그카께예." 방문을 닫으려는 허정우에게 소년이 물었다. "선생님이 우리 학교에서 영어를 가르칠 끼라면서예?"

누가 그러더냐고 허정우가 묻자, 서울서 온 선생님이라고 장바닥에는 소문이 났다고 소년이 말했다.

소년이 가버리자, 허정우는 한쪽에 접어놓은 요와 이불을 펴곤 머리맡의 호롱불을 껐다. 잠자리에 들었으나 어느새 잠이 달아나 정신이 말똥했다. 진정제 덕분인지 심장의 압박감도 가서 조금 전 발작이 언제였나 싶었다. 잠이 오지 않자 서울 형님께 편지를 쓰기로 하고 호롱 심지에 불을 댕겼다.

형님께.

형님, 형수님 그동안 안녕하셨습니까. 저는 잘 지냅니다. 친구가 하숙방에 책상까지 마련해주어 이곳 생활은 전혀 불편이 없습니다. 무위도식이라 할 만큼 한가한 나날이지만 시간표를 짜서 규칙적인 생활을 합니다. 건강만 회복되면 상경하여 남은 학기를 끝내고 싶고 평양에서 내려올 때 결심했듯 대학 강단에 섰으면 싶은 부질없는 의욕이 다시 솟습니다. 그러나 모든 것은 미래의 시간이 결정해줄 겁니다. 형님 따라 월남할 때의 미래 청사진이 남한 땅에서 어떤 결과로 나타났으며 끝내 형님과 저마저 이렇게 갈라놓은 결과를 되짚을 때, 저는 미래의 가능성에 환상을 갖지 않기로 했습니다. 보다 건강관리에 이기적이지 않으면 안 되겠지요. 고향 사람 만나게 되어 집안 소식이며 신혜 소식 들은 게 있다면 알려주시고……

허정우는 편지를 써나가다 필을 멈추었다. 조금 전에 있었던 첫 발작을 쓸까 하다 그만두기로 했다. 해결책이 없는 걱정거리를 보탤 필요가 없었다. 그래서 협심증은 아직 반응이 없다는 거짓말을 추서로 달았다. 저녁밥 먹기 전까지는 틀린 말이 아니었다. 편지봉투에 수취인과 발신인 주소를 쓰고 났을 때, 밖에서 기침 소리가 들렸다. 누군가 쪽마루로 올라섰다.

"어디가 아퍼? 협심증인가 심장병인가, 그게 도졌어?" 심찬수가 방 안으로 들어섰다. 그는 술 주전자를 들고 있었다.

"초저녁부터 취했구먼."

"아프다고? 내가 보기엔 멀쩡한데그래? 정양한답시고 감옥살이하러 내려온 건 아니잖아. 술도 마시며 외로운 촌놈한테 친구 되어주면 안 되나?"

"조금 전 발작이 있었디. 여기선 협심증이 첨인데, 진정제로 가라앉틴 참이야."

"심장병에는 한두 잔 술도 약이 된다는 말을 들었어." 심찬수가 방문을 열더니 안방에 대고 소리쳤다. "점술이어무이 계신교?"

안방 장지문 창호지가 밝았다. 점술이엄마는 호롱불 아래 양말 뒷굽을 깁고 있었다. 그네는 해방 이듬해 삼남을 휩쓸어 일만여 사망자를 낸 호열자로 서방 잃은 과수댁이었다. 작년에 서교장댁 청지기 채서방에게 점복이를 출가시킨 후에는 아들 점술이와 딸 우점이를 데리고 살았다. 해방 전부터 심동호 관리의 논 여섯 마지기를 소작으로 부쳤는데, 그 땅은 일찍 타계한 심동호 백씨의 장자 심찬규 앞으로 등기된 논이었다. 심찬규는 1946년에 육군사관학교를 2기로 졸업한 후, 현역 소령으로 경기도 포천 부근 전방에서 근무를 하고 있었다. 작년 봄부터 지서 강명길 차석을 아래채에 하숙 붙여 쌀말 값을 보태던 중 심찬수 소개로 시집간 딸자매가 썼던 건넌방에 허정우를 하숙 손으로 받은 참이었다.

"되련님은 은제 오셨습니꺼. 요새는 가는귀가 묵었는지 통 소리를 몬 새겨들어 사람이 왔는지 갔는지 모르겠구만예." 점술이엄마가 마루로 나섰다. 상대가 자식뻘이지만 그 집안 농토를 부치니 상전으로 섬기지 않을 수 없었다.

"술잔 두 개하고 상 좀 봐주이소. 금방 갈 테니 안주는 김치면 됩니다." 심찬수가 아래채를 보니 방문이 깜깜했다. "강차석은 아직 안 온 모양이지요?"

"요새는 밥도 안 묵고 잠도 집에서 안 자이 하숙비 받기도 미안합니더."

"그 양반, 지나리 차씨 잡는다고 똥줄 탈 겁니다."

"자넨 매일 술인 모양이군. 어쩔려구 그래?" 허정우가 말했다.

"어쩌긴 뭘 어째. 그냥 마시며 사는 거지. 인생이란 별것 아냐. 나도 한때 좌파였지만, 한 시절 부질없던 꿈이었지. 젊을 때 치르는 열병 있잖나." 심찬수가 더부룩한 머리칼을 긁적거리더니 공허하게 웃었다.

"지금은 젊디 않구?"

"그만 해두자. 과거를 반추한다는 게 골치 아파."

점술이엄마가 간단한 술상을 보아 왔다. 안주는 동치미에 파래무침이었다.

찬이 변변찮아 안주가 될지 모르겠다고 점술이엄마가 말하곤, "허선상님은 부처님 같아 하로 쥥일 방에 기셔도 있는지 읎는지 모르겠심더" 했다.

점술이엄마가 나가자 심찬수가 잔 두 개에 술을 쳤다. 몸도 안 좋으니 반 잔만 하겠다고 허정우가 말했다.

"자네와 나 사이에 술잔이 안 오고 가다니. 그러고 보니 우리도 많이 변했어. 생각나나? 사십일년이었지 아마. 벌써 십 년이 다 되어가는군. 예과에서 첨 만났을 때 말이다. 그땐 청운의 뜻도 높았지. 기숙사서 한방을 쓸 때 자넨 구라파 철학과 정치학 책을 주로 읽었고, 난 정구채 들고 정구장에나 뛰어다녔지. 정구채를 놓자 이념주의자가 됐고. 흐르는 세월은 못 막아. 어느새 자넨 협심증 환자가 안 됐나, 나는 병신 주제에 술에 젖어 살고……" 심찬수가 비운 술잔에 자작으로 술을 쳤다.

"결혼은 정말 생각 없나?"

"결혼? 결론 내렸지. 한 몸도 귀찮아 이 지경인데, 또 한 몸 딸려봐."

허정우는 잔을 들다 놓고 연민의 눈으로 친구를 건너다보았다. 경성제대 예과 시절, 둘은 문과 을반(乙班)이었다. 예과 이학년에 올라가, 허정우가 서구 정치사상사 책을 섭렵할 무렵, 심찬수는 러시아혁명 전후 관계 서적에 심취하더니 사회주의 사상에 빠져들었다. 그는 지주 아들로 빈농의 궁핍에 자책과 회의를 갖더니 차츰 계급평등의 실현에 경도되었다. 노동자와 빈농의 계급혁명에 실천가가 되기로 작심하자 지하서클에 몸담았다. 온건한 자유주의자로 자처했던 허정우와 좌경 민족주의에 빠진 심찬수는 그 문제로 논쟁을 벌였으나, 서로의 생각은 확연히 달랐다. 1943년 겨울, 허정우가 학도병 강제징집을 피해 평양 근교 친척집에 은신할 사이, 심찬수는 불령선인(不逞鮮人)으로 일경에 피검되었다. 그의 부친이 백방으로 손을 쓴 끝에 감옥소에서 풀려났지만, 석방 조건으로 학도병 징집영장을 받았다. 해방과 더불어 한 팔을 잃고 필리핀에서 귀향한 후부터 그의 사상은 조락의 길을 밟았고 냉소적 허무주의자로 떨어졌다.

심찬수가 막걸리 석 잔을 비워냈을 때, 허정우는 반 잔만 비웠다. 심찬수는 떼쓰는 아이같이, 정말 안 마실 텐가 하며 부아를 끓였다.

"자네두 알디 않아. 내가 무엇 때문에 여기루 내려온 줄을." 허정우가 냉담하게 말했다. 이런 경우, 한 번쯤은 친구의 기를 꺾어 놓을 필요가 있었다. 우유부단하게 친구 의견만 좇는다면 자신도 주정뱅이 되기에 알맞고, 정양하러 왔다기보다 술친구 되어주는 게 고작일 터였다. 가슴이 새로 두근거렸다. "오늘은 쉬어야디. 그만 돌아가줘야갔어."

"가라고 통사정하는 데야 별수 없지." 심찬수가 몸을 일으켰다. "이럴 때는 친구고 나발이고 소용없군."

"자네두 그만큼 마셨으믄 됐어. 부모님 속 그만 썩혀드려."

"버린 자식 따로 있나." 심찬수가 술 주전자를 들었다. "부모님은 이런 나를 천만다행으로 생각해. 내가 좌파에서 빠져나왔으니깐. 좌익 경도란 늙은이들 눈엔 호열자보다 무서운가봐. 아버진 특히……"

허정우는 그 말에 수긍했다. 월남하기 전, 보안대원의 총칼 앞에 가족이 집에서 쫓겨나던 장면이 생각났다. 가족이 사대에 걸쳐 살아온 서른여섯 칸 길갓집은 급식배급소로 인민위원회에 접수되었다. 손에 쥔 건 선산이 있는 원적지 이주증과, 그곳 천둥지기 밭 이천 평 경작권이었다. 손수레에 부엌살림과 이불 보퉁이를 싣고 가족이 삼십 리를 걸어 일가붙이가 사는 제봉 아랫골로 들어갔다. 그곳에서 토호를 이루었던 종갓집도 이미 풍비박산이 나 있었다. 농토는 인민위원회에 몰수당했고 개간할 임야 삼천 평을 분배받았을 따름이다. 해방과 더불어 천지개벽의 혁명은 당 주도 아래 일방적으로 진행되었다.

"곧장 집으루 가." 허정우가 마루로 따라나섰다.

"내가 집으로 갈 것 같아? 친구한테 하대당했는데 어떻게 집으로 기어들어. 자네한테 누굴 소개시킬까 했는데, 언젠가는 만나게 될 테지……"

"해방 전에 건강할 땐 나두 탁주 한 되쭘은 비웠어. 자네가 니 해해줘야디."

안방 문이 열리고 점술이엄마가 마루로 나와 심찬수에게, 어째 펜케 가겠냐고 물었다. 심찬수가 술 주전자를 든 채 대답 없이 삽짝을 나서서 어두운 길을 걸었다. 골목길 주위의 초가는 등기름을 아끼느라 대부분 소등을 했다. 별이 총총한 서쪽 산마루에 눈썹달이 걸렸다. 천주교회당 쪽 골목길로 꺾어들자, 바람을 타고 합창 소리가 들렸다. 오늘이 일요일이므로 밤 미사가 있었다. 그는 탱자나무 울타리 사이로 천주교회당 안을 곁눈질했다. 창마다 불이 밝았고 풍금 소리가 고즈넉이 흘렀다. 어린 시절에 교회당 마당의 미끄럼틀을 타러 놀러 갔을 때 서양 수녀의 서투른 우리말이 신기했던 게 기억이 났다.

천주교회당을 지나 내려가면 공동우물터였다. 우물은 지름이 삼 미터나 되어 열 사람이 둘러서서 물을 길을 수 있는, 장터 주변에서는 가장 큰 우물이었다. 장터 주변의 삼백 호 넘는 가구 중 집 안에 우물이 있는 집은 몇 되잖고, 몇 군데 공동우물에서 물을 길어 먹었다. 읍내 주위로는 큰 산이 없어 지하수가 말랐다. 그래서 공동우물도 수량이 한정되어 아무 때나 물을 길을 수 없게 마을 구장이 관리를 맡고 있었다.

우물터를 중심으로 골목이 세 갈래 방사선 꼴로 뻗어 있었다. 심찬수는 뒷등걸 오르는 길로 꺾어들었다. 앞쪽에서 누군가가 내려왔다.

"찬수 형 아닙니까." 저쪽에서 먼저 그를 알아보았다. 서성구였다.

"아직 서울로 안 올라갔군. 어디 갔다 와?"

"박선생님 집에요."

"범인 잡는 데 도움이라도 청했어?"

"바쁘신 것 같아 인사만 드리고 나왔습니다."

"그 양반, 언제 노는 것 봤나. 불알에 요령 소리 나도록 바쁘지."

"형도 박선생님 댁에 갑니까?"

"읍내 정신적 지주한테 나도 주정하러 더러 찾지. 나랑 같이 가. 여기 술이 조금 남았으니 한잔 걸치고 나와."

심찬수가 앞서 건들건들 걸었다. 서성구가 어떡할까 망설이다 마지못한 걸음으로 따라왔다. 박도선 집은 다섯 칸 초가였다. 일각대문 문짝이 반쯤 젖혀져 있었다. 심찬수가 집 안으로 들어섰으나 인기척이 없었다. 안방은 깜깜했고, 박도선이 거처하는 건넌방 격자 방문만 뽀유스레하게 밝았다. 박도선의 모친 윤권사와 그네 둘째딸 박상란은 마실 온 우점이와 함께 밤 예배를 보러 교회에 가고 없었다.

"형님, 계십니까. 찬숩니다."

방 안에서 들어오라는 대답에 심찬수가 술 주전자를 들고 들어갔다. 뒤따라 들어온 서성구가, 찬수 형을 만나 다시 왔다고 말했다. 무명저고리를 입은 박도선이 앉은뱅이책상 앞에 앉아 원고를 쓰다 펜을 멈추고 안경을 벗었다. 책과 원고지로 어수선한 책상에 남포등이 불을 밝혔다. 방 안이 좁아 세 사람이 몸 돌리기도 어려웠다.

"한잔 걸쳤군그래. 자넨 웬 술을 그렇게 마셔대나?" 박도선이 말했다.

"생산적이지 못한 유한층이라 미안합니다."

"오늘은 웬일이야. 자네까지 합쳐 넷이나 쳐들어오니."

"형님 명망이 그만큼 높다는 증거 아닙니까. 저야 심심해서 놀러 왔습니다만. 형님이 뭘 하나 염탐도 할 겸." 찬바람에 술이 깼는지 심찬수의 발음이 한결 또록했다. 그가 책상 위를 넘겨다봤다. 등사로 밀어 칸을 만든 사백자용 원고지에 깨알 같은 글씨가 박혀 있었다. 박도선이 쓰고 있는 원고는 '일제하 경남 남부 조선인 민족교육운동사'였다. "노작 쓰느라 바쁜 줄 알고 술 한잔 권할까 왔습니다. 방해된다면 다음에 오고요."

"방학 중이라 마지막 손질로 부지런을 떨지만 이게 한두 시간에 끝날 일인가." 박도선이 심찬수 뒤쪽에 앉은 서성구에게 말했다. "아까 암스테르담 여감옥 얘기 있잖은가. 일천오백구십팔년은 감옥 설립 연도고, 일천육백칠년이 맞을 거야."

"무슨 얘긴데요?" 심찬수가 물었다.

"여감옥에 붙은 표어 얘길세." 박도선이 말했다.

"그 시절에 이미 여감옥에 이런 표어가 붙었답니다." 성구가 나섰다. "표어는 '두려워 말라, 나는 너의 악행을 복수하려 하지 않는다. 오히려 너를 선으로 인도하려 한다. 내 손은 엄격하나, 내 마음은 친절하다.' 그 표어가 입증한 대로, 그 후부터 교육적 행형(行刑)에선 암스테르담이 구라파의 지도적 위치에 서게 됐다는 거지요. 그전까지 감옥의 개념이란 체벌로 신체에 고통을 주는 격리 역할만 감당했지요."

"법학도라 다르군. 무슨 토론 끝에 그 얘기까지 발전됐어?"

"죄형 법정주의를 정의하다 어떻게 거기까지 발전했나봅니다."

"나야 뭐 아는 게 있나." 박도선이 겸양조로 말했다.

나이 서른 살 넘긴 노총각인 박도선은 키가 작고 북어처럼 말랐다. 도수 높은 안경을 낀데다 얼굴이 검고 광대뼈가 불거져 원숭이 닮은꼴이었다. 어디를 뜯어보아도 배운 사람답거나 투사다운 구석이 없었다. 그러나 그는 인문학 전 분야에 폭넓은 이론가였고, 행동하는 식자답게 한때는 투사이기도 했다. 그가 한창 좌파 선봉에서 뛴 30년대 후반에는 외양이 흡사하다고 해서 주위로부터 '트로츠키 박'이라 불린 적도 있었다.

한잔 들며 얘기하자는 심찬수 말에 박도선이 밖에 대고 누이를 불렀다. 오늘이 주일이라고 서성구가 말하자, 다들 예배 갔겠군 하곤 박도선이 성냥을 들고 밖으로 나갔다.

"자넨 방학 끝날 때까지 여기 있을 참이군." 심찬수가 서성구를 보았다.

"모레쯤 상경할까 합니다. 사건이 해결은커녕 자꾸 꼬여만 가니 옆에서 보기에 괴롭기만 하고……"

"차씨 사주로 아편 재배했다는 놈은 잡았는가?" 심찬수가 담배를 꺼내며 물었다.

"형이 그 일을 어떻게 아십니까?"

"술이나 퍼마시지만 그 정도는 알지. 감나무집에서 강차석한테 들었어."

"잡아들인 모양이긴 한데……"

"남로당 지하 세폰가?"

"형이 마치 순경처럼 따지네요?"

"알아볼 일이 있어서 그래."

"양귀비밭이 설창리 골짜기에 있었나봐요. 그걸 재배한 사람은 차씨 사촌처남이고요."

"차씨가 자네 춘부장께 아편을 넘겨주고, 그 돈 받아 남로당 자금줄로 썼다면, 문제가 꽤 복잡해질걸."

"아버진 금리나 취했지 그쪽과는 관계가 없으신 것 같고……"

"그럴 테지. 자네 부친이나 우리 집 엄지는 자본사회의 유산층이니, 물과 기름이 섞일 수야 없지." 심찬수가 남포 등피를 들쳐 심지에 담뱃불을 붙였다.

"복잡하게 얽힌 그 얘긴 그쯤 하지요."

"자네 부친 씹어 안됐네만, 자네가 괴로워할 건 없어. 세상살이이면엔 구린 구석도 있게 마련이야. 도선 형 같은 사람도 결점을 잡자면, 다 흠이 있어. 자넨 마음이 여려. 마음이 여리면 훌륭한 판검사가 될 수 없어. 사람이 아닌, 법률이 집행한다지만 그 법률을 누가 만드는가."

대화가 끊겼다. 심찬수가 방 안을 둘러보았다. 좁은 방 안이 온통 책치레였다. 참고하다 던져둔 책인지 방바닥에는 조선은행 조사부에서 펴낸 『조선 경제연보』와 『동양척식주식회사 30년지』가 보이고, 『민족공론』 같은 잡지도 있었다.

뭐가 어디 있는지 찾을 수가 없어 살강에서 김치만 가져왔다며 박도선이 사발과 젓가락, 김치 그릇을 들고 왔다. 서성구가 사발에 술을 쳤다. 석 잔을 채우자 한 되들이 주전자가 바닥났다. 술을 더 받아와야겠다며 심찬수가 서성구에게 주머니에서 꺼낸 돈을 주며, 감나무집에 갔다 오라고 했다. 박도선이, 많이 마셔야 좋으냐며 서성구를 가지 말라고 주저앉혔다.

"서울 다녀온 일은 잘됐나요?" 심찬수가 하는 수 없다는 듯 돈을 주머니에 도로 넣으며 박도선에게 물었다.

"출판? 그것 참 어렵더구만. 도와줄 만한 동지는 다 잡혀 들어가고 남은 몇을 만났는데, 시절이 좋지 않다더군. 일제하 적농(赤農, 적색농민조합) 문제를 다뤄 내용도 그런데다…… 그렇다고 자비 출판하기엔 내 글이 뭐 대단하다고. 친구한테 원고를 맡겨 놓고 왔지. 출판의 자유가 보장되는 시대가 와야 하는데……"

박도선은 재작년 가을에 『일제하 김해군내 조선인 소작쟁의』란 얄팍한 책을 낸 바 있었다. 원고 들고 서울로 올라갔으나 내줄 출판사를 못 찾아 원고를 등사지에 긁어 백 부를 수제본했는데, 증정으로 끝났다. 그는 중학교에서 국사와 세계사를 가르치며 훈육주임을 맡고 있는데, 바쁜 중에 두툼한 책이 될 두번째 원고의 탈고를 앞두고 있었다. 그 원고를 쓸 동안 자료 수집차 경남 남부 일대를 누비고 다녔다. 그의 부지런함은 그 정도에 그치지 않았다. 여름 한철을 빼곤 자기가 운영하는 고등공민학교 교사였고 논 네 마지기, 밭 천삼백 평을 경작하는 독농가 가장이기도 했다. 꼭두새벽에 그가 똥장군을 지고 선달바우산 허리를 돌아 여래못으로 넘어가는 모습은 일주일이 멀다 하고 볼 수 있었다.

진영중학교를 처음 방문한 사람에게 서용하 교장이 박도선을 학교 훈육주임이라 소개하면, 방문한 사람은 학교 용원인 줄 알았다가 다시 그를 아래위로 훑어보곤 했다. 보잘것없는 체신에 걸맞지 않게 훈육주임이란 감투를 쓴 사실이 심상치 않은 그의 이력을 말해주고 있었다. 그는 일제 때 조민세와 함께 철하 쇠전 걸에 흙벽돌 찍어 야학 교사(校舍)를 짓고 농민을 교육하며 적색 농민조합운동을 선도하다 두 번, 해방 후 한 번, 모두 세 번에 걸쳐 다섯 해를 감옥에서 보냈다. 좌우 분열의 대립이 극에 달하고, 몇 인사의 남북협상마저 좌절된 끝에 삼팔선을 경계로 두 개 정부가 들어선 지금에 와서는 그의 사상 노선이 온건한 민족주의자로 돌아섰지만, 해방 직후까지 그는 골수 좌익운동가였다. 마르크스-레닌 이론의 실천만이 일본 압제를 떨치고 반도 땅을 인민의 낙원으로 건설할 수 있다고 믿었다. 30년대 말부터 40년대 초에 걸쳐 심찬수는 물론, 진영 지방 식자치고 좌파의 쌍두마차격인 조민세와 그의 영향을 받지 않은 자가 없었다. 만약 해방이 되지 않았다면 그는 잔여 형기 사 년을 감옥에서 채워야 했기에 지금의 저술 활동도 불가능한 일이었다. 그러던 그가 읍민에게 사상 전향을 발보인 것이 이태 전 5월에 있었던 제헌국회의원 선거 직전이었다. 성년기에 들어선 머리 큰 좌익 상급생들의 방화로 중학교 교사 일부가 소실되고 우익인사와 지주에 대한 테러가 걷잡을 수 없게 번질 때, 박도선이 이를 막겠다고 나섰던 것이다. 그즈음 그는 선생이 아니었고, 한얼공민학교를 개설하고 있었다. 거슬러올라, 일제 때 '한얼야학당'을 해방 후 '한얼공민학교'로 개칭해 다시 문을 열기까지의 발자취를 살피면 그의 사람 됨됨이를 알 만했다.

  해방된 그해 8월 하순, 박도선은 부산형무소에서 다른 정치범들과 함께 출옥을 하자, 새나라 조국 건설에 초석이 되겠다는 큰 뜻을 품고 상경했다. 40년대 초반, 일제의 탄압 아래 투옥되거나 잠적했던 '경성코뮤니즘클럽' 동지들과 재회한 그는 여운형의 '건국준비위원회'에 가담해, 박헌영 직계 김형선 아래에서 대학 담당으로 활동했다. 좌파 탄압에 나선 미군정의 서슬 푸른 조처로 그는 불법 집회 사건에 연루되어 여섯 달을 서대문형무소에서 지냈다. 출옥한 뒤 시국을 갈마보니 정치판은 옥석이 뒤섞인 쓰레기로 넘쳐났다. 좌파 쪽 여러 단체를 기웃거리다 1947년부터는 정치 현실에 실망했다. 좌우 할 것 없이 미소 강대국 정치 놀음에 꼭두각시 노릇밖에 못했고, 선진 신제국주의 이념을 자기 목소리처럼 외치는 데 환멸을 느꼈다. 20년대부터 민족해방을 목표로 일제와 투쟁한 토착 공산주의자로서 해방 후 조선공산당 책임비서였던 박헌영이 하지 중장의 미군정에 쫓겨 삼팔선 이북 해주로 활동 무대를 옮겨버리자, 남로당은 선장을 잃고 표류하는 난파선이 되고 말았다. 북으로 간 박헌영도 소련 주둔군을 등에 업고 등장한 김일성에 밀린다는 소문이 들리자, 현실로 나타난 공산주의 권력구조 변질에 실망했다. 북에 앉아 남한의 폭력혁명을 선동하는 박헌영도, 소련군 출신의 청년 김일성도 신뢰할 수 없었다. 좌파 중도계 여운형 직계로 있던 그는 1947년 7월 여운형이 암살당하자 백수십 개로 정당이 난립한 남한 정치판과 결별하기로 작심했다. 오랫동안 열망했던 공동체사회의 평등 개념이 남한보다는 북조선에서 실현 가능성이 크므로 삼팔선 넘어 북으로 갈까 생각하기도 했다. 그러나 장자로서 가족을 이끌 짐도 부담스러웠고, 뜻을 펴는 데는 선택된 땅이 따로 없다는 쪽으로 생각을 바꾸어, 9월에 들자 낙향하고 말았다. 그는 직접적인 정치 참여를 포기하는 대신 지역사회의 민중교육에 헌신하면서 저술로 뜻을 펴기로 마음먹었다. 그러나 고향에 돌아온 그를 맞은 것은 문제인물의 출현에 잔뜩 긴장해 있던 경찰이었다. 진영지서로 연행된 그는 곧바로 김해경찰서로 넘겨져 일주일여 조사를 받았지만, 특별한 혐의점을 찾아낼 수 없었던 터라 자유의 몸이 되었다. 박도선은 진영중학교 심동호 이사장과 서용하 교장에게, 중학교 선생 자리를 달라고 청을 넣었다. 유능한 교사는 필요했지만 좌익 계열 단체가 불법화된 마당이었다. 그쪽과 손을 끊었다지만 전력으로 미루어 안심할 수 없었던 이사장과 교장은 그 청을 모른 체했다. 박도선은 농사를 지으며 다시 지역사회 활동에 나섰고, 이번에는 예전과 달랐다. 1948년 2월, 쇠전걸의 야학당을 개수하여 공민학교를 개설하고 인근 농민에게 한글과 우리나라 역사를 가르쳤다. 그해 3월, 남한이 단독정부를 설립하려고 선거구를 공고하고 선거인 등록을 실시하자 남한 전역에 좌익 폭동이 극에 달했다. 진영 지방의 좌파는 조민세 휘하로 뭉쳤다. 조민세가 박도선을 끌어들이려고 회유했으나 정치에서는 손을 뗐다며 거절당했다. 그러던 중 진영중학교 교정에서 좌익 학생이 주동이 되어 남한 단독정부 설립반대 궐기대회를 열었다. 중학교 선생 몇도 가담했고 여중 재학 때부터 집안의 서가를 훑으며 사회주의 이념에 영향을 받았던 박도선의 여동생 귀란도 여성 대표로 대회의 실무를 맡았다. 그날, 박도선은 단상으로 나가 시간 반에 걸친 연설 끝에 기세등등하던 그들의 기를 꺾었고 대부분의 학생을 해산시킬 수 있었다. 그 사건 이후 심이사장과 서교장은 박도선이야말로 난세의 학교에 필요한 인물임을 인정해 임시교사 발령장을 냈다. 그러고는 학교를 정치 도구화하려던 일부 좌우익 과격파 학생들을 교화시키는 데 그가 적임자란 판단 아래 학기 초부터 정교사에 훈육주임으로 임명했던 것이다.

박도선의 집안은 원래 읍내 토박이가 아니었다. 읍내에서 진영평야를 질러 시오 리 밖, 유등리라는 낙동강 강변 칠십여 호 마을이 배태고향이었다. 유등리는 행정구역상 창원군 대산면이지만 생활권은 진영읍에 속했다. 유등리 일대의 전답 소유주인 지주들이 진영 읍내에 거주한 때문이기도 하지만 타지로 떠날 때도 철도와 국도가 있는 읍내로 나왔다. 오일장 역시 가까이에 가술장이 있었으나 장 규모가 곱절로 큰 진영장을 이용했다.

선대부터 부친 대에 이르기까지 박씨 집안은 소작붙이로 대를 이어왔다. 유등리 칠십여 가구가 소작농들이었고, 나아가 진영평야의 가없는 벌에 흩어진 마을들 자체가 누대로 소작지기의 집단 거주지였다. 진영평야는 여러 지주가 쪼개어 차지하고 있었다. 남북 팔도를 통틀어 읍 단위로는 전국에서 지주가 가장 많이 거주하는 곳 중의 하나가 진영읍으로 알려졌다. 가을걷이 때는 소작료를 바치려는 소달구지가 사방으로 난 길에서 진영으로 꾸역 꾸역 몰려들었는데, 늘어선 달구지들의 이수가 한 마장은 되었다. 수확의 육 할을 지주에게 바친다는 계약 조건 아래 물세(水稅), 비료대, 종자대를 소작인이 부담하니 그들 생활이란 집짐승과 다를 바 없었고, 사철 궁기를 못 면했다. 늦봄까지는 고구마밥이나 조밥, 여름부터 가을까지는 감자밥이라도 세 끼니 때맞춰 먹는 집이 없었다. 춘궁기면 송기로 끼니를 이었고 가뭄이나 풍수해를 만나 흉년이 들면 굶어 죽는 자가 마을마다 속출했다. 그런 실정이니 그들 입성은 살을 가릴 정도였고, 이불 없이 겨울을 나는 집이 절반은 되었다.

　동척(동양척식주식회사)은 1908년 설립과 동시에 진영읍과 삼랑진읍에 출장소를 설치하고 토지를 매수하거나 조차(租借)하기 시작했는데, 1910년에 들어 반도 땅이 식민지화되자 일본의 경제적 약탈이 노골화되었다. 동양척식주식회사, 부산농사주식회사 등이 대규모 토지 점탈을 가속화했다. 호남평야와 함께 곡창 지대인 김해평야와 진영평야도 그들 손이 뻗쳤다. 토지조사령을 공포한 1912년, 진영평야에 낙동강 강물을 이용한 대규모 수리시설 공사 과정에서 도선의 부친 박삼봉의 소작지 열 마지기 논이 삼십 정보의 토지를 소유했던 천석꾼 허은조 참사 소유에서 동척으로 넘어갔다. 이태 후에는 일본에서 건너온 시미츠가 동척 전답 일부를 매입해 유등리 일대의 소작농 상전으로 군림했다. 남의 땅을 부치는 작인에게는 지주가 조선인이든 일본인이든 마찬가지였으나 기본 소작료 외 비료값, 종자값에, 심지어 짚값, 말몫(斗稅)에서부터 지세(地稅), 수세(水稅), 수리조합비 등 부담금이 늘어났다. 제방 공사, 도로 공사, 개간지 공사 등의 부역으로 농민은 손이 빌 짬인 겨울에도 해 뜨고 지기 전에는 쉴 틈이 없었다. 1923년, 추수가 끝나자 지주 시미츠는 소작농들에게 초강경 소작 변경 내용을 통고했다. '거리와 상관없이 지주 집까지 소작료 운반은 작인이 부담한다. 흉작으로 인한 무수확지도 종자값은 반드시 작인 부담으로 한다. 소작 계약 기간을 삼 년에서 일 년으로 고친다'는 내용이었다. 처음과 두번째 조항만 해도 납득할 수 없는데 계약 기간을 일 년으로 고친다는 조항은 소작인을 노예화하는 방편으로 소작권마저 한 해마다 마음대로 빼앗거나 소작 조약을 갱신하겠다는 조치였다. 소작인들은 지주 횡포를 묵과할 수 없었다. 의협심 강한 박삼봉이 주동이 되어 유등리 일대 삼십여 명 장정이 쇠스랑과 곡괭이를 들고 읍내 시미츠 집으로 쳐들어갔다. 시미츠 집에서도 주재소에 연락을 취해 폭력 충돌은 쌍방 부상자 몇으로 끝났지만 주동자 여섯이 주재소로 넘어갔다. 다른 사람들은 나흘 만에 풀려났으나 박삼봉만은 김해경찰서로 이첩되었다. 석방을 위해 유등리 소작인들은 주재소 앞 신작로와 시미츠 집 마당에서 닷새간 단식 연좌 농성까지 벌였으나, 박삼봉은 치안유지법에 묶여 팔 개월 실형 선고를 받았다. 그가 출옥한 이듬해 여름, 소작하던 농토는 다른 이 손에 넘어갔고 권솔은 영양실조로 피골이 상접한 상태였다. 삼봉네 집에 양식 한 톨이라도 꾸어주는 자는 소작권을 빼앗겠다는 시미츠의 압력으로 이웃은 강냉이 한 톨, 수수 한 줌을 마음대로 건네주지 못했다. 유등리에도 지주나 집사 첩자가 있었다.

다섯 살 난 둘째애가 보릿고개를 못 넘겨 굶어 죽은 뒤였다. 삼봉은 고향을 떠나기로 결심했다.

그즈음, 삼남 지방은 남부여대한 빈농의 만주행이 이어지던 시절이었다. 삼봉은 모친과 처자를 거느리고 압록강을 건넜다. 박도선이 일곱 살 때였다. 처음 펑청에 정착해 이태를 중국인 작인으로 지내다 삼봉은 돈을 벌 결심으로 펑청탄광으로 갔다. 그는 농토를 장만할 돈만 쥐면 귀향해 자작농이 되겠다는 꿈을 버리지 않았다. 삼봉은 억척스레 일했고 그의 소망을 도와주듯 운이 따랐다. 만주로 들어간 지 일곱 해 만에 그는 펑청에서 해바라기씨로 기름 짜는 가게를 같은 조선인과 동업해 차렸고, 자식을 공부시킬 수 있었다. 만주로 들어간 지 십일 년 세월이 흘렀다. 겨울에도 볕이 따뜻한 고향 땅을 못 잊어하던 노모가 별세하자 삼봉은 환고향을 작심했다. 가게를 동업자에게 넘겨주자 전답 예닐곱 마지기 살 돈이 되었다. 그사이 귀란과 상란이 태어났다. 1936년에 다섯 식구는 펑청을 떠나 남행열차를 탔다. 박도선은 열여덟 살로 평북 정주로 유학해 오산학교를 졸업한 해였고 그때 이미 사회주의 이념에 경도돼 있었다. 삼봉은 고향 유등리로 돌아온 뒤 자식들 교육을 위해 진영 읍내로 나와 정착했다. 대창국민학교 뒤 천수답 네 마지기와 여래못 뒤의 밭 천삼백 평을 매입해, 그제야 소작붙이의 설움을 벗었다. 그러나 삼봉은 해방을 앞둔 해에 늑막염으로 쉰을 절반도 못 넘겨 타계했다. 그가 임종할 때, 어떤 일이 있더라도 전답은 팔지 말라는 유언을 남기며 아들을 애타게 찾았으나 박도선은 적색농민조합을 조직해 지하출판물 『빈농(貧農)』을 발행하다 치안유지법과 출판법 위반으로 조민세와 함께 구속되어 부산형무소에서 두번째 복역 중이었다.

1월 20일

"소작농이 자작농 되고 싶은 맘이사 백에 백 사람 다 같지예."
김오복이 꺼벙한 눈을 껌벅이며 대답했다. 두 손목이 천장에서 내려온 동아줄에 묶여 있었다. 앙상한 갈비뼈 옆구리는 매질에 찢겨 핏발이 섰다. 윗몸은 벗겨놓았지만 엉치에 걸쳐진 고쟁이는 꺼얹은 물에 젖은 채 피로 얼룩졌다.

"누가 제 땅에 농사 지어먹지 말라 했나? 토지문서가 제 앞으로 돼 있어야 제 땅 아닌가. 우리가 어데 할 일이 없어 고분고분 농사나 짓는 네놈 잡아들여 문초하겠어?" 싸릿대를 든 노기태 순경이 윽박질렀다.

"뼈 빠지도록 일해도 피죽 묵기 심든 작인이 우예 땅 살 돈이 있습니꺼."

"주둥이 나불대는 걸 보니 아직 혼쭐이 덜 났군."

강명길은 둘의 말 실랑이를 더 들을 수 없었다. 심문의 핵심은 빠져나가고 말이 곁길로 풀어졌다. 김오복을 족친 지가 두 시간 좋이 흘렀다.
　"김오복, 니하고 토지 소유권은 따질 필요도 없고 본론부터 말해. 공비 아지트가 어데고? 니놈이 무식한 농사꾼이라 둘러대지만 그건 알고 있을 끼라. 우리가 그 정도는 알고 널 잡아들였어. 양귀비가 콩나물 키우듯 며칠 만에 소득 보는 것도 아니고, 이태째라면 그사이 공비를 접촉해서 아편 판 돈 전해준 횟수만도 수십 번은 될 끼라." 강명길이 의자에서 일어서며 말했다.
　"지는 차서방밖에 안 만냈어예. 차서방이 농지개핵이 된다는 이 마당에 무신 수를 쓰더라도 농토 장만하자 캐서…… 지가 재배만 하모 파는 거사 차서방이 맡겠다 캤심더. 그래서 양귀비를 키아서 환약으로 맹글어줬지예. 차서방이 그걸 누구한테 우째 판 지를 지는 증말로 모릅니더."
　좌익들의 점조직이 그랬다. 1948년 말에 국가보안법이 공포되자 그들은 지하로 잠적했다. 볼셰비키의 방식을 좇아, 세포장이 수하에 세포를 셋에서 다섯까지 담당하는 점조직을 활용해 세포분열식 하부조직을 만듦으로써 동지가 누군지 모르는 경우가 예사였다. 김오복은 차구열 위에 군림하는 선과는 관계가 없는, 의식이 전혀 무장되지 않은 한갓 하수인일지도 몰랐다. 강명길은 백지에 갈겨쓴 조서에 눈을 주었다. 김오복은 무학으로 나이 서른한 살이었다. 아편고약 이 그램을 사촌처남 차구열에게 넘겨주었음을 실토했고 장롱에서 은닉한 현금 삼만육천 원을 찾아냈다.

그가 작년 10월에 서유하로부터 천수답 두 마지기를 매입했음도 밝혀졌다.

강명길은 조사철을 덮었다. 그는 김오복이 배후를 불지 않는 데 따른 신경질보다 두통과 피로감으로 짜증이 났다. 녀석을 잡아들여 문초한 지 엿새째였다. 서성구가 부친 유품을 정리하다 발견한 편지를 단서로 김오복을 잡아들였을 때 차구열의 배후가 곧 풀릴 것 같은 기대감으로 수사가 활기를 띠었다. 그러나 놈을 며칠째 족쳐도 사건은 원점에서 맴돌고 있었다. 수확이 있었다면 마약 재배범을 잡았다는 정도였다.

"본서로 넘기든 잡아먹든 노순경이 알아서 하소." 강명길이 지하실 철문을 발길로 차서 열곤 계단을 밟았다. 지하실은 일제 때 만들어진 방공호였다.

"구렁이 담 넘어가듯 계속 능청 떨긴가! 두메 앉은 이방도 조정 일 안다는데, 네놈이 공비 소굴을 몰라? 매 위에 장사 없다구, 오늘 네놈 널감 장만하는 날인 줄 알아!"

노기태가 싸리 매로 사정없이 후려치자, 김오복의 몸뚱이가 감전이나 당한 듯 경련을 일으켰다. 매질이 계속되자 신음도 잦아들었다. 고문이란 당하는 쪽만큼 가해하는 쪽도 반쯤은 제정신이 아니라야 제격이었고 그런 의미에서 노기태는 지서 다섯 순경 중에 적임자였다. 그는 김오복의 옆구리를 거쳐 등판을 갈겨댔다. 몽둥이질은 둔통으로 골병든다지만 싸리 회초리는 매운맛이 순간적으로 정신을 잃게 해서 김오복의 눈동자가 까뒤집혀졌다. 그의 입에서 중얼거림이 흘러나왔으나 말 안 되는 헛소리라 노기태가 알아들을 수 없었다.

"배종두 알지?" 노기태가 매질을 멈추고 물었다.

"마실 떠나고 모름더……"

"사촌처남 차구열, 근간에 댕겨갔지?"

"가실하고 안, 안 왔심더."

"장날 만났다는 게 언젠가?"

"한 달이 넘는데……"

첫날 진술한 그대로 김오복의 답변에는 새로운 단서가 없었다.

"네놈들 고수 조민세 몰라?"

김오복은 대답이 없었다. 까무라쳤음이 분명했다. 노기태는 싸리 매를 던지곤 양동이 물에 손을 씻은 뒤 바가지로 물을 퍼서 김오복 얼굴에 끼얹었다.

"사람 패는 것도 몇 달에 한두 번이라야지. 이건 뭐 사흘거리로 복날에 개 잡듯 조져대야 하니……" 노기태는 의자에 앉아 담배를 불붙여 물었다. 백열등 아래 미동 않는 김오복의 몸뚱이가 푸줏간에 걸린 육괴 같았다. 그는 잠시 자기 직업에 허탈감을 느꼈으나 이 직업을 놓는다면 시중 건달 노릇이나 할까, 달리 할 만한 일도 없었다.

노기태는 일제 말에 경기도 화성에서 순사 보조원으로 이 바닥에 몸을 담았다. 독립운동가, 징병 해당자, 징용 대상자, 정신대원 색출로 바쁜 나날을 보냈다. 그러나 그런 세월도 삼 년이 고작이었다. 자고 나니 하루 사이 일본이 망해버렸다. 독립운동 한다고 망명했던 투사와 징병 피해 떠났던 자들이 속속 고향 땅을 찾아 돌아왔다. 그는 그들 보복이 두려워 화성에 죽치고 눌러앉았을 수가 없었다. 서울로 올라왔다. 서울역을 터 삼아 일 년여를 건달로 지낼 때, 우연히 한광조 형사를 남대문시장 목에서 만났다. 일제 말 한광조는 화성경찰서 고등계 형사로 있었다. "세월이 두번째 바뀐 줄 몰라서 그래? 해방되고 순사 직분이 거꾸로 됐어. 일제 때 우리가 애국지사 잡아들였듯이 왜놈 앞잡이며 좌익을 잡아들인단 말이야. 골수 좌익 중엔 우리가 예전에 취조했던 불령선인 놈들두 많구. 그 방면에는 유경험자다보니 대충 다들 복직했는데. 자넨 여기서 빈둥대며 뭘 파구 있어? 경기도 쪽이 아님 우리 얼굴을 누가 알아본다구." 중국음식점에서 배갈을 시켜놓고 한광조가 말했다. 정부가 들어서고 경찰 치안업무가 본격화되자 이승만이 체제 구축에 앞장세울 필요에 따라 일제 때 수사 경험자를 다시 쓰기 시작했던 것이다. 한광조가 명함을 꺼냈다. 직함이 경상남도 도경 정보과 형사였다. 그는 남대문경찰서에 출장차 상경한 길이었다. 노기태는 그길로 한광조를 찾아 부산으로 내려갔다. 경찰서 청소용원으로라도 써달라는 부탁 끝에 한광조가 보증을 서 그는 경찰서 말단 용원으로 취업했다. 일 년 뒤 노기태는 상식시험과 면접이란 형식적 절차를 거쳐 순경 공개채용에 합격되었다. 이어, 한광조가 경사로 승진되어 김해군 진영지서 주임으로 발령받자 그도 따라오게 되었다. 노기태는 나이 서른을 앞둔 노총각이었다. 공무원 박봉보다 여기저기 집적거려 부수입을 꽤 올렸으나 술과 계집질로 돈이 남아나지 않았다.

  강명길이 지하실에서 올라왔다. 사동 김군이 난롯가에 앉아 고갯방아를 찧다 눈을 떴다.

"어느 놈은 오줌 눌 짬도 없는데 다들 잘도 빠져나갔군."

"저녁밥 묵을 시간 아닙니꺼." 김군이 말했다.

"주임님은?"

"중학교 교장 선상님한테 전화 와서 나갔심더. 참, 본서에서 전화 왔심더. 주임님 바꿔줬는데, 아마 내일 본서에서 또 나올 모양 같습니다."

"나올 테면 나오라지. 저들이 족쳐봐도 훑어낼 건 똥오줌밖에 없어." 강명길 마음이 뱉은 말처럼 홀가분하지 않았다. 결과야 어찌 되었든 차구열 사건 수사 과정을 두고 본서는 지서의 무능을 탓할 게 뻔했다. 그는 담배를 불붙여 물고 창밖에 눈을 주었다. 지서 뒤뜰엔 어둠이 자욱 내렸다. 느릅나무 가지에 참새 떼가 앉아 삭풍에 떨며 재재거렸다. 오늘이 대한(大寒)으로 대한 땜을 할 참인지 유리창 떨림으로 보아 바깥 날씨가 추웠다.

강명길은 이번 살인 사건을 처음부터 다시 되짚어보았다. 사건이 일어난 지 벌써 보름째였다. 일주일 넘어 지나리와 아치골에 잠복근무했으나 차구열은 어느 쪽도 나타나지 않았다. 양쪽 마을의 정보원으로부터 별다른 보고도 없었다. 차구열이 서유하 씨를 죽인 결정적인 동기조차 오리무중이었다. 아치골댁의 심문 결과를 볼 적이면, 서유하가 그네를 탐한 것은, 등잔 밑이 어둡다고 서방은 몰랐던 듯했다. 그렇다고 서유하가 읍내에서 특별히 좌익 테러를 받을 우익 선봉장은 아니었다. 지서, 서청(서북청년단)이야말로 일차적인 테러 대상이 될 터였다. 아편 거래 쪽을 따져봐도,

차구열이 서유하에게 이태 동안 넘긴 아편을 돈으로 환산하면 삼십만 원 상당이었다. 처음은 차씨가 중간 손을 통해 형에게 직접, 작년 가을부터는 서유하가 차구열을 대신해서 직거래를 텄음이 틀림없었다. 풀린 실 가닥은 거기까지였고 그 이상은 알 수 없었다. 아편 건은 서유하 측근 마름 장세문도 내막을 몰랐고, 서유하 처 안골댁과는 말이 통하지 않았다. 바깥양반이 뭐가 부족해서 아편까지 손댔겠느냐며 펄펄 뛰었다. 서유하 형 서교장조차 아우가 아편 밀매에 간여했다는 사실을 받아들이려 하지 않는 점으로 미루어 아편 건은 순전히 서유하와 차구열 둘의 밀약으로 이루어졌음이 분명했다. 또 한 가지 살펴볼 문제는, 차구열이 작년 세밑에 서유하로부터 매입했다는 유등리 앞 수리답 세 마지기였다. 그 일등호답은 차구열 아비 적부터 소작했던 서씨 문중 농토 다섯 마지기 중 일부였다. 서유하의 비밀 금전출납부를 보면 소작인 차구열에게 수리답 세 마지기를 팔 때 십오만 원을 받았음이 기록되어 있었다. 돈이 아니고 그에 상당하는 아편이거나 일본에서 차씨 형이 부쳐온 물건일 수도 있었다. 어쨌든 장부에는 아직도 십만 원 빚이 남아 있었다. 그렇다면 김오복의 입을 통해 알려진 대로 삼십만 원 상당의 아편 대금 중 팔만 원은 김오복이, 나머지를 차구열이 착복했다면 지금도 차씨 수중에는 돈이 남았다는 추측이 가능했다. 그 돈으로 서유하 빚을 갚지 않았다면, 좌익 쪽 자금으로 풀렸기 십상이었다. 일본의 형으로부터 부쳐온 귀금속까지 합친다면 그 액수는 더 불어날 수도 있었다.

  강명길은 여기까지 생각을 간추리다 벽에 부딪혔다. 추리를 밀고 나갈 여지가 없었다. 다만 이 사건을 거시적으로 본다면 농지 개혁을 앞둔 소작지 소유권 마찰이 살인으로 비약되었다. 채권자와 채무자의 빚 실랑이 끝에 벌어진 살인이었다. 지주와 작인의 상하관계가 부르주아 프롤레타리아의 갈등으로 얽혀들면서 좌우익의 극단적인 증오심으로 발전했다는 포괄적인 해석을 내릴 수도 있었다. 그러나 이런 점들은 육하원칙에 맞추어 사건을 따질 때 범위가 너무 넓고 산만했다. 노기태는 김오복을 앞세워 지하실에서 올라왔다.

"며칠 후 김해서로 넘어가봐. 여기서 당한 거는 누워 떡 먹기였을 거다. 김해서에서 몽땅 불면, 네 죄는 총살감이야. 전봇대에 묶인 채 눈 가리구 가슴팍에 히노마루 그린 종이짱 붙여선 총알 한 방 먹으면 꼴까닥하는 거, 알지?"

노기태 말에 김오복은 대답 없이 허정걸음을 걸었다. 사동 김 군이 저고리와 바지에 피칠갑을 한 그의 몰골을 보더니 얼굴을 돌렸다. 강명길은 책상을 정리해 서류를 서랍에 넣고 자물쇠를 채웠다. 점퍼를 벗고 경찰복 반코트를 걸쳤다. 집에서 저녁밥을 먹고 나온 숙직 당번 최양금 순경이 지서로 들어섰다.

"약을 제법 먹인 모양인데, 소득은 좀 있었소?" 지서 순경 중 가장 고참인 최양금이 강명길에게 물었다.

"피 말리는 소리 작작해요. 어때, 우린 손 뗄 테이 최형이 이 사건을 맡아봐."

"사실대로만 조설 만들지 뭘. 저놈 낚은 것만도 성관데."

"입으로 농사짓기군."

노기태가 서장실 뒤쪽 문을 열고 김오복의 등을 밀었다. 한 평 남짓한 공간을 두고 쇠문이 막아섰다. 시찰구가 달린 유치장이었다. 노기태는 철문 자물쇠를 열쇠로 열었다. 어두운 감방 구석에서 누군가 부스럭거리더니, 오복이냐고 물었다. 김오복의 아비 김안록이었다. 그도 앵속(양귀비) 밀재배에 연루되어 잡혀와 있었다. 조사 결과 김안록이 앵속 재배나 아편 밀매에는 관련이 없으나 불고지죄는 스스로 인지한 터였다.

"부자지간에 오늘 밤두 실컨 공모해 새 작전 짜봐." 노기태가 김오복을 감방 안으로 밀치자, 그가 꼬꾸라져 시멘트 바닥에 길게 뻗었다. "시대가 어떤 시대라고 아편밭을 가꿔. 똥뙤놈들 아편 피워 나라 망쳤다는 말두 못 들었어?"

김안록이 노기태 호통에 대꾸 없이 실신한 아들을 끌어안곤 오열을 쏟았다.

"아부지, 물 좀 주이소······" 김오복이 숨을 몰아쉬며 말했다.

"순사님, 물이나 한 모금 믹입시더. 이카다가 숨 끊어지겠심더." 김안록이 통사정했다.

"숨 끊어질 짓을 왜 해. 밤잠 재우는 것두 다행인 줄 알아. 죄가 되는 줄 아는 짓 했으니 응당 대가를 받아야지." 노기태가 철문을 닫곤 자물쇠를 채웠다. 밖으로 나오자 강명길을 보았다. "시장기가 허리를 접누만. 강형, 나가서 뭐든 좀 먹읍시다."

"저치도 요기는 시켜야지. 점심도 굶겼으이깐."

"두 끼 굶어 죽는 놈 봤수. 매보다 굶기는 게 약효가 빠를 수 있어." 노기태 어조가 강경했다. 그는 바닥을 비질하는 김군을 보자,

물이나 한 바가지 넣어주라고 말했다.

"최형, 할매집 국수라도 차입해주소. 멕여놓아야 내일 또 취조할 거 아니요." 강명길이 말했다.

노기태가 열쇠 꾸러미를 최양금 책상에 던졌다. 그는 말코지에 걸린 순경모를 쓰고 외투를 걸쳤다. 바깥은 캄캄했다. 뿌윰한 외등 불빛 아래 정문 입초를 선 의용경찰대원 박만우가 둘에게 경례를 붙였다. 지서는 지난해부터 의경대원 셋을 할당받아 그들에게 여덟 시간 교대로 정문 입초를 세웠다. 나이는 스무 살 안팎으로, 입초와 읍내 장터 주변 순찰을 맡는 순경 보조원이었다.

아랫장터의 극장에서는 확성기를 통해 유행가 「아내의 노래」가 쏟아졌다. 구성진 노랫가락이 앰프 잡음에 얼버무려져 읍 중심부를 들쑤셔댔다. 노래 한 소절이 끝나자, 남자 선전원의 달변이 쏟아졌다.

"친애하는 읍민 여러분, 저녁 든든하게 잡수셨겠지요. 어젯밤에 이어 오늘 밤도 일곱시 반부터 백조가극단이 「내 아들아, 내 딸아」로 여러분을 모시겠습니다. 어젯밤, 공전의 대성황을 이루어주신 데 대해 다시 한번 뜨거운 감사를 올립니다. 눈물 없이 볼 수 없는 어머니의 설움 많고 한 많은 일생, 청춘남녀의 찰떡같이 쫄깃한 사랑과 애간장 타는 이별, 복수의 끝없는 불길, 특수조명의 호화찬란한 무대. 그 이름도 다정한 눈물의 여왕 전옥숙의 명연기는 읍민 여러분의 애간장을 끓게 할 것입니다. 공작 담배 한 갑 값, 일금 백오십 원으로 여러분을 모실 때 부디 손수건을 준비해오시기 부탁드리며 오늘도 공전의 대성황을 이루어주시기 바랍니다. 앞자리는 이미 찼음을 알립니다. 백문이 불여일견이요, 일생에 오직 한 번 기회, 못 보고 넘긴다면 저승서도 후회할 삼막오장의 「내 아들아, 내 딸아」. 최고 미남 배우 남강수의 명연기, 만담의 귀재 김소팔, 꾀꼬리 목소리의 이춘심. 현인의 모창가수로 유명한 박정국의 「신라의 달밤」을……"

"오한이 계속 나는데?" 강명길이 기침을 콜록거렸다.

"한잔 걸치구선 지글지글 끓는 방에서 이불 푹 쓰구 땀 좀 빼."

둘은 신작로 건너 장터 입구로 들어섰다. 흙먼지를 쓸어 날리는 밤바람이 매웠다.

"그럼 잠시 얘기나 하고 들어갈까 어쩔까."

"강형, 새로 온 계집 봤지? 다른 놈 손보기 전에 먼저 박아야겠는데……"

"이 사건 말이야. 진전도 없고, 본서서 볶아치는데 다른 방책은 없을까?"

"세월이 좀먹나. 해볼 대로 해보다 대충 짜맞춰서 본서루 넘기지 뭘."

"대충이라니?"

"내게두 생각이 있어. 차구열과 김오복을 별개 사건으로 처리한단 말이야. 골치 아프게 좌익 문제까지 껴붙일 끼 아니라, 김오복은 양귀비 밀재배범으로 밀어붙이구, 지주가 자기 마누라를 건드리자 살인을 저지른 치정 사건으로 처리하면 될 테지."

"내일 본서에서 또 안경잽이가 나올 모양이던데?"

"저들이 우리 모가지 치려 나오나. 지서장한테 술잔 받아먹구 용돈 챙기겠다구 행차하는 게지."

"김오복을 건성으로 다룰 수야 있나. 차씨와 연관이 있고 좌익과 선이 닿은 이상, 팔 데까지 파봐야지."

"그렇게 용의주도해서 차석 됐는지 모르지만, 세상 너무 어렵게 살지 마슈."

둘은 장터 감나무집에 이르렀다. 무싯날인데도 어물전이 서는 가건물에서 하모니카 소리가 들렸다. 하모니카 소리는 왁자지껄한 극장의 확성기 소리 뒤에서 애달프게 밤바람을 탔다. 밤송이 머리들이 부서진 고기 상자나 삭정이를 모아 모닥불 지펴놓고 하모니카 소리에 맞추어 유행가를 부르며, 바람 들린 처녀들 꾈 궁리로 껄렁한 잡담을 벌이고 있었다.

노기태가 감나무집 목로주점 문을 밀고 안으로 들어섰다. 남포등 세 개가 벽과 기둥에 걸린 주점 안은 연기와 김으로 가득 찼고 여섯 개 술청은 한 군데만 자리가 비었을 뿐 술꾼들 차지였다. 노기태는 검문할 기세로 통로 가운데 서서 양쪽 술청을 살폈다. 술청 두 개는 소목장 오기목과 대장간 꺽쇠가 언쟁을 벌이고 있었다. 다른 술청은 예배당 최장로 아들 희출이 장터 놀량패 하치호와 무슨 얘긴가 속닥거리고 있었다. 구석 자리 술청은 심찬수와 중학교 과학 선생 이문달이 차지했다. 목로주점 안은 시끌벅적한 가운데, 장돌림 한 패가 젓가락 장단으로 「울고 넘는 박달재」를 뽑아댔다.

"노순경, 무슨 바람이 불어 날마다 출근이람. 강차석까지 모시구선." 술 주전자 든 감나무댁이 통로로 지나다 둘을 맞았다.

노기태가 방 있느냐고 묻자 감나무댁이, 방 하나엔 지서장이 신한공사 김주사와 있다고 말했다.

"내 돈 내구 내 술 먹는데 뭐가 어때서 그래. 쫄따구는 일 끝내구 목구녕두 못 축이나." 노기태가 안채로 통하는 문을 밀며 말했다. "애들 둘 넣어주슈. 그중 하나는 신참 명자루 챙겨서."

"지서장이 무릎에 앉히구 놀던데?"

"빼돌려요. 총각이 장가 좀 갈라는데 주모님이 그만한 선심은 써야지요. 아지매와 전 경기도 땅 동향 출신 아뉴."

"노순경 같은 총각보다는 얌전한 홀아비가 차라리 낫지."

노기태가 감나무댁과 객담을 주고받는 사이, 강명길은 심찬수 쪽으로 가서 대화를 나누었다.

"……그럼 증거물로 압수한 아편은 지서가 보관 중이란 말인가요? 듣고 보니 그것 탐나네." 심찬수는 술판 벌인 지가 얼마 안 되어 취기가 없었다.

"심형이 아편에 맛 좀 붙여볼라는 모양인데, 사람 잡을 농담 마시우."

강명길은 심찬수를 이 바닥 유지 아들이요 몇 되잖은 대학물 먹은 식자로서보다, 인간적인 면에서 사귀었다. 순경이라면 한 겹 칸막이 쳐서 말을 삼가고 눈치를 보는데 그는 그러지 않았다. 배운 사람치고 거만 떨지 않고 솔직했으며 털털한 서민적 체취가 마음에 들었다. 술잔 나누다보면 그의 냉소적인 말 속에 새겨들을 점도 있었다.

같이 한잔하자는 심찬수 말에, 동행을 봤잖느냐고 강명길이 사양했다. 안 오고 뭘 꾸물대느냐며 노기태가 그를 불렀다. 강명길이 자리를 뜨다 세모눈을 하고 있는 이문달과 눈길이 마주쳤다. 저놈도 해방 직후 한땐 좌익에 끼었다지, 하고 속짐작을 하며 강명길은 통로를 거쳐 바깥마당으로 걸음을 옮겼다.

노기태와 강명길은 구석 술방을 차지했다. 남포등 얹힌 빈 술상에 마주앉아 국밥 두 그릇, 막걸리 한 되를 주문했다. 여자와 음식이 올 동안 둘은 다시 차구열 사건을 화제에 올렸다. 주변 인물, 이를테면 재판에 계류 중인 지나리 정한수, 입산한 조민세와 배종두가 거론되었다. 작년 가을, 소작료를 두고 지주에 맞대들어 지서에 연행되었던 유등리 김돌이, 오추골 유불출, 물통걸 모필태 등을 차구열과 연관시켜보았으나 의심점이 드러나지 않았다. 그럴 사이 끝년이가 음식과 술 주전자 얹은 소반을 들고 방으로 들어왔다.

"왜 너냐, 명자는 어찌 됐구?" 노순경이 물었다.

"성미도 급하셔. 낭군 보러 안 나올까봐."

끝년이 강명길 옆에 다소곳이 붙어 앉았다. 그녀는 나이 열아홉으로 감나무집 작부 중 가장 어려 수연이란 이름을 두고 끝년이로 불렸다. 홀아비 방물장사 외동딸로 아비와 함께 닷새장 장터를 떠돌더니 아비가 간병으로 죽자 감나무집 부엌아이로 몇 해를 얹혀살다 작년부터 술방에 드나들게 되었다. 인물은 별로 없었으나 소리를 청승맞게 잘 뽑았다. 그녀가 술방을 드나들기는 손님이 그녀 소리를 청했기 때문이었다. 일찍이 아비가 육자배기를 잘 부른 팔난봉이어서 끝년이 아비로부터 소리를 내림받은 셈이었다.

강명길과 노기태가 국밥부터 먹었다. 식사가 끝나고 술이 한 순배 돌 때까지 조명자가 방으로 들어오지 않았다. 다른 때 같으면 노기태의 땡고함이 떨어졌겠지만, 지서장이 와 있다는 말에 성깔을 죽이는 참이었다. 강명길이 한 잔밖에 안 마신 한 되들이 술을 노기태가 다 마셨을 때야 방문이 열렸다. 조명자는 아니었고 작부 중 연장자인 박금옥이었다.

"순경 양반들, 나 좀 들어가면 안 돼예?" 박금옥은 벌써 술에 취해 있었다. 인조견 반회장저고리는 고름이 반쯤 풀렸고 툭진 뺨이 자두처럼 붉었다.

"저년, 오늘두 돈푼깨나 든 놈 부랄 잡았구먼." 노기태가 허물없는 사이를 빌미로 욕질을 했다. 둘이 살 섞은 지는 작년이었고 올 들어선 그 관계가 시들했다.

"소금물로 강냉이 좀 씻어줬다, 어쩔래?"

"넌 주임님 강냉이나 어르구, 명자년이나 들여보내."

박금옥이 샐쭉한 표정으로 방문을 닫았다. 노기태가 빈 술잔을 끝년이에게 넘기고, 소리나 한가락 뽑으라고 말했다. 끝년이 술잔을 비워 강명길에게 넘겨 술을 치곤, 목청을 가다듬었다. 젓가락 장단에 맞춰 「춘향전」 한 대목을 읊었다.

우리 둘이 처음 만나 백년가약 맺을 적에 대부인 사또께옵서 시키시던 일이오니까, 빙자가 웬일이오. 광한루서 잠깐 보고 내 집 찾아와서 심심무인 야삼경에 도령님은 저기 앉고 춘향 나는 여기 앉아 날다려 하신 말씸 구망 부려 천망이요 신망 부려 천망이라고. 전년 오월 단오야에 내 손질 부여잡고 우둥퉁퉁 밖에 나와 당중에 우뚝 서서 경경이 맑은 하날 천 번이나 가르치며 만 번이나 맹서키로 내 정녕 믿었더니 말경에 가실 때는 툭 떼어바리시니 이팔청춘 젊은것이 낭군 읎이 어찌 살꼬……

강명길의 옆모습에 매달린 끝년이의 눈은 소리가락이 간절해질수록 정염에 타올랐다. 그녀는 소리를 끊자 어깨숨을 쉬며 강명길에게 술 한잔 달라고 했다.
"끝년이를 강형이 나 몰라라 차버리면 처녀귀신 하나 생기겠어." 노기태가 낄낄거렸다.
강명길이 술잔을 비워 끝년에게 잔을 넘겨 술을 쳤다. 아직 비린내도 안 가신 애가 담차기도 하다며, 그는 자기가 방에 들 적마다 그녀가 어떻게 알았는지 들어와선 옆자리에 앉는다는 걸 새삼 깨달았다.
청춘남녀 연애도 볼 만하다며, 노기태가 「사랑가」 한 곡을 더 청했다.
"노래란 화답이 있어야 흥이 나는 법이지예. 강차석님 부르면 몰라도 계속 부르지는 몬하겠심더." 끝년이 강명길 잔에 술을 치려다 주전자가 바닥났음을 알았다. 술길마저 이래 험하다며 그녀가 주전자를 들고 밖으로 나갔다. 둘만 남자 방 안은 고즈넉한 침묵으로 가라앉았다.

"노형, 장세간을 한 번 더 불러보면 어떨까?"

"장씨가 어째서?"

"차씨와 주인어르신의 거래를 모른다, 아편 건도 모른다며 무조건 잡아떼는 게 수상해서. 한 지붕 아래 살며 조석으로 대하는데 말이지."

"장씨가 차씨 집에 들랑거리는 걸 못 봤다구 지나리 맹서방두 말했잖아."

강명길이 말문 막혀 술잔만 내려다볼 때, 노기태의 작은 눈이 빛났다. "강형, 읍내에 소문 파다한 작은서씨 첩을 찾아볼까. 마산에 뒀다는 첩 말이야."

"작은서씨 장례식엔 얼굴도 안 내밀었는데?"

"알았어두 어디 이 바닥에 낯짝 내밀 수야 있겠나."

"아편 거래 현장을 봤다는 증인이 한 사람도 없으니 마산 그 여자 집을 이용했을 가능성도 있어. 읍낸 눈이 많으니깐."

"일본으로 아편 보낸 중간 손두 마산에 있을걸. 마산 부두가 밀수 본거지 아냐. 그러고 보니 첩년이 자초지종 알구 있을 것 같아." 노기태 얼굴에 화색이 돌았다. "이거 술맛 나게 생겼는데. 우리가 어째 여지껏 그년 생각을 못했을구. 허기야 작은서씨 쪽으로는 신경 안 썼으니깐. 첩이 읍내에 살지 않으니 생각두 못했구."

"장세간이 첩 집을 알까?"

"설마 마산 시내를 몽땅 뒤지더라두 그년 하나 못 찾을까." 노기태가 주임이 와 있다는 생각을 깜빡 잊고 소리쳤다. "술 더 가져와. 이것들이 어디 갔어!"

그때 손기척도 없이 문이 벌컥 열렸다. 입초 섰던 의경대원 박군이었다.

"밖에 설창리에서 사람이 왔심더. 차석님 하숙집에 가니까 안 기셔서……"

"호떡집에 불났냐. 누군데?" 노순경이 물었다.

"지서 종종 들르는 더듬이라고……"

박의경 말에 강명길이 용수철처럼 튕기듯 일어났다. 더듬이란 설창리 임칠병으로, 지서가 박아놓은 정보원이었다. 밤중에 추위를 무릅쓰고 십 리 길을 달려왔다면 틀림없이 무슨 정보를 가져왔으리라 짐작되었다. 강명길이 주막 밖 장터로 나섰다. 극장에는 공연이 시작되었는지 확성기 소리가 그쳤고, 휑한 장터는 달빛 아래 찬바람만 넘쳤다. 기름집 처마 아래 몸을 숨겼던 핫바지에 봉두머리 사내가 나섰다.

"강차, 차석님." 임칠병이 헐떡이며 떠들거렸다. "지녁답에 말입니더. 뒤, 산에서 나무 한 짐 해가꼬 내리오다가, 만냈심더."

"누굴?"

"지나리 차서방하고예, 또 한 사람. 조미, 민세라 캤나, 그, 사람이 트, 틀림읎심더. 또 한 놈, 발소리는 들었는데, 얼굴은 못 봤심더."

"차구열이 설창에 나타나?"

"얼굴을 바, 봤심더. 차서방 처족이 짐첨지 아입니꺼. 차서방이 근년에 마누래 사촌 되는 짐오복을 만내로 설창에 거, 걸음 자주 했심더."

"마실 민보단을 동원해 차씨를 잡든지 안하고?"

"서로 눈이 마주치, 치자, 내사 총 맞을까봐 도, 도망쳤심더. 민보단원이라 캐야 목총뿐인데 진짜 총 가진 야, 야산대를 우예 상대합니꺼."

"조민세와 붙어 다녀? 차구열이 입산한 게 틀림없군. 분명 조민세 맞지?"

"강차석님이 작년에 사, 사진 보이주민서, 이 사람이 나타나모 꼭 신고해라 캔 사람 말임더. 키는 짝달막하고……"

"놈들이 배종두나 김오복 집으로 들어가잖던?"

"서, 서낭당 오르는 길에서 얼핏 보, 봤는데, 내한테 드, 들키자 마실로 안 내리오고 산길을 탑디더. 도목리 쪽으로……"

"도목리라면 지나리는 아닐 테고 아치골로 간 거 아닐까? 차구열이 끼였다 하면 그쪽으로 빠졌기가 십상이다." 강명길이 임칠병 어깨를 토닥거렸다. "수고 많았어. 우때, 저녁 전 맞제?"

"지녁 묵을 저, 정신이 어딨습니꺼. 단걸음에 달리왔는데예."

"감나무집서 국밥 한 그릇 말아묵고 읍내 나온 김에 극장 구경하고 들어가." 강명길이 임칠병 등을 밀었다. 서유하 사건의 실마리가 풀린다는 확신으로 그의 가슴이 펄떡였다.

"강차석님하고 같이 들어가모 쪽 파, 팔리겠심더."

"그렇겠군. 난 술방에 손님하고 있으니 자넨 술청에서 국밥 한 그릇 먹게. 쪽지 써줄 테니 극장 기도(문지기) 찾아가면 공짜다."

어둠은 언제나 들녘 끝에서부터 밀려들었다. 겨울 저녁놀이란 있듯 없듯 해서 서산 넘어 보랏빛 하늘이 자주색 띠를 두르면 박명은 곧이어 잿빛으로 어두워졌다. 바람만 휩쓰는 너른 들이 깊은 울음을 울면 먼데 논배미부터 먹물 같은 어둠이 밀려들었다.

아치골 입구의 느티나무마저 어둠 속에 벽화로 찍힐 때쯤, 시오 리 건너 멀리 읍내 쪽은 먼 불빛이 은하수처럼 가물거렸다. 그 시간쯤이면 마을은 곱삶은 꽁보리밥이나 감자에 잡곡 한 줌 넣은 시래기죽으로 저녁 끼니를 끝낸 뒤였다. 이십여 호 중 호롱불 켜는 집은 마을 사랑인 이장네 머슴방이나 밤에도 일손 놓지 않는 서너 집 정도였고, 콩기름에 심지 적신 접싯불조차 아끼는 집은 허출한 배가 편하도록 일찍 잠자리에 들었다.

김윤서 집도 호롱불조차 밝히지 않았다. 안방과 부엌방이 깜깜했다. 마루 달린 안방은 김윤서 식구 다섯이 차지했고 부엌방은 그의 모친 명례댁과 김윤서 아우 종서가 거처했다. 보름 전에 지나리로 출가한 김윤서 누이네 식구 넷이 밀어닥쳤다. 친정집 찾아온 식구 넷을 안방에 들여놓을 수 없어 부엌방에 더부살이 시키니, 잠자리에 들 적이면 부엌방은 여섯 식구가 몸 돌려 누울 수 없게 비좁았다. 그래서 김종서는 요즘 자정 넘도록 무 내기 화투판 벌이는 이장네 머슴방에서 보내고 거기서 끼여 자기도 했다.

부엌방은 메주 뜨는 냄새로 큼큼했다. 아치골댁은 낮 동안 나무 한 짐 해다 놓고 해질녘에 당숙모 댁으로 바느질일 도우러 가고 없었다. 며칠 뒤 그 집에 혼사가 있었다. 김종서는 이장네 머슴방으로 마실 갔고 부엌방에는 명례댁과 외손 셋만 남아 있었다.

"할무이, 이바구 한차례 해도고." 아랫목에 누운 용태가 말했다.

"쪼매한 기 이바구는 억시기 질기네. 그만 자거라. 밤중에 이바구 질기모 산신령이 내려와서 잠 안 자는 아아들 잡아묵는데이."

명례댁은 젖 달라 보채다 지쳐 잠에 든 외손녀를 안고 있었다.

"산신령이 사람 잡아묵는 구신인가?"

"산중에 임금인 범이란다. 범은 깜깜하모 배고파서 마실로 내리와 어떤 아아가 안죽 안 자는공 살핀단데이."

명례댁은 사위가 떠올랐다. 처자식 건사 잘하고 부지런하던 사위였건만 이제 살인자가 되어 이 엄동 한풍에 어디로 떠도는지 알 수 없었다. 열흘 굶은 범 꼴로 마을 뒤 대숲에 숨어 날 저물기만 기다리는지 몰랐다. 그 사건 이후 사위는 어느 바람에 묻혔는지 소식이 묘연했다. 만약 사위가 잡힌다면 만고역적 죄인으로 목숨 부지 못할 테고 숨어 다닌다면 어느 세월까지랴 싶었다. 생각할수록 그네는 철없는 어린것들 데리고 구만리 같은 앞길을 살 딸 신세가 불쌍했다. 어째 어미와 딸 사주가 이토록 같은가 싶었다. 그네 서방도 나이 마흔여섯에 북해도 탄광으로 징용당해 가선 화태(사할린)로 옮겼다는 편지가 있었으나 해방된 지 다섯 해, 햇수로 여덟 해째 죽었는지 살았는지 소식조차 없었다.

"범이 통시깐(변소)에 숨어 있으모 우짜제? 밤에 똥 누로도 몬 가겠네."

"그렁께 퍼뜩 자거라. 니 동상은 벌써 안 자나."

"어무이 집에 오다 범 만내모 우짜제?"

"쪼매 있으모 올 끼다. 범이 어른은 안 잡아묵는단다."

"아부지는 어데 가고 안 오노? 범 잡으로 산에 갔나?"

"어린놈이 미구(여우) 같은 말만 골라서 하네. 할매는 너거 믹인다고 몬 묵어 어지름증이 도는데, 마 퍼뜩 안 잘 끼가!"

명례댁 고함에 용태가 눈을 감았다. 방 안의 어둠이 더 깜깜하게 눈두덩에 붙어왔다. 사타구니 사이를 무엇이 따끔 물었다. 이였다. 이불 밑에서 사타구니를 긁적대다 용태는 잠에 들었다.

명례댁은 외손녀를 용태 옆에 눕히곤 선반에서 담배함과 장죽을 내렸다. 침칠한 잎담배 한 줌을 손바닥에 놓고 다져 장죽 대통에 눌러 넣었다. 질화로 잿불을 헤쳐 담뱃불을 붙여 구리 흡구를 빨았다. 그네가 담배를 배우기는 서방이 징용에 끌려간 뒤부터였다. 서방이 옆에 있으면 낮 동안 고된 들일도 잊고 새벽까지 깊은 잠에 들곤 했다. 서방 떠난 뒤부터 잠이 쉬 들지 않았고 한밤중에도 소스라쳐 놀라 깰 적이 잦았다. 임자는 마흔 살 넘기고도 웬 몸부림을 그렇게 친담, 하는 서방 목소리가 들릴 듯싶은데 옆자리는 늘 허전했다. "그럴 때는 심심초가 젤이여. 억장 같은 근심도 심심초 한 모금 빨모 다 잊어져. 사람 한평생이 봄철에 잎 나 가실에 떨어지는 가랑잎 같소. 그랑께 명례댁도 심심초 한분 배아보소. 심심할 때 피운다고 심심초 아닌교." 동네 아낙 권으로 담배를 피우기 시작할 적만도 쉰 나이가 안 되어서 장죽 물기가 남부끄러웠으나 그네도 이제 환갑을 몇 년 앞두었고, 담뱃진에도 인이 박혔다.

"요새야 순사 발길이 뜸하구만. 날만 저물모 와 이래 가슴이 활랑거리는지." 명례댁이 혼잣말하며 허리를 굽혀 들랑거리는 방문을 멀거니 보았다. 댓살마저 어둠에 잠겨 창호지와 구별이 희미했고 한뎃바람에 문풍지가 떨었다. 소한 대한 다 지나면 얼어 죽을 놈 없다더니 대한 땜이 맵긴 맵다 싶었다. 그네는 문풍지 소리에 귀 기울이며 바깥 동정을 가늠했다. 대숲을 흔드는 바람 소리만 요란할 뿐 아무 소리도 들리지 않았다. 조금 전까지 안방에서 친손자 녀석들 말싸움질이 들리더니 그 소리도 그쳤다. 김윤서는 아침나절에 새끼 한 타래를 꼬아놓고 문안차 설창리 외사촌 집으로 갔는데 아직 돌아오지 않았다. 날씨도 차니 앵속 밀재배로 집안이 쑥대밭이 된 사촌 집에서 자고 올 모양이었다.

"차서방 때문에 이 집안이 무신 변곤고. 집안 꼴이 이 지경이니 어데 낯짝 들고 댕기겠나. 이 늙은 것이사 자는 잠에 저승사자가 데불고 갔으모……" 명례댁은 담배 한 대를 태우자 대통의 재를 화로 귀에 털었다. 문고리를 채우고 외손자들 덮은 이불을 다독거려주었다. 모로 몸을 눕혀 새우처럼 옹크리고 눈을 감았다. 설핏 잠에 들었을 때였다.

"어무이 계신교?" 밖에서 누군가 낮은 목소리로 불렀다.

인기척에 놀란 명례댁이 눈을 떴다. 바느질일 거들다 돌아온 딸이거니 하고 무심결에 생각하다, 남자 목소리였음이 짚여 벌떡 몸을 일으켰다. 이 밤중에 순경이 아니면 사위로 여겨져 가슴이 터질 듯 뛰었다. 한 손으로 방문 고리를 쥔 채, 누구냐고 물었다.

"설창리 종둡니더. 오복이 옆집에 사는 배구장 아들……"

명례댁은 배종두를 떠올렸다. 기제사 때나 길흉사가 있어 설창리 큰댁에 갈 적에 봤던 배구장 큰아들이었다. 배종두는 마산상업학교를 나와 마산 금융조합에 다닌다는 소문이 있었다. 육 척

키에 몸집이 우람한 청년이었다. 해방 이듬해부터 금융조합 서기도 접곤 좌익으로 나서서, 몇 차례 읍내 지서와 김해경찰서를 들락거렸다. 1948년 2월에 국회의원 선거가 공포되고, 남로당이 이를 반대하여 전국적인 총파업에 돌입하자 그 무렵부터 행방이 묘연해졌다는 총각이었다.

"이 밤중에 배도령이 웬일이고?" 명례댁이 문고리를 벗겼다.

"용태 모친 어디 갔습니까? 친정에 와 있다던데?" 찬바람을 몰고 배종두가 신을 신은 채 방 안으로 들어왔다.

"당숙 집에 바느질일 거들로 갔는데……" 명례댁은 어둠 속에 큰 바위처럼 웅크린 배종두로부터 두엄내와 쉰내 섞인, 집 떠난 지 오래인 홀아비 냄새를 맡았다.

"잠시만 기다리이소." 배종두가 방문을 빠끔 열고 휘파람을 불었다. 뒤란에서 희끄무레한 그림자가 보이더니 잽싸게 방으로 뛰어들었다.

"차서방인가?" 명례댁이 숨가쁘게 물었다.

"지 때문에 욕 많이 보지예?" 차구열이 넙죽 절을 했다.

"지금이 어느 때라고 이래 나타나는가. 자네 잡을라고 순사가 사흘디리 닥치는데……" 명례댁 목소리가 반가움과 두려움으로 높아졌다.

"집사람은 어데 갔습니꺼?"

"당숙 집에 갔다. 우야꼬, 가서 불러오까?"

"그럴 시간이 없습니다." 배종두가 대신 대답했다.

"지나는 길에 처자속이나 볼라고 잠시 들렀는데…… 불 좀 캐

보이소." 차구열이 말했다.

"불 캐모…… 괜찮겠나?"

"자슥들 얼굴이나 한분 보고 갈라고예."

"성냥이 읎는데, 큰방에 가모 몰라도……"

그러면 됐다며 차씨가 어둠을 더듬어 용태 얼굴을 만져보곤 이불 속으로 손을 넣었다. 그는 자식들 위로 차례로 몸을 숙였다. 바람 소리에 섞여 마을 개가 짖는 소리가 들렸다.

"이라다가 잡히모 우짤라고 이카노." 명례댁의 숨넘어가는 소리였다. "자네가 좌익에 나선 거 맞제? 읍내 나가보이 소문이 자자하더라. 작은서어른댁 논 살 때사 지 땅 가진다고 좋아하더마는, 무신 변덕으로 지주어른을 그래 쥑이뿔고……"

"서가놈은 작년부텀 해치울라고 내내 베랐습니더."

"인자 드러내놓고 좌익할라고 살인까지 했단 말인가?"

"용태외할머니, 사위 너무 욕하지 마이소. 고리대금업자인 지주를 벌한 건 잘한 일이라요. 누구 손에 죽어도 벌써 죽어야 될 악질 지주 아닙니까." 배종두가 말했다.

"이 사람아, 자네 춘부장은 어데 지주 아닌가?"

"그렇게 말씀하면 할 말이 없습니다만, 작은서씨는 돈놀이가 직업인 반동 중에 반동이라요."

"사람 쥑이는 일이 머시 잘한 일이라고, 더욱 상전을 말이다. 시상이 우예 돌아가는지 모르지만, 무서버서 몬 살겠다. 서로 쥑이고 또 쥑이니. 나라가 해방되고 우짜다가 이런 시상이 됐는지 모르겠어……"

"조만간 남조선에서도 빈농과 노동자가 쌀밥 먹으며 살 게 될 겁니더. 고생이 되더라도 조금 더 참으시이소. 우리가 금의환향 할 날을 꼭 만들 겁니다."

"갈 길이 바빠 일어나야 되겠심더. 우야든동 애에미 고생이 되더라도 마음 단단히 묵으라 카이소. 지는 당분간 집에 발붙일 수 없는 몸입니다." 차구열이 말했다.

"설창에 가더라도 제 집에는 아무 말씀 마시이소." 배종두가 일어났다.

"지 댕겨간 말 아치골 누구한테도 말하지 마이소" 하더니, 차구열이 바지 주머니에서 지전 몇 닢을 꺼내어 삿자리 바닥에 놓았다. "애에미한테 주이소. 조석 끼니 에러블 때 보태 쓰라고……"

"무신 돈을. 우리사 짐생처럼 그냥저냥 살 수 있어. 집 떠난 사람이나 굶지 않아야제. 마 가주고 가게." 명례댁이 지전을 집어 사위에게 주었다.

"갈랍니더." 차구열이 장모 손을 뿌리치고 방문을 열었다.

"얼어 죽기 알맞은데, 이 밤중에 어데로 갈라고?" 지전은 삿자리 바닥에 두고 명례댁이 따라 일어서다, 고쳐 말했다. "갈라면 퍼뜩 가게. 이레 있다가 무신 날벼락이 떨어질지 모르이께."

"삼팔선 뭉개고 조국 통일될 그날까지, 그럼 안녕히……" 배종두가 말끝을 맺지 못한 채 어둠만이 들어찬 사방을 살폈다.

"이 사람들아, 해방된 지 몇 핸데 왜놈도 아이고 우리 동포한테 쫓길 짓을 와 하고 댕겨. 배도령이사 총각이지만, 부모님을 보게. 자당께서 아들 걱정으로 몸져누뱄다가 일어난 거 모르나?" 명례댁은 어둠 속에 어렴풋이 드러나는 사위와 배종두의 수염 꺼칠한 얼굴을 보았다. 둘의 입성하며 얼굴 꼴이 산짐승이었다. "솜옷이나 입고 다니제. 춥겠다." 명례댁이 혀를 찼다. 무언가 찡하게 목울대를 차올랐다. 배종두로 말하면 해마다 추수 오백 석 하는 배주사 아들인데, 저 꼴로 숨어 다닐 줄 누가 알았으랴 싶었다. 좌익 사상이란 게 뭐가 좋기에 부모 처자식 마다하고 경찰에 쫓기며 주림과 추위를 무릅쓰고 들개처럼 쏘다니는지, 그네는 알 수 없었다.

둘이 뒤란을 돌아 어둠 속에 사라지자, 명례댁은 잠시의 시간이 꿈만 같아 한동안 방문을 닫지 못하고 바깥을 내다보았다. 용필이 기침 소리에 겨우 정신을 차려 황급히 방문을 닫았다. 사위가 두고 간 지전에 생각이 미쳐 삿자리 한 귀를 들치고 흙바닥에 숨겼다.

차구열과 배종두는 뒤란 텃밭을 질러 토담을 타넘었다. 이장네 묘 쪽으로 올라갈 때야 뛰던 걸음 속도를 늦추었다. 차동문가? 하고 누군가 묘 뒤쪽에서 불렀다. 개털모자에 검정 외투 입은 조민세였다. 그는 키가 작달막해 배종두와 대조를 이루었다. 덕분에 잘 다녀왔다고 차구열이 말했다.

"설창에서 꼬리가 잡혔으니 읍내는 포기해야겠소." 조민세가 말했다.

"더듬이는 지서 끄나풀로 소문이 났습니다." 배종두가 말했다.

"우리가 한 발 앞섰기에 망정이지, 읍내 지서에 연락됐다면 지금쯤……"

"차동무 사건으로 읍내엔 국방군 소대 병력이 상주할 예정이라 캅니다."

"내일 마산으로 나감세."

"덕산역에서 첫차를 타지예. 오늘 밤은 모동지 집에 들러 읍내 동정도 파악하고……" 차구열 말에 조민세가 동의하자, 마산 도착하는 길로 아편은 처분해버리자고 말했다.

"김오복 동무도 체포된 마당에 마산에 손이 안 뻗쳤을 리 없소. 놈들이 그쪽 판매 길을 쫓고 있을 테니 당분간은 신중해야 하오."

"나간 김에 회보와 전단도 새로 찍어오지요." 배종두가 다른 말을 꺼냈다.

"그럼세. 『로력인민』(남로당 기관지)과 『부녀조선』(부녀동맹 기관지) 주요 기사도 발췌해서 소식지에 첨가하도록 해요. 말이 나온 김에, 지난번 토지개혁 전단은 설득력이 약했어요. 무학자가 태반인 실정이니 좀더 선동성을 가미해야지. 그렇다고 지금으로선 부락별 세포 학습회로 조목조목 총화(토론)할 여건도 안 되고. 아무래도 토지개혁 아지프로(선전 선동)는 북조선 성과보다 이쪽 사례를 더 열거해야겠어요. 빈농 스스로가 현단계 실태를 깨치게 해줘야 효과적일걸." 조민세가 말했다.

"학습회 시절이 좋았심더. 선생님과 배동지도 자주 만냈고 하루 다르게 우리들 생각이 커가는 거 같았심더. 한수성님과 복습하미 하나하나 깨우쳐가던 그 시월이, 대낮에도 떳떳이 학습할 그런 시절이 퍼뜩 와야 할 낀데……" 차구열의 목소리가 회상에 젖었다.

1948년 2월, '혁명의 전진기지 건설을 위해 입산투쟁 대열에 합류하자'는 당 훈령의 기치 아래 '2·7 구국투쟁'을 전개하려 각 지구마다 유격대 입산을 결행했다. 남로당 김해군당 진영지부는 어느 지구보다 조직이 튼튼했다. 아지트 키퍼 역할을 맡았던 조민세와 배종두를 중심으로 꾸준히 세포회의, 세포강습회를 마을마다 열었다. 며칠 몇 시 어느 집에 모이라는 오르그(공작원)의 연락이 있으면, 마을 세포와 조직 일꾼이 비밀리에 모여 학습과 총화 시간을 가졌다. 연락은 점조직을 활용했고 암호를 사용했다. 남자가 대부분이었으나 조부총(조선부녀총동맹) 지부 여성 동지들도 참석했다. 강사는 지부책 조민세를 필두로 배종두, 김삼문, 정지호 등이 담당했고, 박귀란은 부녀반을 맡아 교양 강습에 임했다. 소비에트 혁명사, 세계 프롤레타리아 투쟁사, 조선 공산주의 운동사, 조선 해방투쟁 진로, 계급혁명의 역사적 발전 등이 강의 내용이었다. 그러나 당국의 좌익 탄압이 심해지면서 불시 야밤 기습을 비롯 조직적 공격이 빈발하자 지하당 운영이 한계에 봉착했다. 작년 봄에 김해군당도 '경남 2지대 7블록'이란 작명 아래 유격대 입산을 결행했다.

"그런 세월이 조만간 반드시 올 것이오. 겨울밤이 아무리 길어두 새벽이 오듯, 오늘이 대한 추위지만 열흘 지나면 입춘 아니오? 겨울 지나면 봄이 오듯, 우리 이 고생도 그날을 위한 준비 과정이오." 조민세가 말했다.

"이번 전단 말입니다." 배종두가 아까 했던 말을 꺼냈다. "국회의원 선거가 여름 안에 있을 모양인데, 그 얘기도 삽입해야겠습니더. 농민층의 보다 많은 기권을 유도해야지……"

"마산 쪽에서 선거 자료를 모았을 거요. 해주 쪽 새 소식도 있을 테고."

"마산 나가면 작년 십일월 송라(경북 영일군 송라면)에 상륙한 인민유격대 후일담도 들을 수 있을 겁니다."

"해방구 김달삼 동지와 합류했다지만 고전이 뚜렷해요. 우선 아무 소득이 없잖소. 여기 신문을 믿을 순 없지만, 토벌대 파견이 줄을 잇고 전과도 제법 있는 모양이니 이번 봄을 고비로 봐야 해요. 우리도 그때까진 버텨내야 하는데……" 조민세 목소리가 침통했다. "아니면 작전상 큰산(지리산)으로 들어갈 수밖에 없을 것 같소. 여긴 야산뿐이라 은신에도 문제가 있으니깐."

"후방 지원이 전무한 유격대가 이대로 피신 위주로 돌면, 대원들 사기 문제도 있습니다. 타대는 그래서 이탈자가 많다던데요. 조만간 깃발 한번 올려야지. 작년 구월 총공세 때가 좋았는데……"

"그땐 증말 진영 땅도 곧 해방될 줄 알았심더." 차구열이 거들었다.

"십일월까지가 고비였습니다. 그땐 산악 거점이었지만 남조선 전역 사분의 일이 해방구로 깃발 올렸는데. 작년 들어 남로당에 가해진 군경의 혹심한 탄압으로 당원 칠 할이 이탈했다는 보고도 있는 판이니……"

배종두의 허심탄회한 말에 둘의 반응이 없었다. 맞는 말이었다. 재작년까지만 해도 각지 유격대의 총공세와 도시 노동자 파업으로 남조선 전역은 혁명투쟁의 불길이 드높았다. 그러나 지금의 유격 활동은 그나마 해방구조차 상실한 채 도생에 급급한 떠돌이로 산채를 헤매었고, 도시 역시 산별 노조의 무차별 파괴 공작으로 소규모 파업조차 횟수가 예전만 못했다.

셋은 묵묵히 잡목과 다복솔 듬성한 아치골 당산 산마루를 향해 잰걸음을 걸었다. 아치골이 자리한 남녘과 달리 당산 북녘은 벼랑이었고, 벼랑 아래로 낙동강이 동북쪽으로 휘어져 흘렀다. 산마루에 오르자 매서운 강바람까지 몰아쳐 추위가 한결 더했다. 천지무공을 내닫는 바람 소리가 비단폭을 찢듯 했다. 강기슭과 모래사장 가로는 얼음이 얼었지만 강심은 물살을 그대로 보여 어둠 속에 잔물결이 번득였다.

모필대 집은 읍내에서 낙동강 강변 대촌 밀양 땅 수산으로 빠지는 십 리 길, 물통걸이었다. 셋은 오솔길을 찾아 능선을 타고 서쪽으로 걸었다. 제방 아랫길로 걷자 낙동강이 가려졌고 둑이 바람막이 되어 걷기가 수월했다. 어둠 속 바람 건너 너른 들녘 여기저기에 추위를 타듯 불빛이 옹기종기 모여 깜박였다. 진영평야에 점점이 흩어진 마을이었다. 박도선의 배태고향인 유등리 앞들을 지날 때, 초사흘이라 달이 없겠다고 차구열이 혼잣말을 했다. 그들은 말없이 마을을 우회해 수로(水路)가 있는 제방 아랫길과 논둑길을 택했다. 아치골에서 물통걸까지는 이십 리 안쪽 이수였다. 물통걸은 진영평야의 수리시설을 관장하는 수리조합이 있었고 조합 직원관사 주위로 스무여 호 마을이 있었다.

배종두는 발가락이 동상으로 짓물러진데다 영양실조로 늘어져

누운, 산채에 두고 온 박귀란을 생각했다. 정신력으로 버텨내는 데도 한계가 있지, 여자로 산중에서 월동한다는 건 무리였다. 조민세는 다른 생각에 잠겨 있었다. 그는 지난해 이른 봄, 야밤중에 잠깐 집에 들르고 여태껏 읍내 걸음을 못한 처지였다. 알려진 얼굴이라 발각될 염려도 있었으나 한편으로 바빴기도 했다. 유격대 입산 이전에도 그랬듯 입산 이후에도 그는 산중에서만 보내지 않았다. 48년 6월 황해도 해주에서 개최되었던 '조선인민대표자대회'에 '조선민주청년동맹' 경남지부 간사와 함께 남로당 김해군당 대표 자격으로 삼팔선 넘어 해주를 거쳐 평양을 다녀온 뒤에도 서울, 부산, 마산으로 자주 나다녔다. 남조선 삼남 지방 각 블록 대표자회의 참석과 정보 연락차 지리산 이현상 부대를 찾기도 여러 차례였다. 그는 이번에 모처럼 틈을 내어 자식들 얼굴을 보려 별렀는데 설창리에서 첩자와 맞닥뜨려 해후가 무산된 셈이었다. 설창리의 그 녀석이 자기 얼굴은 모른다 해도 한 마을 출신 배종두는 낯이 익을 터였다.

"읍내엔 조만간 장날 밤에 들어가입시다." 말 없는 조민세 마음을 읽고 배종두가 말했다.

"차라리 안 보길 잘했는지 몰라." 조민세 눈앞에 자식 셋의 얼굴이 떠올랐다. 그는 슬하에 아들 둘, 딸 하나를 두고 있었다.

강명길과 의경대원 박만우가 실탄 장전한 99식 장총을 소지하고 아치골 입구 느티나무 아래 도착했을 때, 차구열과 배종두는 김윤서 집 뒷담을 넘어 당산 마루로 줄행랑친 지 십오 분쯤 지난 뒤였다. 시오 리 밤길을 걷고 뛰며 달려왔지만 야산대의 기동력에는 경찰이 늘 한 발 뒤처졌다. 둘은 한 시간 넘게 살을 에는 추위를 참아가며 김윤서 집 주위에 잠복했건만 당숙모네 집에서 바느질일을 돕고 오는 아치골댁만 붙잡았다. 이어 호루라기 소리도 요란하게 집 안을 이 잡듯 뒤졌으나 식구 잠만 깨웠을 뿐 아무 소득도 건지지 못했다. 명례댁은 숨이 넘어가게 떨기만 했지 사위가 다녀갔다는 말은 끝내 숨겼다. 마당으로 늙은이를 끌어낸 강명길이 전짓불을 얼굴에 비추며, 차구열과 조민세가 초저녁에 왔다 갔음을 두고 추궁했다. 명례댁은 삿자리 밑에 숨겨둔 지전 사천 원이 들킬까봐 실신 직전으로 숨만 달싹거렸다.

사정은 읍내 장터 공동우물터 옆 조민세 집도 마찬가지였다. 그쪽은 노기태와 의경대원 하나가 맡았는데, 노기태는 삼십 분을 잠복근무를 하다 온몸이 동태가 되게 꼬당꼬당해지자 더는 못 참겠다며 식구가 자는 방을 덮쳤다. 집 안을 샅샅이 뒤졌으나 조민세가 다녀간 흔적은 없었다. 집엘 들렀다면 자식들이 쉬 뱉으리라 여겨져 지능지수가 한참 모자라는 맏아들을 주먹질하며 족쳤다. 말을 제대로 못하는 유해가 공포에 질려 사지를 버둥대며 거품 물고 늘어져버렸다. 이어, 둘째아들 뺨을 치며 협박했다.

"애비 왔다 갔지? 바른 대로 말 안하면 당장에 죽여버릴 테다!"

"공부하다 그냥 누버 잤심더. 아부지 몬 본 지 진짜로 한참 됐어예." 겁먹은 갑해가 코피를 훔치며 머리를 흔들었다.

어차피 떠벌인 일, 못 먹는 밥에 재나 뿌리자는 심정으로 노기태는 봉주댁 머리끄덩이를 끌고 지서로 데려와 닦달질했다. 삿매질이 따를 수밖에 없었다. 그럴수록 봉주댁은 서방 못 본 지 오래라며 완강하게 벋섰다. 조민세가 다녀가지 않은 게 분명하자 노기태는 자정 가까운 시간에야 그네를 풀어주었다.

강명길과 의경대원 박군이 빈손으로 읍내에 도착한 시간도 그때였다. 영하의 추위를 무릅쓰고 왕복 삼십 리 길을 도다녀오느라 둘은 녹초가 되었다. 강명길은 박군에게 총을 넘기곤 곧장 하숙집으로 돌아갔다. 위채 허정우가 쓰는 건넌방은 그때까지 불이 켜져 있었다. 협심증 발작 이후부터 그는 불면증에 시달리고 있었던 것이다. 그날 밤, 몸살에 과로가 겹친 탓인지 강명길은 삼십구 도를 오르내리는 고열에 시달리며 밤내 앓았다.

1월 25일

 아치골댁은 새벽별이 스러지기 전에 눈을 떴다. 찬물에 낯을 씻어 잠을 쫓은 그네는 갈퀴와 낫을 들고 가실봉으로 떠났다. 입춘을 앞두고 있어 봄기운도 느껴지련만 낙동강 새벽의 강바람이 칼날같이 섬뜩했다. 무명수건으로 머리와 귀싸대기를 가렸으나 낯짝이 알알하게 시렸다.
 장장 오백이십오 킬로미터 남으로 물길을 트는 경상도 땅 젖줄인 낙동강은 아치골 벼랑 앞에서 삼랑진 쪽으로 강폭 넓혀 흘렀다. 모래톱의 허연 너테 언저리는 월동 철새인 물오리 떼 수백 마리가 날개를 털며 주둥이질을 해댔다. 강 건너 먼 들녘은 보랏빛에 잠겨 있었다.
 낙동강을 뒤로 두고 동남향 들길을 걷기 십 리, 주위로 큰 산이 없으나 인가 이십여 호가 모여 있는 도목리 뒤쪽 산줄기가 들판에 꼬리를 늘였다. 한 시절 야산에는 노송이 풍치를 이루었건만 일제 말과 해방 후 무작위로 밑동째 베어내어 천둥벌거숭이산이 되고 말았다. 민둥한 야산 골짜기 따라 가없이 들어가면 멀리로 잿빛 가실봉이 우뚝 서 있었다. 육백 미터 남짓한 가실봉은 칠부 능선 높드리로 들어서야 소나무, 느티나무, 상수리나무, 노각나무, 밤나무, 산벚나무가 제법 울울한 숲을 이루고 있었다.

아치골댁이 가실봉 입구에 들어섰을 때야 날이 밝아 사방이 희부옇게 터왔다. 추위도 어느새 달아났고 이마와 등솔기에는 땀이 맺혔다. 서리 내린 나무 사이로 잠을 깬 새들이 울어댔다. 콩새, 박새, 딱새였다. 그네는 산속 깊이 오르다 편편한 바위를 보자 주저앉아 숨길을 돌렸다. 산 초입부터 허리가 결리더니 통증이 가쁜 숨길 따라 세게 마쳤다. 탯매질로 팔다리 쑤시고 허리뼈 결리는 데는 엄나무 껍질 삶은 물이 좋다 해서 그 쓴물을 한 말이나 마셨건만 아직도 온몸은 제 살 같지 않았다. 그네는 뿌옇게 트여 오는 아래쪽 먼 들녘과 푸른 띠를 두른 낙동강을 바라보며 한숨을 내쉬었다. 지난 스무 날이 일 년보다 길었고, 서방이 집 나간 지도 오늘로 스무하루째였다.

콩새 한 마리가 쪼쫏, 하고 울며 아치골댁 눈앞을 날아갔다. 철없던 어린 시절, 봄나물 뜯으러 뒷산을 오르며 불렀던 노래가 떠올랐다. "박 파묵은 박새야, 콩 까묵는 콩새야/짤랑짤랑 방울 소리, 방울새는 어데 갔노/방울새야 방울새야, 콩새 박새 쫓아뿌라……" 박새가 박을 파먹지도, 콩새가 콩을 까먹지도 않건만 노랫말이 재미나 불렀던 노래였다. 그네가 지금 당하는 고통과 견

줄 때, 세상 물정 몰랐던 어린 시절은 봄날 양지바른 토담 아래 어미닭과 노니는 병아리같이 세상이 신기하고 즐거웠다. 짧은 겨울 햇데 어서 나무 한 짐 해가야지 하고 혼잣말을 중얼거리며 그네는 몸을 일으켰다. 골짜기를 버리고 산비탈을 탔다. 싸리, 개머루 덩굴, 때죽나무가 숲을 이룬 더기를 한참 오르자 큰키나무들이 울울한 가실봉 칠부 능선에 다다랐다. 설창리에서 들을 질러 십 리 밖, 봉화산 바우봉이 가로막아 마을이 눈에 들어오지 않았다. 봉화산은 일백오십 미터 정도의 높이였으나 나라에 병란이 있을 때 신홋불을 올리던 산이었다. 부산포나 마산포 어름으로 왜구가 들어오면 신호로 연기를 올리는 봉화대가 있었다. 저기 봉화산 골짜기에 용태아범이 숨어 있을까 생각하자, 온몸이 전기에 탄 듯 저렸다. 지금으로선 서방이 귀가할 수 없는 처지지만 집으로 온다 해도 죄 지은 마음이라 서방을 바로 볼 수도 없었다.

"보이소, 날 용서해주이소. 비록 능지처참당할 죄를 졌지만 커가는 어린 자슥들 보고 한분만 용서해주이소." 아치골댁이 비손하며 읊었다. 용태아범이 비수를 들고 달려드는 악몽으로 잠자리가 괴로운 요즘이었다. 서방이 어디에 숨어 살든 순경한테 잡히지 말고, 그렇다고 식구 만날 욕심으로 지나리나 아치골에도 나타나지 말았으면 싶었다. 친정엄마를 통해 서방과 배종두가 다녀갔다는 말을 들었고 두고 간 돈을 받긴 했으나 앞으로는 인편에 안부 전하는 그런 짓거리를 그만뒀으면 싶었다. 사건이 나고 열흘 동안 읍내 지서 순경이 사흘걸이 아치골로 찾아와 서방 있는 곳을 대라, 통기가 오면 즉각 연락하라고 윽박지르는 데 몸서리가 쳐졌다. 사건이 있은 뒤 지서 지하실에서 온갖 고초를 겪었고 까무러치기도 여러 차례였다. 노순경만 보면 사지가 경직되어 차마 그림자조차 보기 두려웠다. 두렵기는 노순경에 못지않게 서방도 마찬가지였다. 만약 서방이 나타나 작은서어른과 자기 관계를 따진다면 죽여달라 빌 수밖에 어떤 변구도 통할 것 같지 않았다.

아치골댁은 나무를 하기 시작했다. 삭정이 줍고 낫으로 소나무 잔가지를 쳤다. 솔가리는 갈퀴로 긁어모았다. 너나없이 땔감을 해버려 머리에 이고 올 나무 한 단 하는 데도 세 시간이 넘게 걸렸다. 칡덩굴로 나뭇단을 묶어 머리꼭지에 이니 눈앞에 뭇별이 보이고 다리가 떨렸다. 그네가 숲을 헤쳐 내리막을 걷자 허리뼈가 결리고 어깨가 내려앉듯 쑤셨다. 빈 뱃속이라 도무지 힘을 낼 수 없었다. 겨우 고갯마루까지 내려와 길섶 서낭당 돌무더기를 보자 나뭇단을 부렸다. 느티나무 허리에 새끼줄이 감겼고 붉고 푸른 헝겊이 줄에 매여 있었다. 그네가 돌무더기에 돌을 얹고 합장해 비손했다.

아치골댁이 친정 마을에 도착했을 때는 해가 이맛전에 올라 정오가 가까웠다. 얼음 언 봇도랑을 끼고 마을길로 들어서자 연 날리는 아이들 틈에서 연 구경을 하던 용태가 엄마를 보고 뛰어왔다.

"동상들하고 아침밥 묵었나?"

"외숙모가 재복이 성제간은 밥 많게 주고 우리는 쪼매밖에 안 줍디더."

"니가 욕심꾸레기인께 재복이 성제 밥이 많게 보인 기제."

"재복이가, 너거는 와 우리 집에 와서 사노, 지나리로 퍼뜩 가라 캅디더."

"지나리가 우리 동네이까 그카는 기제."

"지나리로 가입시더. 아부지가 집에 와 있을란지 모릅니더."

"가야제. 살든 죽든 우리 마실로 가야제."

출가외인에게 친정 마을은 아기 낳을 때나 올까, 눌러 살 데가 아니었다. 서방 떠난 뒤 다시 걸음하고 싶지 않은 지나리건만 그곳으로 가지 않을 수 없다고 아치골댁은 생각했다. 먼 길 떠난 네 아버지가 당분간 돌아올 수 없다는 말은 차마 입에서 떨어지지 않았다. 그렇다고 어린것들 말싸움에 어느 편을 들 수도 없었고, 아치골에 눌러앉아 오빠나 올케 눈치 보기가 견디기 힘들었다. 한동안은 지서로 불려 다니느라 어린 자식을 친정에 맡겼지만 앞으로 더 불려갈 이유도 없을 성싶었다. 친정서 더부살이해가며 언제 돌아올는지 모르는 서방을 기다릴 게 아니라 지나리든 어디든 눌러앉는 대로 살아갈 궁리를 세워야 하고, 세 자식을 키울 책임이 자기 몫으로 남았음을 알았다. 설움을 깨물고 걷는 그네 옆을 따라오던 용태가 미운 일곱 살답게 한마디를 보태 제 엄마 기를 눌렀다.

"아부지가 장사하로 어데 갔습니꺼?"

"그거는 와 묻노?"

"사람들이, 울 아부지가 사람 쥑인 좌익패라 카데예. 좌익패가 머 하는 사람입니꺼?"

"누가 그카더노?"

"마실 어른들도 아이들도 다 그캅니더. 순사가 아부지 잡으로 댕기니까 우리가 여게로 피해 왔다고예."

아치골댁이 아들 말에 더 대꾸를 못한 채 삽짝으로 들어섰다. 볕 좋은 안방 마루에 재복이엄마, 명례댁, 이웃집 길동할멈이 앉아 있었다. 재복이엄마는 저녁 죽 쑬 콩을 맷돌에 갈고 있었다. 명례댁은 외손자 용필의 저고리를 뒤집어 이를 잡았다. 길동할멈은 마루 끝에 앉아 명례댁에게 한담을 하던 참이었다.

"배고푸겠다. 어서 밥 챙겨 묵어라. 밥은 솥 안에 넣어뒀으이께 찬 짐(김)은 민했을 끼다." 명례댁이 삽짝 옆에 나뭇단을 부리는 딸에게 말했다.

"용순이 많이 울었지예?" 아치골댁이 머릿수건을 벗어 옷에 묻은 검불을 털었다. 그네가 지난 사흘 동안 해다 놓은 나무가 수북했다.

"볼살밥(보리밥) 웃물을 미염 삼아 믹였더마는 혼곤히 늘어져서 또 잔다. 알라가 눈뜰 심도 없는지 고랑고랑하며 잠만 자꾸 자더라."

"용태에미는 처자 쩍도 그랬지만 부지런키도 하데이. 신새북에 질 떠나 저래 나무 한 짐 해오이 겔뱅이(게으름뱅이) 남정네들보다 낫다." 길동할멈이 쪼그라진 입을 오물거리며 말했다.

"안 그라면 자석 데불고 우째 삽니꺼. 서방이 두 눈 퍼렇게 뜨고 있어도 삼시 세끼를 몬 묵는 판에." 재복이엄마가 입을 비쭉 내밀며 길동할멈에게 핀잔을 주었다. 그네는 시댁 군식구 넷이 부엌방에 들어앉고부터 노골적으로 시누이를 냉대했다. 우리 식구도 두 끼만 먹는 판에 군입이 넷이나 붙었으니 하루이틀도 아니고 양식 축내면 내년 춘궁기를 어떻게 넘기겠냐고 밤마다 서방을 들볶았다. 한술 더 떠서, 차서방이 살인을 했으니 동네 부끄러워 얼굴 들고 다닐 수 없다고 입방아를 찧었다. 눈치 뻔한 명례댁은 처지가 그러니 딸네 식구를 감싸고 나설 수가 없어 며느리 눈칫밥 먹기가 서러웠다.

"살아만 남으모 우째 볕들 날도 오겠제." 명례댁은 옷 솔기에 붙은 이를 찾아내어 양쪽 엄지손톱으로 눌렀다.

"볕들 집안이 따로 있제, 삼대 구족을 망치지 않는 것만도 다행이라예. 지금 시상이 어떤 시상인데 차서방이 그런 일을……" 재복이엄마가 쫑알거리다 말을 멈추었다.

"지나가는 개새끼도 굶어 죽게 되면 데리다 믹인다 카는데, 니 말이 그기 머꼬. 용태에미 여게 올 때 지 집에서 묵던 좁살 한 말에 고구마 한 접 가주고 안 왔나." 참다 못한 명례댁이 며느리에게 쏘아붙인다.

"어무이예, 지가 어데 몬할 말 했나예. 우리 집이 천석꾼이라서 남으 개새끼한테 줄 양석 있으모 맨날 잔치라도 와 몬 벌리겠습니꺼. 우리 식구만도 여덟이라 입동 지나고 어데 점심밥 한 분 묵어봤습니꺼. 그런 마당에 흉년에 윤달 든다고, 네 구녕이나 입이 불었으이께 안살림 사는 지 속이 와 안 타겠습니꺼. 우리 식구 배 안 곯으모 이런 말 하라 캐도 몬합니더. 내가 모질은 기 아이라 지금 처지가 그렇잖습니꺼. 친정서 컬 때는 살독에서 인심 난다는 말도 들어봤심더." 얼굴에 마른버짐이 허옇게 핀 재복이엄마가 돌리던 맷손을 놓고 말했다.

며느리 말대꾸에 명례댁도 할 말이 없어 한숨만을 쉬었다.

"고부간에 쌈 나겠네. 다 몬사인께 이러는 거 아인가. 명례때기는 명례때기대로 지 배 가르고 나온 자석이다보이 불쌍해서 카는 소리고, 재복이에미는 에미대로 읎는 살림 아등바등 살아 카이 울화통 터지는 기고. 어느 쪽도 틀린 말 아이다." 길동할멈이 양편을 거들고 나섰다. "인자 농지개혁인가 먼가 되모 나라 빚이야 떠안지마는 지주와 집사들한테 안 볶이고 농사지을 테이께 허리패기 좀 낫겠지러."

"소도 언덕이 있어야 비빈다고, 지 땅 읎는 소작농 팔자에 농지개혁 된다고 어데 배 터져 죽겠습니꺼. 서방도, 농지개혁은 허울만 좋은 그 나물에 그 밥이라고 콧방구만 뀝디더." 재복이엄마가 말했다.

"어쨌든동 지닌 돈 읎는 작인이 지 땅 갖게 되기는 호랭이 담배 피운 이후에 츰이라 카더라. 농지가 작인 앞으로 등재만 되모 나라 빚은 소출 형편 봐가미 갚게 될 끼다."

"올케요, 커는 아아들 앞에 두고 너무 그래 눈에 쌍심지 캐지 마소." 아치골댁이 재복이엄마를 보고 입을 열었다. "내일 중으로 아아들 데불고 지나리로 가겠심더. 시댁이라도 있다 카모 거기로 갔제, 내가 와 입 살기 싫든 친정 찾아왔겠어예." 용태 등을 밀며 그네가 부엌방으로 걸었다. "내가 머 올케 나무라는 것도 아이고, 내가 올케 처지가 돼도 마찬가질 낌니더. 집안 천정 뜨받치던 대들보 무너지모 이 수모 당하는 기사 당연지사제……"

아치골댁이 터지려는 울음을 어금니로 깨물고 새김창 방문을 열었다. 잠든 용순이 등 뒤에 누웠던 용필이가 이불을 걷고 일어났다. 이 잡아준다고 외할머니가 윗도리를 벗겨버려 알몸이었다. 그네가 아랫목 이불 밑에 손을 넣었다. 삿자리 바닥이 싸늘했다. 용순이를 가슴에 안고 저고리 고름을 풀었으나 먹은 게 없다보니 젖꼭지만 클 뿐 젖두덩이 꺼졌다. 젖을 물리자, 용순이는 눈도 뜨지 않고 아귀아귀 젖을 빨았다. 그네는 흙벽에 등을 기대고 늘어져 앉아 소리 죽여 울었다.

"어무이, 울지 마이소. 지나리 우리 집에 가입시더." 용태가 울먹이며 말했다.

"이 눈치 받으미 우예 사노. 그래, 가자. 우리 집에 가야제." 아치골댁은 나올 게 없는 젖이나마 양쪽 젖을 빨린 다음 용태 등에 젖먹이를 업혀 포대기를 둘러주었다.

"어무이 읍내 장에 나무 팔고 올 때까지 동상 잘 봐야 한데이." 그네가 용태에게 말했다. "너그들 믹이살릴라고 에미가 이래 바뿌니 니가 장자인께 엄마 좀 도와줘야제."

용태가 주먹으로 눈을 닦으며 머리를 끄덕였다. 그는 아버지가 없어진 뒤 엄마의 고생을 어렴풋이 알았고, 어쩜 아버지는 한동안 집으로 돌아오지 못할 거라고 생각했다. 엄마가 읍내 지서를 다녀올 때마다 반쯤 죽어 돌아오는 게 그랬다. 아버지가 정말 사람을 죽였다면 지서 순경이 가만두지 않을 터였다.

아치골댁은 방에서 나와 부엌으로 들어갔다. 그네는 부뚜막에 걸터앉아 아침 겸 점심인 고구마밥을 먹었다. 반찬은 된장국과 김치였다. 어덜어덜 떨며 식은 밥 반 그릇을 비우자 그런대로 힘이 났다. 그네는 사흘 동안 해다 놓은 나무 중에 내다 팔 만한 땔감만 추려 칡덩굴로 엮었다. 뭉쳐놓고 보니 혼자 힘으로 머리에 얹을 수 없었다. 나뭇단 좀 이어달라고 친정엄마를 불렀다.

"이라다가 병이라도 나모 우짤라 카노."

"이거라도 퍼뜩 팔아야 수제비 꺼리라도 사오지예."

나뭇단을 머리에 인 아치골댁이 휘청 일어났으나 중심을 잡지 못하자 명례댁이 딸을 부축했다.

"이래가주고 읍내까지 시오 리 길을 우예 걷겠노?"

"앉아서 굶는 거보담사 낫겠지예."

아치골댁은 귀를 떼어낼 듯 날선 들바람을 등 뒤로 받으며 읍내까지 시오 리 길을 모질음 쓰며 걸었다. 그네가 읍내에 도착했을 때는 해가 하늘 서쪽으로 비스듬히 기운 뒤였다. 무싯날이지만 장터는 나무장수가 여럿 나와 있었다. 대부분 남정네가 지게에 지고 온 심심산골에서 긁은 솔가리고, 그네처럼 마른 나뭇가지를 엮어 팔러 나온 나무꾼은 없었다. 가격이 솔가리 절반 값도 안 되므로 그네 나뭇단은 한 시간이 못 되어 팔렸다. 삼백 원을 채워달라, 이백오십 원에 팔아라 하며 아낙과 실랑이 끝에 그네는 오십 원을 양보했다.

아치골댁은 무싯날에도 장이 서는 저자로 들어가 밀가루 세 되를 샀다. 음력설을 앞두고 쌀값은 하루가 다르게 올라, 한 달 전만 하더라도 한 되 이백칠십 원 하던 시세가 삼백십 원으로 뛰었다. 일주일 전에 쌀값 안정을 위해 정부미가 방출되면서 한 되에 고작 이십 원 내리더니 이틀이 못 가 원상으로 복귀되었고, 하루

자고 나면 오 원 내지 십 원씩 올랐다.
 아치골댁이 밀가루 세 되가 든 자루를 이고 저자를 나서자, 어느덧 해는 서산마루에 걸렸다. 그네 앞에 호박단 저고리에 스란치마를 입은 화계댁이 걷고 있었다. 구워 먹을 참인지 큰 돔 한 마리와 된장찌개에 쓸 미더덕 담긴 광주리를 들고 있었다. 아치골댁이 그네 뒤를 따르며, 생선 장사나 해볼까 보다고 혼잣말로 중얼거렸다. 서방 만날 때까지 쓰지 않기로 작정한 쌀 한 가마 값 사천 원이 생각났다. 그 돈은 그네 단속곳 주머니에 있었는데, 그걸 밑천 삼아 생선 장사를 해보자는 생각이 들었다. 자릿세 내며 저자에서 팔 게 아니라 읍내 주변 마을로 팔고 다닌다면 이문이 나뭇단 팔기보다 괜찮겠거니 싶었다. 그네는 아치골로 가려던 걸음을 돌려 장터를 거슬러 노인당 쪽으로 걸었다. 시가 재종형네 집에 들러 생선 장수로 나설 일을 두고 의논해볼 요량이었다. 재종형네가 장터 저자에서 숯과 장작단을 팔고 있으니 그쪽 눈썰미가 자기보다 낫겠거니 하는 생각에서였다.
 아치골댁이 재종형네에게 장삿길 나서려는 말을 꺼내자, 그 말이 그럴듯하다며 동의했다. 그네 처지를 불쌍히 여겨 자기네 비어 있는 헛간방을 쓰라고 말했다. 고기 떼러 마산 어시장으로 나다니자면 역 가까이 살아야 다리품을 덜 팔지 지나리만도 역에서 오 리 길이요 아치골은 시오 리 밖이었다.
 아치골댁은 재종형 댁에서 저녁밥을 얻어먹고 밤 열시가 가까워서야 친정마을로 돌아왔다.

1월 31일

 심찬수의 하루 일과는 아침 열시쯤 느지막이 잠을 깨면 머리맡의 자리끼로 숙취에 따른 갈증을 풀며 시작되었다. 정오가 가까울 때까지는 방 안에서 빈둥대며 신문이나 읽다 던져둔 책을 붙잡고 소일했다. 대학 때 그의 전공은 서양 역사학이었지만 딱딱한 이론서는 손을 뗀 지 오래였고 신문, 잡지, 읽을거리 역사책, 소설류를 가까이했다.

 병동댁이 사랑채 뒷방 앞에서, 오포 불 때 되었다며 밥상 올릴까 하고 두어 차례 읊조려야, 심찬수는 아침 겸 점심상을 받았다. 밥 반 그릇에 국 한 그릇을 비우고 숟갈을 놓으면 그제야 기동해 밖으로 나왔다. 그때쯤이면 심동호는 농지개혁위원회 읍 단위 위원장, 진영중학교 재단이사장, 마산의 염색공장 사장 등, 맡은 일이 많아 늘 출타 중이었다.

심찬수가 앞마당으로 나오면 언제나처럼 병동댁 딸 꼭지가 따뜻한 세숫물 채운 놋대야를 수채 앞 빨랫돌에 옮겨놓았다. 시골서는 구하기 힘든 미제 비누와 가루치약 봉지도 대령했다. 고양이 세수하듯 한 손으로 물을 찍어 얼굴을 씻을 동안, 화계댁은 보약 사발을 든 채 아들의 세수 마치기를 기다렸다. 육년근 인삼에 몸에 좋다는 여러 한약재와 대추를 넣어 달인 강장제였다. 심동호 역시 조석으로 장복했는데, 술타령을 일삼는 찬수도 못 이긴 채 복용했다. 화계댁은 전처 자식이 계모 탓이라며 서운해하지 않을까 하여 매사에 조신했고, 어미 없이 자라 전쟁통에 팔 하나를 잃은 자식에 대한 연민 또한 작용했다. 처녀 몸으로 시집와서 자기 배로 낳은 자식 이상으로 애지중지 길렀건만 찬수가 중학교를 졸업할 무렵부터는 왠지 눈치가 보였다. 그 점은 응석둥이로 큰 아들의 무례한 버릇 탓도 있었지만, 그네의 마음씨가 여리기 때문이었다. 판관을 지낸 문벌 집안 외손으로 마산에서 진영으로 시집오니 전처소생으로 찬수가 있었고, 찬정이를 얻기 전 첫아들을 두었으나 열흘을 못 넘기고 태독으로 잃었다. 그래서 찬수가 늘 죽은 자식으로 보였다.

 심찬수는 그때부터 대체로 외출 채비에 나섰다. 쾌청한 날이면 해가 질 때까지 발길 닿는 대로 산야를 휘질렀다. 서교장 과수원 골짜기를 거쳐 중앙산 너머 오추골 길목에 있는 주암산 마루까지 오르곤 했다. 그의 그런 걷기가 건강 목적은 아니었고, 그렇다고 명상에 잠긴 산책이나 등산도 아니었다. 장터 사람들은 그의 행보를 볼 때마다 해방된 지 다섯 해째인데 아직까지 전쟁 귀신에 붙들린 채 방황 중이라고 쑤군거렸다.

 심찬수가 피곤한 발길을 이끌고 오후 느지막이 읍내 장터로 돌아오면 일차로 들르는 곳이 감나무집이었다. 술청에는 술 상대가 한둘은 있게 마련이었다. 학교 선생이 아니면 장터 이웃들로, 어떤 치는 그의 공술을 얻어먹으려 감나무집 목로를 기웃거리기도 했다. 입에 군내가 날 정도로 종일토록 침묵으로 일관해온 그는 일단 술기가 돌면 말이 많아져 세상 잡사를 화제에 올렸다. 자정 가까이까지 술을 마셨으나 술방 차지해 작부 끼고 농탕질하지는 않았다. 그런 술버릇을 두고 입방아 찧기 좋아하는 험구가는, 서 교장 딸과의 파혼 경위까지 들먹이며 팔만 병신이 아니라 가운데 토막도 어떻게 된 모양이라는 소문을 냈다.

 해방된 그해 10월에 귀향한 후부터 심찬수는 그렇게 날수를 보냈다.

 1월의 마지막 날 아침, 삼한사온이 적중하는 남도 해안 지방이라 사흘 추위 끝에 찾아온 바람 자는 맑은 날씨였다. 심찬수는 이불 밑에 배 깔고 엎드려 신문을 읽었다. 서울 중앙극장에서 상영 중인 프랑스 영화「비련」이 눈에 띄었다. 일제 말 징병되기 전에 서울에서 서주희와 함께 뒤비비에 감독의「무도회의 수첩」을 관람했던 게 마지막이니 영화관 가본 게 벌써 한참 전 저쪽 세월이었다.

 후원 나뭇가지에 앉은 참새들의 재잘거림이 시끄럽더니 사랑채로 돌아오는 신발 끄는 소리가 났다. 편지 왔다며 꼭지가 장지문

틈으로 편지봉투를 밀어 넣었다. 심찬수는 찬규 형님 편지리라 여겼다. 삼팔선 부근 포천 모 부대에 근무하는 사촌형은 이따금 집안 소식을 묻는 안부 편지를 보내왔던 것이다. 봉투 뒷면을 보니 '마산결핵요양원'에 정양 중인 마산상업학교 동창 홍세호로부터 온 편지였다. 박도선 형의 근황이 궁금하다, 동창들이 더러 면회를 온다, 건강이 많이 회복되어 봄쯤이면 퇴원이 가능할 것 같다, 퇴원하면 당분간 절간에 들어앉아 수양이나 할까 한다는 평범한 내용이었다. 좌익운동도 접고 수양에다 희망 걸고 정양 중이라니 나보단 낫다며, 그는 편지를 한쪽에 밀쳤다.

  심찬수는 불현듯 늪에 괸 물 같은 읍내를 잠시 떠나고 싶었다. 작년 겨울 들머리에도 욱하는 충동에서 서울 나들이를 하긴 했다. 그 뒤 그는 석 달여 읍내를 떠나지 않았다. 마산으로 나가 동창들 만나고 바닷바람이나 콧숨 쉬었으면 싶었다. 그는 이불에서 빠져나와 외출복을 입었다. 바지는 한 손으로 혁대 매기가 불편해 허리에다 고무줄 꿴 바지로 개량해서 입고 다녔다. 마산까지는 기차로 한 시간 거리였다. 책상 위 사발시계가 열한시 이십분을 가리키고 있었다. 마산행 낮차는 오후 한시 삼십분이므로 시간이 넉넉했다.

  심찬수는 세수를 마치자, 다른 날과 달리 안방에서 점심상을 받기로 했다. 심동호는 밥상 물리기가 바쁘게 벌써 출타하고 없었다. 오늘은 웬일로 안방에서 밥을 먹으려 하느냐고 화계댁이 물었다.

  "마산 바람이나 쐴까 하고요." 말한 김에 심찬수는 용돈 좀 탔으면 좋겠다고 했다.

"아까 편지 왔더마는, 친구 만내볼라꼬? 을매나 필요한데?"

"이천 원이면 되겠습니다."

"집에마 있으모 깝깝할 낀게 도회 바람도 쐬야지. 나가더라도 좌익 하는 친구는 만내지 말고, 술 많이 묵지 말거라이." 화계댁이 치마를 걷고 단속곳 주머니에서 돈을 꺼내 이천 원을 세어 아들에게 주었다. "서교장 집 방아 찧아주고 받은 돈인데, 니 아부지한테 말 안하고 이래 써도 될란강 모리겠다." 적은 액수가 아니지만 화계댁이 돈을 깎겠다고 흥정할 수는 없었다.

심찬수가 아침 한술 뜨고 뜰로 나섰다. 누이 방에서는 축음기 음악이 들렸다. 심찬정은 한동안 이탈리아 가곡에 심취하더니 요즘은 오페라 아리아만 틀어댔다. 『나비 부인』 중 「어떤 개인 날」이 소프라노로 쏟아졌다. 심찬정은 재작년에 육년제 마산고녀를 졸업한 문학소녀였다.

심찬수는 방으로 돌아와 신간 종합교양지를 뒤적거리다 기차 시간에 맞추어 방에서 나왔다. 찬길이가 스케이트 들고 대문을 나서려다 화계댁에게 들켰다.

"얼음 다 녹았을 낀데, 물에 빠져 죽을라고 씌었나. 어서 안 들어올 끼가!"

"여래못에 안 가고 거랑에 갑니더. 거랑은 얼음 깨져도 안 빠져 죽심더."

찬길이는 마산중학교 삼학년으로 마산 외갓집에서 학교를 다니는데 방학 중이라 집에 와 있었다. 공부를 싫어해 틈만 나면 놀

궁리에 바빴다. 찬길이 장터로 줄행랑을 쳤다. 둘째아들을 놓친 화계댁이 집을 나서는 큰아들에게, 마산서 친구 만나면 술 너무 마시지 말고 막차로 돌아오라고 일렀다. 바깥에서 오가는 말을 들었던지 심찬정의 방문이 빼꼼 열렸다.

"오빠, 마산 나가는 길에 시집(詩集)하고 유성기 판 좀 사다줄래? 돈 줄게."

"외팔이가 그런 짐 들고 다니게 됐나. 네가 마산 나가서 사와." 심찬수가 톡 쏘아 말하곤 대문을 나섰다.

역으로 나간 심찬수는 기차표를 사서 승강장으로 들어섰다. 마산행 승객이 열댓 정도였다. 두루마기 입은 남정네, 장사치 아낙네, 교복 입은 중학교 학생도 있었다. 잠시 기다리자 기차가 삼랑진 쪽에서 역 구내로 미끄러져 들어섰다. 기차가 멈춰 서자, 검정 모직외투를 입은 청년이 승강장으로 내려섰다.

"형, 출타하시네." 가방을 든 청년이 심찬수를 보고 알은체했다. 서용하 교장 아들 성호였다.

"마산 좀 나가볼라고."

"저도 선창 스케치하러 마산 부두로 나가볼까, 생각 중입니다."

"자네 삼촌 장례식엔 안 내려왔더구먼?"

"성구하고 같이 내려오려 했는데, 마침 서클 전시회가 있어서 못 내려왔어요."

"지난주에 성구는 서울 올라갔어. 만났냐?"

"하숙집에 왔더만요. 또 내려오라는 숙모 전보 받았다니, 여기 곧 나타날 겁니다" 하더니, 서성호가 물었다. "차 누구라더라, 범인은 잡혔습니까?"

"입산해버린 놈을 쉽게 잡을 수야 없지."

기차가 기적을 뽑았다. 심찬수가 승강구로 올라섰다.

"참, 찬정 씨는 집에서 계속 놀릴 겁니까?"

"여자가 대학은 다녀 뭘 해."

"문학적 재능이 아깝잖아요. 시를 곧잘 쓰는데."

"자네가 걱정할 건 못 돼. 찬정이가 대학에 안 가면 연애가 잘 안 풀리나?"

"그렇다기보다…… 문학과 회화란 통하는 데가 있잖습니까."

심찬수가 찌무룩한 얼굴로 대답이 없자, 기차가 덜커덩하며 한 차례 진저리치더니 플랫폼을 천천히 빠져나갔다.

"형, 제가 찬정 씨와 사귀는 게 그렇게 못마땅합니까? 우리도 이제 자기 인생은 책임질 성년이라요!" 서성호의 외침을 세찬 바람이 흩뜨렸다.

서성호는 역사로 활달한 걸음을 떼었다. 심찬수는 그의 뒷모습을 보자 해방 전 자신의 학창 시절이 떠올랐다. 귀향하고 싶어 안달 내던 끝에 방학이 되면 당시 이화여전에 다니던 주희와 함께 남행열차를 타곤 했다. 서울에서 삼랑진, 삼랑진에서 경전남부선으로 기차를 바꾸어 타서 진영에 도착하기까지 아홉 시간이나 걸렸다. 그녀와 함께 내려오고 다시 상경하는 사백 킬로 넘는 길이 그 시절은 지루하지 않았다. 둘은 명동의 과자점 '태극당'을 데이트 장소로 이용했고, 거기서 슈크림을 자주 먹었다. 영화를 보거나 맛난 식당을 찾아다니며 식사했고, 덕수궁 돌담길을 걷기도 했다. 역사와 종교, 인생과 예술에 대해 많은 말을 나누었다. 잼이나 크림 넣고 둘로 접은 양과자 와플의 달콤한 맛처럼, 한때는 서로가 서로에게 필요한 존재였다. 예과를 거쳐 본과로 올라가 심찬수가 사회주의 사상에 기울자 만나기만 하면 둘의 의견 대립이 잦았다. 그는 19세기 말, 유럽을 풍미했던 진보적 지식인과 혁명가를 열심히 소개했고, 그녀는 예수교의 사랑, 구원, 헌신을 두고 말했다. 코뮤니스트와 크리스천, 그 간극에도 한 칼에 이별로 끝내버리기에는 그들 사귐의 연조가 너무 길었다. 만나면 다투었으나 등 보이고 돌아서버리기엔 쌓은 추억의 부피만큼 미련도 많았다. 어릴 적부터 집안끼리 내왕해 둘은 남매처럼 자별하게 성장했고, 그들이 중학을 마칠 무렵 양가 부모는 둘이 대학을 졸업하면 혼례를 치르기로 구두지만 약속했다. 서로간의 생각에 틈은 생겼어도 그 점이 파약해야 할 결정적인 요인이라곤 어느 쪽도 생각지 않았다. 언젠가는 못 이긴 체 서로 조금씩 양보해서 화해하리라고 믿었다. 말다툼 끝에도, 그 얘긴 그쯤 해두자며 한 발 물러설 줄 알았던 것이다. 심찬수가 사회주의 지하서클에 관여하다 불량선인으로 검거될 즈음부터 서로의 사랑이 급전직하로 냉각되기 시작했다. 예전처럼 자주 만나지 않게 되자, 늘 동반자였던 연인이 어느 사이 다른 길로 아주 멀리 가버렸음을 알았다. 그는 여섯 달 감방 생활 끝에, 자포자기의 상태로 학도병에 지원 입대하겠다는 손도장을 찍었다. 빼앗긴 조국 땅을 떠나 지옥 한가운데로 자신을 동댕이치고 싶은, 말하자면 청춘의 자학이었다. 1943년 여름, 그는 부산 서면의 임시 군속교육대에 입교했다. 강제 징집당한 조선인 교육병들은 날마다 황국신민서사를 외우고 신사참배를 했다. 삼 개월의 군사훈련이 혹독했으나 육체적 고통과 반비례로 그의 마음은 평안했다. 남양 전선으로 떠나는 출정식이 한여름 뙤약볕 아래 부산 부두에서 있었다. 악대 연주에 맞추어 중학생들이 일장기 흔들며「출정을 축하하는 노래」를 불러주었다. "하늘을 대신하여 불의를 치는 용감무쌍한 우리 군인은 환호의 함성 속에 전송받고서 마침내 떠나가는 부모의 나라……"를 들으며, 그는 냉소를 지었다. 가족 사이에 섞인 주희 모습에 눈이 갔으나 그는 아무 말도 하지 않았다. 육천 톤급 수송선에 올라 부두가 멀어질 때 그는 삶과 죽음, 어느 쪽에도 미련이 없었다. 그로부터 한 팔을 잃고 귀향한 후부터 둘 사이는 영 소원해져버렸다. 주희 쪽이 아니라 그가 그녀로부터 등을 돌렸다.

심찬수는 곧장 가포동에 있는 결핵요양소로 갈까 하다 동창 하나를 곁달기로 하고 신마산역에 내렸다. 역과 가까운 중심가 서성동에 김달무 사무실이 있었다. 김달무의 부친은 어장주(魚場主)로 발동선이 여러 척이었고 번화가에 상가건물을 소유하고 있었다. 그는 아버지 밑에서 경리를 맡아 보았다.

친구가 자리 지키고 있어 둘은 차나 한잔하자며 다방을 찾아나섰다.

"진영이라면 지척 아인가. 촌구석에 박혀서 뭘 해. 우리 동기래야 졸업생 마흔둘 중 섬나라 애들 빼면 스물여섯밖에 더 되나. 지난 전쟁통에 죽거나 행방불명됐지, 해방되고 좌익하다 없어진 놈, 낙향해버린 놈, 서울이나 부산으로 빠져나간 친구…… 이래저래 빼고 나면 지금 마산엔 여섯밖에 안 남았어." 일찍 장가가 자식 셋을 둔 김달무가 다방에 자리 잡자마자 너스레를 떨었다.

그래서 널 만나러 나온 거라며 심찬수가 담배를 꺼내 물자, 김달무가 친구의 불편한 팔을 알아차리곤 성냥을 켜 담뱃불을 댕겨주었다. 김달무는 올해부터 여섯이 친목계를 시작했다며, 너도 나왔으니 오늘 밤에 한판 먹자고 했다. 자기가 급사애를 심부름 보내 동창을 몽땅 소집하겠다고 호기를 부렸다.

"그중 빠질 친구가 홍세호겠군. 너 안 바쁘면 나와 요양원 면회나 가자."

"세호 면회 못 간 지 달포가 넘어. 그럼 잠시 기다려. 내 들어가서 사무 정리하고, 급사애 시켜 친구들한테 연락 취해놓고 나올게." 김달무가 자리에서 일어섰다.

삼십 분이 지나서야 김달무가 다방에 나타났다. 아버지 심부름으로 부둣가를 다녀왔다고 했다. 둘은 찻집을 나와 사과와 배 한 광주리씩 사들고 결핵요양소로 떠났다.

몸이 약하고 목이 길어 학교 시절엔 왜가리란 별명이 붙은 홍세호는 함안군 칠서면이 고향이었다. 부친은 면청 산림주사로 말단 공무원이었다. 생활 형편으로 따진다면 면청 주사 아들의 도시 중학교 진학은 무리였다. 홍세호는 보통학교를 수석 졸업한 덕분에 경쟁률 평균이 십 대 일로, 인접한 군 단위 조선인은 한두 명 입학이 고작인 공립 마산상업학교로 유학할 수 있었다. 홍씨 문중회의에서 장학금을 대기로 결정한 덕이었다. 사학년을 마칠 때까지 그는 문중 기대대로 착실한 모범생이었다. 졸업반인 오학년에 진학하고부터 그의 생각이 휘어지기 시작했다. 그는 남해군 소재 어업협동금융조합 서기직을 마다하고 고향으로 돌아가 농민조합운동을 겸한 아동 교육에 헌신하기로 마음먹은 것이다. 그의 생각이 나로드니키 쪽으로 기울었고, 부농과 빈농으로 양분되는 농촌 현실에 적대감을 가졌다. 진영의 조민세와 박도선을 알게 된 것도 그 시절이었다. 박도선이 지하 출판물 『빈농』을 만들며 마산 인근의 학생들을 규합할 때, 그도 함안군의 소작 실태에 관한 보고서를 그 지면에 발표하기도 했다. 불온 출판물 『빈농』 사건으로 조민세와 박도선이 피검되자, 홍세호도 연루되어 보름간 함안경찰서에서 사상 조사를 받기도 했다. 다행히 학생 신분이라 풀려났으나, 그는 조민세와 박도선을 흠모해 그들을 만나러 기차 편을 이용해 자주 진영을 찾았다. 진영에 올 때도 동창 심찬수 집에는 들르지 않았다. 재학 중에 그와 가깝지 않기도 했지만 찬수가 지주 집안 아들로 부유하다는 이유 때문이었다. 그즈음만 해도 심찬수는 학생들 사이에서 유행병처럼 번지던 제정 러시아 말기의 '브나로드'나 '미르'를 본뜬 농민운동에는 별 관심이 없었다. 중학 졸업 후 그는 경성제대에 입학했고, 홍세호는 고향에 정착했다. 둘 사이에 편지 왕래가 있기는 대학 시절 급속도로 좌경한 심찬수가 1943년 불령선인으로 일경에 검거되어 부산형무소에서 수감되었을 때였다. 뜻밖에도 홍세호로부터 편지가 왔다. 마산에 나갔다가 동기생으로부터 소식을 들었으며, 자네가 그 길로 들어설 줄은 전혀 예상 밖이라 놀랐다고 했다. 학창 시절을 회고한 말끝에 추신으로 달아, 출감 후 꼭 한번 만나 긴 대화를 나누고 싶다고 했다. 까다로운 검열을 거친 편지였으나 심찬수는 친구 마음을 읽을 수 있었다. 그도 면회 온 아버지 편에 친구에게 답장을 보냈다. 편지가 오고 가는 사이 심찬수는 가석방과 동시에 학도병으로 남양으로 강제 동원되었다. 해방 이듬해 봄, 기별 동기회가 모교에서 열린다는 엽서를 받았으나 심찬수는 고향에 눌러앉아 술에 젖어 지냈기에, 병신 주제에 동창회가 뭐냐며 마산에 나가지 않았다. 그날 저녁이었다. 술에 만취된 동기생 둘이 기차 편에 진영으로 와선 그의 집에 들이닥쳤다. 둘은 심찬수보다 조민세와 박도선을 만날 목적이었으나 그들이 상경해버려 집에 없었기에 동기생 집에 들른 참이었다. 한 명은 치안유지법으로 지금 진주형무소에서 옥살이하고 있는 최백봉이었고 한 명이 홍세호였다. 심찬수는 그들을 덤덤히 맞았다. "이제 우리 세상을 만난 기라. 찬수, 우리와 손잡고 조국의 혁명전선에 나서보자고." 홍세호가 말했다. 둘이 공산주의식 국가 건설을 두고 떠들자 심찬수는 묵묵히 술만 마시며 듣기만 했다. "그기 바로 니 콤플렉슨 기라. 어떠노? 한 팔로 햇불을 쳐들 수도 있잖나." 최백봉이 심찬수 왼팔을 흘겨보며 말했다. "오냐, 난 병신이다. 한 팔로 쳐들라고? 너들이나 무산대중을 위해 실컷 설쳐봐!" 심찬수가 술상을 엎었다. 머쓱해진 둘은 그길로 총총히 돌아갔다. 그때 이미 헬쑥한 안색에 기침이 잦던 홍세호는 폐가 중병 상태였다. 그해 가을, 심찬수가 마산으로 나간 길에 김달무를 만나자 그가 홍세호 소식을 전해주었다. 함안군 칠서면 집단 소작쟁의에 미군의 출동으로 발포까지 있어 사상자가 생겼다고 했다. 폭동 발단 조사 결과 홍세호가 배후 조종 인물이어서 치안유지법으로 옥살이를 하고 있다는 것이다. 홍세호는 일 년 형을 살고 나왔다. 1948년 10월, 여수와 순천 지방의 국군 반란사건이 경남 서부 지방까지 파급될 기미를 보이자 그는 예비검속에 걸렸다. 홍세호는 유치장에서 각혈로 몸져누워 병보석으로 한 달 만에 풀려나자, 결핵요양소로 들어갔다. 그즈음부터 홍세호는 전향의 뜻을 친구들에게 밝혔고, 심찬수에게도 그런 내용의 편지를 진영으로 보내왔다.

결핵요양소에 도착한 심찬수와 김달무가 면회를 신청해놓고 휴게실에서 기다리기 십여 분, 홍세호가 두툼한 솜옷 차림으로 나왔다. 저번보다 혈색이 좋아졌다는 김달무 말에, 체중도 늘었다며 홍세호가 어설픈 미소를 띠었다. 너까지 와주니 뜻밖이라며 심찬수의 문병을 고마워했다. 셋이 동기생들 근황과 세상사를 언급할 동안, 김달무가 주로 말을 맡아 떠들었다. 이야깃거리가 떨어지자, 홍세호가 심찬수를 보았다.

"너 배종두 알지?" 심찬수가 배종두를 모를 리 없었으나 뚱한 표정을 짓자, 홍세호가 말꼬리를 달았다. "우리보다 두 학년 아래에 진영서 기차 통학한 덩치 큰 애 있었잖아."

마산상업학교 졸업반 때, 심찬수는 계모긴 했지만 마산 외가댁에 얹혀 지낸 생활을 접고 기차로 통학했다. 일 년간은 통학열차를 이용하던 배종두를 기차간에서 날마다 만났다. 배종두는 새벽밥 먹고 설창리에서 자전거 편에 역으로 나왔고, 저녁 통학열차로 진영에 오면 자전거 편에 설창리로 귀가했다.

"그저께 면회 왔더라."

"요새 숨어서 피해 다닐 처진데 여기 뭐 하러 들렀대?"

"산중 생활을 하는지 형편 없는 꼴로 박도선 형 누이와 같이 왔더라. 둘이 좋아 지내는 사이 같던데?"

"이념으로 뭉쳤으니깐. 그런데 널 보러 왔어?"

"퇴원하면 같이 일하자고."

"널 보고 입산투쟁 같이 하자는 건가?"

"모르겠어. 무슨 다른 계획도 있겠지."

"대구, 제주도, 여순에 이어 이젠 경남 지방에서 폭탄 터뜨리겠다는 건가?"

"도선 형도 잘 계시지?" 홍세호가 화제를 돌렸다.

"접장하며 농사짓고, 논문까지 쓰랴, 늘 바쁜 양반이야."

"우리야 한 시절의 열정이라 쳐도, 도선 형의 사상 전향은 납득이 안 가."

"난 병신으로 폐인 됐고, 넌 폐병으로 저쪽 이념을 아주 끊었다는 건가? 그건 납득이 갈 이유인가?"

"이젠 그럴 용기도 잃었어. 사회주의 국가 건설에 미약한 내 힘까진 필요로 하는 것 같지 않고. 고향에 은둔해선 농사꾼으로 조용히 살고 싶어."

관심 없는 대화에 무료히 앉았던 김달무가 의자에서 일어났다.

"조리 잘해. 퇴원하는 날 우리 친목계에서 한턱 내꾸마."

셋이 악수를 나누었다. 심찬수와 김달무가 출입구로 걷자, 홍세호가 외쳤다.

"퇴원하면 내 진영에 한번 들르마. 도선 형한테도 안부 전해줘."

그날 저녁, 심찬수는 연락된 동기생 셋과 어울려 오동동 술집 거리로 나가 작부 셋을 끼워서 질탕하게 술을 마셨다. 결혼한 친구 둘은 자정이 가까워 귀가하고, 미혼인 심찬수와 지창조는 새벽까지 폭음했다.

심찬수가 갈증이 심해 눈을 뜨니 자기만 술방 귀퉁이에서 잠을 잤고, 동창이 뿌옇게 밝아올 때까지 대작했던 지창조마저 빠져나간 뒤였다. 그는 주모에게 냉수 한 사발을 청해 마시고 다시 잠을 청해, 오후 네시가 넘어서야 일어났다. 복국으로 속을 풀고 술집을 나서선 부림동 쪽으로 허적허적 걸었다. 해가 무학산 쪽으로 기울고 있었다. 진영으로 간다는 인사 삼아 김달무 사무실에 들를까 하는데, 목욕탕이 눈에 띄었다. 일본 사람들은 목욕을 좋아해 일본인들의 주 거주지였던 신마산에는 목욕탕이 여러 개였다. 몸 안 닦은 지도 오래라 술에 찌든 몸을 욕탕에 불리고 싶었다.

마산과 부산을 오가는 통근열차가 다섯시 삼십분이었으므로 그 시간에 맞추어 심찬수는 목욕탕을 나섰다. 서점에 들러 월간지 『민족공론』을 샀다. 『이북통신』이란 월간지가 창간되었기에 허정우에게 주려고 그 책도 샀다. 심심풀이용 읽을거리를 찾자, 점원이 요즘 인기 있는 신간이라며 김내성의 장편소설 『청춘극장』을 권했다. 여러 권짜리라 짐스럽게 여겨져, 일본어판 『유한계급론』을 샀다. 미국 경제학자 소스타인 베블런이 1899년에 저술한 경제학 저서였다. 박도선 형에게 권할 만한 책이었다. 서점을 나섰으나 기차 시간이 넉넉해 가로의 상점과 통행인을 구경하며 산책 삼아 신마산역 쪽으로 걸었다. 구마산이 예전부터 있어온 마산포라면, 신마산은 개항과 더불어 구마산 남쪽에 일본인이 터를 잡은 신시가지였다. 해방이 되자 일본인이 쫓겨간 뒤 신마산은 활기가 한풀 꺾였고, 상권마저 구마산으로 옮겨갔다.

 통행인이 뜸한 가로에 땅거미가 내리자 상점에 전등불이 들어왔다. 우차, 마차, 손수레 사이로 간간이 털컹대며 지나가는 자동차와 상점 불빛, 한복보다 양복 입은 통행인이 많아 심찬수는 도시에 나와 있음을 새삼 실감했다. 무엇보다 전등불 밝은 거리가 읍내의 깜깜한 한길과는 판이하게 구별되었다. 마산에서의 예전 학창 시절이 떠올랐다. 마산에서의 다섯 해 중학교 시절은 전생의 낯선 소년이 성한 두 팔 휘저으며 다닌 듯, 지금의 자신과는 무관한 한 시절로 회상되었다. 친구들 만나 술 퍼마신 어젯밤 시간대의 덧없음이 허탈했다. 알코올 중독자가 술에서 깨어나면 심한 우울증에 시달림을 어떤 책에서 읽은 듯한데, 지금 심정이 그럴지 모르겠다는 생각이 들었다.

 객차 네 칸에 화물 두 동을 단 기차는 신마산이 시발역이라 빈자리가 듬성듬성한 가운데 출발했다. 객차 안은 천장 중간에 달린 전등 하나만 불이 켜졌다. 전등 아래 자리 잡은 심찬수는 역 구내에서 산 신문을 펴들었다. 그의 옆 창쪽 자리에는 갓 쓴 노인이 앉아 있었다. 신문 일면에는 '韓美 相互防衛援助 締結'이란 기사가 머리를 장식했고, '農地改革은 春窮其 前 早速 實施'라는 제목 옆에 이범석 국무총리의 담화문과 사진이 실렸다. 그가 신문을 읽고 있을 동안 느릿느릿 시내를 빠져나가던 기차가 구마산역에 도착했다. 신문을 접고 창밖에 눈을 주었다. 침침한 가로등 불빛 아래 승강장은 기차 탈 사람들로 붐볐다. 하차할 승객이 없었기에 곧장 사람들이 기차 안으로 빨려들었다. 그는 차에 오르는 승객 가운데 한 사내를 얼핏 보았다. 키와 몸집이 커서 눈에 띄었는데 중절모를 눌러썼기에 얼굴을 자세히 볼 수는 없었다. 앞쪽 승강구로 탔으니 이쪽 칸으로 올 테지 하고 기다렸으나 차가 출발하고도 모습을 보이지 않았다. 이가 맞지 않는 차창 틈으로 찬바람이 들어오자 옆자리 노인이 기침을 콜록거렸다.

  기차가 들을 질러갔다. 창밖 초가도 등잔을 켜 바람과 어둠 건너 불빛이 살아났다 뒤로 사라졌다. 달빛 아래 드러난 황량한 겨울밤 풍경에서 눈을 거두고 심찬수는 다시 신문에 눈을 주었다. 때 아니게 천연두가 극성을 떤다는 기사와, 경상도 각지의 군경 합동 공비토벌 기사도 실렸다. 사회면 아랫단에 날마다 실리는 공비토벌 기사는 늘 비슷한 내용으로, '殘忍無道한 暴徒의 蠻行' '亡失共匪 殘黨을 猛追擊中' '今般 軍警 討伐 戰果 大大的 成功'이라 제목부터 깔고, 공비 사살 및 생포자 수, 노획품의 종류와 숫자를 밝혔다. 사회면 왼쪽에 '山淸地區 軍 宣撫班 遂行記'란 상자기사가 실려 있어 그 기사를 읽었다.

  마천리는 최오지 부락으로 반도들의 출몰이 막심하여 부락민들의 피해가 많았다. 폭도들이 잘라놓은 험악한 도로로 말미암아 가까스로 목적에 다달아 가까운 부락민들을 전격적으로 동원하니, 동옥 앞 자갈밭에 모인 사람 수는 이백 명이 채 못 되는 듯했다. 현대 과학문명의 혜택이란 아무 소용없는 듯한 초라한 몰골로, 윤택 없는 얼굴과 빛 없는 동자를 하고 있었다. (……) 군 내무과장의 인사말과, 선무반장 서종무 대위가 차근차근히 아로새긴 대한민국의 가지가지 발전상을 소개한 후, 우리나라 태극기를 한 장씩 나누어주니 모두 고마워했다. 그러나 우리나라의 이름을 물어보면 거의가 조선이라고 대답하니 이는 참으로 웃어야 할지 울어야 할지 이상한 충격에 사로잡힐 뿐이다. 몽매한 민중의 계몽이 무엇보다 필요함을 아로새기며……

"젊은이, 해동이 되모 농지개혁이 실시된다는 말, 믿어도 되는가?" 옆자리 노인이 신문을 보는 심찬수에게 느닷없이 물었다.

"작년 시월 법안이 국회에 통과되어 정부와 절충하는 중이니 결판이 나겠지요. 오늘 신문에도 그 기사가 났습니다."

"국해? 그 양반상투 같은 자석들. 뽑기는 농군이 뽑아줬지마는, 한민당 늠들이 다 지주나 그 자석들 아인가. 선거 때사 농민 잘살게 해준다고 대가리 숙여가미 약속했지마는 팔이 안으로 굽는다고, 누가 누구 핀을 들겠노. 저그 집 개새끼 굶는 줄은 알아도 어데 농사꾼 굶어 죽는 생각하나. 농지개혁 하겠다는 종잇장만 들고 밍기적대고 있으이……"

"영감님도 농지개혁으로 토지를 분배받겠군요?"

"삼사 년 질질 끌 동안 지주들이 팔아묵을 땅 다 팔아묵고, 면소마다 설치된 농지개혁이원회라 카는 것도 지주가 차지하고 앉았잖는가. 나도 논 세 마지기를 소작했는데, 그기 작년에 남으 손에 넘어가뿐 기라."

　나라 전체 인구 칠 할이 넘는 농민들로선 해방이 가져다준 최대의 선물로 농지개혁 실시를 크게 기대했는데, 법안이 국회와 정부 사이를 오가며 몇 해를 끌자, 농민들은 농지개혁 소리만 들어도 불평을 쏟아냈다.

　창원역에서 정차했던 기차가 덕산역을 향해 내달렸다. 덕산역 다음이 진영역이었다. 잔글자의 신문을 읽느라 눈이 피로해진 심찬수는 의자 등받이에 기대어 눈을 감았다.

　"찬수 형님, 안녕하십니까."

　머리 위에서 떨어지는 굵은 목소리에 심찬수가 눈을 떴다. 중절모 눌러 쓴 사내가 의자 등받이에 기대어 내려다보았다. 배종두였다.

　"자네를 이런 데서 만날 줄이야."

　"형님 못 뵌 지가 벌써 이태가 넘었군요. 그동안 어떻게 지냈습니까?"

　"한량으로, 그냥 놀고먹고 지냈지. 그런데 자넨?"

　"형님은 부모님 덕에 놀고먹는 데 익숙한지 모르지만 저는 뼈 빠지게 노동해도 입 살기가 힘든 사람들을 위해서 살지예. 그게 조금 다르달까……"

　"말솜씨 단수가 높군. 자네 부친도 농토 많은 지주 아닌가. 그건 그렇고, 삶의 괴로움을 삭여내긴 자네나 나나 마찬가질세."

　"아니지예. 개인적인 괴로움과, 전체의 괴로움을 위한 개인의 희생은 본질부터 다릅니다요."

심찬수는 대답을 못한 채 배종두 주위를 살폈다. 박귀란은 눈에 띄지 않았고, 통로 건너편 의자 등받이에 기대어 이쪽을 힐끗거리는 사내와 눈길이 마주쳤다. 개털모자 쓰고 솜저고리에 누비조끼 입은 농사꾼이었다.

"해방 직전입니다만, 형님이 출정하기 전에 이런 말을 제게 남겼지요." 배종두가 뜸을 들이며 주위를 둘러보았다. 아무도 그들 말에 신경 쓰는 사람은 없었다. "역사 발전은 계급투쟁을 통해 이루어졌고, 역사란 투쟁하여 쟁취하는 자의 편에서 진행된다. 기억나십니까?"

"나만 그런 말을 주절대고 다녔나. 한 시절 식자들 간에 유행하던 말이지."

"전 그 말을 아직 못 잊습니다."

"자네, 지금 나를 놀리나?"

심찬수의 언성이 높아지자, 팔짱 끼고 섰던 농사꾼 사내가 한 발 앞으로 나섰다. 심찬수로서는 낯선 얼굴이었다. 해방 전 김해군 내에서 좌파운동에 몸담아 기웃거렸던 얼굴들은 대체로 알고 있었으나 그는 처음 보는 자였다.

"모처럼 형님 만나니 예전 생각이 나서 한 말입니다."

"내놓고 따질 분위기가 못 된다면 신경 건드리지 마. 자네가 어느 역에서 내릴지 모르겠네만 그 따위 훈계조로 내게 더 말 시키지 마."

심찬수가 담배를 꺼내 물었다. 한 손으로 두 물건 들기가 어렵지만, 성냥 켜기 역시 곤혹스러웠다. 그는 양쪽 무릎에 성냥갑을 끼워서 불을 켜는 방법을 썼기에 두 무릎에 성냥갑을 꽂자, 코앞에 불꽃 달린 성냥개비가 건너왔다.

"겁 없이 차간에서 인사를 걸다니. 담 하나는 크군." 심찬수가 담배를 피우며 말했다.

"왜정 때면 몰라도 해방된 내 나라 내 땅에서 벌벌 떨며 다녀서야 되겠습니까."

"설마 진영에서 하차하진 않겠지?"

"우린 안 내리고 더 갑니다."

우리란 말에 심찬수는 팔짱 낀 농사꾼 사내를 보았다. 그는 몸을 돌려 깜깜한 창밖을 내다보고 있었다. 심찬수 머릿속에 한 이름이 스쳐갔다. 그가 작은서씨 살해범 차구열이 틀림없을 것 같았다. 며칠 전 감나무집에서 만난 강차석 말을 빌리자면, 조민세와 차구열이 배종두의 집이 있는 설창리에 나타났다고 했다.

"저 친구, 지나리 차씨 맞지?"

"요즘 시절이야 밀고하지 않는다면 쉽게 잡힙니까. 사람마다 미행할 만큼 그들이 한가롭지도 않고요." 배종두가 돌려 말했다.

"허술한 치안을 탓하지 않는담, 날 두고 하는 소리로군."

"형님이 그런 사람이라면 제가 인사드리지 않았겠지요. 앞쪽 칸에 탔다가 변소에서 나오다보니 형님이 앉아 계십디더. 그저 반가운 맘에서 인사드린 겁니다. 오랜만에 뵈니 예전 기차 통학 시절도 생각나고……"

기차가 길게 기적을 뽑았다. 심찬수는 차창 밖에 눈을 주었다. 기차가 달빛 질편한 들을 내달았다. 음력으로 섣달 보름이었다.

멀리로 늘어선 미루나무 검은 자태가 드러났고, 달빛을 함빡 받은 저수지가 보였다. 동판저수지였다. 이제 한 구비만 돌아가면 진영역 시그널이 나설 참이었다.

"우린 아직까지 형님과 박도선 선생을 포기하지 않았습니다. 누구나 자기 길엔 한때의 회의란 게 있잖습니까. 충실하게 반성할 시간도 필요할 테지요."

"난 그쪽 길에서 떠난 지 오래니 미련 갖지 마" 하곤 심찬수가 선반에서 책을 내렸다. 돌아보지 않고 출입구로 걸었다.

"형님, 예전대로 복귀하지 않는다면 후회할 날이 올 겁니더!"

배종두의 외침에 심찬수는 대답하지 않았다.

진영역에 내린 심찬수는 장터 감나무집부터 찾았다. 마음이 무엇에 짓눌린 듯 포화 상태라 구멍이라도 낸다면 터질 것만 같았다. 하나의 환영이 지끈거리는 머릿속을 채웠다. 종전 무렵, 필리핀 민다나오 섬 밀림 속 동굴이었다. 미군이 민다나오 섬 칼라판 지역을 평정하자, 전멸 상태에서 겨우 목숨을 건진 일본군 패잔병 여섯이 동굴에 피신해 꼼짝 않고 보름을 지냈다. 우기여서 날마다 비가 쏟아졌다. 가죽혁대는 물론 신발 밑창까지 우려먹다 못해 병사 넷이 말라리아와 영양실조로 숨졌다. 나머지 둘이 살아남게 된 기적은 죽은 전우 시신 덕분이었다. 심찬수도 인육을 먹고 살아남았다. 그렇게 동굴 생활을 가까스로 버텨냈고, 그때까지도 그의 왼팔은 멀쩡했다. 그가 왼팔을 잃기는 오십여 킬로 밀림을 헤쳐 마을을 만난 후, 전우 아베 때문이었다. 마을엔 주둔한 미군이 내건 성조기가 보였다. 심찬수는 일본인이 아니었기에 투항을 결심했으나 아베는 황국신민으로 명예로운 자결을 강요했다. 다툼 끝에 아베 군도에 그의 한 팔이 잘렸다. 아베는 '천황폐하 만세'를 외치며 할복했고, 그는 팔을 잃은 채 밀림을 탈출해 미군에 투항했다.

심찬수는 감나무집 문을 밀고 들어섰다. 봉놋방 문턱에 걸터앉아 동생의 신세타령을 듣던 감나무댁이 그를 보았다.

"심도령, 요새 며칠 안 오기에 이제 술 끊을 작심이라도 했나 했더니, 참새가 방앗간을 어찌 지나쳐."

심찬수는 대꾸 없이 옆구리에 낀 책 꾸러미를 술청에 놓았다. 주점 안을 둘러보니 여섯 개 술청 중 반은 자리가 찼으나 장터 건달과 장돌뱅이들뿐 술잔 나눌 얼굴은 없었다.

"어디 먼 길 다녀오우?" 봉주댁이 물었다.

"마산 나갔다 오는 길이요."

"그랬구나. 어제 서울서 온 친구가 자네 찾아 왔다 갔어." 감나무댁이 말했다.

"그 친구가 밤에 왜?"

"잠이 안 와 내려왔다며, 혼자 막걸리 한 사발 하구 갔지. 사람이 색시같이 얌전하구, 심성이 고와 보이더라."

"그 친구가 혼자 술을 마셔요? 천천히 맹물이 돼가는군. 나도 술 한 되 주소."

감나무댁이 봉놋방 앞으로 가더니 땅에 묻은 막걸리 독 뚜껑을 열고 국자로 술 주전자에 막걸리를 퍼냈다.

"소싯적 우리 영감한테 서교장 딸하구 『농몽선습』인가 배우러

다닐 때 그 총명하던 애가 어찌 저리 술걸레가 됐을구……" 감나무댁이 옆에 앉은 동생이 들으란 듯 말을 흘렸다.

"그래도 갑해아비보다야 낫잖수. 애들 아비하구 죽이 맞아 어울리다 감옥소 갈 때가 언젠데요. 해방되고 그 길을 청산했으니 찬수 도령은 똑똑한 사람이지." 봉주댁이 시름에 잠긴 목소리로 말을 받았다.

"그만큼 해둬라. 조서방이야 처자식 버린 채 산을 베개 삼구 하늘을 이불 삼기루 작정한 사람 아닌가. 옛말에 무자식이 상팔자라더니 내사 제상 차려줄 고추 하나 못 둬 한이 맺힌 여편네지만, 그래두 조서방 같은 자식은 없는 게 차라리 낫다.

"내가 무슨 죄 졌다구 오일장 멀다 하구 지서로 끌려가 복날 개 잡듯 맞아야 해요. 아이구, 또 등줄기 당기구 허리통이 쑤시네."

"그만 해. 술방에 노순경 와 있다."

"순경이라면 말만 들어두 치가 떨려."

봉주댁은 치마귀를 싸쥐고 일어났다. 그네가 장꾼들이 벗어놓은 빨랫감인 옷 보퉁이를 들었다. 문턱에 놓인 담뱃갑을 보자 얼른 낱담배 두 개를 뽑아선 술청 사이로 빠져나갔다.

"어서 가서 새끼들 죽이라두 끓여 먹여." 감나무댁이 장터로 나서는 동생에게 말하고는 춘옥이가 안채에서 나오자 술상 본 소반을 안겼다. "이것, 저기 심도령 몫이다."

시무룩이 앉아 있던 심찬수는 춘옥이가 술병과 안주붙이를 놓고 가자 사발잔에 술을 쳤다. 기세 좋게 한 잔을 비우곤, "폭력혁명 신봉자들아, 적기 앞세워 죽창 꼬나들고 잘들 뭉쳐봐라" 하고 혼잣소리로 이기죽거렸다. 술꾼들이 지금이 어떤 시국인데 저런 말을 하는가 싶어 뜨악한 표정으로 심찬수를 보았다. 심찬수는 자작으로 거푸 잔을 비워냈다.

 심찬수가 변소로 가려고 통로를 거쳐 쪽문을 밀고 나섰다. 싸늘한 야기가 얼굴을 치는데, 달이 밝았고 달빛이 내린 마당에 감나무 가지가 그림자를 늘인 채 바람을 탔다. 그가 오줌받이 항아리에 소변을 볼 동안 어느 술방에선가 끝년이가 부르는 「수심가」한 대목이 흘렀다. 그가 오줌 누고 돌아서자, 순경 복장이 여자 고무신을 끌고 이쪽으로 왔다. 노기태였다.

 "심형이구려. 주야장천 엔간히 퍼마셔재껴."

 "부모 덕분에 놀고먹는 한량 아니오."

 "마산서 언제 왔소?"

 "소문은 빠르네."

 "손바닥만한 읍내에 심형 출타를 지서가 왜 모르겠소. 읍내 출입하는 인사들 살펴보는 역원이며 버스정류장 표팔이가 다 우리편 아니우."

 "엉뚱한 데 신경 쓰느라 지나리 차씨 잡을 틈도 없겠고……" 기차간에서 본 차구열을 떠올리며 심찬수가 비꼬았다.

 "순경이 술방에 앉아 기집과 노닥거리며 재미나 본다?" 노기태가 담에 대고 오줌을 갈겼다. "그놈 잡는 거야 뭐, 술 속에두 길이 있수."

 "술 속에 길이 있다……"

 "심형, 강차석만 좋아하지 마슈. 배운 밑천은 짧지만 나두 얻어들은 풍월은 수월찮수."

"노형 하대했다간 공매 맞겠소."

심찬수가 목로 쪽문을 열자, 언제 따라붙었는지 노기태가 그의 허리춤을 잡는다. 심찬수가 찔끔 놀랐다.

"심형, 밖에서 혼자 자작한다면 나하고두 한잔합시다. 내가 두어 살 손위지만 우린 아직 꼭지 못 딴 총각 아뉴?" 노기태가 너스레를 떨었다.

"술 한잔 먹자는데 뭐 어려울 게 있다고."

심찬수는 못 이긴 체 그를 따라 술방으로 들어갔다. 방에는 신참 작부 조명자가 무료히 담배를 빨고 있었다. 작은 몸매에 이목구비가 오종종한 귀염성 있는 생김새였다. 술기 오른 뺨이 등잔불 아래 색적이었다.

"술도 가져와야겠구, 잠시 나갔다 오죠." 조명자가 일어섰다.

"이년이 또 꼬릴 뺄려구 수작 부려." 노기태가 조명자 치마를 당기자 허리 말기가 터졌다. "내가 주문할 테니 넌 잠자코 내 옆에 앉아 있어."

"치마 터진 값은 따로 줘야 해요."

"우리 사이에 치마 터진 게 문젠가. 다음 장날 치마 한 감 끊어주지." 노기태가 계집 속옷 고쟁이 안으로 손을 밀어 넣었다. "방뎅이 속살 하나는 오지게 찰지네."

노기태가 조명자 쪽으로 몸을 기울여 어깻죽지를 돌려 자기 얼굴을 덮었다.

"사랑놀음 한번 못 보아내겠구먼." 심찬수 입가에 냉소가 떠올랐다. "나가겠소. 아무래도 방해되는 것 같군."

"또 주책을 부렸구려." 노기태가 계집을 물리고 변명했다. "심형, 할 얘기도 있으니 잠시 앉아요. 점잖게 술이나 합시다." 그가 방문을 열고 춘옥이를 불러 술과 안주를 주문했다.

"서울깍쟁이 조명자예요. 앞으로 잘 부탁드립니다." 조명자가 인사 차리며 심찬수 잔에 술을 쳤다.

"심형, 마산 나가서 재미 좀 보았수?" 노기태가 정색을 하며 말을 이었다. "알구 보니 어제 하루는 심형과 내가 마산서 같이 보냈더구려."

"설마 내 꼬리를 밟고 다니진 않았을 텐데?"

"서로 다른 목적이 있었겠지요. 난 계집 한 년 잡으려 나갔수. 그년 찾는 데 꼬박 이틀이 걸렸구려."

춘옥이가 술과 안주를 방으로 들이밀며 심찬수에게, 밖에 이문달 선생 오셨다고 말했다. 잠시 기다리시라 하곤, 심찬수가 미더덕찜을 집으며 노기태를 건너다보았다.

"그년이라니요?"

"작은서씨가 마산에 숨겨둔 첩이우. 백희자라구, 서씨가 딴살림 내줄 만한 낯짝이었수."

"차씨 사건에 그 여자까지 끼었단 말이오?"

"그년 경대 서랍에서 아편 몇 봉지두 찾아냈지요. 이런 경우를 두구 세상이 요지경이라나?"

"장세간을 추달한다던데, 그 사람한테도 혐의가 있어요?"

"장세간이 심형 방앗간 상머슴 장지홍의 형이 맞지요?"

"형제간이지만, 행실은 다른 줄 아는데……"

서유하 씨 집사 장세간은 추수기부터 도조 때까지는 곡식 한 톨이라도 더 우려내려 작인에 대한 가렴주구가 어느 집사보다 혹독해, 근동에서는 지주보다 더 미운 놈이 장씨란 소문이 파다했다.

"장세간은 강차석 담당이지만 별 혐의가 없는 것 같수."

"그럼 차씨 사건은 일본의 차씨 형을 통한 아편 밀매로 일단락되겠구먼요?"

"내 소견이지만, 더 파고들 건덕지두 없으니 마무리짓구 말아야 할 것 같수."

"그럼 차씨의 살인 동기가 뭐요? 작은서씨 빚 독촉이었소, 아니면 좌익 테러요? 그것도 아니라면 치정 살인이요?"

"심형두 차씨 처 낯짝 반반하니 무슨 꿍심이 생겼수? 그 사건은 꽤 밝히네."

"그게 어디 작은 사건이오. 읍내 지주 계급에 대한 응징의 성격을 띠잖소. 일제 때부터 소작쟁의야 있었지만 작인이 지주를 죽인 적은 없었소."

"살인 동기야 여러 이유가 걸렸지만, 아무래두 좌익놈들의 상습적인 테러로 봐야겠잖수? 우리가 여태 몰랐지만 차씨가 남로당 세포책이었수. 그놈이 돈 밝히는 작은서씨를 꾀어 아편 팔아 남로당 자금으로 바친 거요. 돈이 된다면 똥물도 마시겠다는 작은서씨가 아편이라구 못 팔아먹으란 법 있수. 그것두 일본으로. 그러다 차씨는 단속이 심해 양귀비 재배가 어렵구 상전과 거래할 것도 없어지는 참에 빚 독촉이 심하자, 이참에 한 놈 해치우구 입산해버리자고 결심한 거요. 작은서씨가 차씨 처에게 음심을 품은 건 별도구…… 내가 내린 추리의 결론은 그렇수. 그 정도는 엮어야 사건 아귀가 맞잖소?"

"역시 노형은 직업을 잘 선택했어요."

"인민의 고혈을 빨아먹는 지주요 고리대금업자를 응징하고 용약 인민유격대로 입산이라. 그쯤 되면 그쪽 놈들로부터 영웅 대접을 받을 테지." 노기태가 껄껄거리고 웃었다.

"아편 말이오, 내가 상비약으로 조금만 얻을 수 없을까? 숙취한 다음날이면 배앓이가 심해서……" 심찬수는 아편에라도 맛을 붙이고 싶은 게 요즘 심경이었다.

"심형한테 꼬투리 잡힐 일을 내가 왜 해. 국물두 없이 말이오."

"술 한 상 걸게 사겠소."

"여기 내 외상값 다 떠맡는다면 고려해보지."

"그럼 믿어도 되겠군." 심찬수가 조명자를 보았다. "이런 말 아무데서나 뱉지 마시오. 댁도 큰코다칠 테니."

노기태가 자기 빈 잔을 조명자한테 넘겼다. 심찬수는 밖에서 이선생이 기다린다는 핑계로 일어섰다.

"심형, 그 과학 선생이란 자, 조심하슈. 뒤가 구린 인물이우." 방을 나서는 심찬수에게 노기태가 말했다.

그날 밤, 심찬수는 술청에서 이문달을 상대로 인사불성이 되도록 막걸리 잔을 비워냈다.

자정 가까워 집으로 돌아오던 심찬정은 방앗간 옆에 쪼그려 앉은 채 코를 불어대며 잠에 든 한 주정뱅이를 보았다. 달빛이 없었다면 술독에 빠진 장돌뱅이라 여겼겠지만, 금방 오빠임을 알아보았다. 그녀는 서교장 집 과수원으로 올라가 그 집 식구들 눈을 피해 서성호 방에서 재담을 떨다 귀가하던 길이었다.

심찬정이, 이 추위에 얼어 죽을라고 씌었나 하며 오빠 팔을 잡아챘다. 심찬수는 꿈쩍을 않은 채 입에 거품 물고, 용기가 장타, 잘들 해보라고…… 하며 횡설수설해댔다. 그녀는 집으로 들어가 잠에 든 행랑채 장서방을 깨웠다. 풋잠에 들었던 장지홍이 겉옷을 입고 허겁지겁 밖으로 나와 심찬수를 업어 사랑채 방으로 옮겼다.

이튿날 아침, 심찬수가 눈을 뜨기는 오후 한시가 지나서였다. 간밤의 숙취로 골이 쑤시고 입 안은 등겨라도 삼킨 듯 텁텁했다. 그는 머리맡 숭늉으로 갈증을 풀고 주위를 살폈다. 어제 마산에서 사온 책 꾸러미가 눈에 띄지 않았다. 감나무집에서 이문달과 함께 나올 때 책 보따리 가져가라며 감나무댁이 넘겨주던 것까지는 생각났다. 그는 방문을 열고 문지방에 걸터앉았다. 찬바람을 한껏 마시자 울렁거리던 속이 조금 진정되었다. 멍한 눈길을 후원에 풀어놓았다. 연당은 구름 낀 하늘처럼 어두웠다. 회양목, 사철나무가 연당 주위에 섰고 토담 쪽 정자와 사당 주위로 단풍나무, 모과나무, 석류나무, 매화나무가 울을 쳤다. 숙취 끝이면 찾아오는 우울증에 빠졌다. 무위도식하며 산다는 게 지루하고 시시했다. 하늘은 싸락눈이라도 뿌릴 것 같은 새초롬한 날씨였다.

앞마당에서 누군가, 계시더냐고 묻는 소리가 들렸다. 읍사무소와 농지위원회 사무실에도 안 계시더라고, 받는 말도 들렸다.

"마님, 어르신 오실 때까지 여게서 기다리겠심더. 우리는 무슨 확답이든 꼭 듣고 가겠습니더." 우렁한 남자 목소리였다.

"이 사람들이 오늘 웬일로 이래 생떼 쓰노. 첫차로 마산 공장에 나가셨나본데 저녁 통근열차로 오실 끼다. 그때까지 기다릴래? 어데 오늘만 날인가. 그놈으 땅이 날개 달리서 날아가뿌리나?" 화계댁 목소리였다.

"마 돌아들 가게. 어르신 오시모 자네들 곡절을 잘 말씀드릴 테이깐." 장지홍이었다.

"절대로 몬 가요! 우리한테는 생사가 걸린 문젠 기라."

심찬수는 실랑이질 소리를 들으며 앞마당으로 돌아나갔다. 장정 둘과 중늙은이 하나, 아기 업은 아낙이 축담 앞에 도열해 있었다. 남자 셋은 심찬수도 잘 아는 집안의 답을 부치는 본산리 작인들이었고, 아낙도 낯선 얼굴은 아니었다.

"큰애야, 니 그 꼴이 머꼬. 퍼뜩 세수하고 옷이나 갈아입어라." 화계댁이 맏아들을 보고 말했다.

두루마기 입은 중늙은이가, 도련님 기체 평강하시냐며 심찬수에게 인사를 했다. 본산리의 작인 엄학동이었다. 다른 작인도 허리를 굽신거렸다.

"오늘 장날이라고 나왔습니까?" 심찬수가 물었다.

"그럼 지가 되련님한테 한 말씀 올리겠습니더. 지는 본산리에 사는 김강봅니더." 서른 줄의 빡빡머리 장정이 심찬수 앞으로 나섰다. "되련님, 우리가 찾아온 목적은 다름이 아이라 용정못답 때문임더. 용정못답이 핵교답으로 토지문서가 둔갑됐다 카이, 그기 우째 된 깁니꺼?"

"용정못답이 학교답으로? 금시초문인데요. 전 그런 문제는 잘 몰라서……" 심찬수 말에 작인들이 기회란 듯 한마디씩 숫기 좋게 나서서 떠들었다. 불만 섞인 하소연들인데, 목청만은 높았다.

"우리는 까막눈이라 아무것도 모르는데, 그기 어째 돼서 핵교답이 된 겁니꺼?" "학교답이 되모 맹년 농사는 우째 됩니꺼? 어르신 뵙고 답을 들어봐야 되겠심더." "이런 날벼락이 어딨습니꺼. 우리가 머를 잘못했다고 농사 몬 짓게 하십니꺼? 또 농지개혁이 되모 어데 있는 논이 우리한테 분배되는 깁니꺼?" "우리가 용정못답 배메기농사한 기 돌아가신 진사 어르신 때부텀이니 삼십 년 넘는 세월이고, 그동안 한분도 벨 탈 읎이 소작료를 꼬박꼬박 잘 바치왔잖습니꺼."

심찬수는 작인들 탄원 의도가 얼른 간파되지 않았다. 용정못 둑 밑에는 선대로부터 내려오는 집안 논 사천 평이 있었다. 수문(水門) 아래에서 시작되는 수리답이라 가뭄과 홍수를 모르는 상등답이었다. 그 논은 심찬수 조부 때부터 본산리 여섯 가구에게 오오제로 배메기농사를 내주어온 터였다. 소작료를 올리지 말라는 찬수 조부의 엄명이 여태껏 지켜져 작인들에게는 어느 전답 배메기농사보다 조건이 좋았다. 용정못답은 집안 소유 일만이천여 평(사 정보)의 논 중에 소출 좋은 노른자위란 정도가 심찬수가 아는 모두였다.

"한 분이 자세히 말해보십시오. 듣자 하니 그 논이 개인 소유에서 진영중학교 재단 귀속농지로 바뀌었다는 말씀 같으신데……"
심찬수가 엄학동에게 묻자, 아기 업은 아낙이 말을 가로챘다.

"중핵교 재단농지가 되모 우리는 인자 그 땅하고는 아무 상관도 읎담서예?"

심찬수는 그제야 그들이 지주 집에 들이닥친 이유를 짐작했다. 농지개혁이 실시되면 공인된 사회단체 소유 농지는 몰수 대상에서 제외된다는 소문이 파다했기에, 그들이 그 점을 따지러 왔던 것이다. 소작인들은 유상분배일망정 농지를 분배받으면 자기가 소작하는 논이 우선적으로 떨어질 테고, 그러면 용정못답은 상등 수리답에다 본산리에서 십 분 채 안 걸리는 위치이기에 더 바랄 수 없는 좋은 입지조건을 갖춘 셈이었다. 아버지가 사천여 평 농지를 유상몰수당하지 않을 욕심으로 학교 재단 쪽으로 등기 이전해버린 모양이었다. 비영리기관인 학교 재단의 수익사업이므로 법률적 하자가 없는, 아버지 계산법으로는 손쓸 만한 당연한 조처였다. 심찬수는 아버지를 대신해 작인들 앞에 서 있는 자신이 부끄러웠다. 아버지가 한 일이라 자기와 상관은 없겠으나 그 지주의 아들인 셈이었다. 계산에 밝은 아버지인지라 학교 재단의 입지를 이용해 그 정도 실속은 능히 챙기고도 남았다.

"용정못답이 학교답으로 됐다고 누가 알려줍디까?" 심찬수가 물었다. 필경 작인들이 읍사무소로 직접 가서 토지대장을 들추었을 리는 없었고 농지개혁위원회의 사무실 장부를 열람할 수도 없었을 테니 그 방면에 소양 밝은 자가 귀띔했으리라는 심증이 갔다.

"그거는……" 아낙이 말을 해도 괜찮을지 어떨지 떨떠름한 표정이었다.

"그거까지는 아실 필요가 읎겠고, 어쨌든 사실은 사실 아입니꺼. 중핵교가 농업핵교로 바뀐다는 소문도 있다던데, 그렇게 되모 우리사…… 이거 머 김칫국부터 마시는 생각인지 모르지만, 농지개혁이 되모 우리 동네서 먼 산자락 천수답이나 안 떨어질란지 극정도 되고예." 김팔기란 젊은이가 불퉁하게 말했다.

"사실 용정못답은 우리한테 생사가 딸린 문젭니더. 어제 그 소문 듣고는 을매나 놀랬던지, 밤새아가며 으논한 끝에 찾아온 깁니더." 엄학동이 말했다.

"우리는 어르신 만내서 확답 들을 때꺼정 여게서 몬 떠남더!" 김팔기가 축담에 걸터앉았다. 우락부락한 생김새로 작인들 중에도 말본새가 거칠었다.

"이 사람들 멀 믿고 이래 생떼를 쓰는공 모리겠네. 불평 많으모 좌익질 하는 사람이란 소리 몬 들었나? 어르신이 법 테두리 안에서 자기 땅 자기가 관리하는데 너거가 머 왈가왈부할 자격이 있노? 용정못답이 어데 너거 땅인가, 그 땅 너거가 돈 주고 샀나?" 장지홍이 못 참겠다는 듯 소매 걷어붙이고 나섰다. 나이 마흔을 넘겼으나 방앗간 일로 다져진 힘깨나 쓰는 장골이었다.

"아부지는 마 참으시잖고……" 심찬수가 쓸 데운 세숫물을 가져오며 꼭지가 제 아버지를 보고 말했다.

"장씨, 입은 삐뚤어져도 말은 바로 하라 캤소. 그 논에 명줄이 매였으이 이카는 기제. 장씨도 우리 처지 돼보소. 찐득이 앉아 하늘만 바라보게 됐능가." 아낙이 나섰다. 머리칼 노르께한 젖먹이는 엄마 등짝에서 앓듯 울었다.
 "이게 바로 남으 제상에 감 놓아라, 배 놓아라 카는 기지 머꼬. 너거들 은제부터 이런 버르장머리 읎는 짓 하게 됐어? 증말로 소작지 뺏기봐야 알겠나? 빌어묵던 쪽박마저 깨고 싶어 이 지랄인가!" 장지홍이 작인들에게 삿대질했다. 작인 다루는 데는 소작지를 빼앗겠다는 협박보다 더 좋은 방법이 없었고, 말이 그쯤 이르면 아무리 성깔 있는 작인도 목이 옴츠러들게 마련이었다. 그는 방앗간 일 외 심동호 전담의 집사 역할까지 하고 있었다.
 "장서방, 말이 너무 험하구려. 이 사람들이야 그런 사실을 안 이상 알아보고 싶은 게 당연하지 않아요." 심찬수가 장서방을 나무랐다.
 "장서방도 그마 나서라. 그런 문제는 자네가 나서서 따질 일이 아이네." 화계댁이 아들 편을 들고 나섰다. 그네가 작인들에게 말했다. "이랄 게 아이라 집에 돌아갔다가 저녁답에 나오든가, 내일 아침에 오든가 하소. 바깥양반이 집에 읎는데 이래 생떼 쓰모 장차 될 일도 안 됨더."
 "제가 아버님께 잘 말씀드리지요. 오늘은 돌아갔다 내일 한 분만 대표로 걸음해주이소." 심찬수는 이쯤에서 발뺌하기로 작정했다. 말은 그렇게 했지만 아버지를 설득시킬 능력은커녕 작인들 뜻을 해결할 실력이 없음을 스스로도 알고 있었다.
 "되련님, 작년에 엄씨 하는 짓 봤지예? 거름 무데기 속에 나락 서른몇 단을 숨카놓은 거 말입니더. 소작 해약까지사 안 갔지만 엄씨는 그때 이미 어르신 눈 밖에 났습니더. 지 버릇 몬 고치는 나뿐 놈!" 장지홍이 역정을 냈다.

"그거사 작년 가실에 일단락된 거 아인교."

작년 벼 타작은 추수기에 내린 가을장마 끝이라 수확이 신통치 못했다. 본산리 작인들 중 첫 타작마당을 벌인 엄학동 집에 심찬수가 장지홍과 함께 타작 구경차 나와 있었다. 그런데 곧이어 심동호가 중학교 서무과장 심경표를 대동하고 나타났다. 타작마당에 들자마자 심동호는 곡식을 숨긴 게 없나 하고 엄학동 집 안팎을 둘러보았다. "아버님은 이런 일에까지 안 나서도 됩니다. 이번 가을 용정못답은 저와 장서방이 알아서 처리하겠다고 누차 말씀 드렸잖습니까. 제가 볏섬이라도 빼낼 줄 아는 모양이지요?" 심찬수가 아버지에게 말했다. "말질할 때까진 내가 참관해야겠다. 너도 이 기회에 배울 게 있을 끼다." 탈곡이 끝나고 소출이 적자 심동호는 으레 그러려니 하는 표정이더니 큰기침하며 집안을 다시 뒤졌다. 결국 거름 무더기 속에서 이삭을 떨지 않은 벼 서른다섯 단이 쏟아져나왔다. 심동호가 쇠스랑을 내두르며 엄학동에게 닦달질했다. "내 그럴 줄 알았다. 내 눈은 못 속여. 벼 서른다섯 단 찾아냈다고 부자 될 거는 아니다만, 이 심동호 성미 알지? 정직하지 못한 짓을 절대 못 봐내! 엄씨, 당신은 올해로 소작 해약이다. 우리 논은 절대 못 부쳐먹어. 내 말 알아들었제?" 그러자 엄학동이 사색이 된 채 심동호 앞에 무릎 꿇고 빌었다. "빚진 물세나 우째 좀 건지볼라고 그랬습니더. 지가 맘 잘 몬 묵었으이 한분만 용서해주이소. 다시는 이런 일 읎을 낍더. 지발 소작 해약만은……" 심동호는 뒷전에 선 아들을 돌아보며 말했다. "이래도 내가 나와

보지 않고 되겠나? 벼 서른다섯 단이 대단한 건 아니지만. 내가 하루 밥 네 끼 먹을라고 이라나? 티끌이 모이고 모이면 결국엔 태산이 된다 캤어. 내 이렇게 악착같이 모아 학교 발전에 쓸라는 게 잘못된 생각인가? 육영사업도 제대로 할라면 교실도 더 짓고, 가난한 학생 공납금도 탕감해주고, 훌륭한 선생도 모셔와야 할 거 아인가 말이다." 심찬수는 그길로 고개 빠뜨린 채 아버지 먼저 읍내로 돌아오고 말았다. 그 뒤부터 그는 집안의 농지 관장에는 등을 돌린 채 나서지 않았다.

"되련님, 간땡이 부은 놈들한테는 앞으로 소작 내줄 필요 읎심더. 이번 기회에 버르장머리를 단디 고치놔야 합니더." 장지홍이 걷어붙인 소매를 내리곤 손바닥을 털었다. 그가 그렇게 당당히 나오는 데는 주인어른으로부터, 내년 농사에 논 사백 평, 밭 이백 평을 시가보다 싸게 쳐서 오 년 분할 상환조건에 분가(分家) 나기로 약조를 받아뒀기 때문이었다. 열네 살에 이 집 꼴머슴으로 들어와 삼십 년 만에 자작농으로 승격될 단계를 맞아 그 흥분으로 잠까지 설치는 요즘이었다.

그 정도에서 일단락되려니 하고, 심찬수가 세수하러 수채가로 몸을 돌렸다.

"씨팔, 족제비 장세간하고 성제간 아이라 칼까바 저래 모질게 나오나. 그래, 골백년 머슴질 잘 해처묵어라." 축담에 걸터앉았던 김팔기가 땅바닥에 가래침을 뱉으며 구시렁거렸다.

"죽을라고 약 쓰냐, 감히 어느 마당이라고 춤까지 뱉노!" 분김을 참지 못한 장지홍이 김팔기에게 달려들었다. "대문간부터 배를 깔고 기어들어도 시원찮을 자슥이 감히 여게가 누구 집이라고 행패고!"

 농지에 따른 주종 관계가 세월 따라 달라졌다. 지주 집 대문 앞에만 서면 죄도 없는데 오금이 잘 떨어지지 않는다는 작인의 굽실거림은 관습에 젖은 노인들에게나 통했다. 젊은이들은 좌익 선동 탓도 있었지만, '사람 밑에 사람 없고 사람 위에 사람 없다'란 민주주의 기본 구호를 해방 후에 수없이 귀동냥하자, 지주 보기를 일제 때 순사 보듯 했다.

 "이거 놓고, 말로 하소!" 장지홍에게 멱살이 잡힌 김팔기가 목을 뻗댔다.

 "머슴도 머슴 나름이다. 머라꼬? 골백분 머슴 해처묵어?" 장지홍이 주먹으로 김팔기 뺨을 쳤다.

 김강보가 달려들어 장지홍을 김팔기로부터 뜯어내며 싸움을 대신 맡고 나섰다. 그가 장지홍 허리춤을 잡더니 냅다 패대기쳤다. 너 죽이고 영창살이하겠다며 김팔기가 넘어진 장지홍의 옆구리를 먹고무신 발로 걷어찼다.

 "이 사람들아, 참게. 여게가 뉘 집이라고, 무슨 짓들인고!" 엄학동이 그들 사이를 가르며 뛰어들었다.

 심찬수도 싸움을 말리려 김팔기의 팔을 잡았고, 화계댁이 놀라 몸을 피하며 비명을 질렀다. 꼭지가 아버지를 부르며 대문간으로 뛰었다. 심찬정도 방문을 빠끔 열고 내다보다 황급히 방문을 닫았다.

 "풀대죽 묵는 농사꾼도 밟으모 꿈틀한다는 거 모리나!" 김팔기가 발길질을 거두며 말했다.

　김팔기와 김강보가 쓰러져 끙끙대는 장지홍을 버려둔 채 대문을 나섰다. 아낙도 황급히 그들 뒤를 따랐다. 엄학동과 꼭지가 장지홍을 부축해 일으켰다.

　"이놈들 두고 봐. 내가 네놈들을 꼭 밟고 말테이!" 장지홍이 악을 썼다.

　바깥 소란이 듣기 싫었던지 심찬정 방에서 축음기 소리가 나직이 흘러나왔다. 사라사테의 「치고이너바이젠」으로, 서성호가 서울에서 사다준 레코드판이었다.

2월
지키기, 깨부수기

2월 7일

 심동호의 쉰네 해째 맞는 생일날은 이른 아침부터 집안이 분답시끌했다. 양력으로 2월 초순이지만 음력으로 섣달 하순께면 낮이 짧은 절기라 아침 일곱시에도 해가 떠오르지 않았다. 동쪽 하늘이 감청색으로 터올 뿐 사방이 잿빛으로 어둡건만 집안 안채와 대청 기둥에는 남포등이 밝았다. 안채 부엌에 걸린 가마솥에는 쇠고깃국 끓이는 장작불이 기세 좋게 탔다. 부엌에는 아녀자 여럿이 음식 장만에 분주했다. 행랑채 앞에 임시 아궁이를 만들어 병동댁이 번철에 기름 둘러 생선전과 산적을 부치고 있었다. 푸성귀 부침개는 어제 지져놓았으나 고기전은 이른 아침에 장만하는 참이었다. 부엌 뒷마당에는 방앗간 꼴머슴 추군이 다리골독에서 걸러낸 약주를 동이에 퍼서 담았다. 꼭두새벽에 일어나 머리 단장하고 새 옷으로 치레한 화계댁이 부엌과 마당을 싸대며 일손들에게 이것저것 지시하느라 설레발을 쳐댔다.

 닭장에서 수탉이 홰를 치며 목청을 뽑자, 동녘 하늘이 밝아왔다. 새벽부터 발발대는 누렁이가 구수한 냄새를 맡고 부엌 뒷문에 머리 들이밀고 킁킁댔다. 부엌 바닥에 놓인 교자상에 은수저 여섯 벌이 올려졌다.

 "회나 나물같이 식어도 괜찮은 음석부터 상을 채려라. 쪼매 있으모 손이 밀려닥칠 낀데 꾸물거리지 말고, 어서." 화계댁이 부엌일하는 드난꾼 아낙들에게 채근을 놓곤 김 오르는 떡시루 시룻방석을 들쳐보았다. 시루떡을 눌러보니 밤새 설핏 굳었던 팥고물이 다습게 녹았다. 그네가 부엌을 나서자, 종질부 필이엄마가 바깥마당으로 들어섰다. 중학교 서무과장 심경표 처였다.

 "첫닭 울 때 나서라고 귀청 닳도록 일러쌌는데 날이 환한 인자 오모 우짜노." 조카며느리를 보고 화계댁이 건짜증을 냈다.

 "필이아범 입고 나설 한복 손보느라 쪼매 늦었심더. 이런 날은 한복 입고 인사 디려야 한다 캐서예. 작년 설에 입던 한복이 어느 고리짝에 백혔는지 찾을 수가 읎어서……" 나긋한 말솜씨였다.

 "마 치우게. 그느무 참새 주댕이는 은제 들어도 웬 변구가 그래 많노."

 필이엄마는 화계댁 눈치를 살피곤 부엌으로 잰걸음을 놓았다. 화계댁의 못마땅한 눈길이 딸애 방에 머물렀다. 그네가 찬정이 방의 문을 여니 자는 줄 알았던 애가 잠자리에 누운 채 눈을 말똥거렸다.

 "찬정아, 마 일나거라. 오늘이 무신 날인 줄 알면서 안죽 누벘

으모 우짜노. 그래가꼬 시집가서 시댁 식구한테 귀염 받겠나. 여핵교까지 보내면서 가정교육 잘몬 시켰다고, 부모 얼굴에 먹칠할라 카나."

"시집 식구한테 귀염 받을라고 시집갑니까." 솜이불에서 빠져나온 심찬정이 기지개를 켰다. "내 옷 찾아놨어예?"

"옷 찾아오라고 꼭지를 보냈다. 저고리 길이가 우째서 길다는지 모리겠네."

"요새 누가 도련이 허리까지 내려오는 이런 촌스런 저고리를 입는다 캐요."

"그라다가 게뜨라이(겨드랑이) 보이겠더라마는." 읍내에서 바느질 솜씨가 그중 낫다는 강정댁에게, 바깥양반 생일에 맞춰 입게 해달라고 맡긴 찬정이 치마저고리를 어제 찾아왔는데, 딸애가 저고리 길이가 길다고 퇴짜를 놓았던 것이다. "어서 나와 낯 씩고 정지일 거들거라. 이랄 때 음석하는 거 눈쌀미 있게 봐놔야제."

심찬정이 이불에서 빠져나와 경대함을 방문 앞 밝은 쪽에 옮겨놓고 거울을 보았다. 갸름한 하관에 이마가 넓고 반듯했으며 입술이 단풍처럼 붉었다. 얼굴은 살이 붙지 않아 미라처럼 핼쑥했다. 그녀는 얼레빗으로 어깨까지 내려온 머리칼을 빗질하며, 요즘 써본 자작시 「나그네」를 흥얼거렸다.

"저 먼 들녘 끝으로/아스라이 멀어지는 그림자 하나/사랑을 잃은 방랑자의 꿈이여/너는 한 마리 접동새의 넋이고나……" 심찬정은 혼잣말로 덧붙였다. "내 시가 감상에 치우쳤다고? 그럼 워즈워스, 하이네, 백조파, 소월 시는 다 현실적인가?"

어젯밤 철길을 걸을 때 서성호가 했던 말이 떠올랐다. "시가 너무 감상에 치우쳤잖아? 하숙 같이하는 국문과 학생이 숨겨놓고 읽던 이용악과 백석 시집을 들춰봤어. 일제하 농촌 현실을 그렸는데 토속성을 자연과 잘 조화시켰더군." 서성호 말에 심찬정이 쏘아붙였다. "성호 씨 생각이 삐딱해진 것 아냐? 이용악이며 백석, 그 사람들 다 월북했잖아. 난 그 사람들 시는 딱 질색이야. 같은 농경 생활담을 다뤄도 소월이며 정지용 시는 다르잖아?" 그러자 서성호가 시무룩한 목소리로 말을 받았다. "사실 요즘 내 그림이 조금씩 변하고 있어. 전원 풍경이라도 좀더 꼼꼼히 실사에 정진해볼 테야. 사진 찍듯 세밀히, 그러면서도 현실에 밀착된 그림을 그리고 싶어. 조만간 마산에 나가 부두 풍경을 스케치할 작정이야."

다음에 서성호를 만나면 서정성과 정감 짙은 예술의 아름다움과, 현실적 사회성이란 이름 아래 핏빛 섬뜩한 예술을 두고 어느 쪽이 진정한 예술이냐를 따져봐야겠다고 생각했다.

딸애를 채근한 화계댁은 방앗간과 붙은 골방을 쓰는 찬길이를 깨우곤 후원 사랑채로 돌아갔다.

"큰애야, 오늘이 무신 날인 줄 알제? 아부지 지침하신 지 한참 됐다."

"전 아침상 나중에 받지요." 심찬수의 잠이 덜 깬 목소리였다.

"생신날인데 아부님께 큰절 드려야제. 할아부지 살아 계실 적엔 아부지가 조석으로 문안 인사 디린 거 생각 안 나나." 화계댁이 방문을 열었다. "이 궁상맞은 신세 은제나 면할꼬. 며늘아아가

들어오모 방을 분곽같이 맹글어놓을 낀데…… 아침상에 손님들 초대했다. 읍장하고 서교장하고, 천총어른, 지서장, 또 누구더라, 다섯 사람이 온단다."

"어디 그 사람들 아침상에 고깃국 못 받을까봐 부릅니까."

"떡 본 김에 제사 지낸다고, 음식 차린 짐에 부르는갑다. 그라고 점심때는 농지개혁위원, 마산 염색공장 지배인과 찬목이, 본산리, 설창리, 물통걸 작인을 불러서 한턱 멕이니 스물은 될 끼다."

맏이를 깨우고 난 화계댁이 앞마당으로 돌아 나오자, 행랑방에서 앓는 소리가 들렸다. 병동댁이 데운 물 담긴 세숫대야를 들고 행랑방으로 쫓음걸음을 놓았다. 화계댁이 방 안을 들여다보니 장지홍이 누워 앓고 있었다.

"자고 나이 우째 좀 낫나?" 화계댁이 물었다.

"바쁜 날에 누버 있어 죄송하구만예." 장지홍이 몸을 일으키려다 옆구리 통증으로 다시 누웠다.

"감히 어데라고 그런 행패야. 상하귀천으 법도가 죽이 된 시상이기로서니 작인이 진사댁 마당에다 춤을 안 뱉나, 대놓고 주먹질을 안하나."

닷새 전, 본산리 작인들이 용정못답 건으로 장지홍과 싸움을 벌인 뒤, 심동호가 그 사실을 알기는 마산에서 돌아온 저녁답이었다. 사단의 전말을 듣고 난 그는 자혜병원의 민원장 왕진을 청해 장서방 갈비뼈 타박상에 따른 전치 삼 주 진단서를 뗐다. 그 길로 지서를 찾아가 행패 부린 두 작인을 과실치상 혐의로 고발했다. 이튿날 낮에 최양금 순경이 본산리 마을로 갔으나 김팔기는 그새 줄행랑을 쳐버려 김강보만 붙잡아왔다. 김강보는 여태지서 영창에 갇혀 있었다.

 후원의 후미진 곳에 사당과 정자가 있었다. 날이 밝았건만 사당에는 촛불이 켜졌고 향내가 은은했다. 진솔 명주 바지저고리에 마고자를 차려입은 심동호가 조선들의 위패 앞에 가부좌하고 앉아 있었다. 몸이 굵고 상반신이 늠름해 앉음새가 당당했다. 묵상에 잠긴 지 십여 분째였다. 기름 바른 희끗한 머리칼을 가르마 없이 빗어 넘겼고, 금테안경과 잘 다듬은 콧수염이 위엄을 돋보이게 했다. 그가 위패 가운데 놓인 선친 사진을 마주보았다. 충정관 쓴 수염 허연 노인의 마른 얼굴이 액자 속에 있었다. 선친이 별세하기 한 해 전 고희를 맞아 찍은 사진이었다. 살아 계시면 여든하나 연세인데, 당신이 타계한 지도 십 년 세월이 흐른 셈이었다. 당신은 고종 30년 나이 스물넷에 성균관 소과 초장에 합격했으나 이듬해 갑오경장으로 구백 년을 이어온 과거 제도가 폐지되자 사로(仕路)에 오르기를 단념했다. 은거한 선비로 인근 유생의 자녀를 받아 사서오경(四書五經) 강론으로 구한말의 어수선한 세월을 칩거하여 보냈다. 순종 4년 한일합병조약이 체결되자 당신은 어쭙잖은 강론마저 폐하고 독서로 소일했다. 서울에서 신학문을 닦던 장자가 귀향해 간도 쪽에 보낸다며 군자금을 얻어가기도 하더니 스물셋 나이에 뜻을 세워 간도로 들어가 김좌진 휘하에서 위관이 되었다는 소식이 들렸다. 장자가 가친으로부터 혼인을 청허 받겠다며 온 게 1919년 3·1 만세운동이 있던 해 여름이었다. 신부될 이는 충남 홍성의 한산이씨로, 한일병합으로 나라를 잃자

식솔과 노복을 거느리고 신천지 동만주 간도 땅 국자가(연길)로 건너간 명문 집안이었다. 조부는 종6품 감목사(監牧使)를 지냈고 부친은 국자가에서 조선인 학교를 개설해 인재 양성에 힘쓰는 한편 독립운동을 지원한다고 했다. 당신은 차자 동호를 앞세워 연길로 들어가려 행장을 꾸려 나섰으나, 한양에서 학질로 객창에서 눕자 혼사를 천운에 맡겨 사주단자만 아들 편에 보내고 귀향하고 말았다. 당신이 기리던 장자는 기미년 이태 후에 만주 동북 밀산에서 왜경에 피검되어 나진 왜군 국경수비대 감옥에서 참형당해 순사했다. 그때, 장자는 아기 밴 처를 두고 있었다. 장자 처가에서 보낸 인편을 통해 소식이 고향에 전해지자, 당신은 차자를 함경북도 나진으로 보냈다. 동호는 형 유해를 끝내 찾지 못한 채 그 길로 북간도 국자가로 들어가 산월이 가까운 형수만 모시고 귀향했다. 시댁서 아들을 순산한 며느리는 자나 깨나 북녘 땅 친정을 그리워했다. 며느리가 아기 젖을 물리다 넋 놓고 북녘 하늘을 바라볼 때면 그 눈가에 물기가 번졌다. 장손 찬규가 두 돌이 지났을 때야 당신은 장손을 두게 하고 며느리의 환고향을 허락했다. 당신도 며느리의 친정 걸음에 동행하여 나서서 중국 본토를 두루 견문하고 환고향했다. 장자를 잃은 한에 서러워하던 안사람이 타계하자, 당신은 장토 일부를 처분해 죽은 장자 처가를 거쳐 간도 지방 독립군에 군자금을 대었다. 조부의 각별한 훈육으로 양육되던 장손 찬규가 철들고 제 어미를 만난 것은 나이 열 살 때였다. 북간도 국자가에서 사람이 와서 전한 말이, 찬규 생모가 병이 깊은데 마지막으로 아들 상봉을 간절히 원한다고 했다. 그쪽에서 온 사람과 장지홍을 달려 찬규를 만주로 보냈고, 당신은 장손이 돌아올 날만 기다렸다. 찬규는 어머니 임종을 보고 해를 넘겨 장지홍과 함께 돌아왔다. 당신은 장손이 보통학교 과정을 마치자 동래고보에 진학시켜 객지로 보냈다. 1936년, 당신이 향리에 고등공민학교를 설립했던 이태 후, 장손은 망부의 뜻을 좇겠다며 만주 국자가 외가로 가겠다고 조부에게 청을 넣었다. 동래고보를 졸업하던 해로 나이 열여덟 때였다. 당신이 이를 허락했다. 장손이 떠난 뒤 한동안 소식이 끊겨 당신이 두 차례나 국자가로 사람을 보냈으나 찬규는 외가에 없었고 청진은행 거금 탈취 사건과 만주국 주재 일본 전권대사 부토(武藤府義) 암살 미수 사건의 배후 인물이란 소문만 듣고 귀향했다. 고희를 넘긴 일흔하나로 당신이 눈을 감을 때는 집안 살림을 떠맡은 심동호가 가친 임종을 지켰다. 당신은 대를 이을 차자보다도 이십여 년 전에 요절한 장자와 소식 두절된 장손 찬규 이름만 불렀다. 중학 과정마저 자퇴함으로써 학문에 힘쓰기를 게을리 한 대신 이재(理財)에 밝은 차자를 당신은 늘 못마땅하게 여겼던 것이다. 심동호는 나이 마흔을 넘겨서도 가친으로부터 서출 아닌 서출 대접을 받았고, 그 한이 골수에 맺혔다.

"아버지, 작년 가실 마산에 차린 염색공장은 잘 돌아갑니다. 그쪽 사업을 확장할라고 설창리 밭뙈기와 물통걸 수리답 일부를 처분했습니다. 어차피 그 땅은 농지개혁이 되면 뺏길 농토니깐요."
심동호는 선친 사진을 올려다보며 면전에 보고하듯 말했다. 그런 보고를 할 때마다 선친은 사진 속에서 나와 일장 훈계를 늘어놓을 것만 같았다. 그럴수록 그는 희열감에 들떠 자신만만하게 독백을 읊었다. "아버지는 소자가 산술에 밝음을 두고 군자답지 못하다고 자주 말씀하셨지요. 작인과 하인을 대할 때 너그럽지 못함이 시정의 소인배와 같다고 꾸짖고요. 다 압니다, 알고말고요. 그러나 아버님, 보이소. 아버지가 독립군 군자금 대느라 헐렁헐렁 써버리고 남겨준 유산이란 게 찬규 몫으로 떼어놓은 논 천이백 평 빼고, 지금 이 집과 공민학교, 용정못답, 설창리 논 열다섯 마지기밖에 더 있었습니까. 십 년 사이 소자가 동분서주하며 피땀을 흘린 덕에 학교 부지가 배로 늘어났고, 공민학교는 정식학교로 인가 나서 흙벽돌에서 목조건물로 개조한 교사가 세 동이요, 그동안 방앗간을 인수했고 물통걸 수리답, 설창리 뽕밭, 그 외에도 가산이 얼마나 불어났습니까. 몰락한 최참판댁 좀 보이소. 전대만 해도 세도가 근동을 울린 대지주였는데 지금 그 집안 꼴이 뭡니까. 큰놈은 노름꾼으로 패가망신했고, 둘째놈은 좌익하다 삼팔선 넘어가버렸고, 셋째놈은 활동사진 만든다고 남은 논마지기 다 팔아서 경성으로 가더니 거지꼴로 하향했잖았습니까. 조석 끼니가 힘든 끝에 최참판이 빌어먹는 음식은 안 묵는다고 버티다가 일흔여섯에 별세할 때는 그 병명이 우습게도 영양실조였답니다."

당신께서 다른 할 말이 계시냐는 듯 심동호가 선친 사진을 뚫어져라 보았다. 죽은 자는 말이 없었지만, 당신이 살아 계실 때 했던 말은 지금도 귓가에 쟁쟁하게 남아 있었다. 가친이 돌아가시기 전 해였다. 심동호가 도지 낸 문제를 두고 작인을 호되게 꾸짖을 때 당신이 말씀하셨다. "대성이 남긴 『공자가어(孔子家語)』

에서는 네 가지를 가르쳤으니 문(文), 행(行), 충(忠), 신(信)이 그것이다. 그런데 너는 네 형이 이룬 세 가지 중 어느 한 가지에도 들지 못하고, 어째 소인배처럼 이익만을 만사의 표준으로 따지는고." 그 말은 아직도 잊지 못할 상처가 되어 남아 있었다.

"아버지, 그때 소자가 대답을 안한 이유를 아십니까? 소자가 할 말이 없어 참았던 건 아닙니다. 어른 앞에 불경스레 말대꾸 안 했을 뿐이지요. 아버지, 세상은 참말 희한하게 달라졌습니다. 신문물이 들어오던 개화 시대에 이어 두번째 개화 시대를 맞았습니다. 해방과 함께 미국서 들어온 신제도인데, 미국은 산업활동을 개인 능력에 맡기는 자본주의 국가다, 이 말씀입니다. 경제를 나라에서 통제하던 제국주의적 자본주의와는 생판 다르지요. 시장을 통해 물건을 자유롭게 사고파는 세상, 개인 재산이 하늘만큼 많아도 이를 인정해주는 세상, 문자 그대로 돈이 세상을 지배하는 시대가 왔습니다. 돈 앞에는 양반 상놈이 없고, 돈이 바로 체신과 인격 척돕니다. 그런 뜻에서 땅 파는 수공업적 농업은 내리막길이라요. 농지개혁이 아무리 유상몰수라 카지만 지주나 토호가 사라지는 시대를 맞았습니다. 앞으로 올 세상은 산업사회라요. 소자가 그걸 간파했습니다. 아직 규모는 대단찮지만 마산의 염색 공장을 인수한 것도 그런 계산에섭니다."

심동호가 선친 사진 앞에서 중언부언 읊을 때, 사당 쪽문이 열리고 화계댁이 얼굴을 보였다.

"어데 계시나 찾았더만 아직 여게 계셨네예. 사랑에 애들이 와서 절하겠다고 기다리는데, 퍼떡 나오이소."

알았다며 심동호가 굵은 몸을 일으켰다. 종헌으로 청주 한 잔을 적대에 올려 재배를 마치곤 사당을 나섰다. 회중시계를 보니 여덟시가 가까웠다. 그는 서리 앉은 후원 샛길을 거쳐 사랑채 큰사랑 앞으로 오자 헛기침을 했다. 심찬수가 아버지 기척에 담뱃불을 껐다. 찬길이 얼른 일어나 방문을 열었다. 심동호가 보료에 정좌했다. 자식들 뒤에 서 있는 처를 보자, 임자도 앉으라며 옆자리를 권했다. 자식 셋이 나란히 서서 부모에게 큰절을 올렸다. 심동호는 흡족한 마음을 겉으로는 나타내지 않고 세 자식을 갈마보았다. 큰아들은 평소 입성 그대로 헐렁한 바지에 국민복 윗도리였고, 막내는 소매에 흰 줄이 쳐진 모직 교복이었다. 딸애는 삼회장저고리에 금박 넣은 연두색 치마를 입어 색상이 현란했다. 한 집에 살아도 모처럼 만에 자식들을 나란히 대한 셈이었다. 큰아들은 범눈썹에 각진 얼굴이 사내다우나 성격은 모난 선친을 닮았고 부모 속을 썩이기가 여러 해째였다. 딸애는 이마가 넓고 하관이 빠른 갸름한 얼굴이라 염소상이 선친을 닮았으나 성품이 변덕스럽고 나약해 정이 가지 않았다. 막내는 외탁을 해서 가무잡잡한 얼굴이지만 공부도 엔간히 하고 성격이 활달했다. 가업을 잇는다면 막내가 제격이라 판단되나 이제 중학 삼학년이니 나이가 어린 게 흠이었다.

"큰애는 설 쇠고 마땅한 혼처 자리를 구해얄 낀데…… 임자는 혼처 자리 봐논 데 없나?" 심동호가 처에게 물었다. 그는 큰애의 없는 왼팔을 의식적으로 피했으나, 이미 기억조차 어렴풋한 그애 생모가 떠올랐다.

"서교장 집과는 파약됐으니 틀린 얘기 아입니꺼. 어쨌든 올해는 넘기지 말아얄 텐데, 그러잖아도 걱정이라예."

"서교장 댁에 정식으로 파혼 통고를 했나요?" 심찬정이 아버지를 보았다.

"우리가 매달릴 일은 아니고, 그 문젠 찬수가 출정서 돌아오고 흐지부지 끝난 게 아닌가." 네가 왜 나서느냔 듯 심동호가 딸에게 말했다.

"딱 잘라 매듭지은 건 아니잖아요. 그렇다보니 서교장 집도 혼처 자리 구하는 게 아직은 미안한 모양이고, 주희 언니도 우리 집 눈치를 보고 있으니……"

"예수교에 빠진 그 딸애가 올해 몇 살인고?" 화계댁이 딸에게 물었다.

"설밑이니 스물일곱일걸예."

"내가 열아홉에 시집왔으니 노처녀 중에도 노처녀로구나."

"좋은 남자 나서면 그리로 가라고, 내가 수삼 년 전에 통고했는데……" 잠자코 있던 심찬수가 시무룩이 말했다.

"오빠가 고주망태로 교장댁 대문이 부서져라 흔들며 패악쳤다는 삼 년 전 말인가?"

"니가 와 오래비 문제에 자꾸 나서노." 화계댁이 딸을 나무랐다.

"그때 주희 언니가 인사불성인 오빠를 집까지 바래다주잖았어. 그게 뭘 의미해? 단념하기에는 미련이 남았다는 뜻 아닌가?" 심찬정이 제 엄마 말을 무시한 채 오빠에게 따지고 들었다.

"그래서 어쨌단 말이고. 네가 왜 짓까불고 나서? 성호와 눈이 맞아서 그래?" 심찬수가 호통을 치곤 거칠게 방문을 열고 나갔다.

"찬수야. 섰거라 보자, 서교장한테 무슨 말 못 들었나?" 심동호가 아들의 무례함에도 담담하게 말했다. "서교장 말이, 방학도 끝났으니 니 친구 학교로 한번 나와줬으면 하더라. 그 친구 오늘 오후쯤 시간 내서 교장 선생 뵈오라고 그래."

심찬수가 앞마당을 나오자 안채 큰방 댓돌에는 남녀 고무신이 여러 켤레였고, 방 안에서는 친척들의 재담과 웃음이 쏟아졌다. 심찬수가 부엌에서 찬합 들고 나오는 꼭지를 불렀다.

"너 심부름 좀 가거라. 점술네 집에 가서 허선생하고 강차석 보고 집에 와서 아침밥 자시라 캐." 심찬수는 친척과 읍내 유지에게 인사할 일이 귀찮아 아침밥 먹을 동안은 자기 방에 박혀 있기로 했다. 후원으로 걷다 박도선 형이 생각나 앞마당으로 다시 나왔다. "꼭지야, 가는 김에 중학교 박선생 집에도 가서 아침밥 들지 말고 오시라 캐라."

꼭지가 장터로 나섰다. 장터 마당에는 스무 명 남짓한 군인들이 99식 소총을 앞에총해서 이열횡대로 뜀박질을 하고 있었다. 읍민들 앞에 존재 가치를 무력시위라도 하듯 풀색 작업화 신발로 땅바닥을 꽉꽉 구르는 발소리와 구령 소리가 아침부터 장터 주변을 들쑤셔댔다. 지휘봉 든 하사관은 가죽군화를 신었는데, 열 밖에서 호루라기를 획획 불어댔다. 읍내에 상주할 국군 소대 병력이 그저께 낮 화물차 편에 도착했다. 그들은 역 아래 비어 있던 미창에다 짐을 풀었다. 장터 주변에 사는 어른과 아이들이 군인들 구보를 구경하고 있었다. 공동우물에 물을 길으러 오가던 아낙네와 처녀들도 물동이를 인 채 곁눈질했다. "조만간에 군인들이 야산대를 몽지리 잡아쥑이로 산을 포위해서 쳐들어간다 캅디더." "밤 열두시에 통금 오포 불모 군인들이 야밤순찰 돌다가 나댕기는 사람은 미창에 잡아디려서 시껍준다 카데." 물지게로 우물의 물을 나르던 남자와 물동이 인 아낙네가 쑤군거렸다.

꼭지가 점술네 삽짝 안으로 들어가자, 수채가에서 강명길이 세수를 하고 있었다. 우는 아이에게 순사 온다면 울음을 그치듯, 꼭지도 순경을 보자 가슴이 뛰었다.

"보이소예, 큰되련님이 조석 진지는 집에 와서 들라 캅디더."

"큰되련님이 누군데?" 강명길이 꼭지를 뉘 집 딸인지 알아보지 못했다.

꼭지가 찬수 도련님이라고 말하자, 강명길이 오늘이 무슨 날인가고 물었다. 꼭지가 어르신 생신날이라고 말하곤, 허정우가 거처하는 위채 건넌방을 보았다. 방문이 닫힌 채 기척이 없었다. 허정우는 자정 지나도록 불면증에 시달리다 새벽녘에야 잠에 곯아떨어졌던 것이다.

"왠지 아침 기분이 좋더니 생일상을 얻어먹겠군." 강명길이 목에 걸친 수건으로 얼굴을 닦았다.

꼭지가 허선생님하고 같이 내려오시라고 강차석에게 말하곤 삽짝을 나섰다. 종종걸음 쳐서 박도선 선생 집으로 가니 삽짝이 반쯤 열려 있었다. 꼭지는 바잣문 앞에서 잠시 서성였다. 마당에 누가 나와 있으면 삽짝 밖에서 말을 전할 텐데 아무도 눈에 띄지 않았다. 언제부터인가 박도선 선생 집은 흉가란 소문이 돌았고 그 집을 출입하면 부정 탄다고 장터 사람들이 쑤군거렸다. 박선생 모친 윤권사가 독실한 예수교인이기에 외양간 옆에 짚가리로 지붕 덮어 만든 개인용 기도실이 있었다. 윤권사는 틈만 나면 기도실에서 기도와 찬송으로 시간을 보냈다. 기도실에는 중학교 미술 선생이 조각한 십자가에 못 박힌 예수상이 있었다. 그걸 본 이웃들은, 십자가에 못 박혀 피 흘리는 예수가 귀신의 시체를 닮았다는 소문을 냈고, 소문은 거기에 그치지 않았다. 윤권사 기도가 몰아의 경지에 이르면 방언(方言)을 읊기 예사였다. 사람들은 윤권사가 미국말도 아닌 이상한 꼬부랑말로 예수와 말을 주고받는데 귀신 목소리로 예수 흉내까지 낸다고 했다. 윤권사 집에는 예수 귀신 혼이 떠돌고 있으니 예수 안 믿는 사람이 그 집에 들어가면 재앙이 내린다는 것이었다.

꼭지가 바자울 너머 집 안 동정을 살필 때, 박도선이 외양간에 여물을 준 뒤 죽통을 들고 앞마당으로 나왔다. 꼭지가, "박선상님예" 하고 불렀다. 박도선이 장지홍 딸인 꼭지를 알아보곤, 해동이 되면 야간 공민학교에 꼭 나오라고 말했다.

"여자도 모름지기 배워야 한다. 아버지한테도 말했으니, 저녁 먹고 아버지도 모시고 나와."

"알았습니더. 그런데예, 큰되련님이 집에서 아침진지 들라 캅디더."

"집안에 제사라도 있었나?"

"어르신 생신날이라 음석 많게 장만했어예."

"이사장님이 부르시는 게 아니고?" 나흘 뒤면 방학이 끝나 개학이므로 훈육주임인 자신에게 당부할 말이 있어 이사장이 찾지 않나 싶었던 것이다.

"큰되련님이 강차석님하고 허선생님하고 같이 진지 드실 모양 같아예."

"허선생이 누군데?"

"서울서 온 큰되련님 친구분입니더."

"들은 적이 있군그래." 박도선이 잠시 생각하더니, "미안한데…… 일이 바빠서 못 간다고 전해라" 했다. 아침 한 끼 포식하려고 이사장 집에 갈 수 없다는 게 그의 생각이었다. 오늘 식전에 외양간을 청소한 뒤, 오후에는 자전거 타고 유등리로 들어가 지금 쓰는 논문의 보충자료로 소작농 실태조사를 할 작정이므로 사실 바쁘기도 했다.

집으로 돌아온 꼭지는 심찬수에게, 박선생은 바빠서 못 온다는 말을 전했다. 신문을 읽던 심찬수가 직접 박도선 형 집에 가기로 했다. 장터로 나서며 생각하니, 손위 형에게 집안 애를 보내서 오라 가라 한 게 나잇살 어린 자의 결례로 비칠 수도 있겠구나 싶었다. 그러나 도선 형은 옹졸한 사람이 아니었다. 문득 용정못답 작인들 소동이 생각났다. 혹 도선 형이 그들에게 용정못답이 학교 부지로 넘어간다고 귀띔해준 게 아닐까 하는 의심이 들었다. 그렇다면 작인 김팔기가 장서방에게 손찌검한 일이 도선 형 귀에 들어가지 않을 리 없었고, 그 점이 마음에 걸려 식사를 거절할 수도 있었다. 그러나 심찬수는 곧 자신의 편협한 추리에 실소했다. 도선 형이 그들을 사주했더라도 원리원칙을 고수하는 성격이라 그 일을 숨긴 채 발뺌할 위인이 아니었다.

 형님 계시냐며 심찬수가 박도선 집 마당으로 들어섰다. 방에서 아침밥 먹다 박도선이 마루로 나섰다.

 "보국대 나갈 시절도 아닌데 웬 아침을 그렇게 빨리 듭니까?"

 "짧은 해에 아침밥 어서 끝내야 일 나설 게 아닌가."

 "모처럼 진수성찬이라 같이 들자 했더니, 소작농 피고름 맺힌 지주 밥 못 먹겠다는 겁니까?" 심찬수가 웃으며 농담을 했다.

 윤권사와 박상란이 마루로 나섰다.

 "방으로 들어오잖고." 윤권사가 말했다. 평소에도 무뚝뚝한 그네는 작은 고추가 맵다고 당찬 여장부였다. 그 엄마에 그 아들답게, 박도선은 모친을 닮았다.

 "고기반찬은 점심때나 드시고 온 김에 고구마밥 좀 맛보고 가이소." 박상란이 말했다.

 "이거 공연한 불청객이 아침 밥상 망쳐놓았구만. 어서 들어가서 밥부터 드이소." 심찬수가 손을 내젓곤 박도선에게 말했다. "오랜만에 함께 식사하며 친구나 소개시킬까 하고 형님을 청했지요."

 "허선생이란 분 말인가? 같이 근무하게 되면 어차피 알게 될테지."

 "그분은 제가 잘 알아예." 박상란이 끼어들었다.

 "니가 그 양반을 알다니?" 윤권사가 의아해했다.

 "그분 진영 오실 때 기차 안에서 마주보고 앉아 왔거던예. 부산 외삼촌 집에 갔다 올 때 말입니다. 몇 마디 말도 나눠봤고……"

 "다 큰 처자가 소문날 소리만 하는구나." 윤권사가 딸을 흘겨

보았다.

"형님, 할 말이 있으니 잠시 저 좀 봐요." 심찬수가 말을 하곤, 앞서서 뒤꼍으로 걸었다.

모녀가 방으로 들어가자, 박도선이 고무신을 끌고 뒤꼍으로 왔다. 외양간에서는 암소가 되새김질을 하고 있었다.

"형님, 며칠 전 마산 나갔다 오다 찻간에서 배종두를 만났습니다. 형님 안부 묻더군요." 심찬수는 차구열이 그와 함께 있었다는 말은 뺐다. 박도선은 가타부타 말이 없었다. "종두 군 생각이며 어조가 더 강경해진 것 같습디다."

"조선생이나 그 친구나, 이쪽에선 폭력혁명이 성공하기 힘든 줄 알면서도 갈 데까지 가보겠다는 생각밖에 없겠지. 그런 열정을 민족애와 동일시할 순 없어. 그들 희망이란 게 강제로 주입된 이념 아닌가. 수천 년을 헐벗고 살아온 무산대중을 구출하는 대안은 그 길밖에 없다고 믿겠지만······"

"형님, 해방의 의미가 뭡니까? 모스크바 삼상회의가 깨졌을 때, 이념을 초월한 통일의 길은 멀어졌습니다. 서로가 한쪽 귀 닫고 자기 쪽 이념만 주장하는 한, 피 터지게 싸우는 길밖에 없는 건가 싶기도 하고요."

"이쪽저쪽 하는 짓이 다 똑같아. 이념이란 옷을 걸치고 서로가 한 치 양보 없이 이것 아니면 저것이다, 선택과 복종의 강요가 삼팔선 분단을 더 고착화시켜. 양쪽이 무력으로 상대를 박살낼 궁리만 하니. 그렇게 되면 동족을 적으로 삼고, 죽어나기는 양쪽 눈치나 살피는 백성들뿐이야. 도대체 이 나라 주인이 누군데 말이야.

자네 생각엔 저쪽 폭력혁명이 이 땅에서 성공할 것 같아?"

"글쎄요…… 반도 땅은 미국과 소련에 볼모로 잡혔잖아요. 저들의 정치적 이해관계에 희생물로 선택됐으니, 어느 쪽도 기득권을 쉽게 포기하진 않을 겁니다."

"두고 보라구, 전쟁이 날 걸세. 이차대전 끝나자마자 자본주의와 공산주의가 양립된 마당에, 지정학적으로 한반도가 화약고야."

"어느 쪽이 전쟁을 일으킨다는 겁니까?"

"그건 나도 모르겠네. 삼팔선의 철조망을 걷기엔 화해로 불가능하고, 동족끼리 물어뜯는 투쟁밖엔 길이 없을 것 같아. 해방되던 그해 겨울, 남북이 신탁과 반탁으로 갈라섰을 때, 협상을 통한 평화적 통일은 글렀다구 봤어. 콩으로 메주를 쑨다고 한쪽이 말하면 다른 쪽은 그런 상식조차 엎어 팥으로 메주를 쑨다며 반대하니깐. 양쪽 수뇌부도 북진통일이다, 남반부 혁명통일이다 하며 무력만 앞세우니, 서로가 똑같잖아."

"독일 상황도 우리와 비슷하잖습니까?"

"우리와는 다르지. 미, 영, 불이 점령했던 서부독일은 작년에 독일연방공화국으로 합쳐졌어. 문제는 소련이 점령한 동부독일이야. 동서 냉전이 오래간다면 독일 통일 또한 쉽게 풀릴 수가 없어. 나치 망령에서 깨어나지 못한 채 혼수상태에 빠진 동서 독일이 자력으로 통일의 힘을 성숙시키기엔 여건이 안 돼 있구. 전쟁부채를 안은데다 폐허로 변한 국토 건설과 경제부흥이 선결 문제겠지. 독일은 국토 개념이 우리와도 다르잖아. 자네도 서양 역사학을 공부했으니 알잖나. 중세 말까진 신성로마제국 영토로, 삼십년전쟁 후론 여러 공국으로 분리됐다 나폴레옹 실각 후 오스트리아를 맹주로 독일동맹이 성립됐어. 현재와 비슷한 영토가 확정되기는 천팔백칠십년 비스마르크 재상 시절 보불전쟁 이후야. 역사적 안목으로 보더라도 단일 민족에 국경선이 분명한 이 땅과는 통일 개념이 다를 수밖에. 전쟁 끝난 지 불과 몇 해밖에 안 됐잖은가. 많은 희생을 치러 겨우 종전된 판에 강대국이 다시 독일 땅을 제물로 전쟁을 자청할 리 있나. 그런 의미에서 점령국 상태에서 겨우 독립을 보장받은, 저들이 보면 근대화 안 된 약소국에서 국지전을 시험해볼 만하지. 상대방 힘이 얼만가, 연습 게임 삼아. 더욱 우린 저들과 다른 황색 인종 아닌가." 박도선은 사회과 선생답게 능변으로 술술 풀어냈다.

"그렇다면, 소련과 미국이 화약고에 불을 지른다는 얘긴데……"

"역사를 보더라도 우리가 자력으로 전쟁을 일으킨 적은 없어. 늘 강대국 이웃 힘을 빌렸지."

심찬수는 박도선의 장광설을 듣자 맥이 빠졌다. 근래 그는 무슨 문제든 어려운 쪽으로 생각하는 데 짜증부터 났다. 체구가 작고 생김새는 꾀죄죄한 박도선이지만 심찬수는 그 앞에 서면 큰 바위를 마주하듯 자괴감에 빠졌는데, 지금도 그 꼴이었다. 그 점 또한 자신을 화나게 했다. 해방 전처럼 박도선이란 큰 나무 그늘에 앉아 쉬고 싶다는 그리움과 어떻게 생각하면 소리만 시끄러운 빈 깡통 같은 그의 영향권에서 벗어나야 한다는 마음 사이의 갈등으로, 그는 잠시 말문을 닫았다. 지금쯤 허정우와 강명길이 집에 왔을 터였다. 그들 초대를 꼭지 외 다른 사람은 모르니 둘이 불청객 신세로 자기를 기다리며 마당에 우두커니 섰을는지도 몰랐다.

"이야기가 길어지는데 형님 얘기는 나중에 듣기로 하고……" 심찬수는 본건을 서둘러 꺼냈다. "마산결핵요양소에 있는 홍세호 있잖습니까. 한 시절 사회주의자로 자처했던 제 동기생 말입니다. 그 친구를 면회 갔더니 종두 군과 귀란 양이 얼마 전에 요양소엘 다녀갔다데요."

"자넨 아직 모르겠군. 둘이 산중에서 결혼했어. 조선생 주례로." 박도선이 목소리 낮추어 뜻밖의 말을 뱉었다.

"그걸 어떻게 압니까?"

"사흘 전인가, 야밤에 귀란이가 집엘 다녀갔어. 유격대 동지들 앞에서 혼인 서약을 했다데. 생명 다하는 그날까지 혁명전사 부부가 되기로……"

"신파 같은데요."

"신파가 대중을 울려."

"혁명전사 부부라…… 오랜만에 듣는 말입니다." 심찬수가 공허하게 웃었다. 그는 한 시절 열망했던 자신의 꿈이 떠올랐다. 이제 그 길을 떠났지만 그들은 아직도 그 이상에 삶을 송두리째 걸었고, 어쩜 자신이 버린 꿈마저 대신 맡고 있었다.

"혁명가란 원래 로맨티스트 아닌가. 머릿속으로 한 국가를 혁명으로 하룻밤에 전복시키고 해방시키는."

"둘의 결혼이 레닌과 크루프스카야 결합 같군요."

"찬수 군." 박도선이 동기간처럼 심찬수의 어깨에 손을 얹었다.

"우린 혁명적인 열성분자도, 그렇다고 테러리스트도 아닌데 왜 아직 장가도 못 가고 맨날 이 꼴인가?"

"형님도 가정에 안주하고 싶은 모양이군요."

"그럴까……" 박도선이 힘없이 웃었다.

심동호의 큰사랑에는 아침 아홉시 넘어서야 청한 손들이 모였다. 서용하와 안시원이 같은 시간에 나타났고, 허구 읍장과 금융조합장 도문규가 차례로 들어왔다. 지서장 한광조는 지서에 들렀다 오느라 걸음이 늦었다. 한광조가 오자, 반주 겸한 식사가 시작되었다. 교자상에 차려진 음식은 상다리가 부러질 만큼 성찬이었다.

식사 도중에 먼저 화제에 오른 말이 읍내에 상주한 군부대 후생비 건이었다. 소대 병력 서른두 명이 읍내에 상주하자 그들 후생비 명목으로 읍내에서 밥술깨나 먹는 층을 상대로 찬조금을 거두기로 유지들이 합의 보았으나 그 액수의 형평과 부과 대상자 선별을 두고 말이 많았다. 자작농 오 정보 이상 소유자, 장터에서 점포나 자리전 가진 장사치, 부기관장급 이상 몇 되잖은 관리, 기타 특별 찬조자를 대상으로 잡고 이를 다시 상, 중, 하로 나누어 월 팔천 원, 육천 원, 사천 원씩 거두기로 일차 합의되었다. 그런데 그 등급이 공평치 못할뿐더러 부과금이 과하다는 여론이 있어 수금이 여의치 못했다.

"심이사장처럼 말 한마디에 찬조금을 터억 던져놓는 애국자가 줄줄이 나서야 하는데, 이건 동냥젖도 아이고 뭣들 하는 짓거린지.

좌익 무서븐 줄 안 당해봐서 그런지, 공비가 읍내를 벌집 쑤시듯 만들어놔도 좋다는 건지, 도무지 알고도 모르겠구만." 특별 찬조금 이만 원을 희사한 심동호를 두고 허구 읍장이 말했다. 체격이 건장한 그는 식성이 좋아 갈비찜을 다섯 대나 뜯었다.

"글쎄 말입니다. 음식상 앞에 두구 뭣한 얘깁니다만 뒷간 갈 때 바쁘다는 속담두 있잖습니까. 시국이 불안해서 다리 뻗고 잠 못 자겠다며 군부대 파견을 학수고대한 때가 엊그제 아닙니까. 읍민들 성화에 쫓기다 못해 제가 그걸 해결하느라 김해 본서루 몇 차례나 왕복했습니까. 읍장 영감님도 아시다시피 군부대 파견은 이 북면에 우선권이 있거든요. 그쪽이 아무래두 공비 취약지구 아닙니까. 그런데 막상 군인이 읍내에 터억 주둔하고 돈 문제가 생기자 자라 모가지처럼 나 몰라라구 대가리 숨기면 도대체 어쩌자는 겁니까." 한광조가 큰기침하곤 세모눈을 바쁘게 옮기며 좌중의 표정을 살폈다. 그런 화제에 별 관심이 없다는 듯 조용히 식사만 하는 안시원 얼굴에 자주 눈이 머물렀다. 한광조는 자신의 일제 때 과거를 꿰고 있는 그가 신경 쓰일 수밖에 없었다. 한편, 군부대 주둔은 한주임 공이라기보다 까마귀 날자 배 떨어진 격으로 도내 읍 소재지에 할당된 인원이 진영읍에도 때맞추어 배치되었을 뿐이었다.

"모두들 하는 소행이 밤중에 방문 열어놓는 태평성대로 아는 모양이구먼." 허구가 넥타이 조임 부분을 늦추며 시큰둥 말했다.

"어제도 소대장 대리 진중사란 파견대장이, 후생빈가 부식빈가 뭘 좀 거둬준다는 소문이 있던데 잘돼가느냐구 은근히 묻습디다.

제가 민망해서 선뜻 대답을 못했지요." 한광조가 말하며 약주잔을 비워냈다.

"말이 났으니 말인데, 이번에 온 부대는 우리 읍민이 합심해서 키워야 됩니더. 만약 공비들이 야밤중에 닥쳐 읍내에 행세깨나 하는 반반한 기와집만 골라 야료를 부린다면, 믿을 데가 어데 있습니까. 지서가 있다 캐도 인원이라곤 전경대원까지 합쳐 불과 여덟밖에 더 됩니까. 안 당해본 사람은 공비들으 무도함을 모른다 카인께예. 공비들이 들이닥쳐보이소. 집은 불타지, 사방에서 총소리는 콩 볶듯 들볶지, 비명 소리는 낭자하지…… 그런 참상을 생각하면 한 달에 사오천 원이 어데 문젭니꺼." 금융조합장 도문규가 열 오른 얼굴로 좌중을 둘러보았다. 심이사장, 허읍장, 서교장, 안천총은 나이 한두 살 어긋나게 비슷했으나 한주임은 그들보다 십 년은 수하였다. 그는 작년 초겨울에 처가 혼사가 있어 밀양군 초동면 대곡리에 갔다 야산대의 기습 현장과 맞닥뜨려 혼겁을 먹은 경험이 있었다. 야밤중에 볏짚가리에 숨었다 짚더미가 불길에 휩싸이자 그길로 아수라장을 빠져나와 도망쳤는데 정신을 차리고 보니 목내의 바람으로 시오 리 산길을 정신없이 뛰었다고 했다.

"읍내 한복판에서 살인 사건이 나도 눈 하나 깜짝 안하는 세상이니 누가 누구 인심을 탓하겠소. 군부대도 사실이 그렇지 열 사람 장사가 하나 도둑 못 지킨다고, 이제 막 제식훈련이나 마친 애숭이들이 무슨 든든한 성벽 구실을 할란지……" 서용하의 생감씹는 말이었다. 그의 어투에는 아우의 살인 사건이 난 지 한 달이 넘었는데도 범인을 아직 잡지 못한 데 따른 불평이 섞여 있었다. 그런데 사건은 엉뚱하게 서유하의 마산 소실과 아편 밀매 쪽으로 확대되어, 지금은 누가 가해자고 누가 피해자인지 모를 형국으로 추문만 왁짜하게 읍내를 들쑤신 꼴이었다.

"교장어른이 그 말씀만 꺼내면 치안 책임자로서 면구스럽기 그지없습니다." 한광조는 수사비 명목으로 적잖은 돈을 서유하 처 안골댁으로부터 받은 터라 술기 오른 뺨에 객쩍은 웃음을 머금었다. "그러나 구석에 몰린 쥐가 고양이 문다구, 악만 남은 놈들한테 열 사람이 못 당하는 경우두 있잖습니까. 차씨가 입산해서 공비가 된 마당에 그놈 잡는 일이 쉽지만은 않지요. 그런 뜻에서두 읍네의 군부대 상주는 공비 소탕과 직결되는 문젭니다. 파견대장 진중사 말로는 실탄이 보급되는 대로 조만간 그놈들 소굴을 한바탕 작살낸다니 좀 참으시구, 두고 봅시다."

"지금 생각하면 아우가 딱히 잘난 인물도 아니지만…… 글쎄, 공비 소탕 건도 쉬운 문제는 아닐 거요."

"조만간 제가 그 불명예를 기필코 회복하겠습니다."

두 사람의 대화가 은연중 대립 양상을 띠자, 방 안 분위기가 어색해졌다. 말이 없던 심동호가 헛기침 끝에 좌중을 둘러보았다.

"후생비 건으로 말하자면, 요는 읍민이 성의껏 돈을 거둬서 군인들 사기를 올리자는 게 첫째 목적 아니겠소. 사기를 올리는 데는 그들을 잘 먹이는 게 급선무. 그런 뜻에서 환영대회 석상에서 후생비 건을 내가 앞장서서 발의했던 거요." 심동호는 평소 예삿말에도 연설조 어투를 썼다. "군부대로 볼작시면, 내가 대충 대원을 살펴보이 아직 나이도 청소하고 전투 경험이 전무한 형편이라, 큰 실효를 기대하기는 어렵겠지만 그래도 그들이 밤잠 마다 하고 읍내를 지켜주니 우리가 다리 뻗고 잠자는 것 아닙니까. 그런 실정이니 찬조금은 반드시 거둬야 한다는 이야긴데, 그 일만 맡아 책임지고 뛸 사람이 문젠 기라요." 읍사무소 임시 서기 하나가 그 일을 맡고 있는데 무슨 말이냐 듯, 안시원을 빼고 모두 심동호를 보았다. 긴 사설에 비해 내용의 알맹이가 없다고 느껴졌던 것이다. "자, 술이나 한잔씩 드시고……" 심동호는 자기 잔을 비워 옆에 앉은 허읍장에게 넘기곤 말을 계속했다. "밤낮없이 공무로 바쁜 읍 서기한테 그 돈까지 걷으라면 사람을 못 만냈다, 돈을 깎을라 칸다, 찔끔찔끔 준다 캐서 차일피일 시간만 잡아먹고 능률이 안 오를 게 자명한 이칩니다. 그렇다고 서기한테 별도 수당을 주는 것도 아니고요. 그러니 수당을 주는 수금책을 따로 채용한다, 이 말입니다. 수당이란 것도 능률제로 해서 매달 일백 프로 달성하면 이식조로 월 오 푼을 떼어준다, 팔십 프로를 달성하면 삼 푼, 칠십 프로밖에 달성 못하면 월급이 없다, 이렇게 정하면 구전에 욕심이 생겨 악착같이 받아낼 거 아닌가 하는 얘기지요. 진영읍엔 지주 수만도 수월찮지 않습니까."

듣고 보니 그 말에 일리가 있어 허구와 도문규가 머리를 주억거렸다.

"부대가 언제까지 주둔할지 모르지만 그걸 맡길 사람이 있다는 말씀인지?" 서용하가 성냥개비로 이빨을 쑤시다 물었다.

"대한청년단 조단장이 좋찮을까 싶은데. 그 사람 요새 별로 할 일이 없는 거·같고, 좌익 잡아내는 데 관련된 일이라면 말발깨나 통할 거요." 심동호가 말했다.

"또 민폐를 얼마나 끼칠지……" 방 안에서 유일한 두루마기 차림인 안시원이 처음으로 무겁게 입을 떼었다.

"민폐라니요, 조단장 두고 하는 말씀입니까?" 한광조가 안시원의 알밤머리를 보며 반사적으로 물었다.

"조단장두 조단장이지만 부대가 문제 아니겠소. 그들이 앞으로 얼마나 백성 편이 될지 모르지만서두……"

한광조가 마뜩찮은 표정으로 안시원 이마 가운데 찍힌 흉터에 눈을 주었다. 따지고 보면 방 안에 있는 사람들은 그런대로 내로라하는 읍내 유지였으나 안천총으로 말하면 무관 후손으로 알려졌지만 지금은 여편네에게 술장사나 시키며 틈틈이 중학교에서 한문이나 지도하는 한 격 낮은 신분이었다. 머리에 글줄이나 들어 언행이 신중하다지만 심이사장이나 서교장이 그를 붕우로 삼는 건 무언가 잘못 꼬였다고 생각해온 터였다. 그런데 그와 자리를 같이하면 한다는 소리가 모난 말만 골라 한마디씩 튕기는 통에 분위기를 잡쳐놓기 일쑤였다. 지금도 그랬다. 그는 군부대 읍내 상주를 두고 공비 틈입을 막자는 뜻보다 민폐의 대상으로 짚고 있었다.

"그렇다면 안선생께서는 후생비 거두기가 틀리묵은 생각이란 말입니꺼?" 도문규가 물었다.

"그 사람들 주둔이 원칙으루 나쁠 이유야 없지만 군기가 서지 않는 오합지졸이라면 덕보다 해가 많을 수두 있다는 거지요." 안시원의 냉랭한 목소리였다. "내가 듣기로는, 어제 벌써 그중 몇이 작당해서 나무 팔러 장에 나온 나무꾼들 나뭇단을 불법 벌채목이라며 빼앗구, 술 취해선 길 가는 부녀자를 희롱했다는 말이 장거리에 파다합니다. 진중사라 했나, 파견대장이 군기 똑바로 잡게 말 좀 넣어야 할 것 같아요. 남이 안 나서면 나라두 나서서 한마디 하겠어요. 해방 직후 군정 시대 읍내에 잠깐 상주한 미군들의 그런 폐행을 보았잖아요. 점령군이라며 안하무인으로 으스대던 꼴하구선. 무기 안 가진 힘없는 백성이다보니 감히 시비 가려 대적할 수두 없었구······"

"읍장 어르신예." 방문 밖에서 꼭지 말소리가 들렸다. "읍사무소에서 급한 연락이라 카미 전화왔어예." 이어, 꼭지가 방문을 열고 소반에 숭늉 그릇 여섯을 받쳐 들고 들어왔다.

"군청에서 온 전환가?" 허구가 자리에서 일어났다. "식사도 마쳤으니, 그럼 나 먼저 자리 뜰랍니다. 더 자시고들 천천히 뒤에 나오이소."

허구는 꼭지가 건네주는 숭늉을 마시곤 밖으로 나갔다. 읍내에는 교환용 수동식 전화가 스물네 대 가설되어 있는데 심동호 집은 '진영읍 8번'이었다.

"마 후생비 문제는 이쯤에서 일단락 짓기로 합시다. 큰일 할라 카면 작은 송사질은 응당 따르는 법이니깐. 앞으로 한주임이 파견대장과 의논해서 군인들 인격교육에 좀더 신경 써서 잘 다독거리도록 하고. 안선생도 부대에 말 좀 넣으시고." 심동호가 부드러운 말로 안시원의 입바른 소리를 눌러 덮었다. 그는 한주임을 보며 화제를 바꾸었다. "본산리 김팔기 그놈은 무슨 통뼈라고 아직 지서에 출두도 안하는공?"

"여태 모르구 계셨던가요? 알고 보니 그놈은 그게 다 계획적이었어요. 군에 입대한다면서 보따리 싸서 부산으로 내뺐다지 뭡니까. 이사장 어르신 댁에 작패 놓기 전에 자원입대 수속을 마쳐놨다는 얘기더군요."

"바지에 생똥 뭉갤 정도로 혼구멍 내놔야 하는데, 한발 늦었구려." 심동호가 혀를 차곤 수정과 한 모금으로 입을 헹구었다. "하여간 요새 젊은 놈들, 시건방지고 버르장머리 없어 큰일이야. 감히 어데라고 그 발광들인지……"

"유행 말이 있잖습니꺼. '할로 오케이' 카는 말과 '자본주으' 카는 말만 알면 그기 바로 민주주으 다 아는 걸로 착각하는 풍조 말입니더. 민주주으라는 거는, 내 주장대로 산다, 나이고 계급이고 머고, 하늘 아래서 모든 사람은 다 똑같다, 이래들 알고 있으니깐예." 도문규가 말했다.

"그러면 미국식 민주주의나 쏘련식 민주주의나 다 같아요? 이북도 조선인민민주주의공화국이라 카던데?" 서용하가 조합장 말을 핀잔조로 되받았다.

"민주주으? 해방되고 얼매나 많은 민주주으란 이름으 정당이 생겨났습니꺼. 신민주주으, 일민민주주으, 진보적 민주주으, 부르주아민주주으, 자본민주주으, 프롤레타리아민주주으, 노농동맹민주주으, 또 무슨 민주주으라더라? 약방 감초맨쿠로 이름만 붙이면 민주주으 아입니꺼. 어느 민주주으가 진짜배기 민주주은

지 당최 알 수가 있어야제." 도문규가 말했다.

"조합장이 많게도 외고 있구먼." 심동호가 너털웃음을 웃었다.

"민주주의라는 말은 다 같이 써두 두 가지 선택 길밖에 없어요. 자본주의적 민주주의와 공산주의적 민주주의지요. 어떤 쪽의 정치와 경제 정책을 선택해서 쓰느냐에 따라 백성들 생활두 달라지니깐요." 시시껄렁한 얘기에는 침묵해도 이런 화제라면 한마디쯤 주석을 붙이고 나서는 안시원이었다.

"안선생 말이야 맞지만, 무식한 백성이 그걸 압니꺼. 그러니 두리뭉실 섞어 쓰면 백성이 혼동하는 기지예. 그걸 노려서 못사는 사람 잘사는 사람 없이 똑같이 잘살게 되는 주으가 옳은 민주주으라고 좌익이 솔깃한 말로 꼬우니 귀가 쫑긋해지는 기지예." 도문규가 말했다.

"그런 이바구는 각설하기로 하고, 한주임." 한주임을 부르는 심동호 목소리가 한 음절 높았다. "내 당부하건대 앞으로 소작쟁의 문제 내지 폭력사범은 강경하게 다스려야 될 것 같소. 서교장 제씨 살인 사건이나 제 집 난동 사건을 용두사미로 처리했다간 읍내의 장래가 큰일이라. 해방 직후처럼 세상이 무법천지가 된다면 여기 앉은 사람들이 어디 밤나들인들 마음 놓고 하게 생겼소."

"옳은 말입니다. 명예와 권리는 우리가 지켜야지 어느 누구한테 책임 전가했다간 만약 사태에 사후 약방문이오." 서용하가 이사장 말을 거들었다.

"적빈한 놈들 생각이나 소행은 공비와 똑같소." 심동호가 분기 띤 목소리로 한주임에게 물었다. "김팔기 그놈, 부대 주소를 알아내서 입대 취소시킬 수는 없을까. 고소당한 불한당이라고. 한주임이 안 된다면 내가 장조카한테 편지를 내겠소. 육군 소령으로 지금 경기도 포천에서 근무하니깐."

"중죄인도 아니고 서로 티격태격 싸운 일 가지구…… 앞으로 그런 문제는 책임지겠으니 이번 사단은 그냥 덮으입시다. 김강보는 몽둥이찜질로 따끔한 맛보았구, 작인들 항의에도 일리가 있으니깐 말입니다. 또 경찰서와 군대는 하는 일이야 비슷하지만 원체 지휘 계통이 달라놔서 말을 전해두 도무지 영이 안 서니 간섭같이 들릴까봐 뭣하구……" 한광조는 발뺌이라도 하듯 엉덩이를 일으켰다. "우리도 슬슬 일터로 나가보입시다. 오늘 정말 자알 먹었습니다."

"읍내 치안 유지에 한주임 책임이 그 어느 때보다 무겁심더." 도문규가 말하며 자리에서 일어났다.

서용하와 안시원도 따라 일어섰다. 심동호는 작인들 항의에도 일리가 있다는 한주임 말이 귀에 거슬렸으나 생일날 여러 사람들 앞에서 체면도 있어 그쯤에서 말을 끝내기로 했다.

"이거 뭐 차린 것 없이 바쁜 아침 시간에 걸음만 했수다그려." 심동호가 겸양조로 말하며 엉덩이를 일으켰다. 그는 마루로 나선 도문규를 불렀다. "조합장, 오늘 저녁에 시간 좀 냅시다. 할 말도 있으니 일성각으로 나오구려. 일과 끝날 때쯤 거기서 기다릴 테니깐."

"또 돈타령 할라고 그래요?" 도문규가 알 만하다는 투로 웃었다.

"금융기관이란 돈 빌려 쓰고 갚으라고 만든 건데 무슨 딴소리는.

읍내에선 그래도 내가 금융조합 먹여 살리는 축에 낄걸." 심동호도 너털웃음을 웃었다.

일행이 앞마당을 돌아나간다.

"이사장님, 저 좀 보입시다." 뒤따라오던 한광조가 정자 쪽으로 비켜서며 심동호를 불렀다.

"설마 땡중처럼 생일 밥 먹고 시줏돈까지 내라는 건 아니겠지." 심동호가 껄껄거리며 한광조 쪽으로 갔다.

"학교에 이문달 선생 있지요?" 한광조가 앵두나무 옆에서 걸음을 멈추었다.

"과학 과목 가르치는 똑똑한 선생으로 알고 있는데? 진주사범 출신일걸."

"감나무집에서 자제분과 술 마시는 걸 여러 번 보았어요."

"그게 무슨 대수로운 일이라고?" 심동호는 키가 멀쑥한 이문달을 떠올렸다. 그는 해방 이듬해부터 진영중학교에 과학 선생으로 있었다. 재작년, 학생들이 좌우익으로 나누어 패싸움 벌였을 때 이선생은 양쪽을 싸잡아 힐책했지만 수업 내용이 착실해 훈육주임과 함께 모범교사로 교장이 꼽고 있었다.

"용정못답 있잖습니까. 그게 농지개혁이 돼도 분배 대상에서 제외된다구 본산리 작인들을 충동질한 놈이 바로 그 선생입니다."

"그래요?"

"빨간 물 든 선생이란 것쯤 이사장님두 알구 계셔야 될 텐데요?"

"재작년, 남한 단독정부 설립 반대 궐기대회 땐 좀 모호한 행동을 취하긴 했지만, 지금에야 어디……"

"어제 저녁 지서로 불러다 김강보와 대질 심문을 벌였지요. 다른 혐의점이 없어 풀어줬지만, 어떨까 하는 생각에서 제가 귀띔드리는 겁니다."

"알았소. 교장과 의논해보리다."

"교육자로서의 자질은 별도로, 사상이 그런 자에게 생도를 맡겼다간 반드시 후환이 따릅니다."

"참고 줘서 고맙소. 한주임도 저녁에 별일 없으면 일성각으로 나오시오." 말을 마친 뒤 앞마당으로 나온 심동호는 대문을 나서는 서교장을 좀 보자며 불러 세웠다. 도문규와 한광조는 인사를 마치자 떠났고, 심동호와 서용하는 행랑채 앞에서 밀담을 나누었다. 안시원만이 홀로 사랑채로 돌아갔다. 댓돌에는 신발 두 켤레가 있었다. 안시원이 큰기침을 하자 방문이 열리고 심찬수가 얼굴을 내밀었다.

"선생님께서 제 방까지 걸음하시다니."

"식사 끝냈다면, 온 걸음에 한 수 놓을까 하구." 안시원이 심찬수의 불그레한 안색을 보았다. "아침술을 한 걸 보니 행마가 온전치 못하겠군."

"패한다면 잠이 모자란 탓이지 이깟 술에 형세 판단을 그르치겠습니까."

"손님이 계신데 실례가 안 될까 모르겠네."

"어차피 아시게 될 제 친굽니다."

강명길은 식사를 마치자 지서로 출근해버렸고 방에는 허정우만 남아 있었다. 안시원이 방에 들자 심찬수가 아랫목에 방석을 밀어놓았다. 안시원이 두루마기 아랫단을 걷고 책상다리로 앉았다. 심찬수는 밥상을 겸한 술상을 한쪽으로 치웠다.

"서울서 내려온 친굽니다. 이달부터 중학교에서 영어를 가르칠 허정우라고……" 심찬수는 엉거주춤 서 있는 점퍼 차림의 허정우를 안시원에게 소개했다.

"안시원이라 합니다. 교장 선생한테 허선생이 부임할 거란 말은 들었어요. 벽지에 내려와 고생 많으시겠습니다만 모쪼록 쓸 만한 재목감으로 학생들 잘 지도해주십시오."

"모르는 게 많으니 어르신의 지도 편달을 부탁드립네다."

모처럼 투박한 남도 억양이 아닌, 안시원의 중부 지방 어투가 허정우에게는 반가웠다. 두 사람이 무릎 꿇고 맞절을 했다.

"내 어릴 적에 선생님 글방에서 글 배웠더랬지. 지금은 중학교에서 한문을 가르치셔. 정우 너 앞으로 안선생님한테 배울 점이 많을 게다. 인격적으로도 훌륭한 스승이시니깐."

"찬수 군이 또 실없는 말을 하는군."

심찬수가 책상 옆에 치워진 바둑판을 아랫목으로 옮겼다.

"찬수 군과는 바둑 친군데, 바둑 좋아하십니까?" 안시원이 허정우를 보고 물었다.

"축머리나 알지요. 구경은 좋아합니다."

"그럼 우리끼리 실례하겠습니다."

곧 바둑 두기가 시작되었다. 심찬수가 검은 돌 한 점을 자기 앞 오른쪽 화점에 기세 좋게 놓자, 안시원이 자기 앞 오른쪽 소목으로 응수했다. 안시원의 느린 운석 탓으로 한 판을 두는 데 한 시간 가까이 소비했다. 세력작전을 펴던 심찬수가 두터움으로 중반부터 우세하다 싶더니 실리 위주에 잔수 밝은 안시원이 침착하게 추격을 늦추지 않아 마무리 무렵에는 계가바둑이 되었다. 끝내기에서 심찬수가 몇 군데 선수를 빼앗겨 집 수를 헤아려보니 백이 두 집을 남긴, 안시원의 승리로 끝났다.
"제 집이라 오늘은 양보했습니다만 일간 복수전 하러 들르겠습니다." 돌을 거두면서 심찬수가 말했다.
"잘 두었네."
셋이 나란히 집을 나섰다. 심찬수가 허정우에게 학교로 가서 교장 선생께 인사드리고 교정을 둘러보자고 권했던 것이다.
"선생님, 경성제대 다닐 때 이 친구 수재였어요. 원서를 좔좔 읽었으니깐요. 지금도 영국 정치학 책을 번역 중이던데, 영미 민주주의 발달사에 밝지요." 심찬수가 허정우를 두고 말했다.
"좋은 공부 하시는군요. 언제 저두 좀 배웁시다. 사람은 죽을 때까지 공부해야 한다니깐, 나이 고하를 막론하고 배워야지요."
"이 친구가 과찬했디요. 별루 아는 게 없습네다."
"그럼 여기서 그만……" 안시원이 집 앞에서 걸음을 멈추었다.
인사를 마친 심찬수와 허정우는 장터 아래 교회 쪽으로 내려갔다. 교회를 지나면 신작로가 나섰고, 길 건너편이 지서였다. 햇살 따뜻하고 바람 자는 포근한 날씨로 해가 하늘 가운데 말갛게 떠 있었다.
"여기 기훈 평양하군 완연히 달라. 벌써 봄이 오나봐." 허정우가 말했다.

"한겨울도 기온이 영하보담 영상이 많아. 여기 사람은 눈 한번 푸짐하게 오는 겨울을 모르고 봄을 맞지."

"선생님, 안녕하십니까." 뒤에서 박상란이 쾌활하게 인사말을 했다.

"너 지금 누구한테 인사한 거냐?" 심찬수가 물었다.

"허선생님한테요."

"교회에 가는 모양이군요." 허정우가 박상란을 보았다.

"유년반 애들을 가르칩니다."

"말 많은 시골서 이 무슨 상스러운 짓인고." 심찬수가 농담 삼아 말하곤 허정우를 보았다. "하숙방에 놀러와 청소라도 해주던?"

"남이 들으면 참말루 알갔다. 진영 올 때 기차에서 우연히 마주 보구 가티 앉아 왔디."

"그건 나도 들었어."

"허선생님, 선생님 방에 책이 많테예. 빌려보면 안 됩니까. 깨끗이 보고 돌려드릴께예."

"볼 만한 책이 있을는지……"

"그라면 저는 가볼랍니다. 안녕히 가시이소." 박상란이 인사하곤 교회 마당으로 들어갔다.

둘이 아랫장터로 내려갔다. 극장 건물이 있는 아랫장터는 광주리 따위의 대나무 용품, 옹기전, 빨래 도구, 빗자루와 짚신 따위를 팔았다. 우중충하게 선 이층 건물인 극장의 입간판에는 갈래머리 처녀애 얼굴이 조잡하게 그려져 있었다. 영화 제목은「유관순」이었다. 사내애들은 연을 날리거나 땅따먹기놀이를, 계집애들은 헝겊 주머니로 오자미를 받거나 고무줄넘기를 하며 놀고 있었다.

신작로를 나서자, 심찬수가 철길로 걸어가자고 말했다. 둘은 신작로를 질러 도랑 따라 골목길로 빠졌다. 철로를 건너자 오일장이면 쇠장이 서는 말뚝 듬성듬성 박힌 빈터가 나섰다. 무싯날이라 염소 한 마리도 없었다. 쇠전 뒤로는 진영벌이었다.

"저기 동산에 둥긋한 마을 보이지? 거기가 지나리고, 그 뒤 야산에 가려 보이진 않지만 본산리란 큰 마을이 있어. 그리고 저쪽에 수리조합 있는 물통걸, 그 뒤쪽으로 오일장이 서는 대산면 가술리고, 낙동강 건너쪽은 밀양군 수산리란 데야."

그런가 하며, 허정우가 심찬수 손길을 따라 두루 눈을 주었다.

"중학교 초년 시절엔 이 철길 걷기를 좋아했어." 심찬수가 혼잣말처럼 내뱉었다. "이 길로 화차고개 산모롱이 돌아 이십 리쯤 가면 한림정이란 조그만 역이 나와. 봄가을로 날씨 좋을 때면 이 철길 따라 소풍 삼아 거기까지 걸어갔다가 기차 편에 돌아오곤 했어."

"듣기룬 지금두 오후엔 자주 산책 다닌다며?"

"술 깨러 그냥 걷지 뭘. 그러나 그 시절 산책 땐 이 좁은 읍내 떠나 더 넓은 세계로 나가고 싶었지. 결과적으로 필리핀 민다나오 섬까지 가서야 내가 성장한 고향 그리운 줄을 알았어." 심찬수가 담배를 입에 물고 허정우에게 성냥을 건넸다. 허정우가 성냥불을 켜 담뱃불을 댕겨주었다. "누군가 그렇게 말했지. 인생의 추억은 열 살 전후부터 스무 살 전후 사이에 다 담겨 있다고. 그 후

세월은 야망이랄까 욕망을 실현하려 전력투구하다 지쳐서 시들어가는 나이야. 자네한텐 평양의 청소년 시절이 그쯤 되겠군."

친구의 지적이 정확해 허정우는 할 말이 없었다.

"난 이제 고향 떠나 한 달을 배겨내지 못할걸. 죽으나 사나 여기서 냄새 피우다 썩는 게지." 마른 잔디에 쥐불을 놓으며 놀고 있는 아이들을 보며 심찬수가 말했다.

읍내 중심부에서 일 킬로 정도 떨어진 중학교에 도착할 때까지 둘은 별로 말을 하지 않았다. 중학교는 탱자 울타리가 운동장과 철길을 구분 지었고 공부 시간이라 교정은 비어 있었다. 운동장 남쪽의 목조건물 교사 뒤로 또 한 동의 교사가 엿보였다. 왼쪽 왕릉골 동산은 소나무 숲이 풍치를 이루었는데 숲 사이로 흰 벽에 붉은 기와의 양옥건물이 그림같이 숨어 있었다. 음악당 겸 강당이었다.

조회대 뒤로 난 돌계단을 오르자 앞 교사 현관 옆 국기 게양대에는 태극기가 시나브로 펄럭였다. 현관 오른쪽이 교무실이었다. 심찬수가 현관으로 들어서다 말고 교무실 창에 눈을 주더니 걸음을 멈추었다.

"너 혼자 들어가 인사드리고 나와." 심찬수가 말했다.

허정우가 친구를 의아한 표정으로 보다 교무실에 눈을 주었다. 선생 서넛이 어른거렸는데 얼핏 여선생이 보였다. 허정우는 그녀가 서주희 선생임을 짐작했다.

"난 낙동강 쪽으로 걷다 돌아갈 테니 넌 교장 선생 뵙고 읍내로 들어가." 허정우가 말을 꺼내기도 전에 심찬수는 몸을 돌렸다.

허정우는 운동장을 질러 멀어지는 친구를 보며, 주희 양과 대면이 싫어 저러나 싶었다. 교무실로 들어가자 수업이 없어 쉬고 있던 선생 둘이 그를 보았다.
"허선생님, 안녕하십니까." 서주희가 일어나서 깍듯이 목례를 했다. "내려오셨다는 소문은 벌써 들었습니다."
"오랜만입니다. 뵙기가 종전 던이었으니…… 교장 선생님 뵈러 왔습니다만." 서주희 모습은 여섯 해 전쯤 심찬수와 함께 더러 보았을 때와 별로 달라진 점이 없었다. 흰 저고리에 검정 치마 차림이었다.
자기가 안내하겠다며 서주희가 교무주임 책상 뒤쪽 교장실로 통하는 사잇문을 열었다. 허정우가 서주희를 따라 교장실로 들어섰다. 서교장이 이문달 선생과 면담 중이었다. 서주희가 아버지께 허정우를 소개했다. 말씀 중인 모양인데 밖에서 기다리겠다고 허정우가 말하자, 서교장이 그렇게 해달라고 말했다.
허정우와 서주희가 교무실로 나오자, 이문달이 멈추었던 말을 계속했다.
"본산리 작인에게 제가 그 내용을 귀띔했다는 것과, 교육자로서의 양심과는 별개 문제입니다. 수업 시간이나, 누구 앞에서도 저는 학교 행정을 두고 가타부타한 적이 없습니다. 다만 엄학동 씨 자제가 제 반 학생이기에 아버지를 뵙자고 했던 겁니다. 그들이 부치던 논을 잃는다는 건 똑똑한 자녀의 학업을 중도에서 포기케 하는 결과를 빚을 게 아닙니까. 엄씨 아들 형준 군은 반에서도 일이등을 다투는 모범 학생입니다. 저는 교육자의 양심에 입각해서……"

"무슨 말인지 알겠으니 그만 하시오." 서용하가 이문달의 말을 막았다.

교무실로 나온 허정우는 십여 분을 대기한 끝에, 심각한 얼굴로 교장실에서 나오는 이문달과 교대했다. 큰 키에 꾸부정한 이문달의 어깨가 다른 때보다 더 굽어 보였다.

"무슨 얘기를 그렇게 심각하게 하셨어요?" 서주희가 이문달을 보고 물었다.

말없이 자기 자리로 돌아간 이문달이 말코지에 걸린 외투를 입더니 거칠게 문을 열고 복도로 나섰다.

교장실에서 서용하와 허정우가 교사 부임에 따른 출근을 두고 말을 나눌 즈음, 심찬수는 변전소 옆을 돌아 지나리로 빠졌다. 삼거리에서 왼쪽은 지나리요 오른쪽은 본산리로 갈렸다. 심찬수가 삼거리 갈림길까지 왔을 때, 길섶에 세 사람이 퍼더버리고 앉아 쉬고 있었다. 본산리 작인 김강보 부부와 장인이었다.

"되련님. 이 무신 날벼락입니꺼. 이 사람 얼굴 좀 보이소예." 아낙네가 머릿수건을 벗어 눈물부터 닦았다.

김강보는 가랑가랑 앓는 소리로 장인 어깨에 기대어 눈을 감고 있었다. 찰과상 있는 얼굴이 껑더리된 상태였다. 심찬수는 며칠 전에 그가 지서로 연행되었음을 알았기에 이제야 풀려난 모양이라고 짐작했다.

"그동안 고생이 많았겠습니다."

"얼마나 고초를 당했던지 잘 걷지도 몬합니다." 김강보의 장인이 말했다.

"무슨 말로 위로해야 좋을지, 면목이 없습니다."

"사위가 설령 장집사를 한 대 쥐어박았기로서니 사람을 이래 반병신 맹글어도 됩니꺼. 왜정 때사 순사늠이 조선 사람을 개잡듯 했지마는 해방된 마당에 우리끼리 이라다니. 우리같이 심 읎는 백성은 어데다 하소연하겠습니꺼?"

"집으로 가입시다. 제가 부축해드리지요." 심찬수가 늘어진 김강보 한 팔을 잡고 일으켜 세웠다.

"심도령요, 내 말대로 일러바치소. 지렁이도 밟으면 꿈틀한다고! 집사 장씨하고 노순사는 죽어도 극락 몬 갈 끼라꼬. 당신 춘부장한테도 내 말 전하소. 내 눈에 흙 드가기 전에 용정못답 안 부치묵겠다고!" 김강보가 심찬수를 노려보며 소리쳤다.

"제가 말씀 잘 드리겠습니다."

"필요읎소. 초근목피로 목숨 잇든가, 대처로 나가 지게품 팔더라도 당신네 땅 부쳐묵지 않을 테이께!" 김강보가 심찬수 손을 뿌리치고 기우뚱 일어서더니 절름걸음으로 앞서 걸었다.

"되련님, 오죽 당했으모 저런 말까지 하겠습니꺼." 김강보 처가 울먹이며 말했다. "저래도 심덕은 무던한 사람입니다. 제발 지금 한 이바구는 읎던 거로 해주이소. 농사꾼이 부치던 땅 떠나 어데서 우째 살겠습니꺼. 어르신 농토 계속 부쳐묵게 해주시모 그 은덕을 자슥대까지 잊지 않고 갚겠습니다. 노순사님, 장집사님, 쥔어르신네한테 좋게 말씀 잘 디려주이소. 한 밤 자고 나모 저 급한 성질내미도 풀릴 낌더."

"알겠으니. 몸조리나 잘 시키이소. 일간 본산리로 다시 찾아뵙겠습니다." 심찬수는 도망치듯 그 자리를 떠나 지나리 쪽으로 걸음을 돌렸다.

심찬수가 낙동강 둑길 따라 거닐 때, 허정우는 치과의원 빼곤 읍내에 유일한 종합병원 격인 자혜의원 진료실에서 의사 민한유와 상담 중이었다.

허정우가 진영에 내려온 지도 한 달째였다. 그동안 그의 지병인 협심증은 별 차도를 보이지 않았다. 두 차례 발작이 있었으나 서울 때와 비교하면 발작의 주기가 다소 늦추어진 셈이었다. 그 대신 불면증을 얻었다. 생활의 단조로움과 운동 부족이 원인인지는 몰라도 새벽 두세시까지 눈 말뚱거리며 보내는 시간이 고통스러웠다. 그래서 병원을 찾기로 했던 것이다. 의사와 안면을 터놓는다면 만약의 경우 병원에 들렀을 때도 증상을 반복 설명하지 않아도 되었다. 한편, 협심증 발작이 오래 지속되는 경우 호흡장애가 수반되기에 환자 자신이 증세를 설명할 수 없다면 낭패를 맞을 수도 있었다. 그는 교무주임으로부터 학생들 가르칠 교재를 받고 나선 김에 병원을 찾은 참이었다. 나흘 뒤부터 주 열여덟 시간 수업을 감당하자면 환경의 변화에 따른 발작이 찾아올 게 틀림없었고 이를 사전에 대비해두어야 했다.

허정우는 진료실에서 민한유 원장과 인사를 나누고, 자신이 협심증을 앓아온 경위를 설명했다.

"우리나라 사람으로선, 더욱 허선생같이 젊은 사람에겐 희귀한 병입니다. 협심증이란 심장질환은 잘사는 나라는 몰라두 빈곤국에선 잘 발생하지 않는 성인병입니다." 민한유가 친절하게 설명했다. "관상동맥에 콜레스테롤 찌꺼기가 혈관을 막아 피의 흐름을 방해하는 게 협심증입니다. 그런데 콜레스테롤이 뭡니까? 주로 육류에 많은 고단백 성분이지요. 그런데 허선생이 그런 고단백류를 어디 날마다 섭취합니까? 그렇진 않을 테지요."

"육고기를 날마다 어디 먹갔어요."

"인턴 시절에는 책에서 봤구, 전쟁 말기 만주 다롄(大連) 야전병원에서 근무할 때는 허선생 같은 환자를 두엇 봤으나 제 담당이 아니었구…… 허선생 경우는 체질이나 유전인자 작용으로 봐야겠지요. 콜레스테롤 분해 능력에 이상이 있다든가…… 요컨대 콜레스테롤을 체내에 흡수해 적당한 양을 공급하구 나머지는 배설해내야 하는데 그 순환 능력에 문제가 있는 것 같습니다. 담배는 피우지 않지요?"

피우지 않는다는 허정우 말에, 민한유가 생각이 난 듯 책상 위의 담뱃갑을 집었다. 그는 경성의전 출신으로 고향이 경기도 개성이었다. 서울에서 대학 재학 중에 만나 결혼하게 된 처가 진영평야 가운데에 위치한 밀포리의 지주 집안 출신이라 처가 쪽으로 내려와 개업했던 것이다. 개업이 해방 이듬해니 햇수로는 네 해째였다.

"협심증 말을 꺼내면, 모두 그게 어뜨른 병인가구 묻습니다."

"협심증은 관상동맥에 동맥경화가 오는 병으로, 심장 쪽 병은 무엇보다 안정이 중요합니다. 육체적, 정신적인 과로가 심장에 부담을 줄 수 있으니깐요."

"그래서 요양 겸해 왔습니다. 좀 전에두 말씀드렸지만 개학하게 되면 수업을 맡게 되니 사실은 불안합니다. 수업 중 발작이 있디 않을까 해서……"

"명색 의사지만 허선생께 큰 도움을 못 드릴 것 같아 부담되네요. 정기적으로 진찰 받으며 치료해보도록 해요. 엑스레이 시설을 갖춰 심전도두 관찰해야 하는데, 이런 소읍에서야 그런 의료시설은 엄두도 낼 수 없구……"

둘이 대화를 나눌 사이 대기실에는 새 환자와 가족이 와서 북적댔다. 간호사가 체온기를 들고 진찰실과 대기실을 들락거렸다.

"협심증에 필요한 약은 준비되어 있는디요?"

"협심증으로 찾아온 환자가 처음이라 처치제가 없습니다. 보관에 필요한 냉동시설이 있지두 않구요. 진정제 정도는 있지요. 마산의 병원으로 옮길 만큼 위급한 환자에겐 응급조치에 쓸 구급약은 대충 갖추었습니다만."

"그 정도두 저에겐 심리적으루 큰 도움이 될 겁니다."

"사람의 생명은 의사나 약이 좌우하지 않습니다. 현대의학이 많은 질병을 해결했구 인간 수명을 연장시켰지만, 인간의 생사는 하늘에 달렸다구 봅니다. 태평양전쟁에 젊은이들이 남의 전쟁터에 끌려가 오죽 많이 죽었습니까. 멀쩡하게 살아남은 우린 운이 좋았습니다. 말이 엇길루 나갔으나 병원이 할 수 있는 일은 환자의 투병 의지를 북돋으며 건강을 회복하도록 돕는 의사의 노력과

적절한 투약으로 증상을 개선하는 정도지요."

"옳은 말씀입니다." 허정우는 환자와 의사란 관계를 떠나서도 민원장의 말이 마음에 들었다. "환자가 밀려 바쁘신데, 오늘은 이만 물러가겠습니다. 도움 말씀 주셔서 고맙습니다."

"병상일지를 쓰도록 하십시오. 일지가 의사한테도 도움이 되니깐요. 협심증 발작이 일어났다 가정합시다. 어떤 일을 할 때 일어났느냐, 그때 어떤 자세였는가, 어디서부터 통증이 시작되었는가, 불안감 내지 환상 정도가 어땠는가, 구토가 있었거나 식은땀을 많이 흘렸는가, 통증과 발작 지속 시간은 얼마였는가? 요컨대 이런 기록이 임상자료가 될 테니깐요."

"민원장님, 의사와 환자 관계를 떠나서 종종 찾아뵙겠습니다. 원장님 시간을 뺏지 않는 범위 안에서 여러 얘기를 나누구 싶습네다."

"부담 없이 오십시오. 저도 남도까지 내려와 외롭던 참입니다. 찬수 군두 더러 만나는 사이니 같이 와도 좋구요. 우린 경성제대 동문에, 고향도 먼 북쪽 아닙니까." 민한유가 소탈하게 웃었다.

병원을 나선 허정우는 민원장을 만난 게 자못 유쾌했다. 지서 앞을 거쳐 장터로 오르는 모퉁이에 '금관'이란 다방 간판이 눈에 띄었다. 시간이 오후 두시에 가까웠고, 새 사람을 여럿 만나 인사를 나눈 탓인지 피곤했다. 다방에서 쉬어가기로 하고 문을 밀고 들어섰다. 학교에서 받아온 중학 교과서를 훑어볼 심산이었다.

허정우는 난로 옆에 자리 잡곤 여종업원에게 대추차를 주문했다. 어디선가 여자 속웃음과 도란도란 나누는 말소리가 들렸다.

화장실 쪽, 칸막이 질러 별실로 꾸민 곳에서 나는 소리였다.

"한 폭 그림같이 아주 멋쟁이가 됐어." 서성호 말이었다.

"여게 오는 데 얼마나 창피했는지. 심진사 손녀딸이 설빔 떨치고 간다며 사람마다 쳐다보더라." 심찬정 말이었다.

"내가 그 자태를 화폭에 옮길까. 모델 돼준다면 말야. 좌상이 어울리겠어."

"공연히 추기지 마. 비행기 안 타본 사람이 타면 멀미한대."

"농담 아냐. 방학 동안 여기서 그릴게. 국전 응모작으로. 그렇게 된담, 우린 숨어서 만날 필요가 없잖나. 화가 대 모델로 만나지 뭘. 국전 심사위원들이 그런 그림 좋아해. 재남파(在南派) 심사위원은 모두 순수예술파니깐."

"그럼 현실 사회주의 전향은 수정했어?"

"서양화과 반 애들도 나처럼 그 정도 고민은 안고 있지. 그렇게 고뇌하며 자기 세계 발견에 암중모색하는 셈이야. 그 정도만 알아둬."

2월 9일

 장터의 싸전, 채소전, 옷전, 농기구전, 잡화전 따위는 노점상으로 차양 쳐선 한두 평씩 차지해 자릿세를 냈고, 장사꾼들이 제가 팔 물건 자랑을 외쳐댔다. 젖먹이 용순이를 업고 남의 전 앞 모퉁이에 쪼그려 앉은 아치골댁이 주위를 두리번거렸다. 생선 사라는 말이 입에서 떨어지지 않았다. 어물류는 해질녘이라야 손이 있다지만 장에 나온 지 서너 시간 동안 마수걸이조차 못하고 있었다. 생선 파는 일만큼이나 장세 거둘 사람이 나타날까봐 겁이 났으니 전 벌인 곳이 어물전이 아니기 때문이었다. 아침 일찍 어물전에 전을 벌였으나 자릿세 낸 임자에게 쫓겨났고 남의 집 담 밑으로 옮겼다가 장세 거두는 사람에게 욕을 먹곤 어물 상자를 거두었다. 장세 안 내고 남 간섭 안 받는 터라곤 한 뼘 안 되는 정수리밖에 없었다. 이곳저곳 떠돌다 다리도 쉴 겸 눌러앉은 곳이 장터 입구로 사람 왕래가 많은 잡화 노점 길목이었다. 그러다보니 밀려다니는 장꾼 발길에 어물 상자가 차였다. 그네의 물목은 간갈치와 간전갱이를 담은 상자에다 미역과 다시마, 갈파래가 수북이 쌓인 상자였다. 장꾼들이 코밑을 내려다보지 않는 이상 어물 상자가 눈에 띄지도 않았다. 배가 고픈지 칭얼대는 젖먹이를 어르며 얼음 박힌 손을 입김으로 녹였다.

"설치레 할라 카모 이번 장 놓치모 절대 안 됩니더. 다음 대목 밑장엔 값이 배로 뛴다는 거를 아셔야 합니더. 돈 안 받는 구경 실컨 하고 입맛대로 골라잡으이소. 어른, 아아, 여자들 속옷에다 내복, 양말 몽지리 다 있소. 이거는 단돈 삼백오십 원, 이거는 육백오십 원. 폭신하고 찔기고 더럼 안 타는 내복, 양말 디리가서 누부 좋고 매부 좋은 설 준비들 하이소!" 목내의며 양말을 늘어놓은 젊은 장사꾼이 한 손에는 아이 속옷, 한 손에는 어른 속옷을 쳐들고 흔들며 외쳐댔다.

"통성냥보다 열 배 값 싼 낱성냥 사소! 한 홉에 코 묻은 돈 이십 원. 한 홉만 사모 낱개비로 쳐서 삼백 개가 넘심더. 하루 다섯 개비 불 캔다 카모 두 달은 쓸 수 있는 성냥 사가소. 화력 좋은 적린에 뿔가지지 않는 성냥개비! 불 캐는 측약은 공짜로 나놔디립니더." 낱개비로 성냥을 쌓아놓은 늙수그레한 장사꾼이 두 손으로 성냥 한 줌을 집어 눈앞에 날렸다.

그 옆은 놋대접, 사기대접, 놋숟갈, 수저, 종지, 보시기를 벌여 놓은 유기장수가 곰방대만 빨 뿐 입을 닫고 있었다. 필묵과 한지를 파는 갓 쓴 노인은 가래 끓는 기침을 콜록거렸다. 그들이 벌인 노점 뒤쪽, 감나무집 목로주점으로 장꾼이 들랑거렸다. 기름집에서는 깨 볶는 고소한 냄새가 사방에 진동했다.

"색신지 아지맨지, 증말로 그칼란교? 그 괴기 상자 몬 치우겠단 말인교? 비린내 풍기는 거는 어물전으로 가야지 남으 전 앞에 비린내 풍기며 토구리고 앉아 있으모 돼요? 장사도 안 되는 판에 괴기 상자 마 팍 밟아서 뿌사뿔라!" 속옷장수가 아치골댁을 보고 두번째 소리쳤다.

"이 여편네 장사 첨 하나. 솥뚜껑이 같은 엉디 어데다 틀고 앉아 있노! 여게가 어데 댁 통시깐인교?" 성냥팔이 사내도 핀잔을 놓았다.

"알라 젖 좀 빨리고 갈 테이게 쪼매마 봐주이소."

용순이가 가랑가랑 울어 아치골댁은 아기를 돌려 안았다. 가난한 살림이지만 서방 등 뒤에 묻혀 살아온 세월이라 그네는 여태 외간 남자 앞에 내놓고 아기 젖을 빨려본 적이 없었다. 한 달여 그네가 살아온 팍팍한 생활은 그런 부끄럼을 한갓 격식으로 만들었다. 아치골댁은 기름집 가게 문짝으로 돌아앉았다. 저고리 섶을 들치고 돌덩이같이 차게 언 용순이 얼굴을 가슴에 품었다. 애 입에 젖꼭지를 물리니 꺼진 젖두덩이라 괸 젖이 없는데도 용순이가 아귀아귀 빨아댔다. 구름 무거운 새초롬한 날씨에 바람이 알알하게 매웠다. 정오 사이렌 분 지 한참 전이라 낮 한시가 넘었을 성싶었다. 장거리가 성시를 이룰 시간이었다. 오늘이 양력으로 2월 9일이요 음력으로는 섣달 스무나흘이었다. 음력설도 일주일밖에 남지 않았다. 대목장이라 주변 마을의 앉은뱅이까지 장 구경을 나왔는지 장터는 장꾼으로 꽉 찼다. 대목장에 한밑천 뽑겠다는 장사꾼들 외침이 시끄러웠고 눈요기하며 값만 묻는 장꾼이 있는가 하면, 모처럼 장에서 만난 아는 얼굴과 밀린 이야기를 나누는 장꾼도 있었다. 바람막이 차양이 펄럭대는 소리, 대장간 메질 소리, 엿장수 가위 소리, 강냉이 장수 튀밥 튀기는 소리, 징과 꽹과리 쳐대는 소리까지 섞여 장바닥은 왁실덕실 시끄러웠다. 싸전 쪽 빈터는 약장수 패거리가 손풍금을 울리며 장터 열기를 돋워댔다.

아치골댁이 용순이에게 젖을 빨리곤 또 장터 어느 귀퉁이에 전을 벌여야 할까 하고 상심에 젖어 있을 때였다. 용태에미 여게 있었구나 하며, 지나리 맹달호 씨 처 가실댁이 불렀다. 그네는 부대자루를 머리에 이고 있었다. 아치골댁이 용순이를 돌려 업곤, 집안 별고 없었냐며 친정엄마 만난 듯 반겼다. 가실댁이 장터 어디에 용태에미가 있을 거라 싶어 연방 찾았다고 했다.

"머 팔로 나온 모양이네예?"

"팥하고 곶감 팔아 자슥들 고무신이나 사갈까 하고 나왔다." 가실댁이 자루를 어물 상자 옆에 내려놓고 앉았다. "괴기 장사한다는 소문은 들었어. 우째 입살이는 되더나?"

"당최 목구녕이 안 티이서 소리가 나와야지예. 어제는 좌혼 거쳐 방동, 우동까지 장사하로 댕겼습니더."

청년이 더 보고 있을 수 없다는 듯, 고기 상자 안 치울 거냐며 상자를 발길질했다. 아치골댁이 어물 상자를 포개어 얼른 머리에 이었다. 가실댁이 할 말이 있다며 아치골댁 소매를 끌었다. 둘은 감나무집 목로주점 문 옆의 발쭘한 빈터로 옮겨 앉았다. 내가 한가롭게 남 얘기 듣고 있을 처지가 아닌데 하면서도 아치골댁은 행여나 서방 소식이 아닐까 싶어 가슴부터 활랑거렸다.

"처지가 이 모양인데 점심이나 묵었겠나." 가실댁은 자루를 풀어 그 속에 든 보시기를 끌렀다. 찐 고구마가 소복이 들어 있었다. 그네는 고구마 한 개를 아치골댁 언 손에, 한 개는 용순이에게 쥐어주었다. "장에 나오모 묵을라고 고구마를 밥에 얹었다가 용태 에미 생각이 나서 더 쪘다. 장에 오모 틀림읎이 만나겠지 싶어서 말이데이."

아치골댁은 냉돌방에 주린 채 떨고 있을 두 자식이 눈앞에 스쳐 허기가 졌으나 당장 고구마를 덥석 베어 먹을 수가 없었다. 고마움과 설움이 복받쳤다.

"젊디젊은 나이에 서방 하나 읎으인께 이 무신 생고생인고……" 가실댁이 혀를 찼다. 달포 전과 달리 아치골댁 뺨이 마대처럼 갈라 터졌고 거무죽죽한 눈자위하며 앙상한 몰골이 여윈 짐승 꼴이었다.

"지나리에 들어간다고 베루기만 했제 입살기가 바빠서……" 설움을 깨물던 아치골댁이 목소리 낮추어 물었다. "용태아부지 소식은 거게서도 모르지예?"

"나홀 전인가, 오밤중에 말이다……" 가실댁이 주위를 살피곤 귀엣말을 했다. "차서방이 우리 집에 불쑥 들이닥쳤어."

"무신 일로예?"

"호야애비를 깨바 밖에 불러내더이, 한참 쑥덕거리고는 내뺀 모양이라."

"무신 이바구 했다 캅디꺼?"

"내가 물어도 속시원케 대답 안하더이 담배 한 대 꿉고는, 어느 늠이 그걸 꼬아바쳤을꼬, 안 카나. 내가 물었제. 누가 멀 꼬아바쳤어예? 그랑께, 작은서씨가 지 여핀네 겁탈한 걸 차서방이 아는 눈치라……"

가실댁 말에, 그네는 고개 빠뜨리며 울음부터 터뜨렸다.

"인자 하늘 보기 부끄러버 더 몬 살겠네예." 아치골댁은 손에 든 고구마를 떨구었다. "배락 맞아 죽어도 시원찮은 년이 살아서 머하겠습니꺼."

"사실은 사실인 모양이네?"

"아무리 숨칼라 캐도 지서서 다 압디더. 작은서어른 손에 난 내 이빨 자죽이며…… 그 영감탕구가 그런 흑심 품고 있는 줄은 난도 몰랐지예. 애아부지를 오늘 꼭 만내서 결판내야겠다미 방에 죽치고 앉았길래 내가, 설창리에 자주 나댕기던데 거게 갔는지 모르겠다 캤지예. 그카자 설창까지 같이 가자 안캅니꺼. 날도 춥고 해도 졌으이께 내일 아침에 애아부지를 어르신 댁에 보내겠다고 말해도, 어서 앞장서라며 생떼를 부립디다. 자꾸 거절했다간 내년에 소작지라도 뺏길까봐 집을 나섰지 않았겠습니꺼. 샛강 방죽까지 나오자 영감 말이, 차서방이 돈 안 갚으모 이분에는 가만 안 두고 가막소에 처넣겠다고 으름장을 놓습디더. 그래서 우째 한분만 봐달라고 사정하이께, 빚을 탕감해줄 테이 딱 한분만 좋게 지내자 어쩌자 카민서……" 아치골댁이 뒷말을 잇지 못하고 어깨를 떨며 흐느꼈다.

"누가 듣겠다. 전생에 악귀가 끼일라 카모 무신 액인들 안 당하겠나." 가실댁이 애처로운 눈길로 아치골댁을 보았다.

"그때 와 쎄바닥 깨물고 몬 죽었는지 밤마다 답답한 가슴 치며 눈물로 후회하건마는……"

"그런 늠은 천벌 받아도 싸다 싸."

"애아부지도 알고 세상이 다 아는데…… 호야어무이, 우짜모 좋지예?"

"호야애비한테는 그런 말 입 밖에 내지 마라고 당부는 했건마는……"

"용태아부지 다른 말은 읎었고예?"

"차서방이, 그 말 하러 왔습디꺼 하고 내가 다구쳤제. 그라이 다른 이바구도 있기는 있었다미 입을 떼더라. 당신도 좌익에 나서라고 꼬웁디꺼, 핵맹인가 그거 하모 잘살게 된다고? 하고 물었더이, 꿀 먹은 벙어리라. 이카다가 우리 집 망하는 꼴 보겠다 싶어, 좌익질 할라 카모 내가 지서로 달려가서 죄 일러바칠 끼요, 하고 울며불며 패악쳤제. 그카자 펄쩍 뛰더이, 내가 와 그 미친늠들하고 어불리노 하더니 자리에 마 팩 돌아눕더라."

"그라모 용태아부지가 내 쥑일라고 찾아온 거 맞심더."

"용태에미가 읍내에 나앉기 잘했지러. 만약 지나리에 있었다모…… 차서방 성미가 오죽 불같나." 가실댁이 말머리를 바꾸었다. "요새도 순사가 집에 염탐질하로 오나?"

"읍내 나앉고부터 안 찾아옵니더. 내 사는 거처를 아직은 모르는가 봅니더."

"용태애비가 그 사단을 안 이상 마음 독하게 묵어야 된데이."

"비상 묵고 눈 깜아뿔모 천근만근 괴로운 맘도 사라져뿔 낀데……" 아치골댁이 새삼 터지는 설움을 어금니로 깨물었다. 손에 쥐어준 고구마를 먹어치운 용순이 제 엄마 따라 울음을 빼어물었다.

"그놈이 천벌 받아 죽었지, 용태에미가 무신 죄 있다고. 차서방은 큰 죄 졌으이께 살아서 한솥밥 묵기 글렀다. 악심 묵고 자슥새끼들 잘 키아야제. 자슥들 보고 살아야 한데이. 내 죽어뿔모 다 해결된다 시푸지마는 그라몬 어린 자슥새끼들은 우예 되겠노? 그 초롱 같은 눈들을 생각해바라."

가실댁이 집에 있는 애들 먹이라며 남은 고구마를 아치골댁 치마 품에 넣어주었다. 그네는 팥 든 부대자루를 머리에 얹고 일어섰다. "내사 갈란다. 우리도 어째 보리철 될 때꺼정은 넘가야 될 낀데, 이웃사촌이라도 내가 머 보태줄 것도 없고……"

"말만 들어도 고맙심더."

가실댁이 사람들 사이에 묻혀 곡물전 쪽으로 빠져나갔다. 아치골댁도 어물 상자를 이고 일어나 몇 발짝 옮겼으나 어질증으로 눈앞에 뭇 별이 보이더니 걸음걸이가 휘청거렸다. 허기 때문이 아니라 살아생전 서방 만날 그날까지 세 자식 데리고 억척스레 살겠다는 결심이 거품처럼 사그라지는 허탈감 탓이었다. 처자식 얼굴 보겠다고 아치골로 찾아와 친정엄마에게 사천 원을 줄 때까지 서방은 그 사단을 모르고 있었음이 분명했다. 처음은 지서만이 알던 사실인데 몇 입을 거쳐 그 말이 서방 귀에까지 들어갔다면 서방은 분명 밤을 틈타 지나리나 본산리, 아니면 읍내에도 나타났음이 분명했다.

모든 게 백일하에 드러나버린 이상 혀 깨물고 죽지 않는 다음에는 가실댁 말처럼 오직 자식들만 보고 살아야 한다는 결심이 한줄기 불기둥이 되어 그네 허리를 받치며 불끈 솟았다. 어물 상자 머리에 이고 어물전을 수백 번 돌더라도 오늘 이 간고기와 해초를 다 팔아선 보리쌀 한 말이라도 사야 한다, 어린것들 잘 키워 고생했던 옛말 할 그날까지 살아야 한다는 결심이 그네 마음을 옥쥐었다. 봄이 오면 용태가 국민학교에 들어갈 터였다. 그렇게 옹골찬 마음을 먹자 서방 모습은 멀어지고, 천근만근 무거운 짐으로 세 자식이 어깨를 타고 앉았다. 무거울수록 힘이 솟는 짐이었다. 그때, 외나무다리에서 원수 만나듯 그네는 감나무집으로 점심을 먹으러 오던 노기태 순경과 마주쳤다.

"이 색시가 누구냐? 지나리 차씨 처 아닌가?" 노기태가 알은체했다. 아치골댁이 눈을 깔고 지나치자, 그가 불러 세웠다. "색시, 나 좀 봐."

아치골댁이 말을 못한 채 그 자리에 얼어붙어버렸다.

"이 여편네가 떨기는. 내가 어디 사람 잡아먹는 호랑인가." 길목은 통행인이 밀려다녀 둘이 길 막고 섰을 수가 없었다. "물을 게 있으니 따라오슈."

노기태가 감나무집 대문 앞에 섰다. 그는 아치골댁 몸매를 훑어보더니, 내가 뜨끈한 국밥이라도 한 그릇 대접할까? 하며 인심

쓰겠다는 티를 냈다. 아치골댁이 먹을 생각이 없다고 말하자, 노기태가 겁주는 목소리로, 아치골 친정에서 읍내로 언제 나왔느냐고 물었다. 그네가 열흘 남짓 됐다고 대답했다.

"서방이 아직 안 잡힌 마당에 거처를 옮겼다면 지서에 신고해 알 게 아니우. 읍내 어디루 거처를 옮겼수?"

"재종네 헛간방 빌려 알라들하고 삽니더."

"거기가 어디냐고 묻지 않수?"

"노인당 아래 은행나무 섰는 집입니더."

"그럼 강차석 하숙하는 집 지나쳐서 채장수 하첨지 집 근처?"

"그 뒷집입니더."

"어물장수는 언제부터 시작했수?"

"이사오고부텀예."

"동네마다 돌며 공비놈들 연락편지 전해주는 거요?"

"저는 그런 거 모릅니더. 애아부지는 한 분도 본 적이 읎고예."

"필경 그놈이 조만간 읍내에 나타날 낀데 그때 댁이 지서에 연락 안하면…… 무슨 말인지 알지요? 댁 서방이 읍내에 나타났다는 소문을 지서가 아는데 신고가 없으면, 이번에는 색시도 멀쩡한 몸으로 걸어 나가기 힘들걸. 김해 본서로 넘기면 몇 해는 좋게 감옥에서 썩어!"

"시킨 대로 꼭 신고할께예."

노기태가 아치골댁을 잡고 말을 붙이고 있을 때, 안시원과 심찬수가 사랑채를 돌아 바깥마당으로 나섰다. 둘은 바둑 두 판을 끝낸 참이었다. 점심때라 바깥마당의 차양 친 평상에는 장사꾼과 장꾼들로 붐볐다. 봉주댁과 춘옥이가 바쁘게 술과 음식을 평상으로 날랐다. 안시원은 그쪽을 못 본 체 딴전 피며 대문께로 걸었다. 헛간에서 솔가리 묶음을 들고 나오던 갑해가 안시원과 심찬수를 만났다.

"이모부님, 안녕하십니꺼." 갑해가 인사를 했다.

"오늘 학교 일찍 파했구나."

"토요일이거던예."

갑해는 서 말치 솥 아궁이 앞에 솔가리 단을 부렸다. 가마솥에는 국이 끓었고, 아궁이 앞에 갑해 누이 시해가 불을 쬐며 그을음 낀 남포등 유리등피를 닦고 있었다. 손이 작아 등피 안으로 손목까지 들어갔다. 장날이면 봉주댁 식구는 객줏집 뒷일을 거들었다. 갑해나 시해는 이모로부터 얻은 푼돈으로 공책과 연필을 샀다. 장날은 주점 일 거들어주는 대신 국밥을 먹었고 용돈까지 얻었다. 요즘은 일 년 중 큰 장이 서는 음력설밑 대목이었다.

안천총이 갑해를 불렀다. 갑해가 쭈뼛거리며 이모부 앞에 섰다.

"네가 이모집 중노미인가 꼴머슴인가." 갑해가 말뜻을 헤아리지 못해 대답을 못하자, 안시원이 다시 물었다. "넌 국민학교 졸업한, 중학생 틀림없지?"

"맞습니더."

"중학생이면 중학생답게 공부를 해야지. 술집 아궁이에 불 때는 일은 국민학교만 나와두 할 수 있는 일이야. 형이 그러하니 네가 집안 기둥으로 장자 역할을 해야 될 중차대한 몸 아닌가. 그러면 남보다 더 열심히 공부에 매진해야지. 겨울보리를 봐라. 모진 추위를 이겨내구 봄이면 푸르게 자라나지 않더냐. 지금은 고생이 되더라두 초년고생은 훗날에 큰 재산이 되느니라."

"집에 가서 공부하겠습니더."

작년에 갑해가 국민학교를 졸업했으나 집안 형편상 중학교에 입학할 처지가 못 되었다. 아버지는 늘 집을 비웠고, 집에는 순경이 붙어사는 형편이었다. 엄마는 사흘 멀다 하고 지서로 불려가 몸 성히 돌아올 날이 없었다. 사정은 지금도 마찬가지지만, 갑해 형제는 이모네 집에서 얻어오는 찬밥과 국으로 끼니를 잇고 지냈다. 그럴 때 이모부가 갑해 학자금을 대겠다며 중학교 입학을 허락했고 교과서는 물론 교복까지 맞춰주었다.

안시원과 심찬수가 대문을 나서자, 노기태는 그때까지 아치골댁을 붙잡고 있었다.

"……아편 재배가 어디 보통 범죈가. 김해 본서로 벌써 넘어갔다니까 그러네." 노기태가 말했다.

"그러면 오복이오래비는 재판 받습니꺼?" 아치골댁이 물었다.

"김첨지는 풀려나와도 오복이 그놈은 징역 단단히 살걸."

"남의 집 문 앞에서 무슨 얘기들인구?" 안시원이 노기태를 보았다.

오래간만이라며 노기태가 순경모를 들썩해 보이곤 뒤따라 나오는 심찬수를 보더니, 두 분이 어디로 행차하느냐고 물었다. 안시원이 활터에 궁도 친목회가 있다고 말했다. 노기태가 의외란 듯, 심형도 활 쏘느냐고 물었다. 심찬수가 자기는 구경꾼에 불과하다고 했다.

"두 분은 이 여편네가 누군지 압니까? 모를 테지요. 바로 지나리 차구열 안사람입니다." 노기태가 아치골댁을 지목하며 말했다.

"차구열?"

"천총어른까지 묻는 걸 보니 살인 사건이 읍민들한테는 벌써 호랑이 담배 피우던 시절 얘기가 돼버렸나?" 노기태가 혀를 차더니 심찬수에게 말했다. "심형, 어떻수, 여염집 여편네치군 꽤 반반하지요?"

"지는 갈 테이께 그만 보내주이소." 아치골댁이 애원했다.

"간뗑이 한번 크게 나오네. 아직 물을 게 남았수!"

"자슥들하고 묵고 살라모 오늘 간괴기를 다 팔아야 됩니더……"

"작은서씨한테 씹 벌려줄 땐 언젠데, 오늘은 젠 척하네."

"길거리서 남의 집 아녀자를 희롱하면 못 쓰네." 안시원이 점잖게 말했다.

"노순경, 남편이 살인범이라도 공모하지 않았다면 안사람이 무슨 죄가 있소? 길거리서 창피주지 말아요." 심찬수가 노기태를 나무랐다.

"두 분이 편을 짰나? 제가 희롱하는 게 뭐 있습니까?"

"그게 희롱이 아니고 뭐요?"

"심형이 발 벗구 나서는 걸 보니 이 여편네 보증인 아니면 샛서방 같구려."

"그 무슨 쌍스러운 말인가. 경찰은 민중의 지팡인데 자네가 그런 허튼 말을 쓰면 되는가." 안시원이 꾸짖었다.

"내가 감나무집에 외상값이 많으니 야코 죽을 수밖에 없군."

노기태가 아치골댁을 돌아보았다. "그럼 가보슈. 당신 서방 읍내 나타났는데 지서에 신고부터 안하면 난리날 줄 아슈."

노기태는 손을 털며 감나무집 주점 안으로, 아치골댁은 어시장 쪽으로 갔다.

"선생님, 저는 산보나 나설랍니다." 심찬수가 말했다.

"활터 구경한다지 않았는가?"

"혼자 걷고 싶어서요."

안시원이 활터로 가자면 어물전 서는 가건물을 지나야 했기에 앞서 가는 아치골댁 뒤를 뒷짐 지고 따랐다.

"간고기 사이소." 사람들 사이를 빠지며 아치골댁이 작은 소리로 외쳤다. 그네가 목을 틔워 좀 큰 소리를 질렀다. "간고기나 다시마나 파래 사이소!"

"색시, 나 좀 봅시다." 안시원이 앞서 가는 아치골댁을 불러 세웠다. "고기 상자 구경 좀 합시다."

아치골댁이 어물 상자를 땅바닥에 내려놓았다. 간갈치가 열댓 마리, 간전갱이가 그쯤, 다시마와 갈파래는 대여섯 손을 만나야 떨이할 양이었다.

"갈치 얼마 하우?"

"한 마리 이십 원씩 받습니더."

"오늘 파는 데까지 팔구선 남는 물건은 우리 집으루 가져와요. 떨이해드릴 테니." 아치골댁이 말을 잘못 듣지 않았나 싶어 안시원을 보았다. "조금 전 내가 나온 그 집에 가서, 바깥주인이 그렇게 말하더라 하구 값 쳐서 돈 받아 가시우." 안시원이 아무 일 없었다는 듯 활터 가는 길로 몸을 돌렸다.
"어르신, 잠깐만예. 지금 하신 말씀이 증말입니꺼?"
"실없는 말을 왜 하우. 집에 들어가면 안사람한테 그렇게 일러 놓으리다. 내가 할 말인지 모르지만, 색시 장사에는 물목이 좋지 않은 것 같수. 대목장에는 그런 간고기보다 제상에 올릴 어물이나, 전붙이를 만들 어물을 사다 파시우." 말을 마친 안시원은 중앙산 오르는 골목길로 접어들었다.

그 시간, 소금전에서는 개털모자에 누비 핫바지저고리 입은 젊은 농사꾼이 식염을 흥정하고 있었다. 많아야 한 되나 되 반을 사 가는 게 통례인데, 그는 소금 대두 한 말을 부르는 값대로 셈을 치렀다.
"총각, 장 담글 철도, 김장철도 아인데 웬 소금을 이래 많이 사요?" 기분이 좋아진 소금장수가 젊은이에게 물었다.
"집집마다 소금이 필요한께 내가 돈 거다서 대표로 장에 나왔심더."
기분 좋게 반 되 더 덤으로 담아준 소금장수가 마대자루에 새끼줄로 질빵을 만들었다. 젊은이는 소금자루를 등짐 지곤, 많이 팔라고 말하곤 전 앞을 떠났다. 그는 천막 안 친 한데에 고기 상자를 상 삼아 좌판 벌이고 간단한 먹을거리와 술을 파는 난전 앞에서 걸음을 멈추었다. 번철에 고추장 섞어 볶는 고래고기가 먹음직한 냄새를 피웠다. 젊은이가 군침을 삼키더니 도마의자에 주저앉았다. 그는 고래고기 두루치기를 안주해서 막걸리 두 사발로 점심을 때웠다.

  젊은이는 장터를 여기저기 구경한 뒤, 먹고무신과 농구화를 두 켤레씩 사곤 담뱃대용 잎담배도 세 되 샀다. 색색의 실과 염료를 파는 전 뒤에 뜨내기 이발사가 간이의자 놓고 아이들 머리를 이발기계로 깎아주고 있었다. 설밑이라 더벅머리 사내아이들이 차례를 기다리며 몰려 서 있었다. 카이젤 수염을 기른 이발사는 기계충 난 아이에겐 기계 버린다며 어김없이 꿀밤 한 대씩을 먹였다.

  소금자루 진 젊은이가 실전 앞에 쪼그려 앉은 처녀를 보았다.

  "난중에 빨래하면 물 안 빠집니꺼?" 박상란이 색실을 들고 물었다.

  "물 빠지는 실 팔다간 장사 다했게예. 진영 장터서 색실하고 물감 판 지 햇수로 다섯 해쨈더." 실장수는 때깔 고운 색실 한 묶음을 들더니 너스레를 떨었다. "이거로 십자수 놔보소. 야자수 늘어진 섬나라에 빨간 지붕 양옥집에다 푸른 물결에 둥둥 뜬 돛단배를 색색으 실로 수놓으면 시집갈 때 요긴한 물목이 될 낌더."

  "말솜씨가 청산유수시네."

  "양복 덮개 놓을 뽄은 공짜로 주께요. 요새 도회지서 유행하는 그림을 미롱지에 근사하게 베낀 뽄임더."

  박상란은 일곱 색 색실 한 타래를 샀다. 그녀가 실전을 떠나자, 젊은이가 아쉬운 듯 그녀 뒷자태를 물끄러미 보았다. 어디서 본 듯한 처녀라 고개를 갸우뚱했다. 99식 소총 멘 사병 둘이 장터 순찰을 돌며 실전 쪽으로 다가왔다. 젊은이는 등을 돌려 서둘러 자리를 떴다. 그는 그길로 읍내를 떠나지 않고 지서 앞을 오락가락하며 한동안 낌새를 살폈다. 지서에 별다른 동정이 없자 역사 옆으로 내려가 미창의 군부대 주위를 한동안 서성였다. 미창 앞마당에서는 부대원들이 편 갈라 공을 차거나, 빨래를 하거나, 장작을 팰 뿐, 그곳 역시 한가한 오후 한때를 보내고 있었다.

 겨울 날씨는 낮밤의 기온 차가 심해 낮 동안 풀렸던 얼음이 저녁 무렵이면 다시 얼어붙기 시작했다. 잠잠하던 서북풍이 날을 세워 드세어지면 능선과 골짜기가 바람에 휘둘리며 우는 소리를 냈다. 그런데 오늘은 그런 겨울 날씨가 아니었다. 먼 산이 잿빛에 잠기자 낮 동안 매섭던 바람이 오히려 꺾여 푸근한 기온이 봉우리를 감쌌다. 눈이라도 내릴 아늑한 저녁 무렵이었다.
 고즈넉한 침묵이 벌거숭이 민둥산을 싸안았다. 큰 바위 앞쪽, 사태로 깎인 구덩이에 조민세와 박귀란이 나란히 앉아 있었다. 둘이 내려다보는 아래쪽은 산허리를 잘라낸 비탈로 철로가 뻗어 있었다. 진영역에서 동쪽으로 이 킬로 남짓, 한림정역에서는 육 킬로 떨어진 외진 지점이었다. 철로는 한림정 쪽에서 경사를 이루어 산모롱이를 돌며 오르다 그들이 내려다보는 협곡을 분기점으로 내리막을 이루어 진영역을 향해 빠져 내려왔다. 그래서 기차가 그 지점을 숨차하며 통과할 때는 기진맥진해져 속력이 떨어졌다. 기차로 통학하는 상급학년 남학생들은 그 지점에서 기차의 속력이 떨어지면 몸 날려 뛰어내리는 모험을 즐기기도 했다.
 금봉리, 양지골, 피밭골, 느티골, 감밭촌 사람들은 마산과 부산을 잇는 신작로가 철길과 나란히 나 있었지만, 지름길인 철길을 이용해 읍내 오일장을 보았다. 지금 철길에는 읍내 장에서 귀가하는 두루마기에 갓 쓴 노인 하나가 건들걸음으로 걷고 있었다. 대목장을 본 뒤 삼삼오오 떼를 지어 마을로 돌아가던 장꾼 발길도 뜸해진 시간이었다. 목축임한 술로 얼큰해진 남정네만이 늦은 귀갓길을 재촉했다. 읍내 극장에서 틀어대는 유행가 소리가 확성기를 통해 화차고개까지 아련히 들려왔다.

"선생님, 몇 시에요?" 박귀란이 조민세에게 물었다. 그네는 군복 점퍼에 두툼한 목도리를 친친 둘렀다. 오라비 닮아 작은 키에 피부가 가무잡잡했다.

"삼십오 분쯤 남았군. 기차가 연착만 안한다면." 검정외투 깃을 세운 조민세가 손목시계를 보았다.

"객차도 오 분, 십 분 연착이 보통인데 유개화차(有蓋火車)가 정시에 오겠습니까. 닷새 동안 화차 통과를 보면 정확하게 시간 맞춘 건 두 번밖에 없는데……"

"통과 시간 오차가 문제될 건 없지."

조민세는 목에 건 쌍안경으로 한림정 쪽 철로를 살피곤 진영 쪽을 돌아보았다. 우려할 만한 징조는 없었다. 아직 해질 시간은 아니었으나 구름 낀 우중충한 하늘이 나지막이 내려와 사방이 박명에 잠겨갔다.

"날씨가 이래서야 어디. 눈이라도 오면 큰일인데……" 조민세가 곱은 손을 비비며 혼잣말을 하곤, 능선 사이로 엿보이는 아득한 벌판에 눈을 주었다.

오천 정보의 너른 들인 진영평야가 어둠에 잠겨가고 있었다.

들오리 떼 한 무리 날갯깃 퍼득대며 날아간 뒤, 들녘은 텅 빈 채였다. 점점이 흩어진 민촌도, 낙동강 긴 방죽도 어둠에 가려져 이제 눈에 잡히지 않았다.

"제가 아홉 살 때 아버지 고향인 이곳에 돌아왔으니 벌써 십몇 년이 흘렀군요." 박귀란도 들녘을 보며 나직이 말했다. "만주는 겨울이 긴 만큼 눈도 몇날 며칠을 끝없이 쏟아져요. 어디를 돌아봐도 산이 안 보이는 지평선에……"

조민세는 박귀란의 쫑알거림을 못 들은 척 들녘만 응시했다. 문득 역사 이래 토지만큼 인간의 욕망을 충동질한 물신도 없으리란 생각이 들었다. 국가의 영토 확장에서부터 작게는 개인의 소유욕을 채우는 방편으로 토지는 희생의 제물로 바쳐졌다. 그러나 우리는 저 들을 토지의 공개념에 입각해서 그 소유권을 농민 전체에 분배하려 그동안 얼마나 많은 숭고한 희생을 치렀는가?

"……함박눈이 며칠을 계속 내려 키 넘게 쌓이면 사람들은 모두 집에 갇혀 지낸답니다." 조민세의 상념과 달리 박귀란은 꿈에 젖은 목소리로 제 말만 했다. "할머니는 화로에 콩을 볶아주며 어린 우리들에게 남쪽 나라 고향 얘기를 들려줬어요. 수천 리 남쪽 반도 끝, 낙동강 강변 마을 얘기 말입니다. 할머닌 끝내 고향 땅 못 밟고 거기서 돌아가셨지요. 아버진 우리들 이끌고 고향에 왔으나 그 기쁨도 잠시, 곧 병사하시고……"

"박양, 그렇게 회고조에 잠길 때가 아냐."

"아직 삼십여 분 남았잖습니까."

"감정이 사치일 적이 있어."

"순수한 감정은 인간적입니다. 제가 이지적이었다면 선생님 따라 입산하지 않았을걸요. 세포로 남아 지금도 생도들 가르치고 있을 거예요."

"그쯤 해두지." 조민세가 하늘을 올려다보았다. "눈이 온담 취소해야 할 것 같아. 발자국 따라 토끼 몰 듯 추적할걸."

박귀란이 입을 다물었다. 배종두가 다혈질에 전투적이라면 조선생은 말수가 적은 만큼 통솔력이 강했다.

협곡 사이에서 누군가 철길 건너 잡목 숲으로 숨어들었다. 날랜 동작으로 보아 차구열 같았다. 철길 건너에서 불빛이 짧게 두 번 반짝였다. 이쪽 잡목 숲에서 휘파람 소리가 들렸다. 준비가 차질 없게 진행됨을 내려다보며 조민세가 야광시계에 눈을 주었다. 다섯시 이십삼분이었다. 이제 이십오 분 정도 후면 미국 원조 양곡 안남미를 적재한 화차가 고개를 허기지게 올라올 것이다. 그러나 만약 함박눈이 온다면 작전을 취소할 수밖에 없다고 생각했다. 열차 기습을 훗날로 미룬다면 동지들 허탈감을 달래는 것도 문제지만 일정 조정에 따른 상부 보고와 근동 부락책에게 연기를 통고해야 하는 절차를 거쳐야 했다. 지리산 쪽은 이번 작전에 기대가 자못 크다는 점 또한 알고 있었다. 지리산의 춘궁기 대책이 이번 작전에 달려 있었다. 기회를 놓치고 다음 장날을 찍는다면 닷새 뒤 음력설 이틀 전으로 적기를 놓치는 셈이었다. 마산항 부두창고의 안남미가 그날 서울로 이송된다는 보장도 없었다. 음력설용 양곡을 시전에 풀기에는 관청 입장에서도 역시 적기를 놓치는 셈이었다. 그렇게 되면 작전은 음력설 이후로 미룰 수밖에 없고 실현될 수 없는 미완의 작전으로 남을 가능성이 높았다.

"선생님, 뭐가 떨어집니다. 어쩌지요?" 박귀란이 하늘을 쳐다보았다. 어두운 하늘에서 가벼운 물체가 하늘하늘 떨어져 내렸다.

"눈이네. 일이 꼬이는군."

"이 정도로 한 시간만 내린다면 별 지장 없을 텐데……"

"시간 없어. 내려갑시다." 조민세가 옆에 둔 38식 장총을 집어 들었다.

조민세가 앞서고. 박귀란이 뒤따랐다. 둘은 동쪽 산비탈을 타고 내리 걸었다. 이제 주위는 가까운 물체조차 윤곽이 희미했다. 눈앞에 설편이 맴을 그리며 떨어졌다. 잡목 숲을 헤치고 이십 미터쯤 내려가자 아래쪽에서 인기척이 났다. 조민세가 걸음을 멈추고 "산불"이라고 암호를 말하자, 아래쪽에서 "숯가마" 하고 대답했다. 털모자에 장총 멘 배종두였다.

"배치는 끝났지요?"

"서른다섯을 삼 개조로 나눠 대기시켰습니다. 소 구루마 여섯에 말 구루마 둘, 지게부대는 스물이고요."

"읍내 동정은?" 조민세는 내리막을 타고 내려갔다.

"지서와 부대는 한가한 시간을 보낸다고……"

"장쇠가 왔군요." 박귀란이 말했다.

"눈이 더 심하면 큰일인데……" 조민세가 걱정을 했다.

"이십 분 남았습니다."

"눈발 세어지면 마소 수송은 포기해야 할 거요. 중간 지점만도 일 킬론데……"

"상황 진척 봐가며 결정 내리도록 하지예."

셋이 철길까지 내려오자, 다복솔밭에 장정들이 모여 웅성거렸다. 열셋은 총을 가졌고 나머지는 죽창이었다.

차렷, 하고 누군가 구령을 붙이자 모두 부동자세로 셋을 맞았다. 조민세가 앞으로 나섰다. 가족을 마을에 두고 입산해 생사고락을 같이해온 동지들이었다. 작년 10월, 공산계열 불법화 조치가 있기 전 녹음기부터이니 벌써 아홉 달째 산중 유격대 생활이었다. 1조는 '여순 국방군 봉기 사건' 당시 14연대 출신인 김지회 부대를 따라 지리산으로 들어갔다 고향 가까운 트(아지트)로 옮긴 조장 오달호 중사 외 일곱 명이었다. 2조는 김해 지방 남로당 리 단위세포 출신으로 조장 정지호 외 열한 명이었다. 정지호는 육년제 고보 출신으로 이론적 소양을 갖추고 있었다. 3조는 진영 지방 출신자로 구성되어 있었다. 중학 중퇴의 읍서기 출신 김삼문이 조장이었다. 읍내 장터의 지판수, 물통걸의 김장쇠, 우동리 언청이 마칠구, 가슬리 장돌뱅이 변삼개와 변용개 형제, 무성리 김석웅, 설창리 최우달과 사촌 최윤이었다. 최우달은 나이 든 축으로 서른둘이었다. '새 세상은 장애인의 낙원'이라는 최우달의 말에 따라 입산한 최윤은 그중 나이가 어린 열일곱 살이었는데 소아마비로 다리를 절었다. 서유하를 살해하고 늦게 입산한 차구열도 있었다. 각 조마다 여성 대원이 한 명씩 배당되었다. 조민세가 남로당 경남지구 제6블록 책임자였고 부부장을 배종두가 맡았다. 박귀란은 본대 소속이었다. 그들은 유격대의 겨울나기를 말해주듯 하나같이 불구멍 숭숭한 누비 솜바지저고리의 입성 험한 모색

들이었다.

"시간 없어 긴 말은 생략하겠소. 이번 투쟁의 의의를 말한다면 세 가지로 요약할 수 있을 것이오. 남조선 인민에게 해방투쟁의 가능성을 시위하고 입산 유격전사들의 식량 자급과 지리산 동지들 지원이 목적이며, 예외의 성과가 있다면 주둔병의 사기를 떨어뜨릴 것이오. 양곡 열차 통과 시간이 이제 이십 분 남았으니, 모두 책임 맡은 대로 용약 분발해 최선을 다합시다." 말을 마치자 조민세는 한 사람 한 사람 악수를 나누며 성공을 기원한다고 격려했다.

"집결 장소는 칠번 밤나뭅니다. 여섯시까지 도착하지 않을 시는 이동하도록. 바위굴 접선이 안 되면 제일 비상선으로, 제일 비상선이 끊겼을 땐 최종 접선 장소를 남겨놓겠소." 배종두가 조별로 떠나기 전에 보충설명을 했다.

지리산 패가 한 조, 리 단위세포 패가 한 조, 나머지 진영읍 패가 한 조가 되어 어둠 속으로 재빨리 몸을 감추었다. 여성 대원 넷만 본부대에 남았다. 화차고개 주변에는 탈취한 양곡 운반에 동원될 각 부락책 스무 명 남짓이 마소와 지게를 준비하고 부근에 매복 중이었다.

"소금은 누구한테 맡길까예?" 소금자루를 짊어진 김장쇠가 배종두에게 물었다.

"박양이 맡아 먼저 출발해요." 박귀란이 임신 중이기에 조민세가 말했다.

"저도 남아 같이 싸울래요."

"몸도 무거븐데, 언니 먼첨 출발하이소. 우리 셋이 각 조를 지원할 수 있심더." 3조 간호병 김은지가 말했다.

약낭을 멘 간호병 셋이 어둠 속으로 흩어졌다. 김장쇠가 소금 자루 지고 비탈을 오르는 박귀란에게, 잠시 보자고 했다.

"색실 사던 처자가 박동무 성제간 맞구마. 어쩐지 보던 얼굴이라 싶더만."

"장에서 상란이 봤나봐요?"

"참하게 생겼데예."

"시간 없어, 원위치로."

배종두 말에 김장쇠가 이야기를 끊고 3조 꼬리를 찾아 어둠 속으로 사라졌다. 눈가루가 실비로 변해 뿌려지고 있었다.

철길에서 삼십 미터 위쪽 벼랑에 연자맷돌보다 큰 바위 두 개가 위태로이 놓여 있었다. 이틀 전, 2조 대원들이 야밤을 이용해 기차가 통과하기 직전에 철길을 막으려고 지렛대로 옮겨둔 바위였다. 조민세, 배종두, 박귀란이 바위 있는 지점까지 오르자, 차구열과 대원 둘이 지렛대로 쓸 참나무 동바리를 들고 있었다. 3조 조원 최우달과 최윤이었다.

조민세가 다시 시간을 확인하니 화차 도착 시각 십육 분을 남겼다. 그는 깜깜한 진영역 쪽에 귀 기울였다. 레일 위를 달려오는 기차의 금속 마찰음이 희미하게 들렸으나, 곧 환청임을 알았다. 전조등 켠 기차가 산협으로 접어들면 늘 기적부터 울렸는데, 아직 시간이 일렀다.

"이제 신호를 보내시오." 조민세가 배종두에게 말했다.

마루턱에서 배종두가 부싯돌을 켜 신호를 보냈다. 화차고개를 중심 삼아 동쪽 철길 쪽과 서쪽 철길 쪽에서 되치는 신홋불을 확인하자 배종두가, 이상 없다고 말하며 동바리 하나를 넘겨받았다.

굴리라는 조민세 말에, 바위 양쪽에 두 명씩 붙어 바위 밑에 괸 동바리로 바위 들며 밀었다. 바위 두 개가 움직이기 시작했다. 곧 바위가 벼랑 아래로 굴러떨어졌다. 비탈의 나무 부러지는 소리와 흙더미 무너지는 소리가 골짜기를 울렸다. 바위 한 개는 레일에 걸쳐졌고 다른 하나는 조각이 난 채 수로에 걸쳐졌다. 산자락에 숨었던 유격대원 하나가 달려 나와 레일에 걸쳐진 바위 앞에 흰 깃발 달린 장대를 꽂아 세웠다.

숨죽인 시간이 흐른 한참 뒤에야 기차가 달려오는 금속성 마찰음이 메아리로 들렸다. 산모롱이를 돌아오며 기관차에서 내쏘는 한 줄기 불빛이 언뜻 보였고, 기적이 길게 울렸다. 성긴 빗방울이 촘촘히 떨어졌다.

화차고개에서 유격대와 그 동조자들이 공격을 준비하던 시간, 설창리의 진영지서 정보원 임칠병이 숨이 턱에 닿게 지서로 뛰어들었다. 정문에 입초 섰던 의경대원 신군이 그를 미처 제지하지 못했다. 오후 다섯시가 채 못 된 시간이었다.

"임군, 웬일이야?" 최양금이 임칠병을 보았다. 그는 농사꾼을 옆에 앉히고 조서를 꾸미던 참이었다.

"이거, 시, 시간 바쁜데." 임칠병은 이마에 구슬땀이 맺힌 채 덴겁을 떨다 강명길을 보자 그쪽으로 달려갔다.

"무슨 일로, 왜 이래 호들갑이냐?"

"아무리 새, 생각해봐도 그놈들 하는 짓이 수상합니더." 임칠병이 앞뒤 빠진 말부터 던졌다.

"여기 앉아 차근차근 말해. 뭐가 어째서 수상해?"

"우리 마실에 남, 남로당하던 집들 있잖습니꺼."

"배종두 말이로군. 그런데?" 강명길이 바짝 긴장했다.

"어언제예. 그 사람 말고 자, 작년 여름에 해, 행방불명된 최우달이하고, 사촌 윤이 안 있습니꺼."

"입산한 놈들 말이지? 그놈들이 설창리에 나타났다고?"

"그기 아이고 말임더."

"답답기는 내가 더 답답해. 자초지종 말을 해야지."

"윤이 애비하고 또 강차석님이 늘 잘 사, 살피라 캔 자, 장태봉하고 말임더. 그 둘이 한낮이 지나서 소달구지 끌고 읍내 가는 걸 바, 봤심더."

"겨우 그게 보곤가?" 강명길은 맥이 풀렸다.

"우, 웃기는 와 웃습니꺼. 그기 어데 보통 일인교?"

"달구지 끌고 장에 가기사 예삿일 아닌가. 무슨 사고라도 났냐?"

"강차석님이 똑똑한 줄 알았더마는 호, 호롱따까리 밑이 어둡네예."

"그치들이 좌익하고 접선하더냐?"

"그런 이, 일은 없었지만……" 하다가, 임칠병이 목소리를 낮추었다. "공비놈들 숨은 쪽으로 달구지 끄, 끌고 가, 갔는지 모릅니더."

"네가 그걸 어찌 알아?"

"그기 와 그런고 하모, 장태봉하고 윤이 애비하고 나, 남으 소달구지를 빌려서 나갔거덩예. 둘이 다 또, 똥구멍 째지게 가난한데 장에 나가 다, 달구지에 실고 올 물건이 머 있다고 지게까지 여러 개 얹어 나, 나갔겠습니꺼."

"그런가?" 임칠병을 바라보는 강명길 입이 그제야 벌어졌다. 그의 추리력에 놀랐지만, 최윤의 부친과 장태봉은 충분히 입산 공비와 내통할 만한 위인들이었다. 소달구지란 공비들 양식 운반용은 물론이고 장비 운송에도 한몫을 할 만했다.

"해 다 빠졌는데도 아, 안죽 마실로 안 돌아왔심더. 내가 읍내로 신작로 따라 드, 들어왔는데 그림자도 몬 봤심더. 조, 쪼매 이상하잖습니꺼?"

"그럼 쇠전걸에 가봤냐?"

"팔 수도 으, 읎는 남으 소 끌고 거게는 와 갑니꺼."

"하기사 그렇군."

"이래 마, 말만 하고 앉았을 끼 아닙니더. 참말로 다, 답답하네."

"그 말 틀림없지?"

"내가 좆 빨라고 읍내 지서까지 십 리 길을 이래 쪼, 쫓아왔습겠습니꺼."

"그럼 주임님한테 보고부터 하고, 수색 나가든지 해보자."

강명길이 의자에서 일어났다. 주임실 입구에 붙은 수동식 전화기의 호출 신호기를 돌렸다. 수화기를 들자 찍 울리는 잡음을 가르고 우체국이라고 교환양이 말했다.

"김양, 나 지서 강차석인데, 주임님 어딨나?"

"제가 그런 것까지 우예 압니꺼."

"어디로 전화 거는 거 못 들었나?"

"남으 전화 엿들으면 법에 걸리는 줄 모릅니꺼?" 교환양이 능청을 떨었다.

"보통 급한 전화 아냐. 어서 주임님 갈 만한 데 여기저기 코드 꽂아봐. 읍장실이나 대한청년단 사무실, 또 그렇지, 다방이나 일성각에도 연락해보고."

자리로 돌아온 강명길이 사환 김군에게, 주임님이 감나무집에 있을지 모르니 빨리 다녀오라고 일렀다.

"소달구지 끌고 오든 빈 몸으로 오든, 오늘 밤중까지는 설창에 나타나겠지?" 묻고 나니 강명길은 자기 질문이 바보스러웠다. 그는 피곤했고 왠지 임칠병에게 의지하고픈 마음이었다. 아니, 칠병이 나타나기 전까지도 퇴근하면 감나무집에 들르기로 작정하고 있던 참이었다. 끝년이 소리나 몇 곡 듣고 싶었다. 객지 생활의 외로움도 있고 스물여덟의 꽉 찬 총각 나이라 가정을 갖고 싶은 욕구도 은연중 도사리고 있었다. 그보다도 요즘 직장 일에 의욕이 따르지 않았다. 맡은 일마다 이래저래 꼬이고, 경찰이란 직업에도 회의가 따랐다.

"지 생각으로는 둘이 피, 필경 야밤중에 나타날 낌더. 지서로 잡아들여 추, 추달해보면 알겠지예. 그보담도 가실봉이나 보, 봉화산 질목을 잘 지키면 잡을 낌더."

실내에 전깃불이 들어왔다. 갑자기 실내가 너무 밝아, 임칠병이 촌놈 겁준다며 눈두덩을 가렸다.

"지난번 아치골 쳐들어갈 때처럼 허탕 치게 하진 않겠지?"

"그, 그때도 사실이었던 기라예. 강차석님이 하, 한발 늦어 그랬지예."

전화벨이 요란하게 울렸다. 강명길이 달려가 수화기를 들었다. 음악 소리가 들리는 것으로 보아 다방 같았다.

"난데, 무슨 일 있나?" 한광조 주임이었다.

"강인데요, 급한 일이라서. 그쪽으로 갈까요?"

"물통걸 수리조합장하구 긴밀한 얘기 중인데, 우선 전화로 보고부터 해."

강명길이 임칠병으로부터 들은 말을 대충 보고하자, 한주임은 지금 요긴한 얘기 중이니 강차석이 알아서 잘 처리하라고 말했다.

"우리 쪽엔 사람도 없으니 미창 군부대 병력 네댓 명을 차출하면 어떻겠습니까?"

"내가 진중사한테 전화 넣을 테니, 강차석이 수고해주게. 난 아무래두 얘기가 좀 길어질 것 같아."

"그럼 제가 곧 미창으로 가겠습니다." 강명길이 전화를 끊고 자리로 돌아오며 투덜거렸다. "근무 안하고 다들 어디로 내뺐어? 바쁜 놈만 퇴근 없이 똥줄 타누만."

"차석이 작은 벼슬인가. 그래야 경험도 쌓고 공비 몇 마리 잡아 특진할 게 아닌가." 최양금이 강명길에게 말했다. "난 지서 지켜야 하는데 설마 동행하자곤 않겠지?"

"장날이라고 노가는 돈줄 잡고 술집에 박혔나?" 강명길은 책상 위 서류를 서랍에 넣고 열쇠를 채웠다.

"감나무집 명자년 방뎅이 다독거리겠지. 점심 먹고 코빼기도 안 보여."

"성재평은?"

"회계에 밀도살한 놈 잡으러 간 지 언젠데 아직 안 오네."

"내 설창에 갔다 오겠어."

강명길이 모자를 눌러썼다. 방한용 반코트를 걸치곤 총기함에서 자기 명찰이 붙은 카빈총을 꺼내 탄창에 실탄이 든 것을 확인했다.

"이번 일이 성공한다면 특진은 내가 아니고 네 차지다." 강명길이 임칠병 어깨를 다독거렸다. 그가 비록 무학에 말더듬이지만 머리 회전이 빠르고 명민해 함부로 다룰 녀석이 아니라는 판단이 섰다. "늦기 전에 어서 가자."

둘은 지서 정문을 나섰다. 사방이 어둑해오는데 지서 앞 신작로는 늦은 귀가를 재촉하는 장꾼들 흰옷이 띄엄띄엄했다. 둘은 역 쪽으로 바삐 걸었다.

"눈 아니면 비라도 질금거릴 날씬데?" 강명길이 무거운 하늘을 쳐다보았다.

"비 와도 초, 총 쏠 수 있습니꺼?" 임칠병이 물었다.

"비 오는 날은 전쟁도 쉬나?"

"그라고보이 그, 그러네예. 요분에 끓는 물에 옷 사, 삶듯 좌익 서캐를 뿌리째 뽑아뿌리이소."

"네가 경찰 첩자라는 걸 마을 사람들이 아냐?"

"누구 집 수, 숟가락이 몇 갠지 다 아는데, 그걸 눈치 몬 채겠습니꺼. 냄새 잘 맡는다고 사, 사냥개로 소문 났심더."

"그럴수록 조심해야지."

강명길은 설창리 김오복과 그의 아비 김안록을 떠올렸다. 김오복은 서유하의 마산 첩 백희자와 함께 김해 본서로 이첩된 지 일주일이 지났다. 그들은 재판에 회부될 것이다. 아편 밀매에다 살인범인 차구열은 아직 잡히지 않았다.

군부대는 미창 한 동 가운데를 막아 소대 사무실로 쓰고 있었다. 강명길과 임칠병이 사무실로 들어섰을 때, 파견대장 진석구 중사는 팔뚝 근육을 자랑하듯 러닝셔츠 바람으로 아령운동을 하던 참이었다. 그동안 안녕하셨냐고 강명길이 인사를 건넸다.

"어서들 와요. 한주임이 전화했습디다." 진석구가 아령을 책상에 놓고 악수를 청했다. "전화를 받으니 드디어 기회가 왔구나 싶더군요. 그래서 몸 좀 풀었습니다." 진석구가 소탈하게 웃었다. 각진 얼굴에 눈썹이 굵고 검어 성깔깨나 있어 보였다.

강명길은 진석구에게 임칠병을 소개하곤 상대 나이가 두서너 살 수하였으나 깍듯이 예를 갖춰, 인원을 네댓 명쯤 차출해달라고 말했다. 면 단위에 상주하는 소대 단위 부대엔 장교 없이 중사나 상사가 지휘관을 맡았는데, 인원과 장비가 지서보다 월등했고 독립부대 구실을 했기에 지휘관이 하사관 신분이라도 순경쯤은 우습게 알았고 지서 주임에게도 반말 쓰기가 예사였다. 그에 비해 진중사는 소탈하고 강직한 전형적인 직업군인이었다.

"차출이랄 게 있습니까. 소대원 전부를 인솔해서 출동하지요."
진석구가 씩씩하게 말을 이었다. "몸도 근질근질하던 참에 대원들 구보훈련도 시킬 겸 나서보도록 합시다."
"부대 인원을 총출동시키기엔……"
"뭐 어떻습니까. 석식도 끝냈겠다, 설창리가 십 리 거리라면서요?" 진석구는 윗도리를 입더니 호루라기 줄을 목에 걸었다.
"거리 문제보다 공비 소굴을 소탕하는 것도 아니고 잘해봐야 소달구지 끌고 나간 두 놈 연행 정돈데 그렇게 많은 인원이 필요하겠습니까? 인원이 많으면 오히려……"
"강차석이 잘 모르는 말씀." 진석구가 강명길의 말을 잘랐다. "작전 펴 일대를 수색하면 공비 접선 현장도 잡을 수 있을 겁니다." 진석구는 벽에 붙은 김해군도(金海郡圖)의 진영읍 부근을 가리켰다. "나한테도 생각이 있으니깐 강차석은 안내만 하시오."
진석구는 서랍에서 탄띠 달린 권총을 꺼냈다. 탄창에 실탄이 든 것을 확인하곤 농구화 끈을 졸라맸다. 작업모 쓰고 군용 점퍼를 걸치자 사무실을 나섰다. 그는 호루라기를 불며 대원들이 숙소로 쓰는 창고로 들어서서 당번병, 보초병, 읍내 순찰조를 제외한 전 소대원의 집합을 명령했다. 저녁식사를 마친 직후라 휴식하고 있던 사병들이 군장 갖추고 창고 앞마당으로 쏟아져 나왔다. 소대원이 분대별로 정렬하자, 진석구는 앞으로 벌일 작전을 두고 강단 있게 명령을 하달했다. 대열 속에서는, 정말 공비 잡으러 출동하는 모양이라며 쑥덕거림이 일었다. 스무 살을 갓 넘긴 그들은 초가을에 군복을 입은 후 훈련이 아닌 실제 작전으로 출동하기가 처음이라 모두 긴장한 채 정렬했다.

환자, 당번병, 순찰병을 뺀 삼개 분대 스물여섯 명이 경무장하여 진석구 지휘 아래 설창리로 출동한 시간은 오후 다섯시 사십분이 지나서였다. 사방은 앞뒤만 분간할 정도로 깜깜했고 하늘거리며 떨어지던 눈가루가 빗방울로 변한 지 한참 전이었다. 철길 건너 신작로로 나서자 진석구는 속보로 걷던 대원들에게 구령 붙여 뛰라는 구보 명령을 내렸고, 자신이 하낫, 둘 하는 구령에 맞추어 호루라기를 쌕쌕 불었다. 그들 뒤를 따르던 강명길과 임칠병도 함께 뛸 수밖에 없었다. 열외의 임칠병은 자신이 진중사 부관이나 된 듯 큰 소리로 구령을 붙였다. 대열 속에서 저치가 누구냐는 비아냥거림이 들렸으나 그는 신이 나 아랑곳하지 않았다. 신작로 양쪽 가겟집 사람들과 귀갓길의 장꾼들이 길가로 비켜서서 군인들 행군을 지켜보았다. 국군의 밤중 출동에 의아한 얼굴들이었다. 구보 행군이 대창국민학교를 지나 학교말을 넘어섰다.

행군 중인 일행이 총소리를 듣기는 길갓집이 촘촘한 읍 중심부를 빠져나와 일 킬로쯤 나아갔을 때였다. 대창국민학교를 지나 오른쪽으로 단감밭 과수원을 끼고 언덕바지 신작로를 오를 때였다. 총성 한 발이 메아리쳤다. 처음은 누구도 그 소리가 총소리인 줄 미처 알지 못했다. 덕산역에서 진영역을 향해 달려오며 길게 뽑는 기적을 가르고 다시 총소리 서너 발이 터지자 모두 뛰던 걸음을 멈추었다. 소대원들은 겁먹은 표정으로 빗물과 땀으로 얼룩진 옆 사람 얼굴을 어둠 속에서 확인했다.

"총소리 맞제?" "공비 출몰이다!" "철길 쪽에서 난다!" 소대원들이 중구난방 떠들었다. 대열이 흐트러져 우왕좌왕했다.

"대오 맞춰 뛰어! 명령 불복종은 영창이다!" 진석구가 고함지르며 대열을 정돈시키곤 강명길을 찾아 후미로 뛰어왔다. 그가 자신감에 넘쳐 말했다. "예감이 적중했습니다. 공비 출몰이 틀림없어요!"

"그런 것 같긴 한데……" 강명길은 가는 비 듣는 어둠 저쪽 철길 쪽으로 눈을 주었다.

"하, 화차고개 같심더. 화차고개는 여게서 금방임더." 임칠병이 말했다.

"철길과 신작로가 쭉 평행합니까?" 진석구가 물었다.

"한참 동안은 그래요. 금봉리에서 갈라지지만, 앞 논을 질러가면 됩니다. 저기 저 아래쪽이 철길 아닙니까." 강명길이 어둠 저쪽의 봉창이 희미하게 밝은 마을을 손짓했다. "저 마을이 용전리요."

"정지, 구보 정지!" 진석구가 앞쪽으로 뛰어가, 차렷 자세로 대열을 정돈시켰다. "지금부터 내 말을 명심하도록. 만약 지휘관 명령에 불복종하거나 대열에서 이탈하는 자는 즉결 총살이다. 발소리 죽이고 멜빵끈 죄여 잡아 총신 덜컥대는 소리 내지 않도록. 행군 계속, 속보 아닌 구보다. 출발!"

진석구는 대열에 앞장서서 뛰며 대원을 독려했다. 강명길은 진 중사에 대한 선입관을 수정하지 않을 수 없었다. 영웅 심리에 젖어 덤벙대는 면이 없지 않았으나, 저런 강직한 군인이 읍내에 도착하자마자 후생비를 자진 요구하더라는 한주임 말에 의심이 갔다. 진중사가 낯 뜨거운 그런 소리 할 위인 같지는 않았고, 주임이 흠잡으려 꾸며낸 말이 틀림없었다. 진중사에 대한 신뢰감이 그의 다리에 힘을 주었고, 멸공이니 대민봉사니 하는 직업적 의무감에 용기를 부추겼다. 강명길이 어느덧 대열의 선두로 나서자 임칠병도 못지않게 따라붙었다. 비가 촘촘히 내렸고 땅을 차는 소대원들의 절벅거리는 발소리가 높아갔다. 아무도 말하는 자가 없었다. 일행은 어둠과 빗줄기를 가르고 쉬지 않고 뛰었다. 총소리는 더 들리지 않았으나 기차 소리가 멀리서 들렸다. 그 굉음과 진동에 섞여 빗소리 바깥 먼 데서 여린 소음이 들려왔다. 분명 웅성대는 사람들 목소리였다.

사방은 숲이 짙고, 고갯마루는 길었다. 구보 행군으로 대열이 고갯길을 한참 올라갔을 때, 앞 야산 질러가면 바로 화차고개 있는 철길이라고 임칠병이 진중사에게 말했다. 진석구가 대원들에게 정지 명령을 내렸다.

"지금부터 지휘관의 작전 명령을 전 대원이 이행하도록. 제1분대는 정면 공격조로 내가 지휘한다. 제2분대는 분대장 인솔 아래 퇴로를 막는 좌측으로, 제3분대는 3분대장 인솔 아래 우측으로 우회해 공격한다. 내가 신호탄 한 방을 쏘기 전엔 절대 사격 금지다. 알아들었지!" 진석구는 허리춤에서 권총을 뽑더니 손을 높이 쳐들고 외쳤다. "전원 공격!"

진석구는 어둠을 박차고 신작로 옆 도랑을 뛰어넘어 산등성이로 내달았다. 그때였다. 분대별로 쪼개지는 대오 중 3분대에서 총성이 터졌다.

"누구야, 웬 놈이 쐈어?" 1분대를 인솔해 앞서 뛰던 진석구가 돌아보며 외쳤다.

3분대원들이 총소리에 놀라 걸음을 멈추고 웅성거렸다.

"오발 아닌가? 우리 중에 누군가 쐈나봐." "총소리에 공비들이 다 도망가뿌리겠다." "우리 중에 첩자가 있다. 총질한 좌익을 잡아내야 해!" "누군가 반란을 일으킨 모양이다." 분대원들이 겁에 질려 제가끔 지껄여댔다. 용기백배하던 대원들 사기가 한순간에 떨어져 옆 전우 표정만 힐끔거렸다. 반란이 났다면 어둠 속이라 누가 적이고 누가 아군인지 분별할 수 없는 형편이었다. 그들은 순간적으로 47년 7월에 제주도 공비를 소탕하러 여수항에 대기 중이던 국군 14연대의 반란 사건을 떠올렸다. 짧은 병영 생활이지만 정훈 시간에 누누이 들어온 이야기였다.

"총 쏜 놈이 누구야!" 진석구가 3분대로 뛰어가며 소리쳤다.

"홍일병이 아매도 실수로……" 분대장 백하사의 떨떠름해하는 말이었다.

진석구가 손전등을 켜 분대원 사이를 누비며 전지 불빛으로 얼굴을 짚어내더니, 앞에총 자세로 서 있는 홍일병 얼굴에 멈추었다.

"국군준비대 출신 맞지? 좌익놈 새끼 같으니라구!" 진석구가 홍일병의 따귀부터 올려붙이곤 군화로 촛대뼈를 사정없이 깠다.

"오발로 그만……" 하며 풀썩 주저앉으려던 홍일병이 갑자기 앞에총한 총열로 진석구가 쥔 손전등을 내리쳤다. 순간적으로 총소리가 터졌고, 홍일병이 그 자리에 꼬꾸라졌다.

"국군이 국군을 죽여?" 3분대원 중 하나가 불쑥 나서더니 진석구 쪽으로 총을 쏘며 달려들었다. 한일병이었다.

그 통에 진석구와 옆에 있던 분대원 둘이 쓰러졌다. 진석구는 쓰러지면서도 달려드는 한일병의 가슴팍을 정조준해 사살했다.

"돌격, 분대별로 진격!" 진석구가 비틀거리며 일어서더니 권총을 휘두르며 외쳤다.

분대원 몇이 간호병을 부르며 쓰러진 동료를 부축했고, 나머지 분대원들은 어둠을 가르고 뛰었다. 진석구도 절뚝거리며 1분대 후미에 따라붙었다. 강명길과 임칠병은 어느 분대에 낄까 망설이다 진중사가 지휘를 맡은 정면공격조 후미를 따랐다.

"국군준비대 추, 출신이 멉니꺼?" 강명길과 나란히 뛰던 임칠병이 숨차게 물었다.

"해방 직후 좌익계가 조직한 사설 군사단체지. 국군준비대 창설 때 남로당 세포가 많이 지원했어. 그러니 국군준비대를 모태로 창설된 국군경비대 시절엔 사병 절반이 좌익물에 들 수밖에. 여순 사건 후 작년에 대부분 숙청됐는데, 아직 좌익분자가 국군에 더러 끼여 있다고 봐야지."

"그런데 지는 멉니꺼. 초, 총도 읎고…… 쌈하고 싶은데. 밤중에 돌미(돌멩이) 들고 던지란 말입니꺼?" 임칠병이 투덜거렸다.

"더 씨부리지 마." 임칠병이 또 말을 걸까봐 강명길은 분대원 사이를 빠져 선두로 달려 다복솔과 잡목 우거진 숲속으로 뛰어들었다.

진석구가 밋밋한 등성이로 올라서자 저만큼 아래쪽 철길에는 횃불 몇 개가 빠른 속도로 맞은편 언덕으로 사라지고 있었다. 허기지게 언덕을 차고 오르다 멈춰 선 기차 꼬리가 불길에 휩싸였고 힝힝대는 말들 울음과 사람들 고함이 언덕 위까지 들려왔다. 진석구가 사방을 둘러보았다. 1분대는 언덕 밑 철길로 내달았고, 왼쪽과 오른쪽에서 협공할 2분대와 3분대는 아래쪽에 총질을 해대며 철길 양쪽으로 죄어들었다.

"조금 일찍 도착했다면 독 안에 든 쥔데, 홍일병이 총소리만 내지 않았더래두……" 진석구가 중얼거릴 때 맞은편 산중턱에서 총성이 울렸다. 퇴각하라는 외침이 들렸다. 진석구는 몇 걸음 내딛다 통증이 심해 주저앉아선, 한 놈도 놓치지 말고 사살하라고 목쉰 고함만 질러댔다.

칠흑의 어둠 속에 총소리가 사방에서 터지고 비명과 아우성으로 화차고개 철길 일대는 수라장을 이루었다. 유개화차 문을 부순 뒤 안남미 가마를 내려 마소와 지게에 싣던 운반조는 엉뚱한 쪽에서 총성이 쏟아지자 하던 일을 멈추곤 뿔뿔이 현장을 떠나 어둠 속으로 자취를 감추었다. 한 패는 산자락을 탔고 다른 패는 밭둑 아래 수로로 달아났다. 총을 가진 유격대원들은 간간이 응사했지만 대중없는 난사였고, 국군 쪽도 마찬가지였다.

배종두 명령을 좇아 유격대는 한림정 쪽을 잡아 화차고개 협곡을 빠져나갔다. 그쪽 능선으로 빠지면 봉화산으로 가는 구들재목이 나섰다. 첫 집합 장소인 밤나무골이었다. 국군 1소대가 그 무리를 뒤쫓으며 총질했으나 차츰 거리가 벌어졌다. 유격대의 기동력이 훨씬 민첩했다.

배종두 뒤에서 절뚝거리며 쫓던 최윤이 무릎을 꿇더니 카빈총을 떨어뜨리고 비명을 질렀다. 돌아보던 배종두가 최윤을 보고, 맞았냐고 물었다. 그가 옆구리를 누르며 숨 가쁜 소리로, 괜찮다고 말했다. 최두술이 죽창을 버리고 아들을 업더니 뛰기 시작했다. 오르막을 한참 숨차게 뛰던 최두술이 힘에 겨웠던지 걸음이 처지자 힘이 좋은 배종두가 최윤을 넘겨받아 옆구리에 끼고 뛰었다. 그는 최윤의 총상 부위를 살필 여유가 없었다. 아들 이름을 엉절거리며 최두술이 힘을 다해 그 뒤를 따라붙었다. 산허리를 돌아 개활지를 건너 억새밭으로 숨어들었다. 그때야 최윤의 몸이 늘어졌고 신음 소리도 들리지 않았다. 뒤쪽의 총소리도 뜸해졌다. 배종두와 최두술이 걸음을 늦추자 떨어지는 빗소리뿐 사방이 조용했다. 배종두가 최윤을 내려놓았다. 윤의 몸이 널브러졌다. 최두술이 오열을 쏟으며 아들 위에 엎어졌다. 배종두가 흔들어도 최윤의 몸은 움직이지 않았다. 그는 이미 숨이 끊어져 있었다.

"장례는 다음에 지내기로 하고 우선 낙엽으로 덮어둡시더." 배종두가 사방을 가늠하며 말했다. 동지들이 어디로 뿔뿔이 흩어졌는지 뚝뚝 듣는 빗소리뿐 사방이 괴괴했다. "더 지체했다간 추격당해요."

배종두가 그를 잡아채어 일으켰지만 아들 시신을 끌어안고 통곡을 쏟는 최두술 귀에는 그 말이 들리지 않았다.

"이놈 업고 마실로 가서 묻어줄랍니더. 서럽게 키운 병신 자슥을 짐승이 뜯어묵게 버려둘 순 읎심더." 최두술이 널브러진 아들을 들쳐 업었다.

"하산하면 최동무도 죽습니다. 놈들이 동무를 그냥 살려둘 것 같습니꺼?" 배종두가 말했다. "날 따르소. 살길은 그 길뿐이니."

배종두가 앞장서서 잡목 숲 허리를 돌아나갔다. 배종두 뒷모습을 보고 섰던 최두술이 무엇인가 깨달은 듯, 같이 가자며 시신을 업은 채 뒤쫓았다.

"윤이 동무의 이름은 조선 인민투쟁사에 반드시 기록될 겁니더. 조국이 통일되는 그날, 윤이 동무 시신을 영웅전사 묘역에 안장시켜줄 테니 너무 서러워 마시오." 배종두가 비장하게 말했다.

2월 14일

　오전 열시 삼십분, 아랫장터 극장에서는 화차고개 승전에 따른 유공자 표창 수여식이 성대하게 거행되었다. 식장에는 영웅담의 주인공이 된 한광조 지서장, 진석구 중사, 강명길 차석, 설창리 임칠병과 국군 파견소대 대원들의 얼굴을 보려고 많은 읍민이 장내를 메웠다. 그중 한광조는 관내 치안 확보의 발군한 공적, 대민봉사의 투철한 사명감, 공비 내습을 완벽하게 대처한 유비무환의 정신이 기림을 받아 누구보다도 칭송을 받았으나, 따지고 보면 이번 작전에 어떤 역할도 한 게 없었다.

　사건이 있던 날 오후 다섯시경, 강명길이 전화로 군 파견대 대원 네댓의 차출을 한광조에게 부탁했을 때, 그는 다방 밀실에서 물통걸 수리조합장과 마주 앉아 있었다. 해동과 더불어 실시될 농지 분배에 자신의 이익과 관련해 압력을 넣다 강차석의 전화를 받자 진중사에게, 대원 몇의 차출을 부탁했던 것이다. 그러곤 군 출동은 까맣게 잊은 채 일성각으로 가선 여섯시부터 허구 읍장, 도문규 조합장, 곽재양 사장과 마작판을 벌였다. 반주 삼아 약주를 걸친 뒤 노름판을 벌일 때야 자기 거처를 지서에 알려놓지 않았음을 상기했다. 강차석이나 진중사가 설창리에서 돌아오면 찾을 게 분명했던 것이다. 한광조는 여종업원에게 지서에 전화를 걸어두라고 일렀다. 아홉시경, 노름판이 한창 무르익었으나 패가 잘 풀리지 않아 물 잦듯 새어나간 돈이 이천 원이 넘어 심통이 난 참이었다. 그때, 공비 소탕을 끝내고 돌아온 강명길로부터 작전이 대성공을 거두었다는 승전보를 전화로 전달 받았다. "……부상당한 세 놈, 포로로 잡은 두 놈, 투항해온 놈 셋을 합쳐 총 여덟 놈을 방금 미창 파견대로 잡아다눴습니다. 진중사는 부상을 당해 자혜병원서 치료 중이고요." 강차석의 들뜬 목소리였다. 전화를 끊자, 한광조는 굴러들어온 호박이 이런 경우임을 깨달았다. 영달과 직결될 기회를 놓쳐서는 안 되었다. 그는 그러잖아도 약발이 오르지 않던 마작판에서 엉덩이 털고 일어나 자리를 떴다. 그 길로 미창 파견부대로 달려갔다. 강차석과 분대장들이 의기양양한 얼굴로 그를 맞았다. "큰일 했구려. 당신네들 특진은 내가 책임지겠소!" 한광조가 그들을 격려했다. 그는 그들로부터 화차고개 공비 소탕 전말의 무용담을 대충 보고받았다. 한광조는 대어를 낚았음을 직감하곤 물적 증거 확보가 급함을 알았다. 진영 지방 대공정보 관계 기밀서류와 보도연맹 가입자 명부가 지서에 있다는 핑계로 잡아온 여덟 명을 인계받아 지서로 데려오자, 곧 김해 본서 숙직실로 유선 보고부터 띄웠다. 잡은 공비 중 중상자 둘은 의경대원을 딸려 자혜병원으로 옮기고 나머지 여섯은 유치장에 수감했다. 그는 그들을 지하실로 한 명씩 끌어내 밤새워가며 심문했다. 여섯 명 중 공비 출신은 둘이었고 나머지 넷은 안남미를 운반하려고 읍 주위 마을에서 동원된 지지리 가난한 농사꾼들이었다. 사건을 보고받은 김해 본서도 뜻밖의 전과에 놀라 여러 차례 긴급 전화를 걸어왔다. 이튿날 아침, 본서에서 대공 담당 수사관 셋이 들이닥쳤다. 정오 무렵, 부산에서 신문기자가 오자 한광조는 기자 둘을 자기 방에서 맞아선 작전 경과를 소상히 설명하며, 자신의 활약상을 부각시켰다. 진중사가 병원에 가료 중이었기에 그로서는 천만다행이었다. 그의 각본에 따르면 심복 임칠병의 정확한 정보 제공, 파견부대 출동에 따른 신속한 조치, 읍내 치안 책임자로서 자신의 작전 총지휘가 적중했다는 것이다. 그런 다음 촌구석까지 내방해준 데 대한 사례로 두 기자에게 촌지를 아낌없이 찔러주었다.

이튿날 신문에는 '共匪射殺 七名, 生捕 八名, 大戰果'란 제목의 기사가 사회면 가운데에 큼직하게 박혔다. 국한문 혼용인 기사는 다음과 같았다.

去九日 午後 五時半頃 武裝共匪 三十餘名이 金海郡 進永邑 화차 고개에 출몰하야 馬山發 서울行 米穀 輸送 列車를 습격하던바, 마침 出動한 支署刑事隊(支署長 韓광조 경사)와 一二五部隊 派遣 小隊의 急襲을 맛아 雙方 交戰中 共匪 七名이 射殺되고 八名이 生

捕된 大戰果를 올렸다 한다. 그 共匪들은 南勞당 慶南 第六블록 殘黨으로 구랍 十一月에도 進永邑 설창里에 出沒하야 民保團員 數名을 殺戮한 바 있다. 敵殺傷 外 判明된 戰果는 如左하다. 九九式長銃 三挺及, 同 實彈 六十二發, 칼빈총 二挺, 同實彈 四十八發, 鐵槍 四本, 日本刀 二振, 衣類 數點, 나팔 一個, 人共旗 一個 押收. 我方에서는 二名의 散火에 負傷이 三名 있었다 한다. 이 戰果는 今年들어 道內 最大 收獲임.

이렇듯 신문기사에는 진석구, 강명길, 임칠병의 이름은 거명되지 않았다. 오직 '공비 잡는 호랑이'란 별칭을 새로이 얻은 한광조 이름만이 도내 경찰계에 널리 알려져 영광과 칭송을 독식했다.
표창 받는 수혜자들은 관람석 앞쪽 자리에 늘어앉았다. 무대 위 의자에는 김해 을구 출신 국회의원 조규갑을 비롯해 도 경찰국 내무과장, 제125부대 부대장, 김해경찰서 서장, 읍내에서 행세깨나 하는 유지들이 버티고 앉아서 마치 그들이 표창 받는 인물 같았다. 식장에 나온 구경꾼들은 지서장 한광조, 군 파견대장 진석구 중사, 지서 차석 강명길이 한 계급씩 특진될 거라고 쑥덕거렸다. 그중 임칠병은 순경으로 특채될 게 틀림없다고들 말했다.
표창장 수여는 간단히 끝났으나 무려 여섯이나 되는 찬조 연설자가 단상에 나와 엇비슷한 말을 엿가락처럼 늘여 식이 끝났을 때는 오후 한시를 넘겼다. 식을 마친 뒤는 점심식사를 겸한 위로 연회가 읍에서 가장 큰 음식점 '부산식당'에서 있을 예정이었다. 읍내 재력가들이 식대를 추렴했던 것이다.

표창을 받은 자, 외지에서 온 내빈, 읍내 유지들은 신작로에 늘어선 구경꾼들의 선망 어린 눈길을 받으며 버스정류소 앞 부산식당으로 우르르 몰려갔다.

부산식당이 앉을 자리 없게 만원을 이룰 그 시간이었다. 설창리 앞 신작로에 버스 한 대가 뽀얀 먼지 속에 멈추어 섰다. 버스에서 보퉁이 든 청년이 먼저 내렸다. 그는 보퉁이를 길섶에 놓고 이어 하차하는 행색 남루한 중늙은이를 부축했다. 골병들어 삭신을 제대로 못 쓰는 중늙은이는 앵속 밀재배에 연루되어 김해경찰서로 이첩되었던 김오복 아비 김안록이었다. 그를 부축해 내린 청년은 재판을 방청한 뒤 아버지 석방을 기다렸다 함께 돌아온 김오복 아우 김득복이었다. 부산지방법원 김해지원의 재판 결과, 앵속을 밀재배한 김오복은 남로당 지하당원으로 국가보안법에 저촉되어 15년, 아편을 비밀리 숨겼던 서유하 작은댁 백희자는 3년 선고를 받았고, 불고지죄가 적용된 김안록만이 옥살이를 면해 1년 6월 형에 집행유예 2년을 받고 풀려난 참이었다.

부자는 한길을 벗어나 설창리로 뻗은 달구지길로 접어들었다. 하늘은 재색 구름에 덮여 우중충했고 대목댐을 하려는지 음산한 대기를 가르는 바람이 차가웠다. 야트막한 망개산 앞으로 일백오십 호의 대촌 설창리가 보였다. 김안록은 이따금 발을 헛딛다 비척거리며 오랜만에 보는 고향 산천이 새삼스럽다는 듯 보리가 파랗게 깔린 들녘을 둘러보았다. 아들이 아버지를 부축했다.

"난 다시 이 땅 못 밟을 줄 알았더이 그래도 숨 붙여 돌아왔구만.

오복이가 십오 년이라니, 강산이 변한다는 십 년 시월 보내고, 또 다섯 해라…… 내 그때꺼정 안 죽고 살아 있겠나."

"인자 해임(형님)은 빼도 박도 몬할 말뚝 신세가 돼뿌렸어예."

"나라가 금하는 좌익에, 양귀비까지 키았으이 죽을 목숨 면한 거만도 다행이제." 김안록의 염소수염이 떨렸다. "그짓 치아라 캤을 때 손 털었으모 이런 액이사 안 당했을 낀데, 차서방하고 작당해서 궁리할 때 위태하다 캤더마는……"

"다 팔자 소관이고 운숩니다. 어데 양귀비 키운 사람이 해임밖에 없겠습니꺼. 재판관이, 전국에 아편 환자가 십이만 명이나 된다 안 캤습니꺼. 북지서 아편 피우다가 해방되고 돌아와 새끼 친게 그만큼 늘었다이, 지금도 양귀비 몰래 키우는 사람이 수천 명은 넘을 낌더. 해임이 집안 한분 일바시볼라 카다가 시절 잘몬 만낸 기지예." 김득복이 이 말은 꼭 해야겠다는 듯 불퉁스럽게 말을 이었다. "자자손손 몬 면할 소작농 팔자에, 뼈 빠져라 일해도 사철 이밥 한 그릇 묵기 힘든 세상 사느니, 차라리 철창 안에서 콩밥 묵는 기 마음 편할지 모르지예."

"이노므 자석, 무신 말을 그래 하노. 새장에 갇힌 봉황 신세보담 창공에 날라댕기는 잡새가 낫다 캤다. 니도 머슴질 한다고 집 나가서 살았으이 그 꼴 민했제, 집에 있었다 카모 니 성 꼬라지 되고 말았을 끼다."

"그 이바구 그만큼 해두입시더. 좆 빨늠으 세상, 좌익이 먼지 우익이 먼지 알끼 먼교. 무식한 우리사 삼시 세끼 밥 먹이주모 어떤 시상이 된들……" 김득복이 말문을 닫았다. 그는 설창리에서 시오 리 떨어진 골샘 마을 한참봉네 집에 두 해째 상머슴을 살고 있었다. 지난해 가을걷이 끝나 새경 받고도 한참봉 집에 눌러 있다 새해 들어 형과 아버지가 지서로 잡혀가는 난리를 치르자, 해동되면 가기로 하고 귀가해 집안을 두량하고 있었다.
부자는 마을이 저만큼 보이는 앞내걸까지 왔다. 냇가 방죽에 수양버들이 늘어섰고, 늘어진 가지 사이로 직박구리 몇 마리가 날아갔다. 앞내걸에 놓인 징검돌을 밟고 건너기에는 김안록 걸음걸이가 부실해 녹록치 않았다.
"아부지, 지 등짝에 업히는 기 좋겠심더."
김득복은 보통이를 넘기곤 아버지를 업었다. 나락 한 섬 지고 오 리 길을 걷는 김득복은 별 용도 쓰지 않고 일어나 징검돌을 밟고 내를 건넜다. 아들 등짝에 붙은 김안록은 앞내 상류 쪽 골짜기에 눈길을 보냈다. 집안이 사륙제 소작으로 부쳐 먹는 논이 그 상류 쪽에 있었다. 땅주인인 서유하 어른도 죽고 없으니 그 논 부치기도 글렀다고 생각하자 앞으로 살아갈 길이 막막했다. 봄과 더불어 농지개혁이 된다지만 좌익 집안에다 앵속까지 밀재배를 했으니 분배되어 돌아올 땅이 있을 것 같지 않았다. 매운 강바람이 눈 속으로 파고들었다. 바람 탓이 아닌데 눈물이 돌고 눈앞이 뿌옇게 흐려왔다.
마을 어귀에 선 홰나무까지 오자 김득복은 아버지를 내려놓았다. 마을 집들이 옹기종기 늘어섰는데, 대부분은 초겨울에 햇볏짚으로 새 이엉을 얹어 지붕이 샛노랬으나 거무튀튀한 묵은 볏짚 지붕은 남정네가 없는 궁색한 집들이었다. 배구장네 기와집 옆에 반쯤 올리다 말아 깎다 만 머리처럼 볼썽사나운 집이 김안록 초가였다.
"내가 주재소 갈 때 올리다 만 우리 집 지붕은 안죽 저 모양이구나. 집안이 풍비박산됐으이 지붕갈이를 누가 하겠노." 김안록은 쓴 입맛을 다셨다.
"아부지와 해임 읎는 동안 집안이 폭싹 망했는데 지붕갈인들 우예 했겠습니꺼. 날품 팔아서 입치레가 고작이었심더. 아부지 걱정 안 시킬라고 말씀 안 디렸지만, 이분 사단에 이래저래 진 빚이 나락 수무 가마 값이 넘심더. 지서에도 사람 지발 살살 좀 다뤄달라고 약 좀 썼고예. 그 빚 다 갚자모 지는 장개도 몬 가고 몽달구신 머슴살이로 환갑 맞을 끼라예."
아들 말에 김안록 입에서 절로 탄식이 흘렀다. 마을 어귀로 들어서자 동네 사람 얼굴 보기 부끄럽다는 마음은 간데없고 앞으로 살아갈 일이 눈앞을 캄캄하게 했다. 애비 없이 자랄 손자들과 혼기 찬 아들딸의 뒷갈망을 어이하랴 싶어 마음이 갈래갈래 찢어졌다. 갇혔을 때는 오매불망 그립던 식구가 막상 풀려나니 태산 같은 짐으로 마음을 허허롭게 했다.
마을 들머리에 있는 쌍과부집 주막 앞에는 게시판이 있었다. 게시판에 방(榜)이 두 개나 붙어 있었다.
"득복아, 웬 방인고. 그새 무신 난리 났나?"
"읍내 나가는 길목, 화차고개 철길 말임더. 거게 공비들이 출몰했거덩예. 공비 여럿이 국군 총에 맞아 죽고 국군도 저거끼리 총을 잘몬 쏴서 둘이나 죽었심더. 그 바람에 최서방 집이 날벼락 맞앉지예. 야산대로 입산했던 절름발이 윤이 시체가 구들목재에서 발견됐심더. 아들 만날라꼬 달구지 끌고 나간 최서방은 안죽 소식도 모릅니다. 장태봉은 총에 맞아 죽고예. 그 사건이 있고 군부대가 우리 마실로 들어와서 최서방 집과 장태봉 집 마루 밑창은 물론이고 통시(변소) 바닥까지 짝대기로 쑤시미 숨은 좌익 잡아낸다고 난리쳤심더. 배구장 어르신도 주재소로 끌리갔다가 나흘 만에 풀려났고예. 붙잡힌 야산대원 말에 따르모 종두 해임이 야산대 부대장인 모양이라예. 지나리 차서방도 그 무리에 끼인 걸 보았담더." 게시판을 곁눈질하며 김득복이 말했다.

"차서방이 진짜배기 산중 공비가 됐단 말인가?"

"그 바람에 설창리가 좌익 소굴이라고 근동에 소문이 쫙 깔렸심더. 그저께는 무장한 국군이 우리 마실 앞을 지나 태종산 쪽으로 갔심더. 칠팔십 명 좋게 되겠데예."

게시판에 붙은 방 하나는 태종산 산동네인 죽곡리의 다복골과 청송골이 공비 토벌을 위한 군 작전지역이 됨으로써 이십여 호 가구가 소개(疏開)된다는 국군 125부대의 공고였다.

……다복골과 청송골은 물론 太宗山 일대는 昨十四日附로 夜間通行禁止時間을 延長하야 午後 七時부터 翌日 午前 六時까지 실시하게 된바, 共匪는 주로 夜間暗黑을 利用하여 出沒하는 關係로 만일 違反하는 者는 共匪로 認定하여 發砲할 것이니 留念 要望.

다른 방은 오는 19일 오후 한시에 설창리에서 국군 선무공작대의 강연회가 열린다는 공고문이었다.

게시판 건너 쌍과부집 주막 처마 밑에는 아이들 네댓이 해바라기하며, 군것질감이라도 되는 듯 엿가락만한 고드름을 씹고 있었다. 아이들이, 춘심이할배가 가막소서 돌아온다고 쑤군거렸다.

마을 고샅길로 접어들자 이 집 저 집에서 떡메 치는 소리가 들렸다. 설창리는 자작농이 이 할이 채 못 되고 반자작농이 또 그쯤, 나머지는 모두 소작농으로 군내 어느 농촌과 다를 바가 없었다. 그러다보니 설이라고 떡 만드는 집은 별로 없었지만 제사상에 떡국이라도 얹으려 내남없이 요긴하게 갈무리했던 쌀 됫박이나 풀어놓았던 것이다. 구수하게 익은 쌀 냄새가 토담 너머로 풍겨왔다.

"우리 집안이 요꼴인께 이번 제사상에 떡국은커녕 찬물 한 사발만 올려놓게 생겼구만. 조상님 잘 모셔야지 후손이 복 받는다 캤는데……" 김안록이 혼잣말을 했다.

토담 너머로 김안록 부자를 맨 먼저 본 사람이 상남댁이었다.

"짐첨지 어른 아인가베."

상남댁 외치는 소리에, 맞은쪽 배현주 구장 집 마당에서 떡메질하던 김바우가 담 너머로 김안록 부자를 보았다. 반반한 화강암 떡판 옆에 앉아 고두밥을 이겨 넣던 용담댁이 일손을 놓고 밖으로 나갔다.

"증말 첨지 양반이구랴." 용담댁이 반색을 하며 대문 밖으로 뛰어나가 김안록 부자를 집 안으로 끌어들였다. 그네는 눈물부터 앞세웠다. 한 달여 사이 십 년은 겉늙어버린 김안록의 초라한 행색을 보고 서러워진 게 아니었다. 옥에 갇혔던 사람, 집 떠났던 머슴, 객지 나가 살던 사람 내남없이 설을 맞아 고향을 찾건만 소식 없는 삼대독자가 생각나 눈물이 났던 것이다.

"그새 고초를 을매나 당했길래 삭신조차 쓰지 몬할꼬. 여게 쪽마루에라도 좀 앉으소. 마침 집에 두부 해놓은 기 있으이 묵고 가이소." 용담댁이 말했다.

"아드님 때문에 구장 어르신도 고초를 겪었다민서예?"

"자네 인자 돌아오는구나. 고생 억시기 했제?" 바깥 말소리를 들은 배현주가 사랑방 방문 열고 얼굴을 내밀었다.

추수 오백 석이 넘어 설창리에서는 대농(大農)인 배현주는 이태 전까지 구장직을 오래 맡아왔으나, 좌익 고수 배종두를 잡겠다고 집안에 경찰 출입이 잦자 구장직을 스스로 내놓았다. 외동아들이 속을 썩이고부터 그는 바깥출입을 삼갔다. 근년 들어 귀 앞 머리칼이 하얗게 세어버린데다 턱수염까지 길러 마을에서는 어느새 장로 축에 들었다.

배현주가 기침을 콜록이며, 오복이는 어째 됐냐고 물었다.

"십오 년을 옥살이하게 됐습니다. 이를 우짤고예······"

"세상 살기가 참말 에럽기도 하구나." 배현주가 희읍스레한 하늘에 눈을 주었다. 사실 김오복이 좌익에 나서게 된 것도 따져보면 아들이 야학당을 하며 끌어들인 공작 탓이라, 김안록 부자가 지서로 잡혀가자 배현주는 김첨지 집에 아무런 조건 없이 급전 일만 원을 돌려주었다.

"그래 서 있지 말고 마루에 잠시 앉으소." 용담댁이, 사랑 부엌에서 순두부를 함지에 퍼담는 부엌아이 오월이를 보고 말했다. "빨리 갖고 온나 보자. 가막소 갔다 온 사람은 두부부터 묵어야 된다더라."

오월이가 갓 쪄낸 순두부 한 바가지를 대충 물기 빼내 그릇에 담아 들고 나왔다. 용담댁은 간장 한 종지와 숟가락을 챙겼다. 식기 전에 얼른 들라는 용담댁 말에 김안록이 두부 그릇을 들었다. 김 오르는 순두부 냄새가 코에 스미자 그동안 식은 꽁보리밥만 먹은 터라 김 오르는 더운 내가 역겨웠다.

김안록이 석방되어 왔다는 말이 마을에 돌아 이웃들이 웅기중기 모여들었다. 어른들 사이를 비집고 춘심이가 할아버지 쪽으로 달려왔다.

"할배, 아부지는 어데 있어예?" 일곱 살 철부지라 마음 아픈 말부터 꺼냈다.

"아부지? 난중에 한참 있다가 올 끼다……" 김안록이 말을 어물거리며 손녀를 안았다. 그는 모여 선 마을 사람들을 둘러보았다. 처와 며느리를 찾았으나 고인 눈물이 눈앞을 가려 얼굴조차 분별할 수 없었다.

해가 지고 어둠이 마을을 덮었다. 설이 코앞에 닥쳤다보니 집집마다 등잔불 밝히고 아녀자들은 일손이 바빴다. 아이들 설빔 바느질하랴, 부침개용 포를 뜨랴, 밤이 깊어도 다리 펴고 눕지를 못했다.

저녁 끼니로 죽사발을 비운 남정네들은 밤 한때를 배현주네 머슴방에서 보냈다. 배구장 이웃사촌들로 대부분이 그의 전답을 소작하는 작인들이었다. 자기 집 등잔기름 아끼느라 일감을 안고 오는 부지런한 이도 있었고 읍내에서 듣고 온 소문을 귀동냥하거나 막걸리에 묵내기 화툿장을 돌리는 재미로 마을 오는 사람도 있었다. 홀아비 김바우 방에는 밤이 이슥토록 그들로 하여 와자지껄한 소리가 그치지 않았다.

애당초 배구장 집은 솟을대문에 달아낸 행랑채가 있었다. 해방 이듬해 10월, 호열자 확산을 막으려 쌀 시내 반입을 금지해 쌀값이 폭등하자 굶주림을 참지 못한 대구 영세민들이 도청으로 몰려가 배급 쌀을 달라고 농성하며 시작된 시위가 남로당이 내린 지령 따라 삼남 각지로 들불 번지듯 확산되자, 그 시위가 진영까지 파급되어 쥐꼬리만한 권력 줄을 함부로 휘두르던 자, 지주 측에 드는 가진 자들이 혼줄 났다. 우익 측은 '대구 10·1 폭동'으로, 좌익 측은 '대구 10·1 인민항쟁'으로 부른 그 사건으로 겨울 들머리에 진영 읍내 관공서와 세도가, 지주 집들이 방화로 불탔는데 설창리도 예외가 아니었다. 그때 배현주의 집도 행랑채가 소실되었다. 마을 사람들은 배종두가 자기 집에 불을 지른 격이라고 쑥덕거렸으나 그때 그는 남로당 서울 지도부 소환으로 서울에 올라가 있었다. 그 뒤 김바우가 쓰는 지금 머슴방은 외양간 옆에 새로 달아낸 방이었다.

김바우는 설창리 태생이 아니었다. 삼거리목 지나 오항리가 고향이었는데 역마살이 들어 만주로 떠돌다 태평양전쟁 직전에 귀향하니 부모가 타계한 뒤였고, 이웃 소개로 배현주네 머슴으로 들어왔다. 그동안 새경으로 받은 볏섬을 주인이 착실히 늘려주어 논 두 마지기를 사놓았다. 장가도 들었지만 처가 일찍 죽자, 홀아비로 나이를 먹어 마흔 턱에 올라섰다.

등잔불 뽀윰한 김바우 방에 마을 나온 남정네 여섯이 앉으니 발 고린내, 메주 뜨는 냄새, 담배 연기로 방 안 공기가 고리탑탑했다. 설밑이라 음식 장만한다고 낮 동안 불을 지펴 방바닥이 윗목까지 따끈했다. 김바우가 멱둥구미를 곱상하게 말아 올렸다.

"인자 군복 입고 나댕기다 순사나 군인한테 들키모 붙들리 간답디다. 오늘 읍내 장에 나갈 때 명식이가 군대 있는 새이(형)가 갖다놓은 군복 입고 나갔다가 시껍묵었답디다. 군인한테 붙들려 귀싸대기 맞고 염색집에 끌려가 등드리(등)에 검정물로 항칠까지 당했답디다. 등드리에 무신 글자 써놨는지 압니꺼." 창귀가 삼태기 엮던 일손을 멈추고 웃기부터 했다. 아무도 대답이 없자, "니미 씹이라 써놨답디다" 하곤 킬킬거렸다.

"그카고 보이 그렇구나. 자네들 그 소문 들었나? 지난 양력 칠월에 말이다, 경북 청송면에 공비 이백오십 명이 나타났는데 몽지리 국군 복장을 한 기라. 그래서 면민들은 멋도 모르고 공비 토벌 나온 국군인 줄로만 알고선 박수 치며 환영한 기라. 군수고 경찰서장이 다 속은 기제. 그래 그놈들이 군수와 서장을 비롯해서 지주까지 합쳐 열한 명을 군청 앞에 불러내이까 불려나온 사람들은 무신 표창장 주는 줄로만 알았제. 그런데 웬걸, 줄 세워놓고 즉결로 총살시키뿔고 소 일곱 마리 끌고 산으로 도망쳤다 안 카나." 구들목 차지한 한첨지가 장죽 담뱃대 대통에 엽초를 담으며 말했다.

"어데서 들은 이바군데예?" 얼굴 얽은 노서방이 물었다.

"그제 비료값 내로 읍내 나갔다가 들었다. 신문에도 크게 났다 카던데?"

"그 많은 군복을 어데서 장만했을꼬?" 노서방이 종이에 만 담배를 손톱이 타들도록 빨며 머리를 갸우뚱했다.

"이북서 몰래 보낸 거 아니모 피복 창고를 털었겠제."

"하야간에 멋 때문에 웬수졌다고 이라는공 모르겠어. 사상이 뭔지 동기간 갈라놓고, 피를 봐야 속 시원하다고 주장들 하이께. 참말 언슨시럽은(지긋지긋한) 세월인 기라." 김바우가 한숨을 쉬었다.

"자네사 부모 성제가 있나, 딸린 처자속이 있나, 극정도 팔잘세." 한첨지가 손잡이 부러진 부손으로 방 가운데 놓인 놋화로의 불더미를 헤쳤다. 곰방대 대통을 화롯불에 대고 담뱃불을 붙였다.

방문이 열리고 앞머리칼 희끗한 곽서방이, 날씨 한번 춥다고 구시렁거리며 삼태기를 들고 들어왔다. 삼태기에 배추 뿌리 대여섯 개가 담겨 있었다. 그는 시렁 아래 구들목부터 찾아들었다. 남의 집 머슴방이지만 장유유서가 있어, 나이 든 축은 늦게 와도 으레 아랫목 차지였다.

"묵을 걸 나르는 거 보이 인자 철드는군." 한첨지가 말했다.

"가실에 묻었던 감자 파내다보이 이기 나오데. 그래도 첨지 니는 안 줄란다. 말하는 기 밉상인께."

"메칠 전에 자네 안사람이 우리 집에 와설라무네 호박죽 한 그릇 들고 나가던데, 그거 품앗이 갚았나? 꼴랑 배추 꼬랑지 가주고 와서 으시대기는."

두 중늙은이의 입씨름이 티격태격이었다.

"오늘 태종산 쪽 소식 좀 들었나?" 노서방이 화투패 떼는 오달수를 보고 물었다.

"나무하로 응봉산 쪽에 갔다 왔습니더. 거게서 토벌 나온 국군을 만냈는데, 공비는 한 놈도 몬 잡은 모양이라예."

"때가 어느 때라고 태승산에 나무하로 가노. 그카다가 야산대로 보이서 총 맞을라꼬. 그래 되모 어데 하소연할 데도 읎는 개죽음이다." 김바우가 말했다.

"부근 야산에사 어데 땔나무가 남았습니꺼. 몽지리 베어뿌려 벌거숭인데."

"국군이 읍내에서 조만간 한림정으로 철수한다미?" 한첨지가 물었다.

"체포한 공비 두 놈 앞세워 봉화산서부터 말바우까지 그늠들 토굴을 속속들이 다 뒤졌지만 줄행랑 놓아뿌렸는데 무신 재주로 잡겠습니꺼. 진해 쪽 불모산에 부산, 마산 공비들이 모이든다 카인께, 그쪽으로 내뺐겠지예."

"종두 되련(도련님)이사말로 날쌘 제비라. 동에 뻔쩍 서에 뻔쩍 하이께로. 화차고개에 나타났다 인자 어데로 갔을꼬?" 노서방이 김바우를 보고 목소리 낮추어 물었다.

"그걸 내가 우예 아노. 말도 마라. 하나 아들 때문에 어르신들

속골병만 드는 판에……"

"하여간 화차고개 사건으로 출세한 놈은 칠뱅이밖에 없어. 그 더듬이가 인자 여게 집에도 안 오는 거 보이 숫제 읍내 지서에 붙어사는 모양이라." 김창귀가 말했다.

"니가 인자 마실서 칠뱅이 대신 첩자 노릇해." 곽서방이 말했다.

"목아지 칼 들어온다 캐도 그짓을 우째 해예. 칠뱅이 자슥 두고 보라지. 그래 촐랑거려쌌다가 명대로 몬 살 끼라."

"오늘은 읍장도, 참새도 안 오네. 쌍과부집 묵 묵기는 영 글렀어." 화투패 떼던 오달수가 문께를 보았다.

"한분 가봐. 가는 길에 짐해 재판 소문 듣구로 득복이도 불러오고. 읍장은 초저녁부텀 구들목 농사짓나?" 한첨지가 말했다.

읍장이란 별명이 붙은 갈천수는 읍내 금융조합에 사환 겸 청소부로 나다녔는데 자전거 편으로 새벽에 나갔다 해질녘이면 돌아왔다. 그는 읍내에서 보고 듣는 이야기가 많았고 이를 재담 섞어 풀어놓았기에 읍장이라 불렸다. 그는 보름 전에 장가들어 신접살림에 깨가 쏟아졌다.

밖에서 잔기침 소리가 나자 방 안의 눈길이 문께로 쏠렸다. 방문이 열리고 용담댁이 얼굴을 들이밀었다.

"쪽제비 잡는 굴도 아인데 담배 연기가 이기 머꼬." 용담댁이 코를 싸쥐었다. "짐서방. 내 좀 보자."

김바우가 시렁에 얹어둔 동저고리를 걸치고 바깥으로 나갔다.

"이거 짐첨지 집에 갖다주고 오니라." 용담댁이 가마솥 부뚜막에 놓인 쌀자루를 가리켰다. "쪼매 전에 가보이까 짐첨지는 앓아

누볐고, 제상에 올릴 떡국꺼리도 없는 눈치라. 내가 영감님한테 말했더이 쌀 좀 내다주라 캐서 담았다."

 김바우는 쌀자루를 들고 선걸음에 대문을 나섰다. 바람 넘치는 하늘엔 별무리가 쏟아질 듯 가까이 보였다. 발소리가 들리더니 어둠 속에 그림자가 나타났다. 순찰을 도는 민보단원인지 누군지 몰라, 김바우가 걸음을 멈추었다. 자세히 보니 알 만한 사람이라 누구냐고 물었다.

 "득복이하고 접니더." 갈천수였다. 그는 키가 작아 머리가 득복이 어깨에 찼다. "어데 가는 길입니꺼?"

 "볼일이 있어서." 김바우가 쌀자루를 허리 뒤로 감추었다. 밤에 먹을거리 들고 나서면 마을 어귀로 숨어든 야산대에 전달하지 않나 오해받기 때문이었다.

 갈천수와 김득복이 배구장네 마당으로 들어서자, 등잔불 켜진 부엌에 용담댁과 오월이가 부엌에서 설 쇨 음식 준비를 하고 있었다. 아궁이에는 장작불이 타올랐고, 감주 끓이는 단내가 풍겼다. 머슴방으로 들어가려던 갈천수가 단내 나는 부엌 쪽으로 갔다.

 "마님예, 좀 보입시더."

 "인자 왔나. 그러잖아도 해 빠지고부텀 기다렸다." 치마 귀에 물 묻은 손을 닦으며 용담댁이 밖으로 나왔다. 용담댁이 누가 들을세라 낮은 목소리로 물었다. "그래, 잘 전해줬제?"

 "박선생 모친이 한사코 안 받을라 캐서 애 묵었심더."

 "안 받다이? 설밑이라 요긴하게 쓰일 낀데."

 "마님은 인심도 좋십니더. 받기 싫다 카는 거 머 때매 억지로 앵깁니꺼. 무신 속사정이 있습니꺼?"

"중학교 박선생한테 부탁할 일이 좀 있어서······" 용담댁이 말꼬리를 뺐다.

"그냥 갖다만 주모 알 끼라 캐서 마루에 놓았더이 박선생 모친이, 미안해서 받을 수 읎다고, 다불로 가져가라 캅디더."

"하여간 전해주기는 했제?"

"마루에 놓고 도망질 쳤심더." 갈천수가 머리통을 긁적거렸다.

"수고했다. 동네 사람 많이 왔더라. 놀다 가거라."

갈천수가 김바우 방으로 들어간 지 이십 분, 밖에서 잔기침 소리가 났다. 문께에 있던 갈천수가 방문을 열었다. 용담댁이 주안상을 들이밀었다. 주안상을 본 방 안 사람들 얼굴이 활짝 펴졌다. 되들이 오리병과 도토리묵에, 수북이 담은 두부 사발, 양념장 종지가 차려졌다.

"머라 캐도 우리들 속사정 알아주시는 분은 마님밖에 읎네예." "참말 이 은덕을 은제 다 갚을꼬." "지주 욕질하는 시건방진 작인도 많지만 우리 배구장님은 증말 대인입니더." 방 안 사람들이 한마디씩 칭송 말을 했다. 주안상 본 공치사가 아니라, 배현주는 근동에 후덕한 지주로 소문난 지 오래였다.

"막걸리는 밖에 병 하나 더 있으이 더 들게. 천수 니도 많이 묵고." 용담댁이 방문을 닫았다.

"천수 니가 마님 읍내 심부름한 모양이구나. 무신 심부름인데?" 첫 술잔을 받아든 곽서방이 물었다.

"벨일 아닌께 신경 쓰지 말고 공술이나 자시이소." 용담댁이 당부하지 않았으나 낮에 박도선 선생 댁에 다녀온 얘기를 해서 이로울 게 없다는 눈치쯤은 감으로 느낀 그였다.

"입이 포도청인께 묵고 봐야제." 오달수가 떼던 화투장을 사추리 사이로 쓸어 모으곤 상 앞에 다가앉았다. 모두 상 쪽으로 몰리자 젓가락과 손가락이 달려들었다. 수북해 뵈던 묵 그릇과 두부 사발이 술병에 앞서 동나버렸다.

"걸구신 뱄나? 벌씨러 병이 와 요래 해깝노(가볍냐)." 노서방이 말했다.

갈천수가 축담에 있는 술병을 방으로 들여놓았다.

"설밑이겠다, 한판 벌여 먹자판을 크게 맹글어보입시더." 오달수가 화투장을 모았다. 술이 바닥나자, 화투판이 벌어졌다. 으레 뒷전에서 구경만 하다 술심부름이나 하던 김창귀마저 끼어들었다. 오달수가 화투짝을 힘껏 내리치자 화투장에 넣은 횟가루가 풀썩 튀었다.

김첨지 집에 쌀자루를 갖다 주고 오던 김바우가 마당 가운데에서 높게 뜬 반달을 보고 서 있는 용담댁을 보았다.

"마님, 와 안 들어가시고 여게 서 계십니꺼?"

"떡가래 썰다 물 한 바가지 뜨로 나왔다." 용담댁이 정지로 걸음을 옮겼다. 오월이가 작은 솥 아궁이에 불을 때고 있었다. 고사리며, 갖가지 나물을 삶는 참이었다. 용담댁이 물 한 바가지를 퍼서 마당으로 나서자, 머슴방에서는 질펀한 웃음소리가 터져 나왔다. 그네는 안방으로 가려다 말고 읍내 쪽 하늘에 눈을 주었다. 감나무 가지 사이로 말간 달이 걸려 있었다.

"사돈도 사돈 나름이제. 이런 기막힌 인연으로 맺어진 사돈이 이 세상 천지에 어데 있을라꼬……" 달을 올려다보며 용담댁이 중얼거렸다.

오늘 아침, 용담댁은 갈천수를 불러, 읍내 들어가는 길에 장터에 사는 진영중학교 박도선 선생 집을 찾아 전해주라고 씨암탉 한 마리와 찹쌀 한 말, 강정 만들 때 쓸 조청을 됫병에 담아 보냈던 것이다. 설밑에 그런 선물 보낼 만한 사연은 달포 전 그믐밤에 있었다. 자정 가까웠을 무렵이었다. 배현주는 사랑채에 거처했고 겨울 동안 땔감을 아끼느라 안방에는 용담댁과 오월이가 잠을 잤는데, 그날도 용담댁은 아들 생각에 잠을 제대로 이루지 못하고 있었다. 문 두드리는 소리에 깜짝 놀란 용담댁이 몸을 일으켰다. "밖에 누가 왔나?" 하고 용담댁이 물었다. 꽁꽁 언 목소리로, 방구리댁 아들 윤이라 했다. 그네가 황급히 방문을 여니, 아들 따라 야산대로 입산한 절름발이 최윤이 틀림없었다. 자네가 웬일이냐며 그네가 놀라자, 최윤이 종두 형님이 앞내걸 고씨 논둑까지 와 있다고 말했다. "구장 어르신은 깨우지 말고 마님만 살짝 나오시이소. 돈 있으시모 있는 대로 다 가주고 나오시랍디더. 살(쌀)도 좀 주시면 지가 메고 가겠심더. 여게는 위험한께 지 먼첨 가께예." 말을 마친 최윤이 어둠 속에 묻혀버렸다. 다행히 오월이는 깊이 잠들어 있었다. 용담댁은 가슴에 불이 났다. 아들을 빨리 만나고 싶은 마음에 제정신이 아니었다. 장롱 안 버선 속에 간직해둔 일만 원을 꺼냈다. 그네는 뒤주 쌀을 마대에다 머리에 일만큼 퍼서 담았다. 인편에 보내려고 햇솜 넣어 솜이불까지 한 채 만들어뒀건만 그걸 가지고 나가는 건 깜박 잊었다. 그네는 딱딱이 치며 순찰 도는 민보단원 눈에 띌세라 토담 옆에 몸을 붙여 걸으며 마을을 빠졌다. 앞내걸 고씨 논이 어느 때보다 멀었다. 꿈길 따라 찾아오던 아들이 냇가 방죽에 몸을 숨기고 있었다. "종두구나. 종두 맞구나!" 용담댁이 아들 앞에 엎어지며 울음부터 쏟았다. 삼복더위가 찔 무렵 어느 날 밤에 바람같이 다녀간 뒤 다섯 달 만의 상봉이었다. 용담댁이 아들 어깻죽지를 잡고 느껴 울기를 한참, 배종두가 말했다. "어무이요, 저 때문에 고생 많지요. 허리 잘린 조선 땅이 조만간 한나라가 되는 세상이 올 겁니다. 그 세상 오면 고향에 돌아와 부모님 편케 모시겠습니다." 그러곤, 부모 승낙 없이 함께 입산 생활하는 여자와 혼례를 올렸다는 청천벽력 같은 말을 들려주었다. "읍내 장터에 진영중학교 훈육주임 박도선 선생이 삽니다. 그 여동생이 제 처 되는 사람이라요. 이 말 절대 입밖에 내지 마이소. 제가 이런 불효를 저질렀으니 당분간 어무이는 알고, 아버지한테도 말씀드리지 마이소." 용담댁이 아들 손을 잡고 애원했다. "종두야, 주재소에 니 발로 가서 자수하모 이때꺼정 했던 일은 읎던 거로 하고 진 죄를 다 용서해준단다. 마실에다 뿌린 삐라에 그런 말이 다 적혔으이 잔말 말고 마실로 내려와. 니 배필이 누구든 마실에 와서 만백성 보는 앞에 장개들거라. 마실로 내리온다몬 아부지가 어데 그 청 안 들어주겠나. 따신 밥 묵으미 에미하고 같이 살아야제. 니는 이 손 귀한 종갓집 삼대독자 아이가. 손자 놓고, 그 손자 보는 재미로 이 에미 늙으막을 보내게 해도고. 에미가 마지막 소원으로 부탁하이께 한분만 에미 한을 풀어도고……" 배종두는 대답이 없었다. 그는 돈을 받자 최윤으로부터 쌀부대를 받아 짊어지고 앞내걸을 떠났다. "종두야, 이 에미 델고 떠나거라! 니 읎는 시상에서 나는 몬 산다. 종두야, 그래 갈라모 이 에미 쥑이고 떠나!" 용담댁이 오열을 쏟으며 어둠 속에 소리쳤으나 찬바람 속에 메아리로 멀어질 뿐, 아들 모습은 어둠에 묻혀 사라졌다.

2월 17일

 "천지제신 하늘님요, 조상 대대 신령님요. 부디 만경창파에 가랑잎 같은 차씨 집안을 살피주이소. 무신 악귀가 이래 모질어 하늘을 지붕 삼고 산을 베개 삼아 댕기는 지애비 목숨 부디 살려주시고 어린 자슥들 물조심 불조심 시켜 아무 탈 읎이 크도록 해주이소. 전생에 액이 많은 이 몬난 지집년이 차씨 집안에 들어와 이룬 소득 읎으나 세 자슥 장성하기까지 뼛골 바쳐 차씨 집안 귀신이 될라 카이 우리네 식구 잘 돌보아주이소." 아치골댁이 중언부언 읊조리며 촛대에 꽂힌 양초에 불을 켰다.
 음력설날 이른 아침이었다. 귀 떨어진 밥상에 제상이라고 차렸으나 아치골댁이 글자를 모르다보니 지방은 붙이지 않았다. 그러나 나름 정성 들여 차린 제물이었다. 고봉으로 쌀밥 한 그릇 담고 떡국 한 그릇, 오징어와 홍합 넣고 끓인 탕국, 쪄낸 북어 한 마리, 각종 나물 사발, 전붙이와 김치가 한 대접이었다. 능금과 대추, 밤이 한 접시씩 놓였으니 그런대로 구색을 갖춘 상차림이었다. 떡국거리와 전붙이는 주인집 재종형네가 나눠 주었다.

젯밥 먹을 귀신이 들어오라고 방문을 열어놓아 문 앞에 용태와 용필이가 떨고 서 있었다. 둘은 헌옷이나마 빨아 입었고 양말은 새 목양말을 신었다. 둘은 엄마가 읊는 소리를 알아들을 수 없었으나 군침 삼키며 제상을 바라보는 눈만은 반들거렸다. 아랫목에는 용순이가 포대기에 싸인 채 칭얼댔다.

"절해라. 두 분 큰절하고, 한 분은 반절만 하몬 된다. 용태 니는 작년 가실 할배 제사 때 아부지 절하는 거 잘 봤제?"

용태가 손을 맞잡아 이마에 얹고 무릎을 꿇는다. 한 살 더 먹어 다섯 살이 된 용필이가 형 따라 절을 했다.

"용태는 인자 컸으이께 무신 소원이든 조상님께 빌거라. 그라모 하늘님과 신령님이 소원 들어줄 끼다." 아치골댁이 용태에게 말하곤, 나물 대접에 얹힌 젓가락을 북어찜으로 옮겨놓고 다시 읊조렸다. "조상님요, 차린 음식 변변치 몬해 뵐 낯이 읎습니더마는 성으만 받아주시고 많이 드시이소. 우리 용태 올해 소학교 드간답니더. 핵교서도 선상님 말씀 잘 듣고 공부 잘하게 해주이소. 용필이, 용순이도 병 귀신 근접 몬하고 잘 크도록 해주시고예."

두 아들이 절을 마치자 아치골댁은 떠다놓은 물 대접을 제상에 올려놓았다. 그네가 제상 제물에서 고수레할 음식을 떼어 물 대접에 담자 무릎 꿇어앉은 용태가 이제 밥 먹을 거냐고 물었다.

"밥 묵고 또 장사 나갑니꺼?" 용필이가 엄마를 말끄러미 보았다.

"설날에는 장사 안한다. 반찬 있으이께 괴기 사묵을 사람이 읎다." 용태가 아우를 보고 나이 든 티를 냈다. "어무이가 밥 묵고 설창리 큰외갓댁에 세배 간다 카더라."

용태는 엄마가 장사를 나간 뒤 낮 동안 아우를 돌보느라 제법 음전해져, 아치골댁은 맏아들이 기특했다. 그네가 촛불을 껐다. 그네의 머릿속에는 시집오기 전 용태 나이 때 작은설날이 떠올랐다. 그날, 해가 설핏 기울면 설빔 치레한 형제들은 늘 설창리 큰집으로 갔다. 당목 두루마기 차려입은 아버지는 명태 한 두름과 씨암탉 들고 앞서 걸었고 쌀 한 말 머리에 인 엄마는 아버지 걸음에 처질세라 바삐 따라갔다. 보리 깔린 휑한 들판 질러 산 넘어 시오 리 밖 큰집으로 갈 때면 오줌장군도 터지던 설밑 대목 추위에도 귀 시린 줄 모른 채 즐거웠다. 할아버지와 할머니의 환대 속에 큰집에 이르면 오랜만에 만난 사촌 동기와 밤 이슥토록 얘기를 즐겼고, 어른들은 밤 치랴, 전 부치랴, 설 준비에 바빴다. 집 안은 온통 웃음소리와 음식 냄새로 찼고 작은설 밤에 잠을 자면 눈썹 센다는 어른들 말을 좇아 기를 쓰고 눈 비벼도 어느새 잠에 곯아떨어지곤 했다. 설날 아침이 밝아 선잠에 눈뜨면 어른들은 눈 한 번 붙이지 않고 밤을 새운 듯 바쁘게 제상을 차리고 있었다. 할아버지가 별세하시고 이태 후, 할머니마저 돌아가신 뒤에도 추석과 설을 맞으면 그런 관행이 계속되었다. 그네가 시집오고부터 시가 쪽으로 일가붙이가 없으니 자식들 세배 갈 데라곤 외갓집 아치골밖에 없었다. 그네는 올해 설엔 아치골로 갈 생각을 단념했다. 어제 오후 친정엄마가 읍내장으로 나와 보리쌀 닷 되 주고

가며 이른 말이 있었다. "설창 네 큰아부지가 짐해경찰서에서 풀려나 집에 왔다는 기별이 그저께 왔다. 내사 여게서 너거들 봤으이께 아치골로 들어오지 말고 니도 내일은 장사 안 나갈 테인께 문안 삼아 설창에 한분 디리다봐라."

모처럼 설날 아침밥을 쌀밥으로 배불리 먹은 용태와 용필이는 엄마 빨래하고 올 동안 장터마당에서 놀고 오겠다며 제기 들고 밖으로 나갔다. 설거지를 대충 마치자 아치골댁은 용순이를 업고 위채로 건너가 새해 인사를 드렸다. 그리곤 양잿물 삶은 빨랫감을 들통에 챙겨 담아 여래천으로 나섰다. 여태까지 설밑 대목 장사 하느라 꼭두새벽부터 동네방네 헤매다보니 빨랫감이 밀렸다. 남의 집 머슴도 설날이면 일손을 놓는다지만 그네는 남이 놀 때도 일을 해야 세 자식을 키울 수 있다고 독하게 마음을 먹은 터라 설날 아침에 빨랫감을 이고 나서는 데 부끄럼 탈 이유가 없었다.

아치골댁이 빨랫감 이고 장터로 나오자, 장터 넓은 마당이 옷치레한 아이들로 부산했다. 물색 고운 때때옷과 색동옷으로 치장한 아이들이 연을 날리거나 제기를 찼고, 널뛰기도 하고 있었다. 떡이나 유과를 들고 나와 먹는 아이, 바람개비를 돌리며 뛰어다니는 아이도 있었다. 자식 손잡고 세배에 나선 남정네, 근친이나 이웃끼리 설음식 나눠 먹으려 차반 머리에 이고 지나다니는 아녀자도 있었다. 그네에겐 그런 설날 아침 정경에 아무런 느낌이 오지 않았다. 몸뻬에 검정물 들인 군복 윗도리 차림으로 장터를 질러갔다. 그네는 일주일 사이 더 독한 아낙네로 변해버렸다. 화차고개 사건이 있던 이튿날 저녁, 장사 마치고 돌아오자 기다리던 노기태에 끌려 지서로, 거기서 서북청년단 사무실로, 이튿날 날이 밝기까지 이 패 저 패에 인계되어 뭇매를 맞았다. 알몸으로 벗기는 수모까지 당했으나 그네는 서방을 원망하지 않았다. 죄 많은 여인이 그런 횡액 당해도 싸다고 여겨 그저 죽여달라는 마음뿐이었다.

장터마당에서 조민세 맏아들 유해가 아이들의 놀이를 물끄러미 구경하고 있었다. 이제 몸집이 컸으나 얼굴은 아직 어린 티를 못 벗었다. 그는 "재밌떠, 재밌떠" 하며 날개 치는 시늉을 했다. 오늘 아침만은 배불리 밥 먹어 기분이 좋은 모양이었다.

"큰오빠야, 퍼뜩 이모부님 집에 세배하로 가자." 시해가 책보자기를 들고 쫓아오며 유해 팔을 잡았다. 시해는 이모님이 사준 설빔으로 남색 저고리에 자주색 치마를 입었다. 유해가 앙가발이 걸음으로 꽥꽥 기성을 지르며 누이를 따랐다. 기분이 좋을 때의 버릇이었다.

장사를 하지 않아 감나무집 가게 문은 덧문이 닫혀 있었다. 대문은 열렸고, 대문 양쪽 벽에 안시원이 내다 붙인 대춘부(待春賦)로, '立春大吉' '建陽多慶'이란 새봄맞이 글귀가 붙어 있었다.

오누이가 바깥마당으로 들어서자 집 안이 조용했다. 다른 날 같으면 술방 색시들이 세수하느라 수채 앞이 수다스러울 텐데 설을 맞아 그들도 설빔 사들고 제집 식구 찾아 읍내를 떠나버린 때문이었다. 봉놋방 옆 술방에서 청승맞은 타령이 흘러나왔다.

"아버지는 댓잎이요 어머니는 연잎이요/댓잎 연잎 죽었으니 이내 형제 어이 살꼬/우리 형제 죽거들랑 앞산에다 묻지 말고/뒷산에다 묻지 말고 가지밭에 묻어주소/가지 두 개 열리거든 우리 형제 난 줄 아소……"

 끝년이의 타령이었다. 떠돌이 방물장사 홀아비가 객사한 후, 해마다 닥치는 설이래야 그녀가 찾아 나설 곳이 없었다. 어젯밤도 자정 넘도록 술을 마시며 지서 강차석을 기다리다 잠이 들었고, 아침에 일어나자 방 안에서 청승스레 노래만 읊었다. 감나무댁이 아침밥 먹으라고 불렀지만 방 안에서 꿈쩍 않았다. 유해와 시해가 발소리 죽여 안채로 돌아들자 정지에서 나오던 감나무댁이 조카를 맞았다. 그네도 설빔 치레로 모본단 치마저고리를 입어 화사한 색감이 뚱뚱한 몸집을 더 부풀렸다.

 "유해까지 왔구나. 오늘 아침은 쌀밥 많이 먹었겠지." 앞치마에 물 묻은 손을 닦으며 감나무댁이 큰조카를 반겼다.

 "밥, 마이 마이 묵었다." 유해가 띄엄띄엄 대답했다.

 "어무이는 설거지하고 내리온다 캅디더." 시해가 오빠 턱주가리에 묻은 침을 닦아주며 말했다.

 "갑해는?"

 "음력설은 설 아이라고 학교에 갔습니더."

 "너는 왜 안 가?"

 "국민학교는 열시 반까지 오라 캤어예. 세배 디리고 퍼뜩 가야 돼예."

 감나무댁이 사랑 앞에서, 애들이 세배 왔다고 말하자 방문이 열렸다. 명주 저고리에 마고자 입은 안시원이, 어서 오라며 조카 애들을 반겼다.

"이모님도 같이 들어가셔야 세배 올리지예." 시해가 말했다.

"내한테는 절 안해두 괜찮다. 이모부님한테나 세배 드려라."

임자도 들어오라는 서방 말에 감나무댁도 누마루로 올랐다. 시해가 책보를 마루에 놓고 오빠와 함께 사랑으로 들어갔다. 방 안에는 안시원과 검정양복을 뽑아 입은 신사가 책상다리로 앉아 있었다.

"민세 애들이로군. 작년엔 못 봤구, 삼 년짼가." 안시원과 사촌간인 안진부가 유해를 유심히 보더니, "저 애가 모자란다는 민세 장남이로군. 꽤 어른스러운데" 했다.

유해가 나란히 앉은 이모와 이모부를 보고 "이뿌다"며 탄성을 질렀다. 시해가 오빠를 버려두고, 새해에 복 많이 받으시라며 얌전히 절을 했다. 유해도 덩달아 넙죽 엎드려 절을 했다.

"유해도 이제 다 컸구나. 절할 줄두 알구." 감나무댁이 대견스러워했다.

세뱃돈은 내가 주겠다며 안시원이 조카 둘에게 오십 원씩 나누어주었다.

"유해는 올해 더 똑똑해지구, 시해는 학교 공부 열심히 해야지. 큰오빠두 잘 보살피구." 안시원이 말했다.

"나도 세뱃돈 줘야지. 애들아, 서울아저씨한테두 절하렴." 안진부가 말했다.

"아버지 친구분이셔." 감나무댁이 시해에게 말했다.

유해가 세뱃돈을 만지작거리는 사이, 시해가 안진부에게 큰절을 했다. 그가 둘에게 세뱃돈으로 오백 원씩을 나누어주었다.

"애들한테 무슨 그런 큰돈을……" 안시원이 눈살을 찌푸렸다.

"학용품 사 쓰라지요." 안진부가 시해를 보고 물었다. "넌 몇 학년인구?"

"사학년입니더."

"아버지는 집에 잘 안 들어오시지만 훌륭한 일을 하는 분이셔. 이담 사회에 나가면 여성두 남자 못지않게 할 일이 많단다. 열심히 공부해서 아버지처럼 큰일을 해야겠지." 안진부가 시해 단발머리를 쓰다듬어주었다.

"세배 끝났으니 너들은 안방에 가자. 먹을 게 많다." 감나무댁이 애들을 데리고 밖으로 나갔다.

방 안이 한가해지자 안진부가 밀어두었던 팔모반을 당겨 유과를 집었다.

"형님, 어제 이승만이 맥아더 초청받구 일본에 들어간 것 아십니까?" 무거워진 침묵을 깨고 안진부가 물었다. 안시원의 대답이 없자, "맥아더가 일본에 앉아 왜 이승만을 초청한지 압니까?" 하고 묻더니, 답을 기대하지 않고 말했다. "공식적으로야 양국간의 정치적, 경제적 문제 타결에 있다지만 속셈은 그게 아닙니다. 전쟁이라면 광분하는 맥아더와 북조선 침공에 따른 전략 협의차 만나러 간 셈이지요."

"자네 속단이야. 작년에 미국 군대두 철수한데다 남한이 어디 전쟁 일으킬 실력이 있나. 군사 장비두, 병력두 형편없어. 또한 남한은 유엔 감시 아래 있잖는가."

"시골에 들어앉았다보니 형님은 국제 정세엔 어둡군요. 지난 양력설에 동경서 발표한 맥아더 신년 메시지 모르십니까? 중국 본토를 모택동이 평정하자 남한과 일본이 공산화 위협에 당면했다며 자구책을 적극 강구하겠다구 선언한 것 말입니다. 지난달 십이일에 애치슨 미 제국 국무장관이, 남조선은 미 태평양 방위선 권외에 있다구 언명하구선, 보름 못 되어 남조선과 미 제국이 방위원조협정을 체결했습니다. 양면 공작 아니구 뭡니까? 남한 내부 사정을 볼작시면, 작년 봄에 학도호국단이 창설되어 학생을 준군대화시키구, 남북교역을 금지하구선 해병대까지 창설해 전력 증강에 혈안입니다. 또 작년 시월에 합법적인 공산주의 정당과 진보적 사회단체를 불법화해 남로당 등 민족전선 산하 일백삼십세 개 정당과 단체를 등록 취소시켰습니다. 이 모든 과정이 두 개 조선을 영구화하자는 속셈이 아니라, 북조선을 침략해 수중에 넣겠다는 신호였습니다."

"줄줄이 외는구먼. 자네 말은 북의 상투적인 선전 그대로야. 내 생각엔, 남한이 전쟁을 일으키지 않아. 그럴 능력두 없구. 조만간 통일시킨다는 건 국민을 속이는 이대통령과 수하들의 허풍이지."

"선전이라니? 명확한 근거가 있는데두……"

"선전은 다 자기 쪽 이롭게 해석하는 법이야. 이쪽은 전쟁 준비는커녕 민심조차 어지러워. 작년 유월 김구 선생이 흉탄에 쓰러지자 백성들 마음은 봉황을 잃구 꿩이라두 찾는 심정이야."

"김구 그 사람 일제 때 투쟁 경력은 높이 살 만하지만 해방 후론 껍데기로 포장된 이상주의자에 불과해요. 임시정부가 정부가 아닌 개인 자격으로 입국할 때부터 김구 정치 생명은 이미 용두

사미가 됐어요. 김구는 북남 양쪽이 다 지도자로 인정해주지 않으니 탈이지요. 물론 양쪽의 헤게모니를 먼저 잡은 자가 나 이외 지도자를 자꾸 만들기엔 거북한 면도 있겠지만. 김구 그 사람 말입니다, 남북 협상이란 구실로 뛰어다녔는데 그게 어디 쉽습니까. 수족 없는 문어 머리요 현실을 모르는 여포 꼴이었지요. 우국충정은 이해할 만하나 정치 이론은 탁상공론이었지 현실적인 기반이 약했어요. 권력은 이상과 도덕만으로는 절대 잡아지지 않습니다. 형님은 공자를 대성으로 꼽으니 잘 알겠지만 그 사람이 주, 제, 노 등 여러 나라를 떠돌았으나 어느 한 나라에선들 자기 뜻을 편 적이 있었습니까."

"만인의 스승을 모독하면 못써. 그분이 비록 당대의 이상 정치에는 실패했을지언정 그분의 사상철학은 대를 이을 걸세. 권력은 당대로 끝나지만 인(仁)과 의(義)의 가르침은 역사와 함께 영원히 살아."

"이러다 싸우겠습니다. 어쨌든 기존 사상 체계가 일대 변혁을 맞는 새 시대가 도래했으니 낡은 가치관은 청산되어야 해요." 안진부가 너털웃음을 웃었다.

"나도 일제 시절 한때 자네들이 뜻을 둔 그 방면의 책두 훑어봤어. 그건 포장 잘한 말솜씰 뿐 궤변이야. 사람을 현혹시키는 견백동이(堅白同異)한 이론이 하필이면 겨우 민족해방을 맞은 이 나라에 풍미하다니. 좌우가 서로 피부림을 일삼으니 반도 땅이 귀굴(鬼窟)이야."

"사람을 현혹하는 견백동이한 이론이야말로 자본주의의 변명입니다. 물질이 삼대만 새끼쳐보세요. 자본가가 얼마나 부유해지겠어요? 챙긴 이익만큼 고루 분배하지 않고 착복해서 제 배만 채우니 노동자와 농민은 빈곤 속에서 방치되는 셈이지요. 만민 평등해서 누구나 부자가 될 수 있는 자유가 보장되어 있구, 누구나 그 경쟁의 대열에 낄 수 있다구요? 그럼 농촌 실정을 한번 따져 보십시다. 논 일만 평을 가지려고 할 때 삼천 평 자작농의 목표 달성이 쉽겠습니까, 제 논 한 쪽 없는 소작농이 쉽겠습니까? 요행으로 소작농이 지주가 될 수두 있겠지요. 그러나 요행은 일백 분의 일에도 해당되지 않는 요행일 뿐입니다. 요행을 배제한 과학적 경제 논리, 즉 누구나 똑같은 조건에서 출발하고 보자. 이게 우리가 당면한 실천 이론입니다."

"누구나 같은 조건에서 출발한다구 똑같이 잘살게 되나? 똑같은 콩두 심어놓구 보면 땅이 좋거나 종자가 실해 열매를 많이 맺기두 하구, 어떤 종자는 일찍 고드라져 죽기두 해. 그런데 하물며 사람을 틀에 맞춰 넣어 똑같이 경쟁시키겠다? 얼굴과 몸이 다 다르듯, 사람이야말로 천태만상이야. 생사는 명(命)에 있구 부귀는 하늘에 달렸다 했어. 그런데 인간사를 딱 부러진 이론에 맞춰 잘살게 하겠다니. 그런 통제사회라면 권력 가진 지배층의 독재와 억압이 필연적으로 따르게 돼. 온고지신(溫故知新)이란 말두 있듯 경제를 시장 자율에 맡긴다는 건 인간이 군집으로 생활할 때부터 자연 발생적으로 생겨난 살아가는 방법이야. 그게 합리적이기에 여태까지 이어오지 않았겠나. 제도의 보완이나 개선은 몰라두 수천 년 내려온 사회적인 관습을 하루아침에 뒤엎어서 자네들이 뭘 이루겠다는 게야?"

"만민 평등의 진보적 민주국가를 건설하자는 거지요. 형님, 쏘비에트연방을 보세요. 반동적 전제체제의 제정러시아를 노동자와 농민 힘으로 무너뜨린 후 지금 쏘련연방은 얼마나 진보적인 국가가 됐어요? 주 마흔네 시간 근무에 완전고용, 요람에서 무덤까지 평등한 복지정책을 실시하잖습니까. 북조선두 마찬가지구요. 눈으로 뻔히 보면서도 사실 자체를 부정합니까?"

"어진 사람이 나라 다스리기 일백 년이면 잔학함과 난폭함을 이겨 형살(刑殺)을 제거한다 했느니, 자네들은 잔학함과 난폭함으로 나라 기강을 바로잡아 다스려 형살로 백성을 마소 부리듯 하겠다니." 안시원이 천장을 보며 한숨을 내쉬었다. "이 나라가 이 꼴로 두 동강 나려구 일본이 망했나부다."

"형님, 일본 제국주의를 불구대천 원쑤로 여겨 갖은 악행을 당해가면서두 해방된 날까지 변절 않구 투쟁한 지하 독립운동가들 얘기 좀 해볼까요. 사실 남조선에서 내로라하는 정치가나, 한민당 국회의원이나, 지주나 상공업에 종사하는 놈들치구 왜놈 앞잡이로 수족 노릇 안한 순혈 민족주의자가 몇이나 됩니까. 등에 붙고 간에 붙다 남 덕에 해방을 맞구 보니 열에 열 독립운동가로 자처하잖습니까. 아니면 인민이 식민지 굴레에서 멍에를 지구 노예생활을 할 때 미국으로 도망가서 공부깨나 합네 하구 빈둥거리다 귀국해선 영어 몇 마디 한다구······"

"입 닥쳐! 귀속재산 물려받아 사장입네 하고 앉아 주둥아리만 까는 너는 뭐냐?" 격노한 안시원이 안진부의 말을 꺾었다.

"위장으로 사업체 벌이고 있는 저야 뭐 그렇다 칩시다. 형님께 한마디만 물을께요. 일제 삼십육 년 동안 온갖 고문과 회유에 굴하지 않고 일편단심 저놈들과 맞선 민족운동가로 청렴한 좌익이 많습니까, 썩어빠진 우익이 많습니까?"

"또 새파란 김일성 장군 타령인가?"

"그럼 수상 동무는 제쳐두고 박헌영 선생만 실례로 들겠습니다. 조선에 사회주의 사상이 들어온 게 천구백이십년으로 잡습니다. 삼일만세사건 이듬해에 선생은 동경을 거쳐 상해로 들어가 스물한 살에 사회주의운동에 입문했습니다. 만민 평등을 통한 계급 타파야말로 민족해방을 뜻함으로, 험난한 혁명가의 길을 선택한 선생은 왜경의 악랄한 고문으로 정신이상 징후까지 보이면서두 해방 때까지 변절하지 않았고, 세 차례 구금에 감옥 생활만도 아홉 해였습니다……"

"나도 그분 이력은 알 만큼 아니 그만 해. 자네와 입씨름하다간 밤새워두 끝이 안 나겠어. 계속 그렇게 떠든다면 내가 지서에다 신고라두 해야겠어."

"형님은 유식자 아닙니까. 조선이 어느 식으로, 왜 통일되어야 하느냐가 궁금하지두 않습니까. 이 시대를 이해하려면 형님두 진보적 사상에 시야를 열어야 합니다."

"그만 주절대. 나를 설득하려 들지 마." 안시원이 틀어 앉았다.

"형님, 우리가 이깁니다. 종국엔 시장경제주의가 지구상에서 사라질 겝니다. 이 점은 역사 발전의 필연적 귀결입니다."

"자넨 자네 길로 가. 자네 같은 생각을 품은 자가 전쟁주의자야.

요새 아이들마저 편 나눠 전쟁놀이하는 걸 보면 올해 운세가 심상치 않아. 며칠 전 내가 사록을 들춰보니 경인(庚寅)년에 무력에 의한 내우 외침이 많았더군. 고려조에 정중부가 난을 일으켰구, 여말에 왜구가 죽림과 거제 땅을 번번이 침략한 해두 경인년이야. 조선 말에 와선 일본 공사 항의로 부산, 인천 등에 객주업을 철폐하여 주권을 침해받았구, 경북 함창 지방에선 민란이 있었어."

"형님은 노동 앓구 팔자 좋으니 사록이나 뒤적이며 소일하겠지만……" 안진부는 자기 말이 지나치다 싶은지 말머리를 바꾸었다. "참, 작년 추석 땐 고향에 내려갔더랬지요. 이젠 우리 가문두 거 덜났습디다. 문벌 따지는 시대가 지나자 그 넓던 장토도 많이 허실되었습디다. 돌보는 이 없어 사당이며 재실두 가우뚱 허물어졌구……" 안진부가 자기 말의 반응을 살피며 안시원의 표정을 읽었다.

"고향 얘기는 내 앞에서 꺼내지 않기로 일찍이 약조했잖은가. 그 약속 잊었어?" 안시원이 양미간에 주름을 잡자, 얼굴에 핏기가 가셨다.

"삼일만세운동 이태 뒤니 스물아홉 해, 그렇지, 형님이 고향을 뜨신 지두 삼십 년 세월 아닙니까. 이제 고향엔 형님 옛일을 알아볼 사람이 얼추 사라졌습니다. 작년 추석 고향엘 갔을 때는 팔촌 너머 인척들은 절 알아보는 사람이 별 없던데요."

"난 고향을 잊은 지 오랜 몸이야. 내 앞에서 그 말 하려면 썩 나가! 너머저 상종 안할 테니깐!" 안시원이 벽력같이 소리쳤다. 그의 관자놀이에 핏줄이 서고 이마 가운데 박힌 흉터가 움찔했다.

그는 그 정도의 말로써 감정을 억제할 수 없다는 듯 자리를 차고 일어나 벽에 걸린 궁대에 손을 댔다. 살인이라도 벌일 듯 격노한 얼굴이 근엄하고 신중한 평소의 태도와 다른 모습이었다. "정 이러면 이 활촉으로 네놈 눈깔이라두 뽑겠다!"

"형님, 고정하십시오. 제가 말을 잘못 꺼냈습니다."

"네놈이 이 바쁜 명절에 인사하러 나를 찾아 경상도까지 내려오진 않았을 테구, 그놈들 연락책으로 왔다면 네놈 볼일이나 봐. 난 핏줄이 없는 몸이야!" 궁대를 잡으려던 손을 거두고 안시원이 쏘아붙였다.

"다신 고향 얘기 입에 담지 않겠습니다." 안시원이 자리에 앉자 안진부는 홍역을 치른 투로 안도의 숨을 내쉬었다. "형님과의 약속을 깜박 잊구, 어떻게 그 말이 입 밖에 나왔군요."

어색한 방 안 분위기에 때맞춰 나타난 조정자처럼 밖에서 기침 소리가 났다.

"선생님 계십니까. 세배 왔습니다."

안시원이 방문을 열자 검정 두루마기를 걸친 심찬수가 댓돌 아래에 서 있었다.

"설날이라 일찍 기상했군. 들어오게." 안시원이 분기 챘던 감정을 얼른 수습했다.

"차례 지내고 나섰지요. 선생님이 술을 좋아하지 않으시니 술병 들고 올 수도 없고, 그냥 왔습니다."

"음력 과세 단속이 불호령 같구 학생은 등교하는 모양인데 학교 이사장이 음력 과세해서야 어디 기강이 서겠는가."

"다른 건 몰라도 아버지 조상 섬기는 정성 하나는 알아줘야지요." 심찬수가 방 안으로 들어서다 안진부와 눈이 마주쳤다. "손님이 계신데?"

"곧 일어날 손일세."

안시원과 심찬수가 맞절을 했다. 안시원은, 올해엔 마음잡아 장가들도록 하라고 심찬수에게 덕담을 했다. 심찬수는, "옥체 균안하시고……" 하다 말을 바꾸어, 올해는 제가 백돌을 잡도록 분발하겠다며 농말을 했다.

"아무렴, 그러도록 하게. 이제 지구력이 자넬 못 당하겠어."

안시원은 방문을 열고 처를 불러 상을 따로 봐오라고 말했다. 그는 안진부가 동석했음을 잊지 않았을 텐데 심찬수에게 그를 소개시키지 않았다.

"선생님, 그 소식 들었습니까. 지난번 화차고개 공으로 한주임이 일 계급 영전되어 도 경찰국으로 발령이 날 거랍디다."

"그런가. 처음 듣는 말이군."

"형님, 전에 말했지만 한주임이라면, 한광조 그 왜경 형사질 하던 놈 아닙니까. 그놈 여태 여기 있었어요? 승진까지 된다구요?" 머쓱하게 앉았던 안진부가 화제에 끼어들었다.

"이쪽 분이 아닌 것 같은데 선생께서 어떻게 지서 주임 이력까지?" 안진부의 위쪽 억양이 생경한지 심찬수가 의아해했다.

"그놈 이력이야 떠꺼머리 시절부터 훤하지요. 작년에 여기 들렀을 때 형님한테두 귀띔했지만 한광조 그놈은 질이 아주 나빠요. 독립투사 집들만 골라 쑥대밭을 만든 악질 형사 출신입니다."

조금 전 안시원에게 당했던 모독을 한광조에게 풀겠다는 듯 안진부가 결기를 올렸다. "나라 꼴 하구선. 그런 놈이 경찰 간부로 출세하니 세상이 썩어두 이렇게 썩을 수 있어요? 남쪽 정부는 진짜 정부가 아닌 잡상배들 집단이라고요. 경찰 쪽만 보더라두 치안감부터 청장, 국장, 총장, 경감, 경위까지 칠팔십 프로가 왜경 출신으로 채워져 있으니 이게 일제 식민지로부터 독립한 나라, 정말 맞습니까?"

"어떤 연유로 한주임의 이력을 그토록 잘 아시나요?" 심찬수가 정색하고 물었다.

"약속 있다더니 갈 시간 안 됐나?" 안시원이 안진부를 갈마보았다.

"약속요?" 안진부가 손목시계를 보니 열시 남짓한 시간이었다. "곧 가야지요" 하곤 그가 심찬수에게 말했다. "한광조 그놈은 일제 왜경 헌병대 고등계 형사였소. 고향인 수원시 봉담면 아래쪽, 평택 출신으로 해방 전 열성적인 사회주의 계열로 독립투사 친구가 있었는데, 한광조 그놈한테 걸려 혹독히 당했답니다. 피에 젖어 걸레가 된 옷을 매일 받아내야 했으니깐요. 석 달 만에 풀려났으나 결국엔 고문 후유증으로 죽구 말았소. 제가 위로차 평택엘 문병 갔는데, 오히려 장례만 보고 왔지요." 안진부는 안시원을 뒤로 물리고, 지기나 만난 듯 심찬수를 잡고 늘어졌다. "그런데 작년에 형님 뵈오려 진영엘 와보니 글쎄 그 녀석이 여기 지서 주임 노릇을 하구 있잖겠어요. 해방되자 경기도에선 낯짝 들구 다니기가 부끄러워 부산으로 내려가선 경찰에 입문한 모양인데, 내 그놈 과거를 들춰내어 당장 모가지 자를 수두 없구, 속에 부화만 끓으니……"

한광조 얘기는 그만큼 해두라는 안시원 말에 안진부가 말을 끊곤, 주머니에서 가죽지갑을 꺼내 명함 한 장을 심찬수에게 건넸다. 심찬수가 한 손으로 명함을 받자 그제야 안진부는 그의 왼팔이 없음을 알아보았다.

"혹 일제 때 헌병대나 왜경한테 무슨 변고라두?" 안진부가 심찬수의 보이지 않는 왼손을 보며 물었다.

"고문 말인가요?" 심찬수가 껄껄대며 웃었다. "왜놈이 내 팔을 자르긴 했지만, 독립운동 같은 데는 관여하지 않았습니다." 심찬수가 안진부 명함을 들여다보다, 안시원을 돌아다보았다. 안시원은 서판에 펼쳐놓은 책에 눈을 주고 있었다. "선생님을 형님이라 부르길래 그저 윗분에게 존칭으로 쓰는 줄 알았더니, 성씨가 같은 걸 보니 인척간이시군요?"

"시원 형님과는 사촌간이오."

"선생님한테도 가까운 인척이 계셨구나. 머리 털 나고 처음 뵙는 선생님 쪽 인척이십니다그려."

심찬수로서는 선생에게 인척이 있다는 사실이 놀라운 소식이 아닐 수 없었다. 젊은 부부가 홀홀히 진영 장터에 정착해 객줏집을 연 것이 이십여 년 전으로, 그동안 안시원의 과거는 이 바닥에서 철저히 감춰져 있었고 그 점이 읍내 사람들에겐 풀 수 없는 수수께끼였다. 안시원도, 감나무댁도, 삼 년 뒤 언니 찾아 진영에 와서 살게 된 봉주댁도 집안 이야기만은 철저히 함구함으로써 안시원 내외의 묻힌 과거를 더욱 신비롭게 했던 것이다. 그런데 음력설에 나타난, 선생과 사촌간이라는 안진부는 분명 선생의 과거에 소상하리란 심증이 가면서 머릿속의 상상력을 자극했다.

"더러 진영엘 왔다 갔지만 형님만 뵙구 곧장 떠나 이곳 사람들은 절 잘 모르는 게 당연하지요." 안진부가 안시원을 곁눈질하곤 심찬수에게 말했다. "일제 때부터 사회주의운동에 투신한 조민세 군하군 친구 사이지요."

"그렇습니까……" 심찬수는 거기서부터 추리가 막히고 오리무중에 빠졌다. 조민세 선생과 처 봉주댁, 봉주댁과 자매간인 사모님, 스승과 민세 형 식견에 비추어 차이가 나는 사모님과, 반지레한 외모에 비해 본 바 없고 투기 심한 봉주댁…… 무언가 이가 잘 맞지 않는 고리로 연결된 친인척 구성원이었다.

"일본서 공부하던 시절 민세와는 다다미방을 같이 썼더랬지요. 오사카에서 전문대학 문과 야간부에 적을 뒀던 시절, 남들 다 졸업했을 때 우린 고학하며 겨우 문과 병류(丙類)에 다녔지요."

"그렇습니까…… 민세 형은 해방 전 한 시절 제가 사숙했더랬습니다."

"그러니깐 그게 십팔구 년쯤 전인가. 여름방학 때 민세 따라 친구 고향인 진영엘 처음 와봤지요. 이거 좀 우스운 이야기 같지만 민세가 저와 사돈간이 된 것두 제가 끼였기 때문이죠."

"그렇다면 최근 조선생을 만났어요?"

"좌익 하는 치들 낯짝 들구 활보할 수 없는 시절인데 감히 어떻게 그를……"

"일찍 일본으로 건너간 조선생 부모님은 관동대지진 때 학살당한 줄 알고 있는데요?" 심찬수가 묻긴 했지만, 그는 안진부의 말에 갈피를 잡을 수 없었다. 안진부가 사촌형인 안시원이 진영에 살고 있으므로 친구 따라 이곳에 왔다는 건지, 조선생이 이곳 출신이라 그를 따라 진영에 와서 사촌형을 만나게 된 셈인지, 그 대답이 분명치 않았다.

"심형, 그만큼 해둡시다. 이러다간 족보 바닥나겠수." 안진부가 안시원의 눈치를 살피며 시침 떼곤 말문을 닫았다.

그럴 동안도 안시원은 방관자인 양 책에 눈을 주고 있었다. 그런 점 역시 심찬수에게는 심상찮게 보였다. 그때, 바깥에서 기침소리가 나고 감나무댁이 팔모반에 술상을 보아왔다.

"심도령이 설이라구 약과 한 상자를 가져왔구려. 옛 스승을 그렇게 모시니 고맙기도 해라."

"뭘 그깐 걸 가지고…… 집에 있길래 들고 왔는데요."

"오늘은 약주 조금만 들구려. 아침부터 취한다면 주정 받아줄 사람도 없을 테니." 감나무댁이 세 사람 가운데 술상을 놓았다.

"늘 빈둥거리며 술이나 퍼지르지만 오늘은 제게도 시시한 약속이 한 건 있답니다."

작년 여름부터 둘 사이가 부쩍 가깝다 싶은 서성호가 누이 찬정이를 통해 오후 한시 반에 다방 금관에서 만나자고 했던 것이다.

"목 축이구 바둑이나 한수 놓지." 안시원이 심찬수에게 말했다.

감나무댁이 자리를 떴다. 심찬수가 오리병을 들고 종지 세 개에 청주를 쳤다. 안시원은 다른 때와 달리 널름 잔을 비우곤 그

잔을 찬수에게 넘겼다. 셋은 잠시 말을 잊고 술잔을 비웠다. 심찬수는 분위기가 서먹하다고 느끼면서, 그 서먹함이 선생과 안진부 사이로 이어지는 팽팽한 긴장 때문임을 눈치 챘다. 그 어떤 적대감이 둘 사이에 벽을 치고 있었다. 심찬수가 방바닥에 놓아둔 안진부 명함을 두루마기 안 조끼 주머니에 넣었다.

"사람 팔자 시간문제라구, 조선 해방이 하루아침에 제게두 돈과 명예를 안겨줬지요. 현 시가로 따져 아무리 못 잡아두 삼천만원 상당의 재산이 자구 나서 눈뜨니 제게 굴러들어와 있잖겠수."
안진부가 심찬수에게 말했다.

"귀속재산 말씀이군요?"

"잘 맞췄어요. 왜정 말기, 제가 거기 판매주임으로 일했거든요. 예닐곱밖에 안 되는 조선인 사무직원 중에 제 직책이 가장 높았습니다."

"무슨 물건을 취급하는데요?"

"방앗간에도 쓰구, 가뭄에 용수기로 쓰는, 그 있잖수, 소형 발동기, 즉 영국에서 발명되어 오늘날의 산업혁명을 일으킨 모터지요. 변압기두 취급하구요."

"귀속재산 처리를 두고 말썽이 많던데요?"

"최고 가격으로 공매하겠다는 대통령 담화 말입니까? 귀재(귀속재산) 처리를 맡은 당국이 연고자에게 매각한다는 방침을 세워놓구 있지요. 신익희 국회의장도 대통령 담화에 반대 의견을 표시했구요. 그러나 제 공장은 정부 단위에서 왈가왈부할 만큼 규모가 크진 않아요. 몇 년 사이 공장을 제가 몇 배로 키웠구요. 북조선 송전이 끊기니 남쪽에선 모터며 변압기가 동이 날 수밖에요. 분명히 말합니다만 현재 민성공업사는 제 개인 소유입니다."

"이번 선거에 여기서 출마하지 않을 텐데, 자랑은 그만큼 해둬." 안시원이 말참견을 하곤 심찬수를 보았다. "찬수 군, 윗목에 있는 바둑판 좀 당겨오게."

"사장님은 바둑 좋아하지 않습니까?" 심찬수가 안진부를 보고 물었다.

"쓸데없는 데 아까운 시간과 머리를 쓰다니. 전 그 신선놀음에는 취미가 없습니다." 안진부가 중절모를 들고 일어섰다. "형님, 그럼 가볼랍니다."

"잘 가." 안시원의 대답이 싱거웠다.

"이거 실례 많았습니다. 시간 있으면 심형과 얘기 나누구 싶은데 마산에 약속이 있어놔서……"

"동감입니다." 심찬수가 엉거주춤 일어섰다.

안진부가 방문을 열고 누마루로 나섰다. 그가 방문을 닫지 않고 마루 끝에 앉아 구두끈을 맬 동안, 안시원은 바둑돌만 만지작거릴 뿐 바깥에 신경을 쓰지 않았다. 마루에 나가 작별인사를 해야 마땅한데 그는 바둑판만 내려다보고 있었다. 구두끈을 매자 안진부는 중절모를 들썩해 보이곤 인사를 했다.

"형님, 해동하면 한번 들르겠습니다."

안시원의 대답이 없었다.

"점심 준비 중인데 왜 이렇게 바삐 가려구요?" 부엌에서 쫓아 나온 감나무댁이 말했다.

"제가 차 시간이 바빠서요. 형수님, 그럼 올해두 장사 잘하시구요……" 하더니, 안진부가 감나무댁에게 귀엣말로 속달거렸다.

"마산에서 민세를 만나기로 약속되어서요."

"조서방이 산에서 내려와 마산에 있나?"

"하여간 오늘만은 마산에 있습니다."

안진부가 모자를 들썩해 보이고 바깥마당으로 큰 걸음을 뗐다. 감나무댁의 배웅을 받으며 대문을 나선 그가 어금니를 깨물자, 몇 마디 말이 어금니 사이에서 으깨졌다. 이십수 년 전 상피(相避) 붙은, 천인공노할 죄를 짓고 고향 땅에서 야반도주해버려 족보에서까지 삭제된 놈이, 이제 활촉으로 내 눈알을 뽑겠다구!

지난 가을에 월동용으로 학생들이 해다놓은 솔가리와 솔방울은 2월 초순을 넘기자 동나버렸다. 교실 안이 냉기로 차 손발이 시렸다. 결석하지 말라고 그렇게 당부했건만 절반 정도가 출석하지 않은 교실에서 수업하자니 선생들도 김이 빠졌다. 등교한 학생들 불평이 대단했다. 결석하지 않은 성의를 봐서라도 집에 어서 보내달라는 성화에 선생은 수업을 제대로 진행시킬 수 없었.

허정우가 일학년 교실에서 불평 많은 학생들 상대로 두 시간째 수업을 가까스로 마치고 교무실로 돌아오자, 먼저 와 있던 선생들 불평 또한 학생들에 못지않았다. 민족 최대의 명절인 음력설날 정상 수업을 하는 데 대해 교사와 학생 모두 불만스럽기는 마찬가지였다.

"왜정 때, 왜놈들이 미개인이라고 조롱해가며 눈에 불을 켜서 음력설을 단속했어도 신정은 왜놈설이고 구정은 조선설이란 전통을 지켜왔는데 해방된 마당에 와 왜놈설만 섬기고 조상 대대로 내려온 조선설을 못 쉬게 하는지 알 수가 없어. 이승만이 미국서 오래 살아서 그카나, 아니면 마누라가 코쟁이라 비위맞추는 긴가." "시장이 철시하면 영업 허가를 취소시킨다 우짠다 카며 관이 엄포를 놓았지만 아아들 눈깔사탕 파는 집 말고 장터에 문 연 점방이 있는가 눈 닦고 보라지." "오늘은 마 이쯤 했으면 누가 보더라도 학교 체면은 섰으니 학생들 돌려보내면 좋겠는데…… 교육청에서 확인한다 카지만 저거들은 어데 설 안 쉬고 무신 재주로 학교마다 조사 댕기겠노. 전화통이나 붙잡고 확인하는 체하며 한마디 씨부리겠제." "집안이 모여 윷놀이가 한창일 낀데 모 치는 선수인 내가 빠져서야 되겠는가." 난롯가에 둘러앉은 선생들이 한마디씩 신소리를 했다. 그러나 교장 허락이 없는 한 오전 수업은 끝내야 할 형편이었다. 분명 교장이 교장실에 있을 텐데 변소도 안 갔다 오는 지 한 시간 반이 넘도록 문밖출입이 없었다.

 허정우에게 교무주임 손준박이, 일학년은 몇 명이나 나왔더냐고 물었다. 허정우가 열댓 명쯤 빠졌더라고 말하자, 그래도 저학년은 성적이 나은 편이라고 했다.

 "허선생님, 이쪽에 와서 불 좀 쪼이소." 국어 담당의 정영모가 말했다. 난로가 벌겋게 달았고 솔방울 터지는 소리가 났다.

 "괜찮습니다. 기래두 오늘은 날씨가 많이 풀린 것 같아요." 허정우 자리는 햇볕 잘 드는 남향 창 쪽이었다.

 "객지에서 홀로 명절 맞으니 울적하겠어요." 두 시간째는 수업이 없어 독서 중이던 옆자리 서주희가 말했다. 그녀는 일어판 『고전음악의 거장 바흐』를 읽으며, 바흐가 곡진한 신심을 음악과 어떻게 결부시켰는지 쫓고 있었다.

"명절 따딜 처지가 되나요. 삼팔선이 막혔으니 제겐 서울두 객지디요." 허정우는 의자 등받이에 윗몸을 기대어 편한 자세를 취했다. 쉬는 시간 십 분을 다른 선생과 농담으로 때우기보다 휴식을 택했다. 교단에 선 지 이제 갓 보름, 교직 생활은 생각 밖으로 힘들었고, 정상적인 몸 상태가 아니란 데 지나친 강박관념을 갖고 있었다.

"학생들이 선생님을 무척 좋아해요. 영어를 재미있게 잘 가르치신다고."

"우물쭈물하다보면 한 시간이 어케 끝나는디 모르갔어요."

대화가 끊겼다. 허정우는 천정에 멍한 눈을 주며 평양에서 인민학교 선생으로 있는 김신혜를 생각했다. 그녀와 헤어진 지 삼 년 세월이 흘렀는데 그에게는 십 년이나 된 듯 시간이 관념적으로 느껴졌다. 추억이 한 가닥 인연의 끈을 늘여나가다 어느 순간 끊어져버리고, 그것으로 우리의 관계는 끝나겠지 하고 체념이 밀려들면, 그 운명을 받아들여야 한다는 게 여간 고통스럽지가 않았다. 남녀의 사랑이란 언제든지 만날 수 있어야 하고 만남을 통해 같이 보내는 시간으로 한 가닥 끈을 놓치지 않아야 한다. 그래야만 서로의 사랑을 시시각각으로 확인할 수 있는데 지금 둘은 갈라진 채 본인들의 뜻과는 상관없이 허송세월을 보내고 있었다. 그가 삼팔선을 다시 넘기가 불가능하듯 신혜가 삼팔선 넘어 자신을 찾아온다는 것도 지금으로선 가능한 일이 아니었다. 삼팔선 경비는 이태 사이 훨씬 강화되었다. 아직도 안부 편지만은 북쪽과 연락이 가능하다니 평양 부모님과 신혜에게 편지나 부쳐볼까 하고 생각을 바꾸었다.

허정우가 그런 상념에 빠져 있는 사이, 난로 주위에서는 불평 섞인 푸념이 계속되고 있었다. "출석부에는 분명 첫째 시간까지 출석으로 기재됐는데 그새 또 세 놈이 줄행랑 놓았더군. 내일은 삼수갑산 가더라도 튀고 보자며 여럿이 작당해서 내뺀 거야." 수학선생 하기룡의 말이었다. "큰집에 차례 모시고 온다며 인자 나오는 놈도 있더군. 장가갔다는 오학년 금봉이 말이야, 술도 한잔 걸쳤는지 얼굴이 불그레해갖고는 머리통 긁적거리는 데야 종아리 칠 수도 없고." 오학년 남녀 공학반을 가르치고 나온 정영모가 말했다. 오학년에는 늦게나마 공부하겠다고 광복 이듬해 입학한 나이 스무 살 다 된 학생도 있었다.

"박선생, 우째 교장 선생한테 두 시간으로 종치자고 얘길 좀 해보시지 그래요?" 교무주임이 박도선을 보고 말했다. 교장 앞에서 입 떼기가 어려운 궂은일은 늘 훈육주임 박도선을 앞장세우는 손준박이었다.

"신정을 왜놈설이라 우겨도, 전 이중과세는 반댑니다. 오늘 같은 날에도 배우겠다고 나온 학생들 보십시오. 그 성의를 봐서라도 열심히 가르쳐야지요." 군 교육청에 보고할 '춘궁기 절량농가 학생 통계'를 작성하던 박도선이 안경을 콧등으로 밀며 말했다.

"주임선생도 수업에 드갔다 나왔으니 학생들 태도 봤을 텐데예?" 하기룡이 혀를 찼다. 그는 박도선보다 나이가 한 살 많았고 일찍 장가들어 큰아들이 올해 중학교 입학 예정이었다.

"그게 군중심립니다. 몇 명이 들썩거린다구 선생까지 장단 맞춰서야 되겠어요. 곧 삼월 되면 기말 고사가 있잖습니까. 그동안 소홀히 넘긴 부분이 있다면 예습이라도 시키면 좀 좋습니까. 수업 분위기가 안 잡히면 선현들 일화나 전래의 민속놀이라도 들려주면 좋은 공불 테지요." 박도선은 책상에 펼쳐놓은 통계표로 얼굴을 숙였다.

"하여간 박선생은 알아줘야 돼." 손준박이 말했다.

교무실로 이문달이 출석부와 교과서를 들고 들어섰다. 그는 지난달 재단 이사장의 장토인 용정못답이 학교 재단재산으로 등기 이전되었다고 본산리 작인들에게 귀띔함으로써 교사로서의 밥벌이조차 위태로운 실정이었다. 선생들 사이에는 이문달이 조만간 사표를 내게 될 거라는 소문이 돌았다. 평소에도 말이 없던 이문달은 요즘 거의 입을 다물고 지냈다.

"무슨 청승이라고 종친 지 언젠데 인자 나오나." 생물과 농업을 가르치는 소동환이 이문달을 보고 말했다.

"학교란 선생은 가르치고 학생은 배우는 곳 아닌가." 이문달이 말했다.

"원리원칙주의자 또 한 분 나왔네." 하기룡이 빈정거렸다.

이문달은 대꾸 없이 자기 자리로 갔다. 박도선 뒷벽에 걸린 전화기가 울렸다. 박도선이 하던 일을 멈추고 전화를 받았다. 서선생님 전화라는 말에 서주희가 읽던 책을 덮고 전화기 쪽으로 갔다.

"누나, 여기 작은집이야. 성구하고 같이 있어." 성호였다.

"용건이나 말해." 서주희의 목소리가 냉담했다.

"한시 반에 금관에서 만날 약속 알고 있지?"

"무슨 대단한 약속이라고 학교에까지 전화를 하고 그래. 나가긴 하겠다만……"

"아버지도 오늘은 세 시간 정도로 끝낼까 한다던데?"

전화 끊겠다며 서주희가 송수화기를 놓자 때맞추어 세 시간째 시작종이 울렸다. 난롯가에 앉았던 선생들이, 한 시간은 더 때워야 되겠다는 시퉁한 표정으로 일어났다. 허정우도 출석부와 교과서를 들고 나섰다. 교무실에는 박도선과 이문달만 남았다.

박도선은 학생 수 불과 스물여섯밖에 안 되는 오학년 개인 신상 조사철을 쪽마다 훑으며 '재산 정도'란에 기재된 사항을 다른 용지에 옮겨 적었다. 작년, 사학년을 마칠 때만 해도 학생 수가 마흔 명 남짓 되었는데 그동안 집안 형편이 나빠 자퇴한 학생이 열댓 명 넘었다. 그중 아홉 명이 여학생이라 올해 졸업할 학생 중 여학생은 둘밖에 되지 않았다. 재학생 스물여섯의 부모 직업은 장터에서 장사하는 상업이 셋, 공무원과 기타 직업이 넷, 나머지는 모두 가난한 농사꾼들이었다. 장터 주위에 사는 몇 학생을 제외한 대부분의 학생들은 십 리, 시오 리 길을 걸어 통학했다. 부모가 농사를 짓는다고 해도 하루 세 끼니 걱정 면할 이 정보 정도 농지를 소유한 자작농은 여섯 가구밖에 되지 않았고, 나머지는 모두 영세한 소작농이었다. 월사금이 서너 달씩 밀린 학생이 열 명을 넘었고 무단결석도 많았다. 이튿날 출석한 학생에게 결석

사유를 물으면 학자금을 벌려고 하루 종일 심산으로 들어가 나무를 했다는 이유를 댔다. 고학년일수록 수업 중에 조는 학생들이 많은데 밤 깊도록 장에 내다 팔 새끼를 꼬거나 가마니, 멍석을 짰다고 했다. 해방 후 전국에 불어닥친 교육열은 지방까지 전염되어 고등중학 졸업장을 쥐겠다는 향학심 하나로 버티는 학생이 절반을 웃돌았다. 그들이 고등중학 과정을 마치면 생활이 나아질 것인지에 대해 박도선은 비관적이었다. 집 떠나 도회지로 무작정 나가는 젊은이도 있었고 극소수는 월급쟁이가 되기도 했으나, 대부분 대를 이어 땅 일구며 예전대로 끼니 연명에 허덕일 형편이었다. 힘써 배운 깨우침이 정작 자작농으로 만들어주지도 않고 소득을 배로 늘려주지도 않았다. 그렇다보니 오히려 사회 불만만 키워 중퇴한 학생이나 졸업생 중에 사회주의 이념에 전염되는 경우도 많고, 만민 평등론에 뜻을 두고 야산대로 용약 입산하는 자도 생기는 게 오늘의 현실이었다.

박도선은 책상에서 눈길을 거두고 앞쪽을 멍청히 바라보며 학교 교육이란 무엇인가 하는 엉뚱한 상념에 빠졌다. 교육은 정신을 고양시켜 인간다운 삶을 깨치게 하고 악이나 무지에서 벗어나 선과 지식과 교양을 갖추게 해준다? 국민학교도 아닌 중학 과정을 밟는 학생들 칠 할이 점심 끼니를 굶는 현실에서 과연 인간다운 삶이나 지식과 교양이 얼마만큼 도움을 줄까. 그렇다면 정부는 농촌의 어떤 문제부터 손을 써야 하며, 농촌 젊은이의 학교 교육은 어떤 궤도로 수정되어야 할까. 그런 질문들이 마음속에서 이어지자 대상 없는 막막한 분노와 우울이 가슴을 저몄다.

"박선생, 봄갈이 전인 삼월 말까지 농지개혁을 끝낸다는 마당에 지금도 농지가 사사로이 매매되고 있다니 말이 되는 소립니꺼." 난롯가에 홀로 앉아 신문을 들추던 이문달이 박도선을 보았다.

"뭐가 농지개혁인지 알다가도 모르겠어요. 반봉건적 토지 소유제도의 타파라? 허울 좋은 공염불이지. 숫제 농민을 빼버린 채 지주와 정상배가 합작한 '지주 토지 처분법'이라면 몰라도, 누구 농지를 누구에게 어떻게 분배한다는 거요?" 그러잖아도 마음이 옥죄어오던 참이라 이문달의 농지개혁 발언을 계기로 박도선의 목소리가 높았다.

"해방되던 해부터 농지개혁을 한다고 떠들던 게 다섯 해 지난 아직까지 이 꼴로 끌고 있으니 무슨 농지가 온전케 남았겠어요. 유상몰수 유상분배니, 유상몰수 무상분배니, 무상몰수 유상분배니, 도무지 갈피 잡을 수 없게 정치가와 지주가 의기투합해서 설왕설래하는 사이 소작농들은 지쳐 나자빠지고 지주들은 그새 팔아먹을 땅 다 팔아먹고…… 작년 사월 이십이일 이후 매매된 땅은 등기하지 못하게 돼 있다지만 농지위원회와 읍청놈들이 작당해서 매매 일자를 소급하는 데야 누가 이를 따지겠으며, 법이 무슨 소용 있겠습니꺼." 이문달이 한숨을 내쉬며 박도선 말에 맞장구쳤다.

"농지위원회? 어떤 사람이 농지위원이 되는 거요? 농지 사정을 숙지하며 학식과 명망을 겸비한 관민(官民) 중에서 엄선한다고 되어 있지 않소. 농지위원을 읍면장이 위촉하다보니 지주층과 지방 유지가 차지하고 소작농이야 들러리 세우듯 아무 발언권도 없는 민충이 한둘을 박아놓지 않았소. 그러니 저들 입맛대로 하는 거지 농민을 위한 농지 분배는 애당초 글러버렸소."

 박도선은 이문달 쪽으로 자리를 옮겼다. 둘은 그런 화제에는 언제나 죽이 맞았고, 마침 둘만 교무실에 남게 되자 말문이 거침없이 트였다.

 "지난달 서울 친구가 농림부 통계자료를 보내줬는데, 해방되던 해 전국 소작지 면적이 백사십칠만 정보였다오. 그런데 지난해 유월에는 팔십삼만 정보만 소작지로 남았다니, 그사이 지주 땅 사십삼 프로가 팔려나가고 말았지요. 그것도 어디까지 믿어야 할지 모르는 관청 통곕니다."

 "모르긴 하지만 올봄에 분배될 땅을 해방 직후 소작지로 따지자면 사십 프로도 안 될 겁니더."

 "이선생, 소작농에게 삼 정보 이내의 땅을 유상분배해 평년작 일백오십 프로를 오 년간 현물로 정부에 연부 상환한다는 규정을 따져봅시다. 이것은 소작농에게 과중한 부담으로 악법입니다. 평년작 삼십 프로에 해당하는 생산물을 현물로 매년 상환한다니 얼핏 들으면 칠십 프로는 농민들 차지가 아니냐는 주먹구구 계산이 나올 법하지요. 그러나 씨앗값, 비료값, 물세 등 이십여 종이 넘는 각종 세금과 공과금을 공제당하고, 전국 소작농 가구당 일만 원대를 넘어선 고리채의 일 할 오부 내지 이 할이란 고율의 이자를 물다보면 인건비도 건지기 힘든 실정입니다. 영세농가 조소득(粗所得) 삼십 프로 상환이란 순소득 전부와 진배없는 고율이지요. 이렇게 되면 농촌 고리채가 더욱 성행할 테고 영세농은 그 고리채에 매여 평생 반농노적 멍에를 벗어날 수 없습니다. 그러고도 소작농이 기아로 전멸되지 않는 게 이상할 정도지요. 대지에 뿌리박은 생명력이랄까, 돌보는 이 없이도 물과 태양과 땅 힘으로 성장하는 초근목피와 짐승이 그들 생명을 연명시켜준달까……"
박도선의 도수 높은 안경 안쪽의 눈이 번득이고 입에서는 단내가 났다.

이문달은 박도선 입에서 풍기는 냄새를 후각으로 느꼈다. 깡마른 검은 얼굴과 입내로 미루어 박선생이 충치를 앓거나 위장병이 있을 거라고 짐작했다.

"지주 세력과 협잡한 한민당 의원들. 그놈들 누가 뽑아줬는데 빈농을 등쳐. 지주 편익 들어 보상액과 상환액을 인상시킬라고 농지개혁을 몇 년째 고의로 지연시키고, 그 여유 시간을 이용해 지주들은 농지를 불법처분하고!"

비분강개하는 이문달 말에 박도선이 자기 책상으로 돌아와 서랍에서 공책을 꺼냈다. 농지개혁에 관한 조사철이었다.

"이선생, 유상몰수 당한다는 지주의 토지 가격 지불 방법을 좀 보십시오." 박도선이 농지개혁 조문을 깨알 같은 글씨로 옮겨놓은 공책 첫 장을 펴선 '농지개혁 시행령 31조'를 가리켰다.

농지를 정부에게 매수당한 지주는 정부가 보유하고 있는 공장·광산·선박·어장·양조장·인쇄공장·도정 설비·과수원·종묘장·상전·양잠 설비·죽림지·하천 부지·간사지·개간지 등 그 희망과 노력에 의하여 농지 보상액에 비등한 사업체의 매수 또는 참획을 정부에 신청할 수 있다. 정부는 정기 규정에 의한 신청이 있을 때에는 적당한 사업체를 우선 알선하여야 한다.

"이게 바로 기만이지요. 농민의 농지 소유 보존에 대해서는 책임 규정이 없고 오직 지주에 대한 보상 규정만 그럴싸하게 밝혀 놓지 않았습니까." 박도선이 콜록거리다 기침 끝에 말을 이었다. "두고 보십시오. 이번 농지개혁으로 토지를 내놓게 되는 오십 석 미만 소지주는 앉은자리에서 망하고 말 겝니다. 그들이 평년작 백오십 프로의 지가증권(地價證券)을 받아 오 년 연부로 정부 보상을 받는다지만, 하루 다르게 오르는 이 물가고 시대에 휴지와 다름없는 증권을 오 년간 쥐고 있을 리 만무합니다. 그러면 그 지가증권이 어디로 빠져나가겠습니까. 헐값으로 시장에 매매되겠지요. 그걸 사들인 대지주와 권력가와 상공인이 증권을 담보로 정부로부터 귀속사업체를 헐값으로 매입해 불법자본을 축적하게 됩니다. 말하자면 또 다른 신흥재벌이 생기는 거지요. 빈익빈부익붑니다. 따지고 보면 이번 농지개혁은 소작농도, 몇 뙈잖는 자작농도 다 망하고 오직 권력을 쥔 자, 대지주, 상공인 배만 채워 주는 결과로 귀착될 게 뻔합니다."

"이건 농민을 위한 농지개혁이 아니잖소?" 이문달의 길쭘한 얼굴이 일그러졌다.

"정부 측과, 그들에 아부하는 돼먹잖은 식자들은 북 치고 장구 치며, 오천 년 반봉건적 생산관계에서 농민은 비로소 자기 농지를 가져 생활이 나아질 게고, 지주들 재산은 산업체에 투자되어 상공업의 눈부신 발전을 가져오게 될 거라고 하지요. 그러므로 이번 농지개혁은 일석이조의 효과를 거둘 수 있다고 말입니다. 농민이야 제 땅 가지게 되면 어떡해서든 그 땅을 자기 소유로 만들려고 피땀 쏟으며 오 년 상환 채무를 갚아나가겠지요. 그런 독농가도 많을 게 사실입니다."

"부화 끓는 이야기는 이제 그만 합시다. 들으면 들을수록 속상해서……"

"이승만 대통령 공과는 역사가 심판하겠으나 이번 농지개혁이야말로 실책입니다. 대통령이란 막강한 자리에 앉았는데, 그분이 진정으로 평생을 독립운동에 몸 바쳐온 애국자라면 단절된 역사를 잇는 이 호기에 왜 다수 농민 편에 못 서는 겁니까?" 박도선이 이문달에게 눈을 껌벅이며 물었다.

"해방 직후 우선적으로 엄단해야 할 민족반역자와 친일파를 오히려 비호하니, 난 그 영감탕구한테 실망한 지 오랩니다. 아무리 주위에 인재가 없기로서니 친일 세력을 각 부처 요직에 등용한다는 게 말이나 되는 소립니까?"

"이선생, 이번 농지개혁에 손해 보는 지주층도 많습니다." 박도선의 논리가 다른 쪽으로 튀었다. "이대통령 정적인 민주국민당 쪽 지주지요. 민주국민당 쪽은 기업인보다 지방 소재 지주가 많거든요. 이승만이 그 자금줄을 봉쇄하자는 거지요. 귀속재산 처리 과정에서도 이승만 반대 세력은 철저히 제외시켰습니다." 박도선이 결론을 내리듯 말을 맺었다. 그는 그쯤 농지개혁 문제점 중 자기가 할 말은 대충 다했다는 듯 하던 일을 계속했다. 책상에 매달리듯 붙어 앉은 왜소한 체구가 조금 전 변론가를 한순간에 꾀죄죄한 시골선생으로 변신시켰다.
　무료히 앉아 담배만 뻑뻑 빨던 이문달이 시간 죽이기가 답답한지 교무실을 빠져나갔다. 잠시 뒤에 박도선이 창으로 눈을 주자 이선생이 운동장 끝 버드나무 아래를 거닐고 있었다. 본관과 떨어진 별관 음악당 쪽에서 풍금 소리에 맞추어 「스와니 강」의 합창이 여리게 들려왔다.
　사환아이가 마치는 종을 치기 전에 삼각자와 출석부 든 하기룡이 먼저 교무실로 들어왔고, 그가 수업한 반 아이들의 왁자지껄한 소란에 다른 선생들도 다투어 수업을 끝냈다. 종이 울리고 난 뒤 수업을 끝낸 선생은 허정우와 서주희뿐이었다.
　교무실로 통하는 교장실 샛문이 열리고 서용하가 나타난 건 종이 울리고 난 뒤였다. 서교장이 중절모에 두루마기 입고 목도리까지 두르고 있어 선생들은 그가 먼저 퇴근할 것임을 알아보았다.
　"교무주임, 오늘은 이것으로 수업 끝내도록 합시다. 담임선생은 종례 마치도록 하고, 잔무 없는 선생은 퇴근들 하시오. 내일 결석자가 없도록 단디 당부들 하시고."
　교장 말에 교무실은 활기가 넘쳤고, 선생들은 출석부 챙겨들고 서둘러 교무실을 나섰다. 종례도 다른 때보다 빨라, 잠시 뒤 복도를 울리는 발소리가 요란하더니 학생들이 운동장으로 쏟아져 나왔다. 아직 맡은 반이 없는 허정우는 의자를 창 쪽으로 돌려서 들까불며 교문을 빠져나가는 학생들을 바라보았다. 저 나이 때는 설이 저렇게도 좋은 걸까 하며 허정우는 자신의 중학 때를 떠올렸다. 그 시절, 집은 평양여자중학교 옆에 있었는데 집 앞으로 전차가 다녔다. 바깥채는 부친이 운영하던 한약제 도매 점포였고 안채를 살림집으로 썼다. 집 안은 늘 약초 특유의 향긋한 향내로 찼다. 음력설날이면 가게 문을 열지 않고 새벽같이 식구가 제봉 아랫골 큰집으로 설 쇠러 갔다. 그때도 총독부가 음력과세를 단속해 정우 형제는 학교 갈 책보 들고 부모와 함께 이십 리 넘는 길을 지루한 줄 모르고 따라 나섰다. 선조 대대가 살아온 문중을 지켰던 큰아버지는 고평면의 대지주로 제봉 일대엔 집안 논두렁을 밟지 않는 자가 없을 정도였다. 그날은 큰집이 일가친척으로 법석을 이룬 가운데 차례를 모셨고, 친척어른들께 두루 세배하면 학용품 사서 쓰라며 세뱃돈이 제법 들어왔다. 아침밥 먹기가 바쁘게 성내로 들어와 학교로 가면 오전 수업인데도 한 시간을 보내기가 지루해 좀이 쑤셨다. 반애들이 일본인 선생 앞에서는 감히 말도 꺼내지 못하다가 조선인 선생만 들어오면 설날이니 옛날 얘기 한차례 해달라고 조르기도 했는데, 학생들 모습은 십몇 년 전이나 세상이 변한 지금이나 마찬가지였다. 그런데 나는 언제쯤 고향 땅을 밟을까? 적몰되어 파산된 큰집이며, 부모님은 어떻게 지내고 계실까? 생각할수록 마음이 어두워왔다. 서울을 떠나 남도로 내려올 때 먹었던 단단한 결심이 서러운 감정을 삭여주었다.

  선생들이 하나둘 부산히 교무실을 떠나 아랫목에 엿가락이라도 두고 온 듯 바삐 운동장으로 나섰다. 허정우는 교무실에 남아 서울 형님과 평양 쪽에 보낼 편지를 쓰기로 했다. 하숙방으로 돌아가야 반겨줄 사람이 없었고 책상 위는 하던 일거리인 번역 작업만이 기다리고 있을 터였다. 『근대 민주정치』의 번역은 칠 할쯤 진척되고 있었다.

서주희가 외투를 입으며 허정우에게, 퇴근 안하시냐고 물었다. 천천히 나가겠다고 그가 말했다. 허정우 외 박도선만 남았으나 그마저도 책상을 정리했다.

"저는 신정을 쇠서 구정이라 달리 할 일이 없지만 향리 근친들에게 인사 좀 다녀야겠기에……" 박도선이 낡은 가죽가방을 들고 퇴근 채비를 하며 허정우에게 말했다. 그는 늘 타고 다니는 자전거로 유등리에 가려던 참이었다. 거기는 별세한 선친이 식솔 이끌고 만주로 들어가기 전 조상 대대로 살아온 향리라 삼촌과 사촌형제들, 외가 쪽 일가붙이가 살고 있었다.

교무실이 조용해지자, 허정우는 서울 형에게 편지를 썼다. 학교 수업을 맡고 나서 두번째 쓰는 편지였다.

형님 전상서.
형수님과 조카들, 그동안 무고한지요?
서울도 객지였으나 먼 남쪽으로 내려온 지 한 달 반이군요. 서울 생활을 돌이켜보면, 몇 푼 벌겠다고 번역문 들고 군정청으로 들랑거리다 협심증 발병으로 죽은 듯이 늘어진 채 우울한 나날을 보낸 게 어제 일 같습니다. 따지고 보면 여기 소읍도 제가 요양하기에는 그리 적합한 장소가 아님을 최근에야 알았습니다. 처음부터 편지 내용이 어둡습니다만 어차피 꺼낸 얘기니 그냥 쓰겠습니다.

이 소읍을 소개하자면 제가 주거하고 있는 곳부터 시작해야 할 것 같군요. 하숙집이 읍내 중심부인 장터라 닷새마다 장이 서고 장날이면 십 리, 이십 리를 마다하고 시골 마을 사람들이 팔고 살 것을 거래하려 몰려나옵니다. 들이 넓어서인지 인구밀도가 높아 근동엔 마을이 촘촘히 널렸지만 대체로 그들은 소작농이라 살림살이가 빈곤하기 짝이 없습니다. 장터를 중심으로 잘사는 지주층은 모두 부산과 마산에 따로 살림집을 두어 자식들은 도시로 내보내 공부시킵니다. 형님, 장터를 낀 읍내는 유교적 미풍양속이 잔존한 고풍스런 시골에서 저속한 쪽으로 개방된 읍으로, 하루살이나 뜨내기들이 잠시 머무는 여관과 다를 바 없습니다. 이 읍은 조상대대로 살아온 농촌공동체가 형성된 마을이 아니요, 그렇다고 서울이나 평양 같은 도시도 아닙니다. 마을 구조는 시골이지만 도시적 성향을 더 많이 갖추어 어중간한 중소도시 형태를 띱니다. 우선 장사해서 먹고 살기 위해 타지에서 몰려든 사람들이 이전투구하며 뒤섞여 삽니다. 장사꾼이 방 한 칸을 사글세 얻어 이사 오면, 노름으로 탕진한 장사꾼은 보통이 싸서 야반도주해버립니다. 장날이 아니라도 저녁나절이면 장터는 주정꾼 욕설과 선머슴애들의 유행가로 시끌벅적합니다. 장사꾼들은 성정이 거칠어 걸핏하면 싸움질을 일삼고 여자들도 남정네 못지않게 성미 괄괄해 이웃끼리 머리끄덩이 잡고 욕설 퍼지르는 작태를 여러 번 목격했습니다. 욕설이 입에 밴 아이들은 늘 주려 장터를 싸돌며 훔쳐 먹을 궁리나 하며, 장사치 심부름꾼 노릇하는 열댓 살배기들은 벌써 담배를 피우는 실정입니다. 제가 가르치는 초급중학교 학생은 근동 빈농 자녀가 오히려 많습니다. 교육열은 의외로 높아 역을 중심 삼아 동쪽에 대창국민학교, 서쪽에는 대흥국민학교(일제 때는 일본인 아이들이 다닌 대흥소학교와 조선인 아이들이 다닌 대창보통학교로 나누어져 있었답니다. 남도 소읍에 일본인 소학교가 있었다는 건 이주한 일본인 가구 수가 그만큼 많았다는 이야깁니다)가 있으며 중학교 외 공민학교도 하나 있습니다.

 장터 얘기를 쓰다보니 이곳 흉만 본 셈이군요. 이 소읍은 그런 흉을 보상할 장점도 있는 묘한 뎁니다. 우선 개방적이고 활기에 차 있다는 점입니다. 그런 점에서 인간의 희로애락이 그대로 노출된 생생한 현장을 체험적으로 느낍니다. 삶이 얼마나 치열하냐를 오일장 장날이면 목격합니다. 어떡하든 열심히 노력해서 돈을 벌고 자식을 가르치겠다고 모두 열심히 삽니다. 오일장 장날은 시장경제 논리가 장사꾼의 고래고래 악쓰는 목청과 싸게 사려는 장꾼들의 물건 홍정에서도 잘 나타납니다. 가진 자와 가난한 자가 공존하며 그 모순된 질서를 깨뜨리려 애쓰는 일군의 식자층도 있습니다. 장터만 벗어나면 넓은 평야가 펼쳐집니다. 진영평야지요. 그 들판을 싸고 낙동강이 흐릅니다. 아직 겨울 끝머리라 진영평야는 황량하지만 봄이 되면 시골 농촌 풍경을 만끽할 수 있을 것입니다. 집 뒤 감나무 과수원으로 덮인 야트막한 동산은 산책하기에 맞춤합니다. 하숙집 식사는 그런대로 흡족하고 장터에 식당이 여러 군데라 외식으로 건강도 챙깁니다. 그동안 발작이 두 차례 있었으나 주기가 서울 시절보다 완만했고 자각 증세도 짧았습니다. 마침 고향이 경기도 개성인 좋은 의사를 사귀게 되어 정기적으로 진찰을 받기로 했습니다.

제가 근무하는 학교를 소개하자면, 일이학년이 두 반이고 나머지는 모두 한 반의 남녀공학으로 학생 수 총 사백 명이 못 됩니다. 선생은 교장을 포함하여 아홉 명, 교감은 공석입니다. 학교는 작은 구릉의 숲에 싸인 두 동의 목조건물과 별관 한 채로, 전원 속에 위치한 아담한 시골 중학교입니다. 장터에서 학교까지는 이 킬로도 안 되어 도보에 적당합니다. 제 건강 상태를 아는 교장 선생님 배려로 시간 배당은 주당 열여덟 시간이라 별 무리가 없고 대부분 오전으로 배정 받았습니다. 여러 선생도 제게 호의를 보이고, 무엇보다 우수 교사가 많아 벽지에 왔다는 외로움은 없습니다. 친구 찬수 군 역시 제 타관 생활을 염려해주어 고맙게 여기고 있습니다.

저는 일단 이곳에 던져진 몸입니다. 무엇보다 요양차 여기에 왔다는 점을 늘 명심하고 있습니다. 언젠가는 건강을 회복해 형님과 함께 고향에 갈 좋은 날도 오겠지요. 안녕히 계십시오.

             1950년. 음력설날
               정우 올림

편지 두 통을 쓴 허정우가 학교에서 퇴근하기는 오후 한시가 지나서였다. 그는 늘 그렇듯 신작로를 피해 철길 따라 읍내로 들어갔다. 구름 한 점 없이 날씨는 맑았으나 들바람이 세찼다. 경칩이 내일이지만 꽃샘바람이 불기에는 아직 이른 절기인데 바람에 훈기가 스며 코끝을 아리게 하지는 않았다. 여래못 쪽에서 연이 날고 있었다. 방패연도 있었고 가오리연도 있었다. 설을 즐기는 아이들 함성이 메아리로 들렸다.

읍내로 들어온 허정우는 삼거리목 우체국에서 편지를 부쳤다. 우체국도 빈자리가 많고 우표 파는 여사무원만 창구 앞에 오도카니 앉아 있었다. 그가 우체국을 나서자, 장터에서 오는 서주희와 맞닥뜨렸다. 허정우가 그냥 목례만 보내자 서주희도 머리 숙여 인사만 했다. 몇 걸음 걷다 허정우가 돌아보니 서주희 뒷모습이 우체국 건너 다방 안으로 사라졌다. 신혜와 내 경우도 아닌데 찬수와 서선생은 한동네에 살면서 왜 결혼하지 않을까 하며 그는 고개를 갸우뚱했다. 친구의 생식기가 지난번 전장에서 어떻게 됐다고 생각되지는 않았다. 친구가 만약 고자라면 어떤 면에서든 그늘이 있을 터인데 그런 점은 엿보이지 않았다.

서주희가 다방 안으로 들어서자, 누나 왔군 하며 안쪽에서 서성호가 손을 들어 보였다. 다방은 명절이라 손님으로 붐볐다. 설빔으로 차려입은 중년남자가 태반이었다. 담배 연기와 잡담과 웃음소리가 넘쳤고 축음기의 유행가까지 합세해 찻집이 장판처럼 시끄러웠다. 해방 후부터 읍내 한량들은 커피 맛도 모르면서 길을 가다 우연히 친구라도 만나면 커피나 한잔 하자는 허세를 부렸다. 읍내에까지 다방이 들어서자, 시골에서 콧방귀깨나 뀐다는 사람들은 이곳을 담소 장소로 이용했다.

"사람들이 많은데 웬일로 불러내고 야단이야?" 서주희가 서성호 맞은쪽 자리에 앉으며 눈을 흘겼다.

"이런 데 아니곤 촌구석에 약속할 장소가 있나. 두고 보면 내가 불러낸 이유를 알 거다." 서성호는 칸막이된 밀실로 눈을 주었다. "남의 눈도 있으니 저기로 가. 찬정 씨가 기다려."

"늘 과수원에 놀러 오던 애가 무슨 일로 여기서 나를 보제?"

"집에 올 땐 국전 출품작 모델 자격이고 여기는 뭐랄까, 누나와 중학 선후배 자격이랄까." 서성호가 담배를 꺼내 물다 알 만한 어른이 눈에 띄자 담배를 숨겼다.

"어서 자리 옮겨. 꼭 가시방석에 앉은 것 같아서……" 서주희가 주위를 둘러보며 안절부절못했다.

"누나도 담 좀 키워. 남동생과 커피 한잔 하는 게 어때서 그래. 서울서 대학 나온 신여성이 왜 아직 촌뜨기 행세를 하는지 몰라."

"찬정이가 무슨 할 말이 있대?"

"그럴 만한 얘깃거리가 있는 모양이야."

서주희가 먼저 칸막이 안으로 들어갔다. 서성호는 그 자리에 앉은 채 손목시계에 눈을 주었다. 한시 삼십이분을 넘기고 있었다. 잠시 뒤에 두루마기 자락을 펄럭이며 심찬수가 다방으로 들어왔다. 서성호가 의자에서 일어나 심찬수를 맞았다. 심찬수가, 낮부터 술 사주려 불러냈냐고 농담을 했다. 상의할 문제가 있다며 서성호가 칸막이 안 밀실로 심찬수의 등을 밀었다. 심찬수가 영문도 모른 채 밀실로 들어가자 어둑한 실내에 서주희와 누이가 새침한 표정으로 그를 맞았다. 심찬수 얼굴이 금방 일그러졌다.

"뭐 하자는 짓들이야! 너 지금 신파극을 꾸미나" 하며 심찬수가 서성호를 밀쳤다.

"연극이 아닙니다. 오늘 중대한 결판을 내릴려고요." 서성호가 칸막이 앞을 막아섰다.

"이따위 돼먹잖은 연극에 끼라고 날 불러내? 나쁜 자식!"

"오빠, 가면 안 돼. 주희 언니와 어차피 한번은 만나야잖아. 한동네 살며 피할 이유가 뭐 있노." 설빔으로 치레한 심찬정이 자리에서 발딱 일어섰다.

서주희는 고개를 숙인 채 꼼짝을 않았다. 서성호와 심찬정이 연출한 각본을 예상했다는 듯, 어차피 한번은 만나야 할 옛 약혼자인데 굳이 피할 이유가 없다는 듯, 그녀는 속셈을 내보이지 않았다.

"미친년, 성호와 어울리더니 무슨 속셈인지 알겠다." 심찬수가 누이에게 말하곤, 서성호에게 자조 섞인 고함을 질렀다. "너, 찬정일 구워먹든 볶아먹든 마음대로 해. 주정뱅이에 병신 주제니 내 의견 따윈 물을 필요가 없어!"

심찬수는 서성호를 밀치곤 칸막이를 발길로 걸어찼다. 서성호가 심찬수 허리를 잡더니 그를 억지로 서주희 옆자리에 앉혔다.

"제발 오해 마십시오. 잠시만 제 말 들어요. 누나와 형이 이렇게 대면하는 게 얼마 만입니까. 약혼 사실이 아직 공개적으로 깨지지 않은 판국에 한동네 살며 삼사 년째 등 돌리고 지내다니. 이거야말로 누가 봐도 신파가 아니고 뭡니까." 벼른 말인 듯 서성호가 언성을 높였다. "누나는 아직 형을 기다립니다. 읍내에 누나 나이치고 시집 안 간 처녀가 몇이겠습니까. 아버지의 맞선 자리를 누나가 한사코 거절하는 이유가 어딨다고 생각해요? 누나와 약혼을 파기했다면 형이 양가 앞에서 그 점을 왜 떳떳이 밝히지 않습니까?"

"성호, 너 정 이래 나오기냐? 만약 우리가 결혼한다면 넌 찬정이와 깨지겠다는 거냐?"

"뭐라구요? 우리부터 갈라서라고요?" 무슨 말이냐 듯 서성호가 흠칫 놀랐다.

"너 둘이 당장 깨라면 로미오와 줄리엣처럼 자살이라도 하겠다는 건가?"

"오빠가 더 잘 아네." 심찬정이 날름 말을 받았다.

"그런 걱정은 관둬도 돼. 난 식인종이 되어 명줄을 이어 겨우 살아남았어. 내 한 팔이 어떻게 도막 난지 알아? 일본군 닙본도에 한 팔 잘린 채 할복자결 강요를 물리치고 도망쳐선 미군에 투항해 겨우 목숨을 건졌어. 그렇게 필리핀 열대림에서 몸뚱이만 남겨선 살아 귀향했어!"

"그게 어쨌다는 겁니까. 결혼과 무슨 상관이 있나요? 누나가 형 한 팔 없다고 퇴짜를 놨습니까, 아니면 아버지가 파혼을 선언했습니까?"

"이 자식, 온실 화초같이 크더니 못하는 소리가 없어!" 심찬수가 서성호 멱살을 잡았다.

"자학한다고 해결될 문제가 아니잖아요. 제가 어디 말 잘못했나요?"

"자학이라고? 웃기지 마. 나 술 안 먹었어. 똑똑히 말해주마.

난 서양과는 결혼 안해. 이제 됐냐?"

심찬수가 칸막이 밖으로 나가려 하자 서주희가 일어섰다.

"심선생님, 잠시 앉아보세요."

"내가 앉을 이유가 뭐 있소? 우리 사이는 해방 전에 이미 물 건너갔소. 서양은 서양 갈 길로 가시오."

"심선생님이 일방적으로 끝내고선…… 저도 할 말이 있어요." 서주희가 머뭇거리며 말했다.

"성호, 내 말 분명히 들어둬." 심찬수는 서주희를 상대 않고 성호를 보았다. "다시 말하지만 나는 서양과 결혼하지 않아. 너들은 너들 좋을 대로 해. 내가 할 이 말을 서양 앞에서 확인시키고 싶어 불러낸 모양인데, 서양이 물건은 아니지만…… 그 짐을 난 감당할 수 없어. 예수 믿는 서양도 무신론자인 나 같은 주정뱅이와 한평생을 같이 살 맛 안 날 거고. 왜 서로가 서로에게 거북한 상대와 한평생을 같이 살아야 하냔 말이야. 그건 절대로 안 돼!" 심찬수는 누가 제지할 틈도 없이 칸막이 밖으로 나가버렸다.

"이건 너무하잖아. 이런 일방적 통고가 어딨어. 젠장맞을 거." 서성호가 심찬정 옆에 털썩 주저앉았다.

"언니 미안해요. 오빠가 예전엔 그렇지 않았는데 해방 후 귀향하고 변했어요. 누구한테나 저런 식이라, 아버지와 늘 다투며 주사를 부리고……" 심찬정이 서주희 눈치를 살폈다.

서주희는 말이 없었고 눈 가장자리가 물기로 젖었다.

"누나, 기다리는 것도 정도 문제잖나? 찬수 형한테 좋은 점도 있으나 가정을 갖기에는…… 누나가 앞으로 십 년쯤은 더 기다려 형 마음이 돌아서서 교회라도 나가게 된다면 또 모를까."서성호가 누나 눈치를 살피며 담배를 불붙여 물었다.
"그건 성호 씨가 관여할 문제가 아니잖아요."심찬정은 주희 언니의 괴로운 마음을 이해할 것 같았다. 며칠 머물다 서성호가 서울로 훌쩍 떠나버리면 연인을 향한 그리움은 밤하늘에 달이 되어 매달리고 싶은 심정이었다. 날마다 쓰는 연서가 미농지를 앞뒤로 서너 장씩 메웠고 그걸 모아 사흘거리 두툼한 편지를 서울로 띄우곤 했다. 자신의 그런 마음과 견줄 때 주희 언니의 외로움과 고적감을 짐작할 수 있었고 또 다른 면에서는 현실적인 교훈이기도 했다. 한 사람을 향한 단 하나의 사랑은 결단코 놓치지 않아야 한다. 사랑하는 사람이 자기를 떠난다면 이는 곧 자신의 죽음이라고 생각해온 그녀였다. 심찬정은 성호 씨가 오빠와 같을 리 없다고 다짐했다. 일본이 망해 전쟁이 끝났으니 성호 씨는 오빠처럼 출정할 염려도 없었다.
"집에 가야겠어. 갑자기 현기증이……"서주희가 이마를 짚으며 일어섰다.
누나를 바래다주겠다며 서성호가 따라 일어섰다. 서주희가 동생의 손을 뿌리치곤, 찬정이랑 같이 있으라며 혼자 칸막이 밖으로 나섰다. 서주희는 이 모든 과정에는 주님의 숨은 뜻이 있을 거라고 생각하며 다방을 나섰다. 장터 오르는 길로 접어들자 땅만 내려다보고 걸으며, 이젠 찬수 씨를 잊어야 한다고 다짐했다. 자신의 기도가 헛된 망상임을 주님이 깨우치게 했고, 그와의 결합을 원하지 않음을 깨달았다. 생각을 그렇게 정리해버리자 마음은 더욱 허전해왔다. 그렇게 찬수 씨와의 연을 끊기로 결심했던 적이 여러 번 있었다. 그럴 때마다 팔 하나 없는, 악귀 들려 병든 양 같은 그의 가련한 모습이 지워지지 않았다. 찬수 씨를 위해 기도하며 그의 마음이 돌아설 때까지 기다려주지 않는다면, 주님 역시 당신의 자녀로 자기를 맞아주지 않을 것이란 생각이 들었다. 그럼에도 자포자기에 빠진 그를 건져내기 위해 적극적이지 못한 자신이 안타까웠다. 주위의 비난과 조롱을 개의치 않고 그에게 달려가 그의 종이 되지 못하는 것은 자존심이나 체면 때문이기도 했고, 정열이 모자라는 성격 탓인지도 몰랐다. 그를 빼앗아갈 상대가 없기 때문에 그가 스스로 회개해 착한 양으로 돌아오기를 기다리는 마음도 한쪽에 숨겨져 있을 것이다. 그런 이기심도 아니라면, 그가 먼저 다른 여자를 찾아 나서야 자기도 물러설 수 있다는 양심의 가책 때문일 수도 있었다……

다방 안에서 현기증을 핑계대고 나온 서주희는 이제 진짜 상념의 갈피에서 헤어나지 못한 어지럼증으로 머리가 지끈거렸다. 가르치는 학생들의 맑은 눈망울을 보며, 주님에 의지해 긴 시간을 강물처럼 흘려보내며 독신으로 나이를 먹어가는 것도 방법일 수 있었다. 그러나…… 서주희는 솟구치는 오열을 손수건으로 막으며 도랑골 골목길로 들어섰다.

2월 25일

죽은 서유하나 처 안골댁은 한 떡살에 찍어낸 듯 성미가 닮아 장토 건사나 치부는 물론 몸치장에도 관심이 많았으나 자기 집 관리에는 소홀했다. 그러다보니 네 칸 기와집 안채는 상기둥이며 누마루가 꺼멓게 퇴색했고 횟가루 벽은 파리똥과 빈대 핏자국이 황칠을 해서 읍내 사정에 어두운 타지 사람이 방문하면 알부자인 속내는 모른 채 선대에 거덜나버린 향반의 궁기만 짐작하기 십상이었다. 서유하의 집사로 장세간 식구가 거처하는 방 두 개에 마루가 딸린 행랑채 초가 역시 작년 추수 뒤 볏단값이 천정 모르고 뛰자 서유하가 몽땅 내다팔아 지붕갈이조차 못했다보니 이엉이 검츠레하게 썩었다. 벽은 흙살이 드러나 도부꾼들이 무시로 출입하는 숫막 뒤채 같았다. 마당에는 대문 옆에 석류나무 한 그루가 섰을 뿐 사십 평 남짓한 앞뜰은 화단이 없어 멀겋게 비어 있었다.

"이 집에 이사 온 지 벌써 팔 년째라. 이 집이야말로 흉가야. 성필이가 물에 빠져 죽고, 아버지가 비명횡사 당하셨으니……" 외투 주머니에 손을 꽂고 마당을 거닐던 서성구가 집 안을 둘러보며 중얼거렸다.

아직은 이른 철이지만 엷은 봄볕이 앞마당과 안채 누마루를 따뜻하게 비쳤다. 빈 외양간 앞에는 장닭이 갈퀴발로 습한 땅을 긁고 있었다. 지렁이 한 마리가 발가락에 짚이자 부리로 냉큼 쪼았다. 누렁이는 안채 축담에 엎드려 낮잠을 즐기는 참이었다. 위채 서유하네는 맏딸을 시집보내고 식구가 단출한 대신, 행랑채는 늘 북적거렸으나 지금은 집 안이 적적했다. 장세간은 진영 앞벌 수리답 일곱 마지기에 객토를 감독하느라 아침 일찍 들로 나갔고 장서방댁은 여래천으로 빨래를 나가고 없었다. 아래 두 자식은 학교에 갔고 막내딸 동례는 보이지 않았다.

서성구는 대청마루에 걸린 괘종시계를 보았다. 오후 한시 이십분이 지났다. 하루 두 번 통과하는 부산행 버스를 타자면 지금쯤 정류소로 나가야 할 시간이었다. 그가 안방에 대고 차 시간 늦겠다고 엄마를 채근했다. 무명 치마저고리 상복에 명주 목도리를 두르며 안골댁이 연방, 다 됐으니 나간다며 치장을 서둘렀다. 그네는 의걸이장에 붙은 거울에 얼굴을 비쳐보았다. 약간 벗겨진 이마에 하관이 빤 용모였다. 별 주름 없는 얼굴에 분발이 곱게 먹혔다. 그네는 나이 마흔여덟에 손자까지 됐건만 몸매가 날씬해 대여섯 살은 젊게 보였다.

"마 됐어요. 오빠가 언제부터 기다리는데, 어서 나가이소." 엄마 뒤에 선 서성옥이 말했다. 그녀는 재작년에 육 년제 마산고녀를 졸업했다. 여자가 언문만 깨쳐도 다행인데 고녀 졸업까지 했으니 더 바랄 게 없다는 아버지 반대로 대학 진학을 포기한 채 시집갈 날만 기다리며 집 안에 눌러앉아 지냈다. 집안일이래야 장서방댁이 부엌일 빨래일을 맡았기에 수를 들고 앉거나 침선 솜씨 익히는 정도가 고작이었다. 상큼한 콧날과 도톰한 입술에 얼굴이 계란형으로 길동그란, 복스런 상이었다. 집안 식구 중 누구도 닮지 않아 성격이 밝고 곰바지런했다. 그러나 아버지 타살 사건이 꿈 많은 그녀에게 심적 타격을 주어 요새는 바깥출입을 삼간 채 집 안에 박혀 지냈다. 심찬정과는 향리 보통학교부터 고녀 졸업 때까지 동기생이기에 읍내 장터에서는 가장 친한 친구였으나 요즘은 내왕이 뜸했다.

"고물 중에 상고물인 그늠으 뻐스가 연착 안하는 거 봤냐. 지금 나가도 한참 기다려야 올똥말똥하다." 안골댁은 치마 걷고 퍼질러 앉아 당목버선을 신었다. "백일상만 끝내면 이 무명옷 당장 불 싸질러뿔 끼다. 원 남사시럽어서 상복 입고 나댕기겠나. 행실 바로하다 죽었으므 천수를 못 누렸다 캐도 와 삼 년 상복인들 못 입겠노. 천벌 받아 뒈진 영감탕구. 좋다 하는 인삼 녹용을 오뉴월 불볕도 마다하고 풍로 앞에 쪼글시고 앉아 넘칠까 쫄아붙을까 온갖 정성을 다 들여서 따라 바쳤건만, 양기 오르니 엉뚱한 짓만 골라 하고는 그 꼴 당해도 싸다, 싸." 안골댁이 망부에게 욕설을 퍼질렀다.

서유하의 숨겨둔 마산 소실마저 아편 은닉죄로 옥살이를 하게 되자, 오갈 데 없는 소실 여식을 집으로 받아들인 뒤부터 안골댁의 망부 원성이 부쩍 잦아졌다. 요즘에는 망부가 비명횡사 직전에 지나리 차가 처마저 건드렸다는 쑥덕거림이 장터에 나돌아 그네 심사가 더욱 꼬였다.

"어무이도, 참. 다 큰 자식 앞에 듣기 좋은 말도 한두 번이지 땅에 묻힌 아부지 원망하면 무슨 소용 있어요. 그렇게 정나미 떨어지는 아부지하고 서른 해 가깝도록 한솥밥 먹고 어째 사셨는지 모르겠네." 뾰로통해진 서성옥이 엄마한테 면박을 주었다.

"니도 시집가봐라. 사내늠 하는 짓 중에 다른 건 봐줘도 기집질하는 꼴은 대국년도 몬 봐낸다. 속 넓기가 무량대해 같고 음전키가 부처 뭣 같은 여편네라도 그 꼴만은 눈뜨고 보아낼 조강지처가 없느니라. 내가 니 애비한테 기집 문제로 여러 번 속았지만 길바닥에 싸질러놓은 배다른 자슥까지 거두지는 않았다."

"나는 시집 안 갈 테니 그런 걱정 안해도 되요."

"시집 안 간다고 앙탈하던 처자도 날 받아놓으모 몸 달아 설치기는 더한단다. 어데 니가 증말로 시집 안 가는가 두고 보자." 안골댁이 애들 신주머니만한 핸드백을 들고 일어났다. 그네는 백에 논문서, 열쇠 꾸러미, 인감도장이 든 것을 낱낱이 확인했다. "성옥아, 오늘 필수에미한테 편지 꼭 부쳐라. 대보름 쉬고 올라간다고 말이다."

필수엄마는 그네의 맏딸로 재작년에 부산으로 출가했는데, 공무원인 서방이 서울로 전근 발령이 나서 지금은 서울 혜화동에서 살고 있었다.

안골댁은 삼층장과 그 위에 놓인 화각함에 자물쇠가 채워졌음을 확인하곤 마루로 나섰다. 마루에 놓인 뒤주에 자물쇠가 채워진 것을 보곤 축담으로 내려섰다. 코고무신은 동례가 깨끗이 닦아놓았다. 마당으로 나온 엄마를 보곤 서성구가 먼저 대문을 나섰다. 안골댁이 치마귀를 싸쥐고 마당을 질러가다 무슨 생각에선지 뒤돌아섰다.

"성옥아." 서성옥이 안방 문을 열자, 안골댁이 말했다. "저녁답에 장서방 들어오거든 술도가에 보내거라. 오늘은 원전하고 이자 꼭 준다 캤으이, 현주사가 돈 안 주거든 집에 올 생각 말고 눌러붙어 살라 캐라. 원, 쌈닭한테 괴기 처믹일 돈은 있으면서 남으돈 쓰기를 우습게 알아. 내하고 오래비는 설창리 나가는 길에 외갓집에 들렀다 오자모 내일 오포 불 때는 돼야 읍내 들어올 끼다."

안골댁의 친정은 설창리에서 재 하나 넘어 있는 안골이었다.

안골댁이 대문을 나서자, 먼저 나선 아들은 골목길에서 구슬치기를 하고 노는 동네 아이들을 보고 있었다. 구슬치기하는 아이들을 보는 동례 등에 업힌 이복동생을 본다고 말해야 옳았다. 동례는 이복동생 열이가 집에 맡겨진 뒤 업저지처럼 아기 보기를 도맡았다. 돌이 갓 지난 열이는 동례 등짝에 머리 기대고 잠이 들었다.

"불쌍한 것, 네가 무슨 죄가 있다고." 머리숱이 없는 여동생의 맨숭머리가 가엾어 보여 서성구가 중얼거렸다.

"시간 읎다 카더마는 머 하노." 안골댁이 앞질러 골목길을 빠져나갔다.

버스정류장에 도착하기까지 모자는 안면 있는 읍내 사람과 자주 마주쳤다. 인사하는 사람도 있었고, 행세하는 사람이 거동하면 마땅히 그래야 된다는 위축감에 길가로 비켜서는 사람도 있었다. 모자를 보는 그들은 무슨 사건의 주인공 보듯 호기심 찬 눈길이었고, 개중에는 모자가 지나친 뒤 저들끼리 쑥덕거리기도 했다. 그 쑥덕거림은 안골댁을 주로 씹었는데 사실 안골댁은 근래 읍내 사람 입방아에 많이 오르는 인물이기도 했다. 장을 볼 때 콩나물 값조차 깎겠다는 그네의 버릇은 이미 알려졌지만 서방이 죽은 뒤 금전에 더욱 집착을 보여 망부 몫을 대신하겠다고 설쳐댔던 것이다. 망부가 사랑 문갑에 자물쇠 채워 보관했던 날짜, 성명, 금액이 조목조목 명시된 치부책을 찾아내 장리 놓은 돈의 회수에 나섰는데, 그 독촉이 성화같았다. 작은서씨로부터 돈을 빌려 쓴 읍내 장사치들은 그의 돌연한 사망으로 달마다 내던 이자 지불에서 한시름 놓은 기분도 잠시였다. 안골댁이 나서서 망부 못지않게 극성을 부려 채권자 권리 행사를 톡톡히 해댔다. 송진만큼 질긴 채무자에게는 하릴없이 빈둥거리는 대한청년단 패거리까지 고용해선, 원전과 이자를 받아내면 이 할을 떼어준다고 약속했기에 대리 채권자와 채무자의 분쟁도 시끄러웠다. 안골댁과 채무자의 말다툼 또한 그칠 날이 없었다. 서로의 입장을 내세워 지서에 송사질까지 한 경우도 세 건이나 되었다. 지서에서도 서유하가 사망한 뒤라 그 중재에 골머리를 썩였다. 서유하의 치부책과 관련 없는 읍내의 양식 있는 사람들은 약자 편을 거들고 나서서 안골댁 처사를 두고 비난했다. 안골댁은 빚 채근에만 여장부 기질을 보인 게 아니었다. 망부의 삼우제가 끝나고 외동아들 서성구가 서울로 상경해버리자 그네는 이틀이 멀다 하고 전보를 쳐서 아들 하향을 재촉했다. 안골댁은 세상 형편 귀동냥에도 밝아 해동과 더불어 실시될 농지개혁 전에 망부가 처분하기로 했던 장토를 팔려고 했기에 장자와의 의논이 필요했던 것이다. 서성구는 평소에도 아버지의 물욕에는 거리를 두었고, 어머니의 참견 좋아하는 수다스러움도 외면해온 터라, 집안의 경제 문제와는 담을 쌓고 지내왔다. 아니, 집에서 부쳐주는 돈으로 학비 내고 하숙비 제때 줘가며 공부에만 전념했다. 엄마의 재촉 전보에 못 이겨 다시 귀향하자 엄마에게, 정부가 토지 매매를 금하므로 불법 처분하면 안 된다는 반대 의견을 냈다. 안골댁은 고지식한 아들의 대답쯤은 이미 예상한 듯, 뒷구멍으로 처리하는 방법이 따로 있다고 했다. 농지를 싸게 내놓는데 탐 안 낼 농사꾼이 어디 있으며, 큰아버지가 중학교 교장이요 농지위원인데다 중학교 이사장이 농지위원장인데 걱정할 게 뭐가 있느냐는 반박이었다. 땅 판 돈으로 뭘 하려느냐고 서성구가 묻자, 안골댁은 준비해둔 답이 있었다. "봄만 지내면 삼천 평만 내 끼 될까, 나머지는 어차피 빈농이나 작인들에게 뺏길 땅 아인가. 그러이 팔자는 거야. 산술 밝은 사람은 다 그렇게 한단다. 큰집도 여래못답 이천 평을 그렇게 팔았고, 심이 사장도 저 좌촌에 있는 논과 본산리 용정못답을 핵교 재산 쪽으로 빼돌린 거 모르나? 도회지에 사는 지주들은 농지 사정에 어둡다보이 그냥 팽개쳐두지만 실속 챙길 사람은 작년 재작년에 이미 손을 다 썼다. 니도 아부지 살았을 때 그 말은 들었제? 변전소 앞

수리답 천오백 평을 작년 봄에 처분한 것 말이다. 아부지도 계산이 있어서 그래 했고, 지금 살아 있다모 나머지도 속속 처분했을 끼다. 물론 우리 식구 양석 걱정을 안해도 될 논밭이야 남겨놓겠지만 말이다." "지주라고 어디 농지를 그냥 뺏기는 겁니까. 정부가 지가증권으로 상환해주잖아요" 하는 서성구의 말에 안골댁은, "지가증권이 무신 소용 있노. 지난해 가실, 한 말에 천 원 남짓하던 쌀값이 지난 장에 이천 원을 넘어선 거 모르나? 이런 마당에 지가증권 상환 해인 다섯 해 뒤에사 무신 돈 구실을 제대로 하겠노" 하고 계산 밝은 이론을 대는데야, 서성구는 그 문제를 더 이야기하고 싶지 않았다. 서성구는, 큰아버지와 상의해서 어머니가 알아 처리하라며 발뺌하고 말았다. 설령 반대한들 엄마 기를 꺾을 수 없을 것 같았고, 골치 아픈 문제에 자신이 개입하고 싶지도 않았다. 사실 그는 돈 늘이는 이재(理財)에는 밝지 못한 청년이기도 했기에 고향에서 이틀 머물곤 상경해버렸다. 아들 동의를 얻어내자 안골댁은 큰집 서교장과 농지위원장 심이사장을 만나 농지 처분에 적극 나섰다. 지나리 뒤에 있는 논 이천오백 평과 하계골에 있는 밭 이천 평을 그네는 쉬 팔아버렸다. 그 매매증서를 법에 저촉되지 않게 작년 시월 전으로 소급해 작성하느라 읍사무소와 농지위원회에도 용돈을 찔러주었다. 음력설을 맞아 서성구가 서울에서 내려와 열흘여 머물자, 마침 팔아버린 설창리 논 중도금 받는 날을 맞아 안골댁이 아들을 부추겼다. "대학교란 데가 맹물 묵고 사는 법을 배워주는 데가 아닐 낀게, 시상 살라모 현찰 주고받는 거도 봐둬야 한다. 니가 판검사가 된다 캐도 그렇다. 송사 문제에는 토지 건이 젤로 많다는 말을 누구한텐가 들었다. 경험 삼아 요번에는 니가 꼭 입회하거라." 안골댁이 아들을 대동하려는 이유였다. 그네로서는 아들이 허락한다면 뒷간 출입만 빼고 어디든 데리고 다녔으면 싶은 심정이었다. 멀지 않아 판검사 될 아들을 남 앞에 보이는 자랑보다 안골댁이 더 으스댈 일은 없었다. 서성구는 엄마의 그런 허영심을 모르지 않았지만 들바람이나 쐬러 간다는 마음으로 동행을 승낙했다.

버스정류장에 이르자, 버스 도착 시간을 맞췄는데도 안골댁 말처럼 버스는 아직 오지 않았다. 정류장에는 사람이 별로 없었고 행상들이 길바닥에 사과, 강엿, 쑥떡, 눈깔사탕 따위를 늘어놓았으나 흥정 붙이는 사람도 없었다. 팔뚝만한 칡을 지게에 지고 나온 칡장수도 있었다.

"벌씨러 칡기가 나왔군. 경칩이 다 됐으이 칡기 나올 때도 됐어." 안골댁이 말하곤 매표소 앞에 내다놓은 평상에 걸터앉았다.

오 분을 더 기다려도 버스는 오지 않았다. 역 앞에 잡화점을 내고 있는 한씨가 낮술을 걸쳤는지 게슴츠레한 눈으로 정류소 앞을 지나다 안골댁을 보더니 벙거지를 들썩해 보였다.

"오늘은 아드님하고 먼 길 행차하시는군예."

"설창리 나가는 길이라요."

"지나리 차씨를 안죽 몬 잡아 마님께서도 잠자리가 뒤숭숭하겠습니다." 한씨가 걱정인지 조롱인지 애매한 웃음을 물었다.

"그렇게 걱정되모 한씨가 포수로 잡으러 나서보소."

"지난분 화차고개 전투 때 차씨도 공비 패거리에 끼었담서예?"

안골댁의 냉대에도 한씨는 넉살좋게 말을 붙였다. "아편 문제사 머시 어째 됐는지 이상합니더만, 돌아가신 작은서어른은 훌륭한 애국자십디다."

"애국자라니요?" 말이 이상해 새침해진 엄마 대신 서성구가 반문했다.

"어데 애국자가 따로 있습니꺼." 한씨가 뒤통수를 긁적거리며 흐물쩍 웃었다. "차씨가 진짜배기 좌익인가본데, 그늠이 작은서어른을 그렇게 했으이 순국하신 작은서어른이야말로 우익 중에 상좌에 앉을 인물 아입니꺼."

묘한 도치법에 서성구는 어이없어 웃었고, 안골댁은 얼굴을 붉혔다.

"좌익인지 우익인지 가릴 것 읎이, 한씨 볼일이나 보소. 남으 복통 뒤집지 말고." 안골댁이 신경질을 냈다.

한씨가 벙거지를 들썩해 보이곤 자기 잡화점으로 들어갔다.

"촌것들 남으 일 알은체할라 카는 데는 못 당한다이깐." 안골댁이 쫑알거리곤 아들을 올려다보았다. "한씨가 분명 우리 집안을 얕잡아보고 놀리는 기 맞제?" 아들의 대답이 없자 그네가 짜증을 냈다. "이 바닥을 떠나야제, 낯짝 들고 나댕길 수가 읎어."

"봄볕도 따뜻한데 걸어서 가지요. 십 리 길이면 한 시간 이수 아닙니까." 서성구가 다른 말을 했다.

"체면이 있제, 걷기는. 차가 못 댕기는 하계고개 넘어라면 몰라도 훤히 뚫린 신작로 놔두고 걷기는 와 걷노. 그까짓 뻐스비 몇 푼이나 든다고."

안골댁 말에 서성구는 더 말을 붙이지 않고 평상에 엉덩이를 걸쳤다. 십오 분을 더 기다리자, 덕산 쪽에서 고리짝 같은 낡은 버스가 뿌연 먼지를 일으키며 굴러와 정류장 앞에 멎었다. 안골댁과 서성구 외 셋이 더 타고도 버스는 움직일 줄 모른 채 시동을 끄지 않고 털털거렸다. 자리를 메운 승객들이, 연착까지 한 마당에 정류소마다 왜 이렇게 오래 섰냐고 불평을 해대자 마지못한 듯 버스가 출발했다.

버스가 읍내 거리를 벗어나 중학교 앞 고개를 오를 동안 서성구는 승객들이 나누는 시끌벅적한 시정 잡담을 들었다. 버스로 나들이할 정도의 신분이라 승객들 차림이 한결 멀쑥했다. 아녀자 몇은 새초롬히 앉아 있었으나 남정네들은 얘기꽃을 피웠다. 올 농사 걱정에서부터 대소간 관혼상제를 얘깃거리로 삼기는 두루마기 걸친 농사꾼들이었고, 양복 차림의 도회지 티 낸 치들은 5월에 있을 제2대 국회의원 선거와 농지개혁 건을 두고 설왕설래했다. "자네 그 소문 들었는가. 방동 물티재에서 공비가 나타난 거 말이다." 뒷자리 장사꾼 티가 나는 사내가 동료에게 말했다. 방동이라면 설창리에서 이십 리 밖이었다. "열흘 전 거게서 공비 셋이 나타난 기라. 오후 네시쯤 뻐스가 물티재를 막 넘어섰을 때 머리에 보따리 인 색시가 질을 가로막고 손을 들어. 운전수 양반이 손님인 줄 알고 차를 막 세우이까 숲속에 숨었던 공비 둘이 뛰어나오며 총을 겨눈 기라. 일당 셋이 뻐스에 올라와 양식 자루와 양복쟁이만 골라 춤치를 턴 기제." "여자까지 동원돼서? 여자 공비가 있다 카는 말이사 들은 것도 같네." "첫 근친 간다며 떡 보따리에 씨암탉 갖고 가던 색시한테는, 당신네 친정이나 시가가 소작농이냐고 물으이까 그 색시가 엉겁결에 친정이 과수원 한다 카이, 부르주아 집안이라며 씨암탉과 떡 보따리를 빼앗아뿌려. 면서기가 반항하다 장총 개머리판에 피칠갑하고……" "죽은 사람이나 잡히간 사람은 읎고?" "순사가 타고 있었는데 평상복을 입어 무사했던 모양이라. 간이 콩알만해졌을 끼라."

　서성구는 창 쪽으로 얼굴을 돌렸다. 낡은 버스는 숨차하며 고개턱을 올랐다. 버스가 시동이라도 꺼지면 영 움직일 수 없을 것 같았다. 인가 없는 이런 곳에 누군가 버스를 세우더라도 신분을 모르는 이상 무작정 태울 수만은 없다고 생각했다. 창밖은 상수리나무, 오리나무, 싸리나무가 산자락을 덮었다. 잿빛 갈잎나무 숲은 엷은 먹물을 풀어놓은 듯했다. 해토머리라 갈잎 푸나무들은 뿌리를 통해 수분을 빨아들여 줄기로 보내고 있을 테고 영춘목(迎春木)이라 일컫는 오리나무는 열흘만 지나면 빨간 꽃봉오리를 맺을 터였다. 오리나무의 개화를 신호로 냇가의 버들개지와 개나리가 꽃망울을 터뜨릴 것이다.

　버스가 겨울 가뭄으로 자갈밭이 된 계곡을 끼고 내리막길을 빠져나가자, 파릇한 봄보리가 깔린 들이 나왔다. 처마를 맞댄 인가가 보였다. 아이들이 방죽 마른 잔디에 쥐불을 놓았고 지게 진 남정네들이 개울가 논에 객토를 붓고 있었다. 산자락 목화밭을 재경(再耕)하는 농부도 보였다. 초가에 연기가 오르는 것으로 보아 봄갈이에 사용할 재거름을 만드느라 뜰 안팎 잡초나 묵은 짚을 태우고 있었다. 음력설 쇤 지 한참이라 농가는 들떴던 설 기분도

가시고 농사 준비에 바쁜 절기를 맞고 있었다. 지난달에 물에 담가두었던 보리씨를 바깥에 얼리고 비 끝에 파종하여 봄보리 갈이를 준비했다. 삽후치, 번지, 쟁기 따위의 농기구도 봄이 오는 절기에 맞춰 손질해둘 절기였다. 외양간, 돼지우리, 닭장을 수시로 쳐내 퇴비를 쌓고 보리밭도 흙덮기를 하여 계속 밟아줘야 했다. 닭장에는 모래를 뿌려주고 수탉을 배치하여 종란(種卵) 준비와 부화에 착수하고 뽕나무 조성과 봄누에 준비도 끝낼 절기가 요즘이었다.

안골댁이 창밖을 내다보는 아들 옆모습에 눈을 주었다. 그네가 보기에 아들은 언제나 피죽도 제대로 못 먹는 듯 핼쑥한 모습이었다. 어릴 적부터 말수가 적었고 머리가 총명해 반에서는 늘 우등상을 탔으나 밥상 받으면 입이 짧았다. 어깨 늘어뜨려 걷는 걸음도 서리 맞은 수숫대처럼 힘이 없어 몸에 좋다는 보약 그릇을 들고 다니며 먹이려 부모가 애간장을 태웠다. 그네는 그런 아들이 마뜩찮아 물가에 내놓은 아이처럼 위태로워 보였고, 한편으로 측은했다.

"성구야, 중도금 받아 챙기모 외갓집에 들렀다 오자." 안골댁 말에 웬 외갓집이냔 듯 아들이 엄마를 보았다. "놀러 가는 기 아이고 할 말도 있고 해서. 니도 대강 짐작했겠지만, 해동마 되모 아무래도 우리가 진영 떠나 솔가해야겠다."

"갑자기 솔가라니요?"

"진영에 더 살았다간 또 무신 날벼락 만날지 모리겠다. 니사 공부한다고 서울에 있으이 눈치 못 챘겠지만 읍내 사람 눈총 받아

가미 이 바닥서 더 배겨내지 몬하겠다. 살인한 차씨 집보담도 무신 웬수였다고 우리 집만 입방아를 찧어쌓는지. 몬사는 늠들은 드러내 나서지 않지만 몽지리 좌익 편이 맞다. 우리 같은 사람 보모 속으로 이빨을 드르륵 간다."

"설마 외갓집으로 솔가하진 않겠지요?"

"안골에 와 들어가노. 내사 서울로 갈란다. 필수에미와 니가 서울 사이까 거게로 옮길란다."

"고향 떠나 어떻게 살아요? 엄마는 여기를 지키야지요. 큰댁이며 조상 묘가 여기 있고, 대대로 살아온 곳 아닙니까."

"서울은 어데 사람 사는 데 아인가. 진영은 큰댁이 지키는데 우리까지 여게 눌러 살 이유가 머 있노. 그래서 내가 전답 처분해서 돈을 부지런이 모으는 기라. 서울서 길가 나앉은 큰집을 한 채 사서 세도 놓고 장사도 했으모 싶다. 난도 오죽하면 이 바닥을 떠날라 카겠나. 내나 성옥이는 해만 지모 무서버서 잠도 몬 잔다. 진영서는 성옥이 시집도 몬 보내고. 소문이 쫙 다 났는데, 사돈이 칼 맞아 죽은 집안이라면 무신 혼인발이 제대로 서겠노." 안골댁이 손수건을 꺼내어 물코를 풀곤 한숨 끝에 말을 이었다. "용한 점쟁이가 있다 캐서 설 전에 마산에 나가 점을 봤다. 먼첨 니 애비 성명 석 자에 생년월일과 시를 넣고, 우리 식구 모두 넣어봤제. 그랬더마는 그 점쟁이 영감이 용하게 맞추더라. 너거 애비 신변에 무신 변고가 닥쳤다는 걸 다 아는 기라. 내가 사실직고했지. 니 애비가 작인 손에 죽었다고. 그라이께 점쟁이가, 진영 바닥에 오래 살면 우리 집은 쫄딱 망한다 안 카나."

"보고 나면 기분만 나쁜 미신을 왜 봐요. 점보는 것도 습관이에요. 당신은 왜 점쟁이 노릇밖에 못하는가 물어보지 그랬습니까?"

"사주팔자가 점바치로 태어났으이 할 수 읎겠제" 하더니 안골댁이 작은 소리로 말했다. "그 점쟁이 영감이 니 사주도 기막히게 알아맞추더라. 머리는 영리하나 심기가 약하고, 심성 어질기가 비단결 같으나……"

"그만 하이소. 듣고 싶지 않으니깐."

"올해는 특히 니 신상에 안 좋은 일이 있다 카인께 매사에 조심해야 한데이. 우리 집은 서방, 남방, 동방이 다 손이 많으이 북방을 택하라고 일러주데. 북방이모 서울 쪽 아닌가. 그래서 내가 서울 솔가를 마음먹었다." 서성구가 대답이 없자 안골댁이 말했다. "그라고 열이는 말이다, 가막소에 간 첩년 친정집으로 보낼까 한다. 그 친정을 내가 찾아냈제. 저 고성 당항포 갯가에 사는데 찢어지게 가난한 집이더라."

"거기도 입 살기가 힘들 텐데요?"

"그년 친정에미를 가막소 면회실서 만났어. 쪼들리는 모양이더만 심덕은 무던해 뵈더라. 그래서 내가 아아 키울 돈을 주마고 했더마는 바깥분과 상의해보겠다 카데. 국민학교에 들어갈 때까지만 맡아주모 그새 지 에미가 가막소서 나올 끼고, 지 에미가 재가라도 한다고 몬 맡겠다모 우리가 맡기로 했제. 서울서 장사라도 벌이모 부엌일 할 계집아아도 필요할 테이깐."

서성구는 어머니 말에 대답하지 않았다.

설창리 들머리에서 버스를 내린 안골댁과 서성구는 달구지길을 걸었다. 서성구는 설창이 삼 년 만에 처음 걸음이었다. 삼 년 전 고등학교 다닐 때, 여름방학을 맞아 외갓집에 다녀간 적이 있었다. 설창리 뒷길로 빠져 동쪽으로 오 리쯤 가면 태종산에서 뻗어 내린 줄기가 까치고개였다. 그 재에 오르면 이십 리 앞들이 트였고 북으로 시산 마을 너머 낙동강을 볼 수 있었다. 까치고개를 뒷동산 삼아 서편 황새봉 쪽을 바라보면 산자락에 오십여 호 모여 앉은 민락이 진례면 안골이었다. 안골댁 집안은 그곳에서 대대로 살아온 토호였다.

 안골댁과 서성구가 설창리 동구 앞까지 왔을 때였다. 자전거를 끌고 오며 그들을 맞은 사람은 더듬이 임칠병이었다.

 "낮 버스로 오, 오신다 카길래 지가 마중 나선 차, 참이라예." 임칠병은 계급장 달지 않은 군복에 가죽단화를 신고 있어 휴가 나온 군인 차림이었다. 왼쪽 가슴 주머니 위에는 진영극장에서 받은 구리에 도금한 훈장을 달았다.

 "순사 보조원인가 먼가 되더니만 총각 신수가 훤하구려." 안골댁이 말했다.

 "해동되면 인자 지, 진짜 순경 될 낍더. 김해 본서에서 치안국에다 트, 특별 채용을 상신했다 캅디더." 임칠병이 서성구한테도 경례를 붙였다. "저, 임칠병이라고, 지난번 화차고개서 고, 공비늠들 뚜디리 잡을 때, 지가 한몫을 단단히 했지예. 어제 진영지서에서 수, 숙직하고 아침에 집으로 돌아왔심더."

 "말씀 많이 들었습니다."

 "자, 그라면 드, 들어가십시더. 모두 기다리는 중입니다."

임칠병이 앞서서 안골댁과 서성구를 안내했다. 설창리와 효동리 사이에 있는 서유하 논 천팔백 평은 해방 전부터 김안록이 소작하고 있었다. 읍내 지서에 상주하던 임칠병은 작은서씨가 팔아치우다 남은 농지를 안골댁이 마저 처분하고 있음을 귀동냥하곤 생각해낸 꾀가 설창리 사람이면 누구나 탐낼 만한 물꼬 좋은 상등답 매입이었다. 농지개혁위원회를 통해 그 논의 처리 과정을 알아보니 처음에는 연고자인 김안록에게 분배되도록 서류가 꾸며져 있었으나 아편 밀재배 건으로 김안록과 그의 아들 김오복이 구속되자 그 논이 분배 대상에서 제외되어 공중에 떠 있었다. 임칠병은 자기 집이 그 논을 매입할 형편이 못 되었기에 살기가 나은 사촌 집에 말을 넣어 논 매입 중개에 나선 참이었다. 이웃에 사는 사촌도 천 평 남짓 남의 땅을 부치는 궁색한 소작농이었으나, 해방 직후 일본서 나온 사위가 돈푼이나 있어 살림이 많이 폈다. 농지개혁으로 소작농이 분배받을 땅은 삼 정보 이내이므로 지금 부쳐먹는 소작지와 서씨 논을 매입한다 해도 삼 정보(구천 평)에 미달되므로 법률상으로 아무런 하자가 없었고, 다만 서씨 논 매입에 따른 매매 일자의 소급만이 문제가 되었다. 그 점은 구전을 뗄 읍사무소 서기와 임칠병이 책임을 진다고 했다.

임칠병의 인도로 안골댁과 서성구가 임이봉 집 바자 삽짝으로 들어가자 마당에 임씨네 큰집, 작은집 식구가 귀한 손 맞을 채비로 도열해 있었다. 어른 아이들 합쳐 열댓은 되었다.

"우리가 마나님 댁으로 찾아뵙는 게 도리인데 누추한 이 촌구석까지 손수 오시게 해서 죄송합니다." 의관을 정제한 주인장 임이봉이 안골댁 앞으로 나서며 절을 깊게 했다.

"뭘예. 지가 친정 걸음하는 길에 들렸어예. 마지막 잔금 치를 때는 영감님이 읍내 걸음하실 꺼 아입니꺼." 안골댁이 둘러선 사람을 훑어보며 말했다.

안으로 들자며 임이봉이 방문 열어놓은 안방으로 안내했다. 방 안에는 혼사나 제사 때 쓰는 돗자리가 깔렸고 통영반에 음식이 차려져 있었다. 일본에서 나왔다는 양복 차람의 임이봉 사위가 안골댁 모녀 뒤를 따랐다. 안방에 둘러앉은 사람은 임이봉과 그의 사위, 임칠병, 안골댁, 서성구였다. 가운데 놓인 상에는 단술 그릇과 수수떡이 차려져 있었다.

"작인이 지 땅 가진다는 건 하늘이 내린 복이지예." 임이봉이 말문을 뗐다. "우리 집안도 고조부 대에선 땅마지기 두고 웬만큼 사셨던 모양인데 무진년 이래 삼 년 내리 대흉년을 만나 땅을 팔았다 카데예. 들은 이바구입니다만 그때 설창리만도 굶어 죽은 사람이 오십 명이 넘었다 카인께 오죽하모 땅 팔아 식솔 호구를 면했겠습니꺼. 그라고 근 백 년 만에 겨우 제 대에 와서야 땅을 갖게 되었으이……" 그의 목소리가 감격에 젖어 말을 끝내지 못했다.

"작은아부님은 사우 자, 잘 둔 덕분이지예." 임칠병이 말했다.

"듣자 하니 이 일로 아버님이 벌써 열흘이나 잠조차 설친다 카인께 증말 농토가 좋기는 좋은 모양입니더." 임이봉 사위 문서방이 한마디 했다.

아닌 게 아니라 임이봉의 눈두덩이 부었고 흰자위에도 핏발이 섰다. 그는 앞내걸 작은서씨 논을 계약한 뒤 열흘 넘긴 지금까지 밤잠을 온전히 자본 적이 없었다. 밤마다 꿈을 꾸었는데 꿈속에서 늘 앞내걸 작은서씨 논이 보였다. 그 논에 영근 벼이삭이 가을바람에 일렁였고 참새 떼 쫓느라 꽹과리 쳐대며 논둑길을 뛰어다니는 자신과 만나기도 했다. 한밤중에 잠이 깨면 다시 눈 붙이기가 쉽지 않았다. 마음 같아서는 당장 앞내걸로 나가보고 싶었지만 순찰 도는 민보단원과 맞닥뜨리거나 야산대로 오인 받아 총질이나 당할까 겁났다. 곰방대로 담배 한 대를 태우고 잠자리에 누워 뜬눈으로 궁싯거리다 횃대에서 새벽닭 우는 소리를 들으면 부리나케 앞내걸로 나갔다. 막내딸이 아침밥 드시라고 당신 찾아 나올 때까지 그는 작은서씨네 논두렁을 수십 바퀴나 돌았다.

"임씨 마음이 착하이 부처님이 복을 주신 기지예." 안골댁이 말하곤 문서방에게 물었다. "일본서 무신 일로 그래 떼돈을 버셨소?"

"고물 장사, 채소 장사, 약밥 장사, 안해본 장사가 읎심더. 난중에는 쪼매난 세탁소 내서 돈 좀 만졌심더. 지금도 마산서 세탁소를 하며 그럭저럭 아아들 공부시키미 묵고는 삽니더."

"부창부수라더니, 장인 사위가 다 훌륭합니더."

임이봉 처가 방문 열고 영계백숙 담긴 냄비와 양푼 몇 개 얹힌 개다리소반을 날랐다. 그네가 달리 대접할 게 없어 닭 한 마리 고았다고 안골댁에게 말했다. 분위기가 먹자판으로 돌자, 임칠병이 화차고개 무용담을 꺼냈다. 그 얘기 끝에 진영지서가 경사를 만났다며, 지서장 한광조 주임은 부산으로 영전될 것이고, 강명길

차석은 조만간 경사로 승진되어 한림면 지서장으로 부임하게 되고, 노기태 순경은 차석 자리에 앉을 거라고 했다.

"지서장은 도 경찰국으로 간다는 말 들었는데, 사건 맡은 강차석이 한림면으로 간다면 차씨는 누가 잡노?" 안골댁이 영계백숙 국물 퍼먹던 숟가락을 상에 놓았다. 그네는 지서 주임과 강차석에게 차구열 잡는 데 수사비로 쓰라며 적잖은 돈을 주었는데 이제 물 건너간 홍정이 되고 만 셈이었다. 이래저래 그네는 진영 땅에 살기가 더 싫어졌다.

"이거 지가 마, 말을 잘못 꺼낸 모양입디더. 어젯밤에 지서서 수, 숙직하는데 놀러 온 노순경님이 그 소식을 자랑하데예. 당분간은 입 다물라 카면서예."

"입산한 자들을 몽땅 뿌리 뽑기 전에 차씨만 잡기는 힘들 테지요." 서성구가 오랜만에 입을 떼었다.

"너무 여, 염려 마이소. 지가 그늠을 잡겠습니더. 서형이 이 더듬이를 우습게 볼란지는 모, 몰라도 비상한 머리가 있심더. 공비가 잘 대, 댕기는 질목을 지가 파악 중임더."

"증말 칠뱅이 머리는 알아줘야 합니더. 저 애가 읍내 보통학교 댕길 때 말임더, 우리 집 닭을 서리해간 늠이 있었지예. 그것도 한 마리가 아이고 이틀 후 또 한 마리가 없어졌어예. 그런데 세 마리째 닭 서리해간 늠을 저 애가 잡아냈심더. 우예 잡은고 하이 저 애가 닭장 안 횃대에 똥통을 매달아놓은 기라예. 그래서 닭 잃은 다음날에 웃저고리 갈아입은 사람만 찾으면 된다 캐서 살펴봤더니 동네 들머리 과부집 아들이 저고리를 갈아입었습디더. 그늠이 닭장문 열고 햇대를 만졌다가 똥통줄을 건드려 팔소매에 똥칠 갑했던 기라예." 임이봉의 얘기에 좌중이 웃었다.

"임형, 대창학교 다녔으면 몇 휩니까?" 서성구가 물었다.

"삼학년까지 댕기다 집안 형편상 그만뒀심더. 졸업했다모 십육 휩니더. 집에서 독학을 해서 한문은 천자문, 구구셈도 다 뗐심더."

서성구가 자기는 대흥학교 십오회라고 말했다. 본론을 잊은 채 화제가 곁길로 돌자 안골댁이 나섰다.

"안골까지 가자면 길이 바쁜께 주고받는 거 어서 끝내도록 합시더." 안골댁이 가방에서 토지문서 든 봉투를 꺼냈다.

"아버님, 돈 꺼내셔야지예." 문서방이 말했다.

임이봉이 고리짝 문을 열더니 보자기에 꽁꽁 뭉쳐 싼 묶음 돈을 꺼냈다. 저 돈 마련한다고 장리빚까지 냈다고 임이봉 사위가 말하자 임이봉이, 농사철 앞두고 황소도 내다 팔았다고 했다.

"어쨌든 임씨는 우리 땅 잘 산 줄 알아예. 농지개혁 말이 없었다모 그 논은 지금 시세에 세 배 보태도 사기 심들 낍더."

"말대금까지 우째 치를지, 일 할 칠 부로 빌린 빚이 삼십만 원 넘는데 그 빚 갚을 일이 큰 걱정입니더."

삼십만 원 돈이 임이봉의 손에서 안골댁에게 넘어갔다. 처음 계약할 때, 중도금 치르면 토지문서를 넘겨주고 마지막 잔금 치를 때 매각증서에 인감도장을 찍어주기로 약정했던 것이다.

안골댁이 지전 한 다발을 들고 손가락에 침을 발라 돈을 셌다. 액수가 맞자 그네가 문서 봉투를 임이봉에게 넘겼다. 임이봉이 까막눈이라 봉투에서 문서를 꺼내 사위에게 넘겼다. 문서방은 논

지번과 전답 평수가 맞는지 손가락을 짚어가며 중얼중얼 읽었다. 돈 준 영수증을 써달라는 문서방 말에, 안골댁이 돈다발을 가방에 넣으며 아들에게 영수증을 써주라고 말했다.

사무적인 절차를 마무리 짓자, 안골댁은 치마귀 싸쥐고 일어섰다. 임칠병도 읍내 지서로 가야 할 시간이라며 자전거를 끌고 따라나섰다. 어느덧 해는 서산 쪽으로 기울었다. 임이봉과 문서방이 삽짝 앞에서 인사했고 임이봉 처는 까치고개까지 배웅하겠다며 따라나섰다. 앞장선 서성구가 고샅길로 몇 집을 거치다 털거덕거리는 베틀 소리에 낮은 토담 너머를 보았다. 툇마루 끝에 탕건 쓴 중늙은이가 넋 놓고 앉았고, 방문 열린 건넌방에서는 처녀가 베를 짜고 있었다. 용두머리를 베틀신으로 당기고 북을 넘겨선 마디를 당기는 시름겨운 작업이었다.

"저 양반, 짐해경찰서에서 풀려나와선 좀 실성했습니더." 임이봉 처의 말이었다.

김안록의 실성이 서방 죽음과 연관이 있어 안골댁은 언짢은 눈으로 그를 보았다. 작년까지도 자기네 작인이었다. 김안록은 오후 한나절을 늘 마루에 나앉아 감옥살이하는 아들을 두고 장탄식을 읊었다. 그럴 때 누가 말을 붙여도 소용없었고, 이웃 사람을 알아보지 못할 때도 있었다. 식구가 점심을 거른 채 아침은 시래기죽으로, 저녁은 송기 넣은 고구마 풀떼죽으로 때우니 영양실조로 그의 정신이 더 혼미해졌다.

일행이 마을을 벗어나 태종산을 멀찍감치 두고 자드락길로 접어들 때, 돌무더기가 흩어진 둔덕에 싸리와 삼겨릅대로 엮은 움집 예닐곱 채가 있었다.

"저 거적집에도 사람이 사는 모양이네?" 안골댁이 임이봉 처에게 물었다.

"태종산과 응봉산 골짜기서 화전 일궈 밭농사 짓고 약초와 나무해서 읍내 장에 팔던 화전민인데, 국군이 공비 토벌한다며 산에서 쫓아내뿌려 저게다 돼지우리 같은 움집을 짓고 삽니더."

"멀 묵고 우예 사는교?"

"산에서 쫓가낼 때 집집마다 볼살(보리쌀) 두 말하고 밀가리 몇 푸대씩 배급으로 줬는데 다 떨어졌을 낌더."

돌무더기 사잇길로 한 아낙이 물동이를 이고 내려왔다. 겨울이 물러가지 않았는데도 살을 가린 옷이 누더기였다.

"저 여편네, 아침마다 장터에 밥 얻으러 댕기는 걸뱅이 맞다." 안골댁이 아낙을 보고 말했다.

"저분들한테는 올봄에 농지 분배가 안 됩니까?" 서성구가 물었다.

"까치고개 아래 밭뙈기 사천여 평이 마산 사는 타관 사람 밭인데 그걸 노놔준답니더."

아들이 쓸데없는 데 관심을 갖자, 안골댁이 여기서 헤어지자고 임이봉 처에게 말했다.

"그라모 어서 고개 넘어가이소. 밤에는 인불이 보인다고 아무도 까치고개를 몬 넘심더. 사람들은 그 인불이 산사람들일 거라고 말해쌓데예." 임이봉 처가 말했다.

임이봉 처에게 말대금 때나 읍내에서 보자며 말하곤, 안골댁이 걸음을 돌렸다. 서성구가 앞장섰다. 휘어 도는 산길이 이십오 도 경사를 이루었다. 주위는 다복솔이 촘촘했고 앞쪽 산등성이에는 갈잎나무들인 상수리나무, 참나무, 너도밤나무가 숲을 이루었다.

"이 길 넘어 가마 타고 시집올 때가 엊그제 같건만 벌씨러 내 나이 오십 고개를 앞뒀으이……" 비탈길을 오르느라 안골댁이 숨차하며 말했다. "과부만큼 불쌍한 신세 읎다더이 내가 인자 그 꼴이 됐어. 지지고 볶더라도 서방한테 앙탈부릴 때가 그래도 좋았는데……"

비탈길을 한참 올라가 까치고개 마루가 저만큼 보이자, 땀을 빠작빠작 흘리던 안골댁이 아들에게, 잠시 쉬어가자고 말했다. 그네는 노송 아래 앉아 가쁜 숨을 가라앉히며 손수건으로 땀을 닦았다. 산길을 오르며 외투를 벗어 어깨에 걸쳤던 서성구도 길섶에 앉아 땀을 식혔다. 아직도 겨울 찬기가 섞인 산바람이 시원했다. 모자가 거쳐온 아래쪽으로 고지새가 떼를 지어 날아올랐다.

길 위쪽에서 모래 흘러내리는 소리가 들려 서성구가 무심코 머리를 돌렸다. 예닐곱 발 위, 다복솔 사이에 텁석부리 수염의 사내 셋 모습이 설핏 보였다. 서성구가 놀라 엉거주춤 일어서자, 안골댁이 하얗게 질린 채 떨고 선 아들을 보았다.

"머꼬, 웬일이고?" 안골댁도 아들의 눈길을 좇아 고개 마루턱을 보았다. 산사람이 틀림없었다. 너무 놀란 그네가 손에 쥔 핸드백을 떨어뜨렸다.

"움직이면 쏴 죽이뿔 끼다!" 개털모자 쓴 사내가 서성구에게 장총을 겨누며 소리쳤다.

"저, 저기…… 누고?" 가쁜 숨을 내쉬던 안골댁이 중심을 잃고 고꾸라졌다. 그네는 총을 든 셋 중에 한 시절 작인으로 집 출입이 잦았던 차구열의 모습을 보곤 혼절하고 말았던 것이다.

안골댁이 정신을 차리기는 밤이 이슥했을 때였다. 밤바람이 차갑게 산 능선을 훑었고 하늘에는 배를 불려가는 달이 노송의 휘어진 가지 사이에 걸려 있었다. 스산한 바람 소리가 귓전을 훑는데, 먼 산에서 우는 여우의 울음이 적막한 산허리를 찔렀다. 아들은 물론 돈이 든 핸드백마저 간데없었다.

"이 일을 우짜면 좋을꼬……" 안골댁 입에서 절로 탄식이 흘렀다. 돈과 열쇠 꾸러미와 망부 인감도장이 든 가방도 소중했지만, 외동아들 성구가 공비들에게 잡혀갔거나 그들 손에 죽음을 당했을 것만 같았다.

한참 동안 통곡을 쏟던 안골댁이 무엇에 씐 듯 벌떡 일어나 미친 사람처럼 산길을 기어올랐다. 고무신이 벗겨졌고 미끄러져 넘어졌으나 아랑곳 않았다. 엉금엉금 기며 아들 이름을 외쳐 불렀으나 메아리만 돌아올 뿐, 사방은 스산한 바람 소리와 달빛만이 내리붓고 있었다.

2월 28일

 감나무댁은 중앙산 중턱에 자리 잡은 활터에 눈을 주었다. 경칩이 가까워오자 날씨가 봄을 불러 민둥한 중앙산은 침침한 잿빛을 벗기 시작했다. 한차례 더 봄비가 내린다면 산비탈 양지는 연초록 푸른빛을 은은하게 드러낼 터였다. 대숲과 노송에 가려 활터(射亭)는 한쪽 처마만 보였다.
 "토끼 한 마리 안 잡는 활쏘기가 뭐 그리 신명 바칠 일이라구 사정만 오르면 아침밥이 늦으신지." 감나무댁이 활터를 바라보며 쫑알거렸다. "개학 앞둬 오늘은 교장 선생 만나러 학교에 나가신다 했는데……"
 새벽바람에 찬 기운이 가시자 며칠 전부터 안시원은 동녘이 훤해지면 세수를 마치고 궁시를 챙겨 활터로 올랐다. 그 일과는 올해만이 아니라 해마다 그래온 관행이었다. 5시(矢) 3순(巡)으로,

총 15시를 날리는 습사(習射)를 마치고 집으로 돌아오면 그 시간이 늘 아홉시 전후였다. 그런 관행은 스무 해 세월 동안 비 오는 날을 제외하곤 입동 절기까지 거르지 않았고 잠자리 들기 전 냉수마찰과 함께 그의 신체 단련과 정신 수련에 한몫을 차지했다.

선달바우산과 중앙산 사이의 골짜기를 보고 도랑골 골목길을 오르면 마을이 끊겼다. 돌다리 건너 언덕길로 잠시 오르면 중앙산 배사 부분이 탱자울로 둘러싼 서용하 교장 집이었다. 안시원이 다니는 활터는 거기서 탱자울을 따라 조금 더 올라가 중앙산 동북쪽 오부 능선에 자리하고 있었다.

읍내에서는 유일한 그 활터는 내력이 있었다. 임진왜란 때 김해에서 패퇴한 아군이 진영 지방까지 밀린 끝에 일부가 군사를 재정비해선 선달바우산과 중앙산 골짜기에서 왜군을 맞아 항전하다 적군에게 큰 피해를 주고 모두 장렬히 순사했다고 하는데, 정유재란이 끝나자 그 순국을 기념하여 활터가 세워졌다. 그 뒤부터 인근 고을에 활쏘기가 크게 성행하였고 한량들이 진영 사정에서 봄가을로 습사며 편사(便射) 놀이를 벌였다. 고을끼리 시합을 겨루는 골편사를 하기도 하고, 어느 사랑(舍廊) 출신인가를 따져 벌이는 사랑편사를 할 적도 있었다. 이럴 때면 기녀들이 사수 뒤에 정렬하여 가곡을 불러 무사의 용기를 격려했다. 사수가 쏜 화살이 명중하면 기녀들이 지화자로 개가(凱歌)를 울려, 그 흥청거림이 자못 성대했다. 조선조가 기울어 대원군 시절 전국의 향교에 철퇴령이 내려지자 한량의 놀이라 하여 사정 출입도 된서리를 맞았다. 일본의 한반도 강점 시대로 접어들자 저들의 세도와 수탈에 밀려 한량들도 유폐 생활을 면치 못하다보니 활터는 폐허나 다름없이 되고 말았다.

안시원이 여자를 달고 야반도주로 고향 땅을 떠나기가 1921년이었다. 옹진군 대부도 염전에서 여섯 해를 보내곤 다시 짐을 꾸려 남도로 내려와 진영 땅에 정착하기가 1927년이었다. 그가 진영 장터에 정착한 연유는 뜨내기 길손이 주저앉아 터 삼기 알맞은 고장이기 때문이었다. 진영 땅은 배산임수하지 못해 예로부터 대촌이 생길 만한 지세가 아니었으니, 1906년 삼랑진에서 마산을 잇는 마산선 철도가 개통되고 역이 생기자 불쑥 생겨난 동네였다. 쉰 가구 정도의 한촌이었던 들뫼가 안시원 내외가 주저앉을 그즈음은 철도에다 도로망까지 갖추자 마산과 부산 사이의 교통 요충지로 떠올랐다. 넓은 들을 앞에 안아 집들이 늘어나 인구가 다달이 불어났다. 면사무소와 닷새장이 설창리에서 역 쪽으로 옮겨와, 군청 소재지 김해읍에 이어 군 단위치곤 드물게 두 군데가 읍으로 지정되었다. 진영읍(進永邑)이란 개명된 마을 이름 자체가 읍으로 승격되며 붙여졌던 것이다. 읍내 장터 주변의 직업 구조가 농업보다 상업이 우위에 서게 되었으니 토박이 농사꾼은 얼마 되지 않았고 인근 토호나 살림 반반한 자작농이 관청과 학교가 세워졌다는 이점에서 읍내 장터 주변으로 옮겨오거나 어물쩍 주저앉아 장사치가 된 경우가 대부분이었다. 안시원 내외가 장터 요지에 집을 사서 주저앉자 이웃들이 어디서 왔느냐, 왜 고향을 등지게 되었느냐, 무엇을 해서 먹고 살던 사람이냐, 학식깨나 있는데 왜 처를 내세워 술장사를 하느냐며 별의별 의구심이 떠돌았으나 내외는 돌부처이듯 철저히 함구했다.

　안시원이 활터를 알게 된 것은 그가 진영 땅으로 흘러들어온 이듬해니 스물세 해 전인 이맘때였다. 그는 중앙산 골짜기의 한 귀가 무너진 퇴락한 사정을 보고도 한 시절 사림(士林)들이 모여 시회(詩會)를 열던 정자로 알았다. 그러던 어느 날 아침, 산책에 나섰다가 우연히 흙더미에 묻혀 한 모서리만 보이는 반쯤 썩은 장대한 과녁판을 발견했다. 건너편 정자와 과녁판의 거리를 가늠하니 정확하게 활터였다. 남도 객지에서 처를 내세워 술장사를 시키며 독서와 서예로 소일하던 시절에 그 과녁판이야말로 자신을 구원할 수 있었던 보물이었다. 주위의 수상쩍은 눈초리를 이겨내고 그로 하여금 진영 바닥의 유지로 신분 상승케 할 계기를 마련해준 게 그 과녁판이었다. 그는 장터에서 상 만드는 젊은 소목장(小木匠)에게 높이 두 척에 폭 여덟 척짜리 새 과녁판을 만들어달라고 주문했다. 그리곤 서원과 사정 내력을 두루 알아보고, 그 재건에 앞장섰다. 거기에 첫 협조자는 읍내에서 문벌을 자랑하던 심동호 부친 읍호(邑豪) 심진사였다. 심진사는 한동안 안시원이 글은 좀 아나 본데없는 상것으로 여겨 문전 출입을 금했다. 안시원은 삼고초려의 고사대로 심진사 면담을 네 차례나 요청한 끝에 사랑 출입을 허락받자, 고금의 유학강론에서 조선조 멸망의 원근까지 좔좔 읊어 심진사의 마음을 샀다. 심진사는 안시원의 기상과 언행을 신임해 벼 다섯 섬의 찬조금을 내놓았다. 그 대면이 빌미가 되어 심동호와 교분을 맺었고 뒷날 찬수 훈장 노릇까지 하게 되었지만, 안시원은 심진사를 필두로 인근 유지로부터 적잖은 찬조금을 얻어냈다. 그해 가을에 그는 퇴락한 사정 중수를 맡아 인부들을 지휘했다. 이듬해 봄이 되자 인근 한량을 초치해 골편사를 열었고 습사를 해보겠다는 젊은이는 직접 지도했다. 글방을 개설하여 보수 없이 학동을 가르치는 데도 나섰다. 그즈음부터 안시원의 학식과 활 솜씨가 근동에 소문이 났고, 감나무집은 장터에서 알아주는 주점으로 객을 모았다.

사정 처마 끝 지대 위에 안시원은 양다리를 앙버티고 섰다. 활을 든 그는 백사십이 미터 거리 밖의 등성이에 선 과녁판을 뚫어지게 노려보았다. 과녁판에 그려진 색색의 동그라미 세 개와 까만 가운뎃점이 가늘게 뜬 그의 망막에 어른거렸고 서늘한 아침 산바람이 소맷자락을 흔들었다. 그의 옆에 놓인 전동에는 손수 만든 시누대 화살이 꽂혀 있었다.

"선생님, 오늘은 왠지 힘이 없어 보입니다." 안시원의 활쏘기를 구경하던 서성호가 말했다. 그는 방학 중이라 상경을 미룬 채 집안의 감나무밭 옆문을 통해 날마다 활터로 아침 산책을 다녔다.

"자네 보기에두 그런가?"

"명중되지 않아서 그런지, 자신 없이 쏘시는 것 같습니다."

"보긴 잘 보았네."

총 15시 중 13시를 쏜 지금, 과녁판에 명중된 화살은 3시밖에 되지 않았고 10시가 과녁판과 상관없이 엉뚱한 곳으로 빗나가버렸다.

안시원이 심호흡을 하곤 활을 든 손을 천천히 들어올렸다. 아니나 다를까, 다시 오른쪽 갈빗대 밑이 뜨끔, 하고 쑤셨다. 해동되고 활을 쏠 적마다 느껴온 통증이었다. 어금니를 앙다물고 깍짓손을 높이 들어선 활시위를 힘껏 당겼다. 시위가 팽팽하게 긴장한 만큼 팔뚝 완골근이 손목 쪽으로 힘살을 뻗었다. 인애덕행(仁愛德行), 성실겸손(誠實謙遜), 정심정기(正心正氣), 불원승자(不怨勝者)…… 그는 궁도(弓道)의 아홉 훈을 머릿속에 되뇌며 활을 든 오른손을 이마와 일직선이 되게 했다. 과녁판을 향한 그의 눈빛에 섬광이 번득였다. 활고자가 과녁판 가운데 검은 점과 수평으로 팽팽히 놓였다 싶자 그는 숨을 끊고 살을 날렸다. 살이 손끝을 떠날 때 간과 맹장이 있는 오른쪽 부위에 바늘로 찌르는 듯 진통이 다시 전해왔다. 그 통증 탓인지 이번에도 화살이 명중되지 않을 것 같은 예감이 들었다. 여느 궁수나 마찬가지겠지만 화살이 시위를 떠나 포물선을 그리며 창공을 뚫는 찰나, 그 화살의 승패를 감지할 수 있었고 예감은 대체로 적중하는 편이었다. 예상했던 대로 화살이 과녁판에 명중될 때 일으키는 명쾌한 마찰음이 들리지 않았다. 과녁판 옆 흙더미 뒤에 숨어 대기하던 이서방이 쫓아나와 과녁판을 살피더니 양팔을 세 번 크게 흔들었다. 안시원은 쓴 입맛을 다셨다.

"웬일이십니까? 요즈음은 적중 확률이 떨어지는데요?" 서성호가 말했다.

"심기가 편치 않아."

서성호가 어디 편찮으신 데가 있냐고 묻자, 안시원이 나이 탓으로 돌렸다.

안시원이 중앙산 위 하늘에 눈길을 보냈다. 맑은 날씨였다. 한

무리 물떼새가 중앙산 뒤로 날아올라 창공을 누볐다. 낙동강 하류에서 겨울을 난 철새였다. 그 새 떼도 춘분을 넘기면 북쪽 먼 곳으로 이동해갈 터였다.

"올해는 이제 시작이니 몸이 덜 풀린 탓도 있겠지요."

"아닐세. 작년 시작할 땐 이렇지가 않았어." 안시원이 서성호를 보았다. "서양화를 공부한다니 자네두 그림이 잘 안 될 적 있겠지?"

"절반 넘게 그리다 잘 풀리지 않아 중도에서 쉬고 있어요. 일백호 대작인데……"

"백 호라면 저 과녁판 절반쯤 되는가?"

"한지로 따지면 한 장 정도지요."

"화제(畵題)는 뭔구?"

서성호가 망설였다. 이런 문제라면 오히려 안선생같이 개명된 분의 입을 통해 소문을 기정사실화시켜도 좋겠다는 계산이 섰다. 안선생은 읍내의 당간 구실을 하는 인물이었다. 아버지나 심찬정 부친의 보수적인 사고방식과는 달리 연세에 비추어 개명된 분이라 남녀간의 사랑을 보는 눈도 개방적이라 여겨졌다.

"화제를 「에스(S)양의 좌상」이라고 붙였습니다. 등나무 의자에 앉은 처녀 모습입니다. 대청마루 뒤 대발 밖으로는 화초가 만개한 봄 정원을 배경으로 처리했지요. 언제 선생님께도 보여드리겠습니다."

"내가 그림을 제대로 볼 줄 아는가. 서양화에는 무식꾼이야."

"모시적삼에 태극부채 든 인물은 그렸는데, 배경은 초만 잡았습니다."

"꽃이 만개할 늦봄 돼야 완성한단 말인가?"

"그런 배경은 전에도 그렸기에 실경을 보지 않아도 되지만……"

"모델인가 뭔가, 그런 실제 인물을 앞에 두지 않고두 그릴 수 있는가?"

"모델은 심찬수 형의 누이 되는 찬정 양입니다."

"그런가?" 하는 안시원 입가에 언뜻 미소가 스쳤다.

긍정인지 냉소인지 서성호는 그 미소의 진의를 짐작할 수 없었다. 약혼 관계에 있었던 찬수 형과 누나를 연상해서일까 했으나 냉소로 비쳐지지는 않았다. 찬정 양은 서울에서도 찾기 힘든 완벽한 모델로, 우린 결혼을 약속한 사입니다 하고 덧붙일까 하다 말을 삼켰다.

"자넨 그림이 잘 그려지지 않는 이유가 어디 있다구 생각하나?"

"이런 말씀 드려도 될는지 모르지마는, 저는 찬정 양을 사랑합니다. 찬정 양도 제 예술 세계를 이해하고요. 사랑의 열정과 그림 쪽 열정이 제 마음에서 서로 자리다툼한다고나 할까요. 그림을 그릴 때는 사랑의 밀어가, 사랑을 나눌 때는 그림으로 어떻게 사랑의 감정을 표현할까 하는 충동이 엇갈려 냉정을 잃습니다."

"마음이 황홀할 때가 좋은 시절이긴 한데…… 무슨 일이든 성취하려면 열정만큼 한 곳의 집중도 중요하네."

"또 하나 요즘 고민이 있다면 이 시대의 순수예술 위상 문젭니다. 생사를 모르는 성구를 생각하면 붓을 들다 힘이 빠져요. 우린 왜 우익과 좌익으로 나눠져 서로가 서로를 못 잡아먹어 안달

인지…… 우리나라가 당면한 이런 현실만 보더라도 한가하게 산수나 인물을 그린다는 게 부끄러워요. 선생님, 오늘의 농촌 현실을 보십시오. 춘궁기가 아직 도래하지 않았는데도 동네마다 절량농가가 속출합니다. 도시는 정상배, 거지들에 각다귀패들이 활개치고요. 거기다 도시 청장년은 모두 실업잡니다. 해방의 감격이 어제 같은데 국토는 남북으로 갈렸고……"

"자네는 화가 지망생이지, 정치가 지망생이 아니잖나. 훌륭한 예인은 속세의 잡사에 너무 신경 쓰면 안 돼. 오래 남을 글이나 그림은 당면한 현실을 비켜나 이를 뛰어넘는 법일세. 인간이 만드는 역사의 거울이 사기(史記)라면, 자연과 인간의 본심을 거울로 삼는 게 예술이라고나 할까. 자네에게 당부하구 싶은 말은 잡사를 잊구 뜻을 한군데 세워 매진하라는 걸세. 하찮은 간장 종지두 장인이 만들면 모양이며 빛깔이 생명을 가지는 법이야. 눈이 지혜로운 사람은 그런 간장 종지를 알아봐. 내가 그림의 옥석을 구별하지 못하나 자네 정성이 하늘에 닿는다면 그 그림이 우리 집 목로나 술방 같은 데 걸리진 않을 걸세."

서성구는 안선생의 말에 공감되는 바도 있으나 한편 고루하고 안일한 잣대로 예술을 재단하는 느낌이었다. 현실에서의 일탈이나 초월도 좋지만 이제 이는 예술의 한 부분일 뿐이었다. 양차 세계대전을 거치며 서양의 예술은 시대 흐름을 쫓아 변화하고 발전해왔다. 서양화는 사물을 추상화시키기도 했으나 민중적 삶의 생생한 현장을 더 파고들어 극사실로 그려내기도 했다. 사회주의 리얼리즘을 끌어댈 필요도 없이 미적 성취도에만 봉사하기를 거부하는 미술학도들도 그의 주위에 여럿 있었다.

"선생님, 조선프롤레타리아미술동맹에서 주장한 미술 이론은 어떻게 생각하십니까?" 서성구가 조심스럽게 물었다.

"말은 들었네만……"

"당파성, 계급성, 민중성을 연관시켜 프롤레타리아의 혁명적 투쟁에 적극 참여해야 된다는 이론 말입니다. 자본주의 경제체제를 발판으로 성장한 미술은 부르주아 미술이라고 몰아붙이지 않습니까. 프랑스 인상주의도 서양의 식민지 무역이 성장을 거듭하자 자본제 사회의 개화 시대를 맞아 화초 구실을 했다는 거고요."

"난 그 방면에 소양이 없어 잘 모르겠네만 자네가 그런 문제로 심적으로 갈등을 겪는 모양이군. 이게 모두 남북 정치놀음에 예술이 휘말려든 탓일세."

"아무리 순수한 예술일지라도 그 시대 정신을 수용 못한다면 향기 없는 가화가 아닐까요?"

"그 생각두 일리가 있어." 안시원이 동의하곤 말을 이었다. "열두 살 무렵 아버지를 따라다니며 습사를 익히기 시작해서 이 나이가 되도록 궁시를 손에 놓지 않았건만 사두(射頭)는 고사하구 아직 행수(行首)의 반열에두 오르지 못했어. 서군은 젊은 나이니 마음의 갈등부터 풀어야 해. 현실의 어두운 면이든, 자연의 밝은 면이든 개성과 취향이 문제겠지. 이백의 시와 두보의 시도 두 시성의 관점이 다르듯이, 읽는 이에 따라 선호도두 달라. 누가 높구 누가 낮음을 평가할 수 없어. 살을 깎는 수련 끝에라야 만인의 공감을 얻는 지고의 경지에 도달하겠지."

안시원이 두루뭉실하게 결론을 내리곤 전동을 살폈다. 전동에는 15시 중 이제 화살 하나만 남았다. 그는 심호흡을 하고 전동에서 화살을 뽑아 시위에 멨다. 몸과 마음을 궁시 하나에 의지하듯 경건한 자세로 화살 끝을 과녁판에 겨누고, 활시위 잡은 깍짓손을 뒤로 힘껏 잡아당겼다. 복부와 앙버틴 다리에 힘을 주자 오른쪽 갈비뼈 아래가 또 뜨끔하고 쑤셨다. 자신도 모르게 시위를 잡은 팔뚝이 떨렸고 어느새 화살이 그의 손을 떠나 허공을 차고 나갔다.

안시원은 숫제 과녁판을 보지도 않고 뒤돌아섰다. 긴장이 풀려 어깨가 나른했고 현기증을 느꼈다. 돌아서서 사정 마루 끝에 앉아 침통한 얼굴로 활시위부터 부렸다. 과녁판 앞에서는 이서방이 시위가 빗나갔다는 뜻으로 손을 가로 흔들어댔다. 안 맞았다는 외침이 메아리가 되어 안시원 귀에까지 들렸다. 그는 그쪽에 눈을 주지 않고 부린 살을 궁대에 담고 팔찌(拾)와 깍지(殼)를 벗어 두루마기 주머니에 챙겼다.

"혹 수면 부족이 아니신지 모르겠습니다." 서성구로서는 선생 건강에 이상이 있다고 생각하지 않았다. 당신의 일상이 규율과 절제로 유지됨은 장터 사람들 모두가 알고 있었다.

안시원이 피곤한 기색만 보일 뿐 대답이 없자, 서성구가 절을 하곤 먼저 내려가겠다며 자리를 떴다. 화살 열다섯 개를 찾아 챙긴 이서방이 이쪽으로 달려오고 있었다.

안시원이 궁대와 전동을 들고 장터로 내려오다 마침 제재소에서 갓 켠 판대기 여러 장을 지게질로 나르는 소목장 오기목을 만났다.

"천총 어르신, 안녕하십니꺼. 활터 다녀오시는 모양이군예."

오기목이 지게를 진 채 인사를 했다.

"샤모는 잘 크겠지?"

"여부 있습니꺼. 지난 동절은 안방 구들목에 모셔서 내가 끼고 잔 걸예."

"투계(鬪鷄)에 너무 몰두해 생업에 소홀하면 안 되네. 자넨 판쟁이가 아닐세. 낙관에 누됨 없게 장인(匠人)임을 늘 명심하게."

그 말씀 잘 명심하겠다 하곤 오기목이 담배 점포 옆 자기 집으로 뒤뚱뒤뚱 걸었다. 그는 장터 손윗사람 중 안시원을 가장 어려워했다. 그가 소반 만드는 일에 보람을 깨닫기가 그 덕분이었다.

안시원 내외가 진영 장터에 정착해, 우연히 땅에 묻힌 과녁판을 발견했을 무렵이었다. 그는 활터 재건에 동분서주하는 한편 오기목에게 새 과녁판을 만들어달라고 부탁했다. 그즈음 오기목은 별세한 부친 대를 이어 나이 서른이 못 되어 소목장 장두가 되었으나 일솜씨는 날림 소목에 불과했다. 썰고 깎고 못질하고 옻칠 먹여 소반 두 개를 꼴만 갖춰 맞춤질하고 나면 나머지 시간은 술과 노름으로 보냈다. 집안은 조석 끼니가 궁할 적이 잦았다. 어느 날, 안시원이 작업장에 들러 오기목의 투깔스런 일솜씨를 보고 있었다. 마침 개다리소반을 구입한 뒤 며칠 만에 상다리가 판에서 빠져 수리하러 온 아낙이 불평을 터뜨리던 참이었다. 오기목은 늘 당하는 수모라는 듯 아낙이 넘긴 개다리소반을 떠맡고는, 다음 장날에 찾으러 오라며 소반을 패대기치곤 감나무집으로 걸음을 놓았다. 안시원이 목로에서 처에게 술을 청하는 그를 사랑으로 불러들였다. 처에게 술상을 보아오게 한 뒤, 안시원이 말했다. "내가 보기에 자네는 소목장이 아니구 그냥 소반쟁이네. 안 그러면 판을 그 따위로 만들어 욕 먹구, 힘들게 번 돈을 술과 노름으로 탕진할 수 있나. 자네야말로 귀한 음식 받쳐 먹는 상 만드는 사람 아닌가. 이 세상에 와서 사는 보람이 뭔가? 상 하나를 만들더라두 그 상 쓰는 사람으로부터 두구두구 칭찬을 받아야지. 옛말에 사람은 이름값 남기구 죽는 게 상도(上道)라 했어. 그러니 내가 호를 지어줌세. 앞으로 자네가 만든 소반마다 그 호로 낙관을 새겨 이름값을 하게. 물건다운 상을 만들어보라구. 처음은 그 공을 알아주지 않더라두 소문이 나면 일거리가 몰려들구, 값두 절로 오를 걸세." 안시원의 훈계에 혈기방자한 오기목이 들은 척을 않았다. "어르신은 책깨나 읽었다던데 그냥 서책 장이나 넘기소. 농사꾼은 흙 파묵으며 살고 우리 같은 소반쟁이는 나무 깎아 묵으며 살 테이께 남 걱정할 필요 읎심더" 하곤 오기목은 술잔만 비워냈다. 한번 꺼낸 말은 끝장을 보는 성미라 안시원은 이후에도 틈나는 대로 오기목을 설득했다. 한 달 만에야 오기목이 긴가민가하며 선친으로부터 들었던 말대로 열성을 다해 쇠못을 쓰지 않고 책상반 하나 만들기에 이틀을 꼬박 애썼다. 오기목이 책상반을 완성하자 안시원이 지어준 '범상(凡常)'이란 호를 면반 아랫면에 새겼다. 값을 종래의 책상반에 삼 할쯤 더 붙인 그 물건을 보자 안시원이 흡족해하며 자기가 샀다. 그 뒤부터 오기목은 손님에게 굽실거리는 자세를 차츰 고치더니, 사갈 테면 사가고 비

싸면 그만두라며 성깔도 부리게 되었다. 잔손 많이 들여 소반을 여물게 만듦으로써 자기 물건에 대한 자부심을 갖게 된 것이다. 술과 노름도 그 횟수가 차츰 준 대신 싸움닭 기르는 데 취미를 붙였다.

"마님, 그간 기체 만강하십니꺼?"
"김서방 왔수. 오랜만에 출타하신 어르신 모시고 나왔구려."
"우리 어르신 안에 기시지예?"
"아까 오셨길래 사랑으로 모셨수. 집 양반이 학교에 나가셔서, 혼자 계실 거우."
"잠시 들이다볼랍니더. 전해드릴 끼 있어서예."
"오늘은 장날도 아닌데, 점심 요기는 했수?"
"빙엣긴 잎 길비닥 괴편에서 팥죽 흰 그릇 시묵었습니더."
김서방은 열려 있는 사잇문을 통해 바깥마당으로 들어갔다. 사랑채 앞 상기둥에 지팡이가 세워졌고 댓돌에 흰 고무신이 놓여 있었다. 눈에 익은 향나무 지팡이였다.
"어르신, 저 바우 왔습니더."
김바우는 저고리섶을 헤쳐 괴춤에 찬 주머니끈을 열었다. 방문이 열리고 배현주가 얼굴을 내밀었다. 두루마기에 통영갓을 써 의관 정제한 차림이었다. 그는 주인 없는 사랑에서 친구를 기다리고 있었다.
"시세대로 받았는가?" 배현주가 물었다.
"한 말에 이천이백 원 쳐서 넘갔심더. 지난 장에는 소매가 천구백 원 했다 카던데, 적잖게 올랐습디더." 김바우가 지전 한 다발을 들고 마루로 무릎걸음하여 올랐다. 미곡 도매상 성씨에게 쌀 두 가마를 넘기고 받은 돈을 주인에게 건네며 말했다. "마님이 사 오라 카던 등지름하고 소금 석 되하고 또 두어 가지 부탁받은 거는 안죽 몬 샀습니더."

배현주는 넘겨받은 돈 중에서 살 물건 사라며 천 원을 떼어주곤 나머지 돈은 세지 않고 두루마기 안 마고자 주머니에 넣었다. 선비는 상술을 너무 밝히면 안 되고 하인 앞에 돈을 셈하지 않는다는 선친의 훈계를 좇아 아랫사람을 앞에 두고 돈을 세지 않았다.

전답 칠천팔백 평이라면 스무 마지기가 넘는 농지였다. 그 전답의 소작 관리 일체를 맡아오던 외척 정준오가 작년 추수를 마감하곤 마산에 잡화점 딸린 적산가옥을 매입해 솔가해버렸을 때 배현주는 기관지 천식으로 자리보전하던 신세였다. 그 뒤로 소작 관리는 김바우에게, 재산 관리 일체는 처에게 일임해온 터였다. 그가 무욕무념의 상태로 대문 밖 출입마저 끊게 되기는 병도 병이지만 외동아들 종두에 따른 근심이 깊었기 때문이었다. 좌익하던 아들이 야산대로 입산한 뒤 그의 마음과 몸은 서리철의 잡초처럼 영락의 길을 걸었다. 그의 침잠은 무엇보다 종갓집으로 조상 면전에 얼굴 들기 부끄러운 불효 탓이었다. 김해 배씨 모정공파(慕亭公派)가 설창리에 정착하기가 1623년 인조반정(仁祖反正) 때였다. 입향 시조는 배자, 육자 공이었다. 육은 부정(副正)을 지낸 조부를 배경으로 마침 대북(大北)에 가담해 폐모론(廢母論)에 참여하다 인조반정 뒤 병조참의 관작을 삭직당해 거제도로 귀양간 부친을 면회 가려 남행하던 길에 설창 마을에서 유숙했다. 유숙한 집이 고을 향반으로, 그는 그 이씨 집에 장가를 들자 이곳에 정착하게 된 것이다. 그 뒤 배현주 고조부 4대까지 대를 이어올 동안 동서반(東西班)은 판사, 수사(水使)를 비롯해 군지(郡誌)에 오른 인물만도 스무 명이 넘어 인근 백 리 안쪽으로 향반 토호의 지반을 굳혔다. 그런데 종갓집 인맥이 증조부대부터 쇠하기 시작해 증조부는 일남 삼녀를, 조부는 일남 사녀를, 부친은 이남 이녀를 두었으나 형은 성례 치르기 전 타계했다. 자기 대에서 아들 셋을 두었으나 위로 둘은 학동 때 열병으로 죽었다. 하나 남은 아들도 좌익운동에 뛰어들어 국사범이 되어 쫓기는 몸이 되었으니 조상 위패 앞에 서기가 부끄러울 수밖에 없었고, 시향(時享) 때는 종갓집으로서 원근 족친 대하기가 면구스러웠다.

"방앗간 가보이 일반미가 천시가 납디다. 정부미를 아무리 풀어놔도 일반미가 귀하긴 귀한 모양이라예." 김바우가 자리를 뜨려다 말했다. "방앗간 앞에선 들보기장사치와 곁꾼 댓이 구루마 길을 막습디다. 살가마 보자 눈이 벌개져 서로 사겠다고 말입디. 각다귀패 떼뿌리느라 시껍 묵었습니다."

"그래, 정부미는 소매가가 얼마든?"

"천구백 원 꽉찼던데, 메칠 몬 가 또 뛰겠습디더. 성씨 말이, 양력으로 이월은 오늘이 마즈막 날이라 한 장 거르게 됐으니 양력 삼월 초사흘날 장에는 일반미가 가마당 삼천 원 채울 끼라 카데예. 살값이 이래 다락같이 오를 때, 지 생각입니더마는 곳간 문을 잠가두는 기 좋지 싶은데예?" 주인의 대답이 없자, 김바우가 한마디를 더 보탰다. "인자 서른 섬 몬 남았는데 작인들한테 장리곡도 풀어야 하고, 여름 날라 카모 아무래도 여축분이 필요하잖겠습니꺼?" 아흐레 전에도 자기를 시켜 쌀 세 가마 내다 판 걸 두고 김바우가 하는 말이었다. 주인어른이 그 돈을 어디에 쓰는지 알 수 없었으나 그가 보기에 지금 집안에는 달리 현금 쓸 용처가 없었다. 그런데도 주인어른은 무슨 속셈인지 음력설 지나고 틈틈이 양곡을 내다 팔고 있었다.

"작인에게 장리곡을 내놓는다고? 올봄부터는 지주고 작인이고 읎어. 난도 인자 내 양식이나 해결하는 자작농일 뿐이야. 내 땅이 삼 정보밖에 안 남는다는 걸 자네도 들어서 알잖는가."

"농지개혁 되면 그래 된다고 말하지만 하루아침에 어르신 논이 하늘로 올라가는 것도 아이고, 손바닥에 물 빠지듯 그렇게 쉬 읎어질 수 있겠습니꺼."

"부자는 망해도 삼 년은 간다는 소리군." 배현주가 기침을 쏟았다. 창백한 뺨이 홍조를 띠었고 기침이 쉬 멈추지 않았다. 한동안 기침을 쏟고 나서 그가 손을 내저었다. "가보게. 가서 자네 일이나 봐."

"구루마는 성씨 집 마당에 대놨는데, 어데서 기다리까예?"

나중에 그리로 내려가겠다며 배현주가 방문을 닫았다. 무료함을 때우느라 서판의 신문을 집어들었다. 머리글자로 눈에 띄는 기사가 '暴徒射殺만 三四八名, 五二八個 아지트 破壞'였다. 작은 제목은 '二月末을 기해 警察部隊 道內 綜合戰果 發表'였다. 앞면을 대충 훑어보곤 사회면을 보았다. '治安工作 完成, 太白山脈서 作戰繼

續'이란 삼 단 제목이 눈에 들어왔다. 온통 그런 기사로만 싸발렸으나 아들 생각에 돋보기를 끼고 기사를 읽었다.

　　二月初 이래의 軍討伐大戰果 및 治安工作에 관하여 第一三〇部隊長 金白一大領은 昨日 다음과 같은 談話를 發表한 바 있었다.
　　慶尙南北道 一帶에서 跳梁하며 治安을 攪亂하고 있던 管內 共匪는 武裝 約 一百名 非武裝 約 二百名을 合하여 三百餘名의 勢力으로 活潑히 出沒하야 가진 暴虐을 敢行하고 一般民衆의 生活을 威脅하고 있었다. 軍은 二月初부터 積極的인 討伐을 開始하였으나 最初의 討伐條件은 극히 不利하였다.
　　明白히 말하자면 民衆 속에 깊이 뿌리박힌 共匪의 細胞 및 通匪部落의 散在와 利敵行爲를 恣行하는 등의 民衆自體가 共匪의 跳梁을 直接하고 있던 寒心한 事態 때문이었다.
　　이것을 卑近한 例를 指摘한다면 慶北 慶山郡 押梁面 〇〇洞에는 共匪가 約 三, 四十名 部落에 들어오자 三夜四日間이나 部落民이 動員되어 먹이고 재우고 입히고 하면서 軍이나 支署에 아무런 연락도 없었다. 이러한 例는 너무나 許多하였으므로 軍은 討伐의 方針으로서 우선 民衆을 啓蒙하고 組織하고 指導하여 民을 共匪와 分離시키는 政治的인 工作을 計劃實施하여 武力討伐과 竝行할 것을 決心한다……

바깥의 기침 소리에 배현주는 신문을 접었다. "천총 오는가?" 하며 공비가 된 을씨년스런 아들 환영을 떨치고 방문을 열었다.

마루로 오르는 안시원 손에 약첩 묶음이 들려 있었다.

"장날두 아닌데, 웬일인가? 짬 보아 내가 설창리로 나가려던 참이었어."

"지난 그믐에 자네가 댕겨가지 않았는가. 신년 하례차 내 곧 나온다고 작심했으나 몸이 여의치 않아 이제야 답례하게 됐네."

"그때야 문병차 갔더랬지."

방으로 들어선 안시원이 중절모와 함께 약첩을 문갑에 놓았다. 그가 두루마기 자락을 걷고 앉자, 둘은 맞절을 했다.

"두루 별고 없이 올해 만사형통하게나."

"강건하구 가내 다복하게." 안시원은 인사를 마치자 책상다리하고 꼿꼿이 앉아 배현주의 안색부터 살폈다. "얼음 풀리니 해소가 주저앉는가 보네. 얼굴이 연전보다 많이 좋아졌어."

"그렇게 보아주니 고맙네. 사실 해소는 차도가 별로 없어. 나이 드니 저승 갈 때까지 길동무 삼으라고 염라대왕이 병 동무 하나 붙여준 격일세." 배현주가 문갑에 놓인 약첩에 눈을 주었다. "웬 약첩인고? 강단 있는 자네가 설마 보약 지어올 리 없을 끼고?"

방문 밖에서 춘옥이, "점심 진지상 지금 올릴까예" 하고 물었다. 안시원이 그러라고 말했다.

"날 기다린다고 시장했겠네. 학교서 교장 선생 만나구 약국엘 들렀다 오느라 늦었네."

"어데 편찮은 데가 있나?"

"환갑 밑자리 간 나인데 나라구 무쇠란 법 있나."

"그래도 활 쏘러 사정에는 나다니잖는가?"

"따져보니 살 만큼 살았어. 더 살아 영화 볼 세월이 올 것 같지 않구……"

"적반하장이군. 내사말로 명질이 붙었으이 숨 쉬제, 하루가 여삼출세. 자슥늠도 그렇지만 농지개혁이 눈앞에 닥쳤잖은가."

"변하는 세월을 막을 수는 없어. 지주 중심의 농본 시대가 이제 마감하는 모양 같아. 남과 북이 다같이."

배현주가 밭은기침을 뱉곤 안시원을 건너다보았다. 배코 친 알머리에 범눈썹 위로 한줄기 푸른 정맥이 에움길을 이루었다. 나이를 먹었어도 군살 붙지 않은 안면은 예나 지금이나 다를 바 없었다. 스무여 해 전에 사정을 중건하겠다며 찬조금 얻으러 선친을 뵈러 왔던 첫 상면 때보다 이마와 눈 가장자리에 주름이 늘었다는 정도였다. 그 뒤 읍내와 설창리의 십 리 상거를 두고 상객(常客)으로 교우하며 정을 두텁게 쌓아왔다.

"자네 증말 어데 편찮은가 보네?"

"근간에는 시위만 당기면 우측 늑골 아래가 뜨끔거리구 쑤셔서 통 활을 제대로 쏠 수가 없어. 학교서 오던 길에 구주사를 찾아 진맥을 좀 했더랬어. 담(痰)이 맺혔다나. 나이 먹으니 혈관이 수축되어 피의 순환이 순조롭지 못한 탓일 걸세."

"담에는 웅담이나 멧돼지 쓸개가 좋다던데, 그걸 써보지그래?"

"쉬 풀릴 테지. 약보단 아무렴 정신력이 문제야."

밖에서 잔기침이 들리더니 마루에 밥상 놓는 소리가 났다.

"특별한 찬도 없이 빈객을 맞자니 대접이 소홀해서……" 하며 감나무댁이 밥상을 방으로 들였다. 인사치곤 언제 장만했는지 음식이 융숭했다. 돔 구이, 전, 가오리회가 먹음직했다. 달걀을 푼 북어국이 올랐다.

"이렇게 같이 상을 받기두 오랜만이네." 안시원이 놋주발 뚜껑을 걷고 수저를 들었다. 점심밥을 따로 지어 쌀밥엔 기름기가 흘렀다. 무릎 꿇고 상머리에 앉았던 감나무댁은 손님이 수저 드는 걸 보고야 자리를 뜨며 서방을 보았다.

"설창 어르신이 우환이시라기에 반주를 안 올렸습니다만……"

"어떤가? 몇 잔쯤은 괜찮겠지. 기침에 잘 들어 약용으로 좋다는 모과주가 있을 걸세. 나도 오랜만에 한잔하구 싶네."

"역시 자네는 지기지울세. 자네를 보니 근심이 봄눈 녹듯 사그라지네."

감나무댁이 수정과 그릇 담아온 팔모반을 들고 나가자, 둘은 묵묵히 식사를 했다. 수저가 그릇에 부딪히는 소리나 씹는 소리를 내지 않고 서로의 젓가락이 같은 찬을 집지 않았다. 어릴 적부터 밥상머리에 앉을 때마다 어른들은 그런 식사 예절을 가르쳤다. 숟가락과 젓가락을 함께 쥐지 말고, 침 튀게 떠들지 말고, 밥 먹으며 딴짓하지 말고, 국부터 훌쩍 마시지 말고, 서숙밥이라도 타박하지 말고, 국 건더기를 젓가락으로 먹지 말고, 김치 양념을 털어먹지 말고, 속의 것을 후벼 파먹지 말고, 동치미를 혼자 들어 마시지 말라고 했다. 그렇게 천천히 식사를 할 동안, 춘옥이가 팔모반에 모과주 사기주전자, 종짓잔, 숭늉 그릇을 방으로 들였다. 식사를 끝낼 때까지 붕우는 반주로 모과주 두 잔씩을 들고 나서 밥상을 물렸다.

"자네 보기에는 어떻노. 백범(김구)과 같이 협상차 삼팔선 넘어 댕기던 우사(김규식)가 남았다지만, 몽양(여운형)과 백범이 비명에 간 마당에 남북협상은 더 진척이 안 된다고 봐야겠제?" 배현주가 국내 정치 쪽으로 화제를 풀었다.

"그럴 걸세. 남쪽 북쪽이 다 자기주장 못하고 큰 나라 눈치만 보구 있잖는가. 이런 마당에 미국과 쏘련은 남이든 북이든 자력으로 결정하게 놔두지 않구, 감 놓아라 배 놓아라 간섭하지 않는가." 화제가 시국담으로 옮겨가자 안시원의 목소리에 힘이 섰다. "그러니 남북협상으로 통일을 바라기는 어려울 것 같네. 해방된 지 다섯 핸데 철도두 전기두 모두 끊기구, 이제 사람 왕래조차 끊겨 삼팔선은 더 굳어졌지 않는가. 미쏘공동위원횐가 뭔가 있다지만 실적 없는 우편물 교환이 고작이구, 한 나라로 통일시켜주자는 대화 창구는 아예 막혔구. 남과 북 양쪽이 다 무력통일만 주장하니 통일부터 먼첨 시키자던 민족주의자는 사대주의자들에게 밀려버렸구. 정치란 예로부터 이상주의자는 글로 남기구 현실주의자는 권력을 잡는지 모르지만…… 잘 먹은 점심이 소화가 안 될 지경이네."

"북으로 올라간 박헌영도 젊은 김일성한테 밀렸다면서?"

"박헌영 그 사람 말론 남반부에는 사십만 지하 남로당원이 있다지만, 자네 보게나. 작년 시월에 공산당을 불법화시키구 마구잡이로 잡아들이니 좌파가 비로 쓴 듯 자취를 감추지 않았는가. 그래서 평지에서 더 배겨내지 못하니 입산자들이 생겼구. 박헌영두 김일성과 권력투쟁에서 밀리자 남쪽 등 뒤에 백만 대군이 있다며 그렇게 큰소리쳐보겠지만, 내가 보건데 그 사람이 말하는 사십만 인민봉기란 꿈같은 얘기네. 대구폭동, 여순국군반란사건, 제주도폭동은 현실적으로 드러난 과격성이 너무 살벌해서 백성들은 겁을 먹구 좌익에 나선 사람을 무서워해."

"남로당원 사십만이라는 건 좌익 집안 짐승까지 싹 쓸어넣는다면 그 숫자야 되겠제. 조직을 갖춰서 일시에 봉기하기란 꿈같은 이바구지. 우남(이승만)이 저렇게 기가 펄펄 살아 날뛰는데 봉기가 무슨 잠꼬대라고. 또 미국이 어데 가만있겠나."

"들어앉았어두 아들 탓에 연구라도 하는지 자네가 많이 아네. 이 나라 백성은 원래 순박한데, 피의 숙청이다 하며 죽창과 낫 들구 설쳐대니, 총을 든 군경과 그렇게라두 맞서겠다는 용기는 가상치만, 글쎄……"

"좌든 우든, 서로 복수한다며 저지르는 참상이 너무도 끔찍하지 않은가."

"자네는 지주요 나는 유한층이라 빈농들 미움도 사지만 사실 우리가 남한테 피해주며 사람으로서 못할 짓 한 게 뭐 있는가?"

"친미반공 앞세워 미국 업은 우남이 이제 명실공히 남한을 손에 쥐었어. 지금 감히 누가 우남과 맞서겠나. 미군정이 우리 백성 여론은 전혀 무시하구 친일파를 그냥 등용해 쓰더니 우남두 권력 유지에 급급해 왜놈 앞잡이를 마구 불러들이지 않는가. 반민특위(反民特委)? 잘들 해보라지. 민족반역자 거물을 어떤 방법으로 중형에 처하는가 두구 봐. 해방 못 보구 죽은 독립지사들만 개죽음으로 만드는 꼴이야. 말이 났으니 하는 말이지만 그 처리는 북쪽이 용단 있게 잘했어. 그 낌새를 알구 얼마나 많은 인간말자들이 북에서 남으로 도망치듯 내려왔나. 내려와선 그 못된 놈들 설쳐대는 작태라니…… 월남한 사람 중엔 많이 배운 선량한 이들두 있긴 하지만."

"미국도 처음은 좌우합작을 추진해서 우남을 내세우지 않았던가?"

"처음 구상은 좋았어. 미국이 명목상 좌우합작을 추진할 때두 우남은 좌파를 철저히 백안시했으니 잠시 미군정 미움두 받았지. 그러나 미국두 여러 제약에 부딪혀 현실론으로 기울사 고집불통 영감 우남을 밀지 않을 수 없었다구 봐. 남한까지 넘보는 쏘련 팽창주의를 막아 삼팔선 아래라두 친미 위성국가를 확보하자면 친미 반공주의자를 필요로 하고, 우남은 그런 면에서 미국식 교육 받아 반은 서양 사람이 된 양복쟁이로, 철저한 반공주의자 아닌가."

"자네 말대로라면 인자 이남과 이북이 실력으로 맞선 셈이군."

"서로 힘자랑하며 한쪽을 지배하겠다는 판국이야. 미국과 쏘련을 업구 말일세. 그새 남한 군대도 내실을 많이 기했어."

"작년에 좌익분자를 철저히 솎아 대대적으로 몰아낸 숙군(肅軍)을 말함인가?"

"우남이 우리 힘으로 실지(失地) 회복할 해라구 단언하지 않았는가. 이제는 여순 사건 같은 좌익폭동이 일어나기는 힘들 걸세."
안시원이 말하곤 모과주 한 모금으로 입 안을 적셨다.

"시골 구석까지 풍문은 빨라 요즘 해동기를 맞아 입산자가 속속 토벌된다는데……" 배현주의 표정이 어두워졌다. 안시원이 건네주는 술잔을 받는 그의 손은 물론, 갓 도래까지 떨렸다.

"자네 왜 이러나?" 배현주의 손떨림으로 술잔의 술이 넘치자 안시원이 잔을 받아 상에 놓았다.

"천총, 날 좀 도와주게!" 안시원을 바라보는 배현주의 눈이 눈물로 그렁했다. "종두늠이 자수하지 않는다모 이 봄을 못 넘겨 비명횡사당할 걸세. 칠성판에 누워 돌아오기는커녕 까마귀밥 돼서 시신도 몬 찾을 거야." 안시원의 대답이 없자 배종두가 친구 손을 덥석 잡았다. "그 자슥이 어떤 자슥인가. 종갓집 종손 아닌가. 농지개혁으로 내 땅 날라가는 거사 세월이 그런께 아무 말도 않겠네. 그러나 종두늠은 꼭 살려내야 해. 내 진심을 자네는 알 걸세." 배현주가 마고자 주머니에서 손수건을 꺼내어 눈물을 닦았다.

"자네 심중을 왜 모르겠나. 그 잦던 읍내 걸음 끊구 칩거허는 자네 마음을 내가 알지. 자네만큼 나두 그런저런 생각쯤은 하는 사람일세."

"내 그 일로 자네를 만나로 나왔네." 안시원이 말을 아끼자, 배현주가 상에 놓인 술잔을 한 모금에 비워냈다. "학교에 박도선 선생 있잖는가."

안시원이, 그런데? 하는 얼굴로 친구를 보았다.

"집사람이 귀띔해줘서 알았네. 그 박군 매씨가 아들늠과 함께 입산한 줄은 자네도 알고 있제?"

"국민학교 선생하던 처녀 말이지. 그래서?"

"개네들끼리 산속에서 혼약했다지 않는가. 그기 지난 섣달께라더군."

"처음 듣는군. 박선생두 알구 있는 일인가?"

"하모. 그런 내색이야 안했겠제. 그래서 내 하는 말이네. 박선생 도움을 청해 아들 내외를 자수시키자는 말일세. 박선생이라모 한 시절 근동이 알아주던 좌익 아인가. 광복 직후, 자네 동서와 같이 박선생이 설창 우리 집에 와서 며칠씩 유숙하기도 했고. 그때사 그늠들과 친교를 끊으라고 아들늠을 혼줄도 냈지. 그때부텀 아들늠이 박선생 보고 성님이라 불렀으니, 박선생이 나선다면 우째 살 길이 있잖겠는가. 인자 남남 처지도 아이고 하니까."

"박선생과 자네가 사돈간이라……" 안시원이 빙긋이 웃었다. "문벌 집안 외동아들과 선생 출신 여식이 부부의 연을 맺었다? 자네가 양가 부모 앞에서 성례 안 갖춘 그 혼인을 책망 않는 걸 보니 세월이 변하긴 변했군."

"내가 지금 그런 처지 따질 땐가. 내 말을 농으로 받지 말게."

"박선생을 산으로 보낸다, 그래서 하산을 설득한다……" 안시원이 생각에 잠겨 혼잣말을 엮었다. "그런 모험을 불사하겠다는, 박선생 동의를 얻는 게 첫째 문젤 테구, 다음은 그들이 숨은 산채를 찾는 문제가 따르구, 설득 작전이 주효하느냐는 문제가 남구…… 그보다두 박선생이 오히려 납치되어 산채에 남게 되거나, 변절자로 몰려 저들의 인민재판인가 하는 걸 받게 될 위험두 따르구……"

"문제사 많겠제. 그러나 그 길밖에 다른 묘책이 읎다고 봐. 야밤중에 불쑥 오던 종두가 집에 발 끊은 지 오래됐네. 언제 또 나타날지 무작정 기다릴 수 없잖는가. 어제도 우리 마을 앞을 국군 부대가 지내갔어. 태종산과 응봉산으로 공비 토벌하러 간다미 우리 마실 타작마당에서 휴식하다가, 한다는 소리가 녹음기 전까지 공비 잔당을 몽땅 소탕할 거라며 큰소리치데. 그 소리를 들으이 간이 철렁 안 떨어지겠나. 이래 야산대 토벌이 나날이 심해지니 하루가 여삼출세."

"급하긴 한데……" 안시원이 자기 생각에 골몰한 채 친구의 말을 귀담아듣지 않다가, 뜸 들였다 말했다. "중요한 문제는 설령 박선생이 산채로 들어가서 아들을 설득한다 해두, 아들이 하산하지 않을 거라는 점이네. 내 말을 고깝게 듣지 말게. 그들은 아주 다른 사람으로 변했을 거야. 인민전사로 자처하며 세 불리함을 알면서두 투쟁하다 죽겠다구 작정한 독종들 아닌가. 이번 강추위 겨울을 산중에서 변변히 먹지도 못하며 버텨냈다면, 어떤 투항 조건두 받아들이지 않을 걸세."

"천총, 자넨 와 그래 회의적인가. 지금도 자수자가 속출하잖는가. 자수하고 싶어도 전과가 무서버 몬하는지도 알 수 없잖는가. 그 약점을 박선생 정도의 언변이라모 이해시킬 걸세. 자수자는 반드시 전과를 묻지 않고 곧 석방된다고 말이네. 마실까지 개네들을 데불고 내리오모 내가 멱살 쥐고 지서로 끌고 가서 자수 시키겠네."

"글쎄, 그 점두 그렇지. 지금 자수자는 대부분이 빈농 출신 무학자들로 좌익 골수분자의 설득에 넘어가 입산한 자들 아닌가. 거기 비해 자네 아들이나 박선생 매씨는 교육받은 인텔리거든.

요컨대 신념을 갖구 그 길로 뛰어든 자들이기에 설득이 더 힘들다는 게야."

배현주는 두루마기 고름을 풀더니 마고자 양쪽 주머니에서 지전 다발을 꺼내어 방바닥에 내놓았다.

"이게 십만 원은 될 걸세. 박선생 보낼 때 사전에 지서와 통기해서 한잔 거나하게 믹이고, 돈 좀 집어주고, 또 그늘들 설득 비용으로 돈을 지참시켜 보내세. 짐생 같은 생활할 그늠들한테 접근할라면 아무래도 돈이 필요할 테이께."

"돈은 넣게. 나중에는 소용 닿을지 모르지만 이 일이 돈과는 무관하다구 보네." 안시원은 돈다발을 배현주 쪽으로 밀었다. 그는 밖에다 대고 큰 소리로 춘옥이를 불렀다.

마당에서 춘옥이가 부르셨느냐고 물었다.

"중학교 박선생 집 알지? 오전에 학교에서 잠시 봤는데 지금쯤 집에 계실 게야. 어서 가서 내가 좀 뵙자 하더라구 전하거라." 안시원이 방문 열고 춘옥이에게 말했다.

매사에 신중한 반면 한번 일을 벌이면 끝을 보는 친구 성미를 아는지라 배현주는 그가 박선생을 부르자 안도하는 눈빛이었다.

"무슨 묘책이 없는지, 박선생한테 들어보자구. 종두 군은 물론이구 박선생 매씨두 조만간 생사가 판가름이 날 텐데, 그냥 손 접구 앉아서 당할 수야 없겠지." 안시원이 술상을 물렸다. "그런저런 뜻에서 자네가 때맞춰 잘 왔네. 이렇게 서로 머리 맞대구 궁리하다보면 하늘이 무너져두 솟아날 구멍이 있을 걸세."

"자네는 박선생과 이웃사촌인데다 학교서도 맞대면하는 처지 아인가. 말 좀 잘 전달해보게." 배현주 입가에 비로소 미소가 감돌았다.

"사실 나두 박선생한테는 나이 대접이나 받을까 말발 세울 처지는 아닐세. 자네두 그 사람 됨됨을 대충 알잖는가. 좌익 사상두 털어내구 농촌지도자로 돌아섰지만, 그 고집 센 까다로운 성미 말이네" 하더니, 우스갯말 좀 하겠다며 웃었다. "박선생은 날 어떻게 보는지 아는가? 안 물어봐두 여편네한테 술장사나 시키구 유한층으로 놀구먹는 부르주아라구 속으로는 욕깨나 할걸. 박선생이 그 길에서 벗어났다구는 하지만 인간을 단순한 생산자로 파악하는 저들 사고방식은 아직 완전히 청산 못했다구 봐야 할 걸세. 본인이 그렇게 생산 노동자로 살구 있으니깐."

"그래도 박선생을 교사 자리에 앉히는 데 자네 힘이 컸던 줄 아는데? 자네와 찬수 군이 교장을 설득했다고 들었어."

"사실 읍내에 그만한 인물 찾기가 힘들어. 어디 대놓구 흠 잡거나 나무랄 데가 없는 사람이야."

"해방되고 이듬해든가, 박선생이 가막소에 들어가기 전에 말일세. 서울서 내리왔다며 아들 만내로 설창에 들렀더구만. 그때 내가 동네가 떠나가도록 박선생에게 면박 줘서 쫓아내다시피 했제. 내 아들 꼬우지 말라고 말일세. 그렇게 박선생 본 게 마지막이야. 그런데 인자 이런 인연으로 그 사람한테 내가 매달리게 됐으니, 새옹지마란 이를 두고 한 말이라." 배현주가 기침을 쏟았.

"박선생 오면 이제 사돈으로 예를 갖추게."

"며느리 얼굴도 못 봤지만 어쩌면 지금쯤 태기가 있을지도 모르네. 종갓집 대 이살 손자를 가졌다면 산속에서 산모가 제대로 끓인 뜨신 음식인들 제때 묵겠는가. 어젯밤엔 자다 깨나서 그 생각을 하자 오장육부가 내리앉는 거 같더구먼. 태기 있는 몸으로 얼음 골짜기 타고 빙판을 우째 돌아댕기며……" 배현주의 눈시울이 붉어졌다.

"무자식이 상팔잘세." 안시원도 자신 처지에 비추듯 냉담한 목소리로 말을 이었다. "영이별(靈離別)은 원망이나 하다 잊는다지만 생이별(生離別)은 그렇게 사람의 애간장을 오래 태우는 법이라네."

한참 뒤에 심부름 간 춘옥이가 사랑채 댓돌 앞에 섰다.

"어르신, 댕겨왔는데예, 박선상님이 안 계십디더. 핵교 댕기오자마자 절골밭에 객토한다고 나갔다 캅니더."

"알았다. 상이나 물려라" 하곤 안시원이 배현주에게 말했다. "은곡, 나랑 산보나 나가세. 쇠뿔은 단김에 빼라구, 박선생네 밭이 여래못 위 절골에 있으니 그리로 슬슬 나가보지. 산길은 이제 춘색이 완연할걸." 안시원이 일어나 중절모를 썼다. 오후 세시 남짓한 시간이었다.

장터를 떠나 공동우물터에서 동북쪽 오르막길로 잠시 오르면 묏등걸이었다. 묏등걸은 임자 없는 묘가 많아 붙여진 이름으로 선달바우산 서북쪽 줄기 언덕에 자리 잡은 마흔여 호 민락이었다. 묘지들을 파내서 옮기고 들어선 마을인 만큼 주민의 반은 장사치거나 장터 건달로 품팔이였고, 반은 선달바우산 자락에 널린 밭뙈기를 도지 내어 호구를 잇는 하층민 동네였다. 묏등걸을 지나면 비탈이 급해져 거기서 마을이 끊기고 골짜기가 나섰다. 골짜기 오른쪽은 단감밭으로, 일제 때 최초로 단감 묘목을 심은 가마모토 과수원이었으나 지금은 금융조합장 맏형이 불하받아 관리하고 있었다. 골짜기 왼쪽은 죽은 서유하 소유로 복숭아나무와 뽕나무를 심은 과수원인데, 작년 가을 농지개혁을 염려해 처분해 버려 지금은 부산에 사는 어떤 장사꾼 손에 넘어갔다. 뽕밭 머리를 지나 선달바우산 허리를 질러가면 여래리 끝마을과 여래못이 눈 아래 내려다보였다. 절골은 여래못 위에 자리한 십여 호 마을이었다. 그 뒤의 깊은 골짜기에도 계단밭이 수월찮게 널려 있었다. 장터에서 절골까지 걷자면 이십 분쯤 걸리는 이수였다.

안시원과 배현주는 절골 마을 입구 정자나무 아래에서 걸음을 멈추곤 반석에 주저앉아 주위 경관을 살폈다.

"전해 내려오는 말로 예전 저 깊은 골에 아담한 절이 있었다누만. 그래서 절골이라 부르구 못 이름두 석가여래에서 따왔다네." 안시원이 말했다.

"여울을 끼고 있는 골로 보자면 절이 있을 만했네. 송림이 없어 흉하긴 하지만." 배현주가 손수건을 꺼내어 땀을 닦았다.

선달바우산과 대창국민학교 뒤 금병산이 골을 판 사이로 뒷산이 이어져 골짜기가 깊었다. 양쪽 산은 칠부 능선에 소나무와 떨기나무가 듬성하게 섰을 뿐 큰키나무는 별로 눈에 띄지 않았다. 밋밋한 산허리부터 밭과 맞대는 삼부 능선까지는 거뭇한 바위만 박혔고 벌거숭이 그대로였다. 양달 언덕에는 봄 낌새를 먼저 안 제비꽃, 박주가리, 민들레가 연약한 잎을 내밀었다.

"퍼뜩 감세." 박선생을 어서 만나고 싶은 심정에서 배현주가 지팡이 짚고 일어섰다. "자네, 박선생 밭은 알고 있는가?"

"달리 빠질 길이 없는 골짜긴데, 절골이라면 이 위쪽밖에 더 있는가. 오르다보면 만나게 될 테지." 안시원이 낯익은 길 걷듯 앞장을 섰다.

둘은 돌다리를 건너 개울 둑길로 올랐다. 개울가로 줄기를 뻗은 버들개지는 샛노란 꽃을 촘촘히 달았다. 오리나무, 때죽나무, 개옻나무도 잎순을 터뜨리려 마른 줄기에 눈을 붙였다. 개울물이 터를 넓힌 곳에는 미나리가 파란 줄기를 내밀었다. 여래못을 지나자 골짜기에 층을 이루며 올라간 다랑이밭에 농군들 흰옷이 눈에 띄었다. 객토를 하느라 흙을 져다 나르거나 소에 맨 긁쟁기로 밭을 뒤집는 농군도 있었다. 산비탈 한쪽에 삭아빠진 청석을 괭이로 으깨어 푸석해진 돌가루를 삼태기에 담던 중늙은이가 잠시 일손 놓고 땀을 훔치며, 산골짜기에 웬 두루마기들의 나들이냔 듯 흘겨보았다.

"땅을 젊게 하는 것은 객토가 제일이야." 배현주가 말했다.

객토에는 푸석한 돌가루나 겨울철에 물 마른 저수지 바닥 흙이나, 산여울 웅숭한 곳에 쌓인 황토 흙을 넣어야 땅 힘이 돋워졌다. 배현주가 밭에 흩어진 농군 중에 박선생이 있는가를 살폈다.

"다들 부지런도 하다. 안죽 정월이 안 넘어갔는데 말일세."

"삼동을 쉬었으니 저렇게 몸 풀구 있는 게지. 농사꾼이란 땅 냄새를 맡아야 생기가 돌구 오금이 펴져. 내 땅이든 남의 땅이든, 저들에게 땅이란 목숨줄 아닌가." 안시원의 떼어놓는 발걸음이 가벼웠다.

"자네나 나나 호미자루 쥐어보지 몬하고 반백을 넘겼는데 변설은 그럴듯하군." 배현주는 안시원의 발걸음이 가벼워 지팡이를 내두르며 잰걸음을 놓는데도 자꾸 뒤처졌다.

소녀 셋이 나물 바구니를 들고 위쪽에서 내려왔다. 바구니마다 쑥과 냉이가 가득 담겼다.

"애들아, 밭일하는 중학교 선생님 못 봤냐?" 안시원이 소녀들한테 물었다.

"안경 낀 사람 말이지예. 저게 연기 나는 데 있는 사람 아입니꺼." 그중 한 소녀가 손가락질로 금병산 허리를 가리켰다.

"안경 꼈으면 선생이라니, 눈썰미 하나는 밝다." 배현주가 말했다.

둘이 그쪽에 눈을 주었다. 밭뙈기 중 위쪽에, 농군 하나가 한창 삽질 중이었다. 멀리서 보아도 작은 키에 왜소한 체구가 박선생이 분명했다.

박도선네 밭은 두 두렁이었다. 한 두렁은 여섯 마지기였고, 한 두렁은 일곱 마지기였다. 합쳐 일천삼백 평인데, 작년에는 콩, 목화, 약초를 심어 수확이 괜찮았다. 그는 산허리와 접한 일곱 마지기에는 올해 단감 묘목을 심고 간작으로 콩을 키우기로 했고, 아래 여섯 마지기는 작년처럼 목화와 감초, 참당귀 따위의 약초를 심기로 마음먹었다. 볏짚과 왕겨를 태우는 밭은 아래 여섯 마지기였고, 박도선은 위 큰 밭에서 지난 일주일 동안 아침저녁 틈나는 대로 져다 부려놓은 묵은 재를 삽으로 흩뿌리는 참이었다. 삽질을 낮추어 하는데도 재가 바람에 날려 흩어졌다. 안시원과 배현주가 아래 밭둑에 이를 동안 박도선은 한눈팔지 않고 일에 열심이었다.

"박선생, 수고가 많군요." 안시원이 아래 밭을 질러가며 박도선을 불렀다.

박도선이 일손을 멈추고 아래쪽을 보았다. 그는 집에서 입는 국민복 윗도리에 무릎은 다른 천을 댄 무명바지 차림이었다.

"안선생님이 여기까지 웬일이십니까?" 박도선이 목에 걸친 수건으로 땀을 닦으며 묻다 배현주를 보았다. "어르신도 읍내 나오셨군요."

"무얼 좀 상의할 게 있어서 나왔수." 안시원이 말했다.

안시원은 쉴 만한 곳을 찾아 주위를 살폈다. 밭 위 잿간 옆에, 그 잿간보다 큰 병풍바위의 가장자리가 앉을 만했다.

"집에 알려놓으면 제가 찾아뵐 텐데 먼 걸음 하셨습니다."

"산보 삼아 나왔으니 신경 쓰시지 말구⋯⋯" 안시원이 병풍바위를 가리켰다. "저기 앉아 얘기 좀 합시다."

"박선생, 그간 기체 안녕하십니꺼." 배현주가 자식뻘 되는 박도선에게 예를 갖추었다.

"제 꼴이 험해 어르신 인사 받기가 면구스럽습니다." 박도선이 정강이까지 걷어붙인 바짓가랑이를 내렸다.

"언제 학교 댕겨오시고, 농사까지 이래 손수 짓습니꺼?" 배현주가 인사치레로 물었다.

"봄방학이 끝나가는 마당이라 개학 전에 하던 농사일 마쳐놓을라고예."

"배구장, 박선생은 점심두 안 자셔. 일일 이식주의자시지." 안시원이 병풍바위 쪽으로 걸음을 옮겼다. 병풍바위의 깎아지른 앞면은 장정 키 높이라 바람막이로 제격이었다. "그 바위 아주 잘생겼구만. 강변에 섰다면 물그림자를 드리워 경치를 이루겠어."

"저 바위만 옮기면 개간을 더 할 수도 있는데, 원수놈의 바위지요." 박도선이 안시원 말에 어깃장을 놓곤, 지팡이에 의지한 배현주를 돌아보았다. "여기까지 오시느라 노독이 심하실 텐데, 어르신도 좀 앉으시지요."

안시원과 배현주가 바위 빗면에 엉덩이를 걸치자 박도선도 풀밭에 주저앉았다. 그는 안경을 벗어 안경알에 붙은 검댕을 목에 걸친 수건으로 닦았다.

"박선생, 입산한 누이 소식 들었겠지예? 제 아들늠과 백년해로 맺었다는 소식 말임더." 답답한 쪽이 샘 판다고, 배현주가 먼저 본론을 꺼냈다.

"제가 진작 찾아뵙고 어르신 고견을 들어야 도리인데, 여기까지 오셔서 먼저 말씀하시니 뵐 낯이 없습니다. 그 소식 듣곤 개네들 처지가 딱하긴 하지만, 그런 날림혼인도 있구나 싶어 처음은 섭섭합디다. 그러나 혼인이란 당사자가 마음으로 정표를 맺는 거니 이해가 가기도 하고……"

"선생은 누이가 혼례식 가졌다는 소식을 은제 들었습니꺼?"

"방학 끝날 때쯤이니 한 달 반 전쯤 되는군요. 뭣한 애깁니다만, 지서에 통기 못한 죄를 졌지만…… 밤중에 귀란이가 집엘 한번 다녀갔습니다."

"그래요?" 배현주가 놀랐다.

"그때 태기 있다는 귀띔은 없었구요?" 안시원이 물었다.

"그때로선…… 후문은 저도 듣지 못했습니다. 소식이 끊겼지요. 성구가 그들에게 납치됐다는 얘기를 듣고서야 아직 산 생활 하는가 보다고 짐작이나 할 정도지요."

"박선생도 학교서 신문 봤다면 알겠지만, 군경 합동작전으로 녹음기 들기 전에 입산자 소탕을 끝낸다 카지 않습니꺼. 우리 마실 게시판에 큼지막이 방도 붙었습니다. 그러니 마실마다 심어놓았던 그들 세포원도 속속 자수해 보도연맹인가 거게 가입하는 형편이거던예. 아닌 말로 요새는 근동 마을에 입산자가 들이쳐 야밤중에 양곡 빼앗아갔다는 소문도 읎잖습니꺼." 배현주가 말했다.

화제가 곁길로 뻗자 박도선은 눈을 껌벅이며 배현주의 말을 듣고 있었다. 검댕 번진 그의 얼굴은 이렇다 할 표정이 없었다.

"박선생, 선생 매씨나 이 친구 아들을 그대루 방치해뒀단 필경 목숨이 위태로울 겁니다. 어떡하든 그들을 구해보자는 거지요. 산에서 쫓겨다니기두 한두 달이지 이제는 더 배겨낼 데가 없잖수. 이 지방은 지리산이나 가야산처럼 큰 산도 없구. 냉정히 사태를 살펴볼작시면 저들이 그렇게 소원하는 남조선 혁명두 조만간 이루어질 리 없으니 헛고생만 하구 있는 거구." 안시원이 말했다.

"박선생, 종두늠은 모정공 구대 손으로 근동 김해 배씨 종갓집 마지막 외동임더. 내 나이 벌써러 쉰다섯으로 자슥을 더 둔다는 기 불가능함더. 그러니 어떤 수를 쓰더라도 그늠과 며눌아이가 됐다는 그 여식을 살려내서 하산케 해야 합니더. 그래서 선생 힘을 빌리고자 이래 찾아왔심더." 배현주가 간절하게 말하곤 바람에 기우뚱해진 갓을 바로잡아 갓끈을 고쳐 맸다.

박도선은 잠시 침묵을 지켰다. 배현주의 간절한 눈길이 무표정한 사돈 얼굴에 매달렸다. 그를 보는 안시원은 차라리 냉랭한 표정이었다.

"당장 죽은 목숨이라도 그들을 살려낸다고 백세 수까지 살지는 못할 테지요." 침묵 끝에 뱉는 박도선의 대답이 의외였다. "젊어 요절하든 제 명대로 살다 죽든, 어차피 죽기는 한 번 죽는 목숨 아닙니까."

"그렇다면 선생은 그들이 국군 총에 맞아 죽는 게 온당하다는 말입니까? 저들 말로 프롤레타리아 순절이라든가, 혁명가로서 영웅적 최후라든가, 그렇게 되길 바란단 말입니까?" 박도선을 보는 안시원의 눈초리가 날카로웠다.

"그런 뜻은 아닙니다." 박도선이 일어섰다. "그들이 살아 돌아온다는 걸 투항으로 해석하고 싶지 않다는 말이지요. 일찍이 저도 배군과 누이에게 공산주의 유물사론의 비현실적인 면을 두고 설득한 적도 있습니다만 오히려 저들이 나를 회유하려 해서 곤욕을 치렀습니다. 제 소견입니다만 지금은 저들 결심이 투항과는 정반대 쪽에 섰을 겝니다. 몰린 쥐가 고양이 문다고, 남쪽 사회에 대한 반감으로 악에 받쳤을 텐데……"

"그렇다 캐도 국군이나 전경대 총에 비명횡사하거나, 체포되서 총살당하기를 바랄 수야 없잖겠습니꺼. 지금 법으로는 총살 아니면 무기징역 감인데. 우리사 그래도 안방에서 등 따시게 살며 더운 밥 묵고 지내면서, 한식구가 그런 꼴 당하는 걸 앉아 보고만 있을 수 있겠습니꺼."

"어르신 말씀처럼 저들 결과가 꼭 그렇게 끝난다고만 예측할 수 없습니다. 저들도 나름대로 생명부지하려 어떤 계책이 있을 겝니다. 민세 형도 종두도 저보다 나은 인물이니까요. 설령 그들이 산중 생활을 한다 해도 평지의 사태 진전쯤은 훤히 알고 있을 겝니다. 그렇다면 삼팔선 넘어 월북의 길을 택하든가, 하산해 타지로 잠적한다든가, 아니면 그런 경우는 희박하겠지만 어르신들 의견처럼 변절을 생각할 수도 있겠지요. 그러니 현재로서는 저들 일은 전적으로 저들 자신에게 맡기는 길밖에 도리 없을 성싶어요."

"박선생, 그러면 단도직입으로 말하겠수." 두 사람 대화가 엇길로 나가자 안시원이 끼어들었다. "은곡 이야기로는 박선생이 입산자를 찾아 나서서 우선 둘만이라두 하산토록 설득을 펴달라는 겁니다. 현시국이 어떻게 돌아가구 있냐는 판단으로나, 이론적 설득력으로 보나 그 일 맡아줄 사람은 오직 선생밖에 없습니다. 선생이 그들에게 변절이나 투항이란 그런 극단적인 용어를 쓰지 않더라두, 입산투쟁의 모험이 인민봉기로 실현될 가망이 현재로는 달리 없으니까, 일단 하산해서 부산이나 서울, 어느 도회지에라두 몸 숨기며 사태의 추이를 관찰하라는 부탁쯤은 가능성이 있지 않나, 이 말입니다. 우선 그렇게 조치를 해놓구 그다음 문제는 그들과 접촉해가며 생각을 유도할 수두 있으니깐요."

"박선생이 그래 좀 나서주시면 선생 신변 문제는 지서나 학교에 사전 연락 조치를 내가 취하겠심더. 야산대가 설마 선생을 반동으로 몰거나 납치하지사 몬할 꺼 아입니꺼. 가근방 황새봉, 금음산과 창원 쪽 작대산, 천주산만 뒤지면 저들 찾기는 그리 심들지 않을 낍니더." 배현주가 바위에서 일어서며 말했다. "제발 한 분만 나서주이소. 두 목숨 개죽음만 면한다면 양가가 이 어찌 경사 아니겠습니꺼. 내 자슥늠 살아서 대 이을 손을 봐야 하는 절체절명이 이제 선생 판단 하나에 달렸심더!"

"박선생. 어떻게 힘이 되어주시우. 그들을 토벌 대상에서 빼내어 삶을 도모케 해주는 일이 사람 사는 도리가 아니겠수." 안시원이 곁붙여 말했다.

"인간이 아닌 미물일지라도 죽게 될 처지라면 살도록 도와주는 게 도리지요. 그러나 종두 군과 제 누이에게는 삶과 죽음이 그런 차원에서 논할 문제가 아니라고 봅니다. 저도 우여곡절 끝에 전향을 했지만, 아니 변절이래도 상관없겠습니다만, 그 점은 오직 스스로의 판단에 맡겨야겠지요. 불교적으로 말한다면 출가해 가사 입은 자식은 이미 권속과 속세의 영향권을 떠나 부처가 그의 중심을 주관하듯, 그들도 출가한 몸과 다를 바 없습니다."

"선생은 종교와 사상을 같은 반열에 올려 평가하우?" 안시원도 자리 차고 일어서며 따지듯 물었다.

"그들 경우로서는 그렇지요. 그들에겐 종교보다, 이념이랄까 정치 체제 선택이 상위 개념이니깐요." 박도선의 답도 다부졌다.

"사상이란 한 시대를 좌우할는지 모르지만 영원한 진리로 전승되지 않아요. 종교란 한 시대가 아니라 과거, 현재, 미래로 이어

집니다. 인간 마음속에 잠재한 종교의 힘은 그 어떤 힘으로두 무너뜨릴 수 없다구 봐요."

"안선생님 말씀도 맞습니다. 그러나 어떤 사람에겐 종교보다 한 시대를 좌우하는 이념이 더 중요하다는 말이지요. 종두 군과 제 누이 경우에 국한시켜 한 말이니 오해는 마십시오."

"사상이란 아편과 같심더. 일본 제국주의 말로를 보더라도 그기 아편이 아이고 멉니꺼. 좌익사상 같은 것도 도가 지나치면 사람의 도리나 판단을 흐리게 하는 마약 같심더" 하더니 배현주가 고쳐 물었다. "그렇담 선생은 이번 일에 어떤 도움도 줄 수 읎단 말입니껴?"

"이런 말을 어떻게 받아들이실지 모르겠습니다만 어르신 말씀에 답을 드리자면, 저는 누이를 잃는 쪽을 택할 수밖에 없겠군요." 이제 박도선의 목소리에도 떨림이 있었다. "어디서나 부디 몸조심하고 건강하라고 빌고 싶을 따름입니다. 하늘이 도운다면 그들도 살아남겠지요."

"박선생이 이렇게 소극적이라니. 난 정말 선생 속뜻을 모르겠구려." 안시원이 도저히 안 되겠다는 듯 머리를 흔들었다.

"사실 제 누이 문제라 소극적이고 싶지 않지만, 어쩔 수 없잖습니까? 제가 고향에 붙박여 살기로 작정한 후 저는 그 사람들이 하는 가당찮은 일을 두고 의식적으로 외면해온 편이지요. 제 힘만으로 어떻게 할 수도 없구요."

"도끼로 지 발등 몬 찍겠다는 뜻입니꺼?" 배현주가 물었다.

"어쨌든, 지금 제가 그들을 설득할 수도 그럴 입장도 못 됩니다."

박도선이 확실하게 결론을 내렸다. "모처럼의 청을 못 받아들여 죄송합니다."

박도선은 인사를 차리곤 자리를 떠 묵묵히 밭을 질러갔다. 안시원과 배현주는 닭 쫓던 개처럼 머쓱해진 얼굴로 박도선의 등만 바라보았다.

"제가 무슨 중산보(仲山甫)나 된다구 소심익익(小心翼翼)한 체하지만 기껏 명철보신(明哲保身)에 급급할 따름이야. 두고 볼 일이지." 안시원이 박도선의 등에 대고 냉담하게 흘린 말이었다.

〔2권에 계속〕

『불의 제전』, 작가에게 듣는다

정호웅
(문학평론가, 홍익대 교수)

『불의 제전』의 작가 김원일 선생의 집필실로 대담자가 찾아간 것은 5월 15일 오후 네시. 몇 년 전 고혈압으로 입원까지 하신 적이 있다는데도 작가의 건강은 좋아 보였다. 1942년생이시니 예순아홉, 일흔을 눈앞에 둔 분의 얼굴이라 하기 어려울 정도로 깨끗했다. 기억력은 여전히 좋아 대담자의 질문이 떨어지자마자 오래전 옛일을 줄줄이 불러내었다. 『불의 제전』을 집필하면서 참고한 책들과 자료들을 보여주었는데, 특히 대담자의 눈길을 끈 것은 메모지였다. 서권기(書卷氣)가 서린 선비의 글씨였다. 이번에 『불의 제전』을 개작하면서 만든 여러 장의 메모지에는 연월일을 나타내는 아라비아 숫자들이 빽빽이 적혀 있었다. 시간을 따라 전개되는 구성 방식을 취한 작품이니만큼 시간상 착오가 없어야 하기 때문에 만든 것이라 했다. 대담자는 한참 동안 아무 말 없이 숫자로 가득 찬 메모지를 들여다보았다.

활짝 열어놓은 창문으로 들어오는 5월의 훈풍 속에서 두 시간여,

가끔 찾는다는 양재역 부근 음식점으로 자리를 옮겨 다시 두 시간여, 이날 김원일 선생의 이야기는 『불의 제전』에 대한 작가의 깊은 애정에서 솟아나는 말들의 성찬이었다. 대담자는 가급적 말을 줄이고 독자를 대신하여 그 성찬에 참석한 손님으로 작가의 말에 귀 기울이고자 했다.

정호웅 이번에 전집을 내시면서 『불의 제전』을 많이 손보신 것으로 알고 있습니다. 작품 개작은 쉽지 않은 일인데, 이처럼 힘들여 개작하시게 된 이유는 무엇인지요? 선생님께서는 『늘푸른 소나무』 등 다른 작품들도 개작하신 적이 있지요?

김원일 머리와 공부가 모자라는데 욕심에 따른 인내력은 있습니다. 의욕만 앞세워 허겁지겁 쓰다보니 산만한 장면 묘사, 부정확한 문장 등 불만스러운 부분이 생길 수밖에요. 특히 매수가 긴 장편의 경우가 그러해서 개정판을 낼 때 손을 보는데, 주로 덜어내는 작업입니다. 생각해보면 제 집필 버릇과도 관계가 있어요. 저는 사전에 기승전결을 확실하게 만들어놓지 않고 등장인물의 행동을 따라가며 이야기를 풀어나갑니다. 붓길을 따라간다고 할까요? 구상의 제약에서는 자유로울 수 있지만 아무래도 산만해지기 마련인 집필 버릇이 아닌가 합니다. 이번 『불의 제전』 개작에서는 문장을 과거 서술형으로 통일하고, 형용사를 줄이고, 대상을 좀 더 객관화하는 쪽으로 다듬었습니다. 부정확한 문장을 바로잡고, 늘어진 대화나 장면 묘사를 줄여 지문 안에 포함시키기도 했습니다. 『늘푸른 소나무』의 개작 때 삼 할을 쳐냈는데, 이번 『불의 제전』개작도 그 정도 분량을 줄였습니다. 『아우라지 가는 길』과 『김씨네 사람들』의 경우, 두 권짜리를 한 권으로 묶었으니 사 할 정도 간추린 셈입니다. 이번 『불의 제전』 개작의 경우, 제가 생각해도 정리 정돈이 잘되었습니다. 뭐랄까요, 목욕재계한 느낌입니다. 『불의 제전』을 처음 쓸 때로부터 어언 삼십 년 세월이 흘렀습니다. 한 세대에 해당하는 긴 시간이 지났습니다. 그동안 남북한 사회에 대한 제 생각도 바뀐 게 사실입니다. 이 소설 집필이 칠 할쯤 진척되었을 때, 소련과 동구의 현실사회주의가 일거에 무너졌고요. 북한이 실패한 사회라는 게 확인되기도 했으며, 남한 사회에 대한 제 생각도 얼마쯤 긍정적으로 바뀌었습니다. 이번 개작에 그런 제 생각의 변화가 얼마간 반영되었습니다.

정호웅 이 작품을 쓰겠다고 생각하신 건 언제인가요? 처음부터 대하소설로 구상하셨는지도 궁금합니다.

김원일 머리말에도 밝혔다시피 1962년 스물한 살 때 처음 구상하여 등장인물을 노트에 메모했습니다. 솔직히 말해, 그때까지 중학 시절에 대본소에서 빌려 읽은 김내성의 『청춘극장』 『인생화보』 류의 대중소설에서 받은 영향이 남아 있었는데, 등장인물이 많고 갈등 구조가 복합적인 여러 권짜리 소설의 재미에 푹 빠져 있었습니다. 나이가 들자 제가 고향과 서울에서 체험한 6·25전쟁이 좋은 소재가 될 수 있지 않을까 하는 생각이 들었습니다. 그래서 초급대학 졸업 직후 서울에 머물면서 가정교사 노릇을 한 적이 있는데, 그 육 개월 동안 삼백 장 정도를 진척시켰지요. 등단 후 중앙 문단에 이름을 알린 「어둠의 혼」은 그때 쓴 초고에서 발췌해 내용을 조금 바꾸어 1974년에 발표한 단편입니다.『불의 제전』의 전체적인 구상은 그렇게 계속 메모를 해나가다가, 1980년 본격적인 집필을 시작할 무렵 얼추 만들어졌습니다.

정호웅 「어둠의 혼」『노을』에 이어지는 김원일 분단소설 삼부작의 완결판이『불의 제전』으로 보이는데, '불의 제전'이란 제목의 의미는 무엇인지, 세 작품의 관계를 어떻게 파악하고 계시는지 알고 싶습니다. '제전'이란 말에는 '희생제의'의 뜻도 들어 있는 것 같습니다만.

김원일 「어둠의 혼」보다 조금 더 진전된 형태로 분단에 대한 이념적 접근을『노을』에서 보여주려 했고,『노을』의 일인칭 소설에서 시야를 확대해 전쟁의 실체를 통해 분단 현실을 포괄적으로 보여주겠다고『불의 제전』을 썼습니다. '불'은 곧 전쟁이며, '제전'은 남북이 '통일'이란 대 원칙을 걸고 쟁투를 벌였던 광란의 축제란 뜻으로 그렇게 붙였습니다. 남북 모두 엄청난 희생만 치르고 말았기에 반전(反戰)의 뜻을 담아 그런 제목을 달았습니다. 정교수 말대로 '희생제의'란 의미도 들어 있다고 할 수 있겠네요.

정호웅 『불의 제전』은 남로당의 중심인 서울시당을 정면에서 그린 유일한 작품이라는 점에서 우리 소설사에서는 특별한 의미를 갖는 게 아닌가 합니다.

김원일 지방 빨치산 또는 지방 좌익 입산자(야산대)를 다룬 작품은 많았지만 남로당 수뇌부를 들여다본 작품은 없었으니 그렇게 말할 수도 있겠네요. 저는 남북에서 동시에 버림받아 역사의 뒷면으로 퇴장된 남로당의 실체를 소설에 제대로 담고 싶었습니다.

비록 어렸을 때의 기억밖에 남아 있지 않지만 사회주의 운동에 관계했던 부친을 두었고, 새로운 자료의 발굴을 포함하는 진전된 현대사 연구의 성과가 있었기에 그런 바람을 이룰 수 있었습니다. 6·25전쟁과 남로당의 관계에서 특히 제 관심을 끌었던 점은 남로당 총책 박헌영이 북에서 김일성(갑산파)에게 주도권을 빼앗기자, 해주에 둥지를 틀고 있던 남로당 본부는 남한의 빨치산 활동을 과장해서 선전한 측면이 있다는 사실입니다. 김일성이 '통일전쟁'에 대해 소련과 중국으로부터 내락을 얻자, 박헌영은 전쟁이 나면 남조선의 삼사십만 지하 남로당원이 일거에 봉기할 거라고 선동했지요. 그러나 서울 점령 후 사흘이 지나도 그런 기미는 없었습니다. 물론 여기에는 그럴 수밖에 없는 객관적인 조건이나 사정이 있었던 거지요.『불의 제전』에서는 이같은 사실을 조민세의 정치적 입지와 관련지어 다루었는데, 저는 이 점이 북의 초기 전쟁 전략이나 북로당과 남로당의 갈등을 이해하는 데 중요하다고 생각했습니다.

정호웅 채 열 살이 되기 전에 겪은 일인데 세세한 사실들을 구체적으로 기억했다가 소설에 재현할 수 있었다니 놀랍습니다. 저는 그런 기억력을 '구체적 기억력'이라 부르는데, 좋은 소설가는 하나같이 '구체적 기억력'이 뛰어난 것 같습니다.

김원일 여섯 살 때부터 열다섯 살 정도까지 고향 진영과 서울에서 겪었던 제 체험에 근거하여 기억을 되살리려 애썼으나 음으로 양으로 여러분들의 도움을 많이 받았습니다. 앞서도 말했지만 현대사 자료의 도움도 있었습니다. 50년 인공 치하를 서울에서 겪은 분들을 비롯해서 소설을 연재할 때 여러 경로로 조언을 주신 분들도 계십니다. 그런 분들의 도움에 대해 이 자리를 빌려 감사드립니다.

정호웅 『불의 제전』의 조민세는 선생님의 부친을 모델로 설정한 인물이라 알고 있습니다. 부친은 어떤 분이셨나요?

김원일 부친은 집을 늘 비웠기에 모습은 희미하게 남아 있으나 대화를 나눠본 기억은 없습니다. 키가 자그만한 서구적 용모의 부친은 내유외강한 지식인이었고, 문학 애호가셨습니다. 고향 집 서가에는 일본판 세계문학전집이 많았는데 전쟁 와중에 당신과 헤어져 귀향했을 때도 서가에 여전히 그 책들이 꽂혀 있었습니다. 생각해보면 낭만적 예술가형이었던 것 같습니다. 우리 형제들이 문학의 길로 나서게 된 것도 부친의 이런 기질을 물려받아서일 것입니다. 외가 쪽은 정반대로 예술과는 거리가 먼, 다분히 생활적인 사람들입니다. 세상살이란 묘해 이처럼 서로 다른 기질의 사람이 만나 가정을 이루기도 하지요.

　장편 『노을』에서 아버지를 실제 아버지와는 다른, 무식하고 거친 백정(김삼조)으로 그려서 발표 뒤에 내심 찜찜했습니다. 그럴 수밖에 없었던 이면에는 당시의 반공법(국가보안법)이 주는 심리적 압박감이 있었습니다. 소심한 성격이라 청년기부터 꿈에서도 그런 가위눌림은 자주 당해왔습니다. 그래서 『불의 제전』을 쓰면서는 마음에 자리한 제대로 된 아버지(조민세) 모습을 그리고 싶었던 거지요. 부친은 마산상고와 일본 모 대학을 수학한 후, 일제 말부터 열성적으로 그 길에 나섰습니다. 90년대 중반 어떤 경로를 통해 입수하게 된 부친의 이력을 정리하면 이렇습니다. "전쟁 전 남로당 경남도당 부위원장. 전쟁 직후 남한의 해방구를 관장했던 서울시당의 재정경리부 부부장. 연합군의 인천상륙 때 구로지역 방위선 전투지휘 후방부 부책임자(책임자는 서울시당 위원장 김응빈). 그해 9월 가족과 상면 못한 채 단신 월북 후 유격대를 조직 경북 일월산 부근까지 남하해 후방투쟁을 하다 1952년 봄에 재월북. 1954년 스위스 제네바에서 열린 '북남 포로교환 회의'에 북조선 대표단 일원으로 참가. 북에서 재혼하여 1남1녀를 두었고, 연락부 대남사업 지도원, 해운총국 간부로 활동. 젊었을 때 앓은 적 있던 폐결핵으로 1976년 8월 금강산 부근 서광사 요양원에서 62세로 별세." 이념 갈등이 첨예했던 시대, 그 칼날 끝에 서야만 했던 분이셨다고 생각합니다. 그런 구체적인 전력을 잘 모른 채 소설 속 조민세를 형상화했는데 나중에 부친의 이력을 알고 나니 여러 부분에서 일치된 점이 있어, 오래 생각을 여투다보면 작가의 상상력에 어떤 신비한 영감이 작용하는 모양이라는 생각이 들었습니다(부친은 어머니에게조차 자신이 하는 일을 숨겼고, 어머니는 남편이 바깥에서 한 일을 두고 자식들에게는 입에 담기조차 싫어해 우리 형제는 아버지가 그런 일을 숨어서 하다 6·25전쟁 와중에 월북했다는 정도만 쉬쉬하는 가운데 알고 있었음).

전체적으로 보아, 김원일 문학 속 '아버지'는 서술자에게 이해의 대상이지, 사랑 또는 존경의 대상도 아니고 증오 또는 비판의 대상도 아니다. 그 이해는 자식의 아버지 이해, 후세대의 과거 역사 이해란 두 층위로 이루어진 중층적인 성격의 것이다. 김원일 문학 속에서 '아버지'에 대한 사랑이 드러나 있는 경우가 없는 것은 물론 아니다. 그 사랑은 하나같이 자식의 아버지 사랑, 곧 본능으로서의 육친애일 뿐, '아버지'의 세계관과 그 실천으로서의 실제 삶에 대한 긍정(동의)에서 비롯된 사랑은 아니다. 아우인 김원우 문학 속에 '아버지'에 관한 증오가 없는 것은 아니지만 사랑의 경우와 마찬가지로 세계관과 그 실천으로서의 실제 삶에 대한 부정에서 비롯된 것은 아니다. 김원일 문학은 '아버지'에 대한 뚜렷한 긍정 또는 부정의 입장 위에 서 있는 한국의 분단문학 일반과는 다르다.

 그(조민세, 곧 부친)는 『불의 제전』을 이끄는 주요 등장인물인 박도선의 말대로 출가자이다. "불교적으로 말한다면 출가하여 가사 입은 자식은 이미 권속과 속세의 영향권을 떠나 부처가 그의 중심을 주관하듯, 그들도 출가한 몸과 다를 바 없"(『불의 제전』 1권, 392쪽)는 것이다. 출가하여, 그가 옳다고 믿는 이념(꿈)에 몸과 정신을 맡긴 그 아버지는 출가 이전의 아버지와는 다른 존재이다. 그는 가족의 부양을 책임진 세속인의 자리에서, 세계의 해체와 재구성을 도모하는 출가인의 자리로 존재 전이하였다. [대담자]

정호웅 선생님께서는 "기존의 분단소설은 남로당을 우익의 적으로 삼아 이념적 대립을 중시해왔지만, 『불의 제전』을 통해 내가 그리고 싶었던 것은 역사적 격동 속에서의 궁핍한 민중생활사, 그 속에서의 인정과 우애, 그리고 폐허 위에서 자식들을 키워낸 우리 어머니들의 강인한 생명력이었다"고 하신 적이 있습니다. 『불의 제전』 속 어머니(봉주댁)는 선생님의 모친을 모델로 설정한 인물인가요?

김원일 장편 『마당 깊은 집』과 단편 「미망」의 '어머니'가 실제에 가깝고, 『불의 제전』 속 '어머니'는 만든 인물입니다. 실제 어머니는 식구에 대한 장자의 의무, 정직과 근면을 늘 강조하셨고 스스로도 이를 실천하신, 울산 읍내 출신 몰락한 유생의 막내딸이셨지요. 결벽증과 청결벽이 유난히 강했는데, 『불의 제전』의 세속에 찌든 봉주댁과는 다른 분이셨습니다. 소설 속 아치골댁의 성격이나 근면성을 제 모친과 닮게 그렸습니다.

정호웅 '아버지'를 비롯한 강한 주체들이 기둥이 되어 김원일 문학이란 건축물을 세우고 있는 것으로 보이지만, 사실은 '어머니'가 김원일 문학의 기둥인 것으로 보입니다. 이 점에서 "김원일 문학의 중심은 '어머니'다"라고 할 수 있지 않을까 싶습니다만.

김원일 그렇습니다. 아버지는 늘 부재했기에 집안의 생활은 어머니 중심으로 꾸려나갔고, 저는 모계사회의 장자로 아버지 대역을 맡으며 성장했습니다. 비평가 김현 형이 저의 문학을 두고 '아비 역할로서의 아들'에 대한 글을 쓴 바 있습니다.

    김원일 문학 속 어머니는 하늘에 닿을 듯 쌓인 원과 한의 더미에 묻혀 허우적거리며, 자식을 이끌고 생존 외길을 열어 가파른 세로(世路)를 헤쳐 나아간다. 억척 모성이, 세계와의 대결 의지가 그녀를 이끌고 뒤밀어 쓰러지지 않고 나아가게 한다. 슬픈 모성이고 슬픈 의지가 아닐 수 없다. 자식들과 함께 살아야 하기에 죽을 수조차 없는 어머니의 고난의 행로는 당대 한국인 일반의 삶을 대변한다. 그 어머니들로 해서 김원일 문학은 비로소 한 시대 한국인 일반의 삶을, 그들의 슬픔과 고통을 담아내는 거대한 세계를 이룰 수 있었다.

김원일 문학 속 어머니들의 원과 한으로 점철된 발걸음 하나하나에 깃든 구체성은 아버지와 그 분신들의 일직선 행로에 깃든 추상적 관념성에 대립한다. 추상적 관념이란 언제나 자기완결적인 체계성과 논리성을 지니고 있어 뚜렷하지만, 현실의 진실을 담아내지 못한다면 종국에는 시들어 허구의 빈 형식이 되고 말 것이다. 김원일 문학 속 어머니들의 행로는 아버지들의 행로에 깃든 추상적 관념의 그 같은 속성을 드러내고 확인시킴으로써 그 아버지들의 행로를 뒷전으로 밀어낸다. 겉보기에는 아버지와 그 분신들이 걷는 자기 확신의 행로가 어머니들의 행로보다 훨씬 더 부각되어 있는 것 같지만, 착시일 뿐이다. 김원일 문학의 중심은 아버지의 행로가 아니라 어머니의 행로인 것이다. 여기에 이르면 우리는 김원일 문학이 비범한 인물의 자기 개진, 세계와의 대립, 이상의 추구를 문제 삼는 문학이 아니라 어머니와 같은 약자의 수난을 문제 삼는 문학이며, 타파가 아니라 견딤을 문제 삼는 문학임을 새삼 알게 된다. [대담자]

정호웅 작품 속 '어머니'들의 넋두리는 당신들 자신의 삶과 가족의 현실을 핍진하게 재현하는 효과적인 장치로서 뛰어난 문학성을 지니고 있는 것으로 보입니다. 집필할 때 이 넋두리의 형식을 의식하고 계셨습니까?

김원일 실제 어머니의 넋두리, 한풀이, 아비 닮지 말고 올바른 사람이 되라는 담금질은 지금도 잊히지 않습니다. 자식을 매질하며 가난의 설움 타령, 남편 헐뜯기, 자식의 행실 훈계를 시작하면 보통 한 시간은 너끈히 채웠습니다. 어머니의 그런 넋두리가 잠재의식에 깔려 있어 모르는 새 여러 작품에서 드러났나 봅니다.

김원일 문학 속 어머니들의 넋두리에는 자신들의 지난 삶의 과정과 현재가 압축되어 있으며, 가치관, 정서, 사고방식, 생활방식 등 통틀어 세계관이라 이름 붙일 수 있는 것들이 담겨 있으니, 그네들의 전 존재를 송두리째 담고 있는 그릇이라 하겠다. 그 넋두리는 4음보를 주된 율격으로 삼고 있는데 4음보 율격의 반복되는 정형률로 인해 쉽게 노랫가락으로 바뀔 수 있으며, 그 율격의 복제를 통해 끝없이 확장될 수 있으니, 온갖 사연과 생각과 감정을 담아내는 데는 효과적인 형식인 셈이다. 김원일은 이같은 넋두리 형식을 효과적으로 활용하여 어머니의 행로를 핍진하게 드러내 보였다. 김원일 문학의 어머니들이 풀어놓는 넋두리는 그 하나하나가 경남 중남부 지방 지역어를 엮어 이룬 산문시이다. 내용의 풍부함과 묘사의 핍진함, 그리고 형식의 음악성으로 인해 전문 시인이 쓴 것에 뒤지지 않는 높은 수준의 것들이다. 김원일 문학은 가지마다 슬픈 산문시들을 달고 선 거대한 꽃나무와도 같다.

[대담자]

정호웅 사내들이 주도하는 정치의 거센 바람 속에서 여성들이 겪는 수난은 처참한데 선생님의 문학은 여기에 관심을 갖고 깊은 연민의 눈으로 그 양상을 그려온 것으로 보입니다. 『불의 제전』에서는 아치골댁, 봉주댁 등의 삶이 특히 처참한데 그녀들의 처참한 현실을 사실적으로 그리는 일이 고통스럽지 않았습니까?

김원일 『불의 제전』에서 아치골댁을 열심히 따라다닌 이유도, 이념이 뭔지도 모른 채 오직 좌익의 아내라는 이유만으로 세상으로부터 멸시와 수난을 당한 한을 그리고 싶었기 때문입니다. 다르게 말하면 연민이라 할 수 있겠지요. 저는 어머니를 통해 그 점만은 뼈저리게 느끼며 성장했기에 그런 삶에 대한 연민이 제 문학의 중심에 깔려 있습니다. 현대사의 그늘에서 희생만 강요당해 온 아녀자들의 삶, 그네들의 한에 점철된 삶을 그리는 일은 고통스럽기도 했지만, 옆에서 겪은 자로서 꼭 진실의 증언자가 되고 싶었습니다. 그러나 때로는 그네들의 고단한 삶을 위로하고 싶은 마음에 이끌리기도 했는데, 아치골댁의 재혼을 소설 말미에 끼워 넣은 것도 그런 마음의 표현이었습니다.

정호웅 『불의 제전』은 선생님의 어린 시절 체험을 사실적으로 반영한 것이라는 점에서 자전적 작품이라 할 수 있고, 어린 소년의 성장 행로를 따라 펼쳐지는 소설이라는 점에서 성장소설이라 할 수 있습니다. 어린 시절의 체험이 어느 정도 사실적으로 담겨 있는지요? '어둠'과 '피'의 이미지로 가득 차 있는 어린 시절의 체험을 그리는 일은 대단히 고통스러운 작업이었을 것으로 짐작되는데 실제는 어떠했는지요? 회피하고자 하고 망각하고 싶은 것을 정면해서 마주보고 구체적으로 되살리는 소설 쓰기란 작가에게 무엇입니까?

김원일 『불의 제전』은 많은 부분 자전적 요소를 담고 있습니다. 고향 진영읍 장터, 조갑해의 집안 사정, 안천총과 감나무집, 갑해 가족의 서울 이주 과정, 상경 기차간에서의 아버지 상봉, 서울 충무로 4가 네거리 영진공업사 뒷집에서의 생활담 등이 그렇습니다. 공업사 방공호에서 맞은 6월 28일 새벽과 인민군의 을지로 입성 장면은 지금도 기억이 생생합니다. 이어, 실제로 겪었던 인공 치하 석 달, 특히 연합군의 서울 탈환 당시 우리 가족이 아버지를 놓친 급박했던 상황, 연합군과 인민군의 을지로 시가전 사이에 끼였던 우리 가족의 난감하고 절박했던 순간, 무개차를 타고 귀향할 때의 굶주림의 체험 등, 모든 것을 사실 그대로 정직하게 기술하려고 힘썼습니다. 어린 시절의 그런 체험이 '어둠'과 '피'로 각인되었던 것 같습니다. 망각하고 싶기도 했지만, 망각되기 전에 꼭 써야 한다는 사명감에서 『불의 제전』을 쓰게 되었고, 그 당시 내가 보고 겪었던 현실을 정직하게 기술해야 한다고 원고지를 앞에 둘 때마다 다짐했습니다.

정호웅 『불의 제전』 외에도 「어둠의 혼」을 비롯한 선생님의 많은 작품에서 성장소설적 요소를 볼 수 있습니다. 성장의 서사를 많이 다룬 이유는 무엇입니까?

김원일 성민엽 씨가 『불의 제전』을 여러 각도에서 분석하며, 성장소설적인 요소도 있다는 글을 쓴 적이 있습니다. 소년기에 제가 겪었던 성장 과정이 『불의 제전』의 중심에 놓여 있다보니 그런 것 같습니다. 소년이 주인공으로 등장하는 다른 소설들에서도 어려운 현실을 힘겹게 헤쳐나온 나의 분신을 볼 수 있겠지요. 그러나 의식적으로 성장소설을 써보자고 한 것은 아니었습니다. 1983년에 발표한 「세상살이」란 중편소설은 나중에 장편으로 만들 생각을 하고 쓴 성장소설이었으나 앞부분만 발표하고 그 뒤 계속 이어 쓰지 못했지요. 다루기에 벅차 더 이끌 수 없었습니다.

정호웅 『불의 제전』에 나오는 많은 인물 가운데 안시원(안천총)은 죄의식을 안고 괴로워하며 살아가는 존재라는 점에서 우리 소설에서는 만나기 어려운 인물형이 아닌가 싶습니다. 선생님께서는 『바람과 강』의 주인공 이인태, 『전갈』의 주인공 강치무 등, 죄의

식으로 인해 고통 받는 인물들을 여럿 창조했는데 모델이 있는지, 선생님의 기독교 신앙과 어떤 관련이 있는지 궁금합니다.

김원일 그 인물들과 내 신앙과는 상관이 없다는 걸 먼저 말해야겠네요. 굳이 말하자면 인간 존재를 근본에서부터 성찰하고자 하는 작가적 문제의식과 관련이 있겠습니다. '사람은 그가 아무리 성인의 반열에 오른 인격자라도 숨겨진 인간적인 흠결도 있게 마련이다. 그러기에 사람인 것이다. 결점만을 집요하게 파면 전체로서의 인간 자체를 놓칠 수 있다'는 게 제 기본 생각입니다. 저는 친일 문제도 그런 관점에서 보고 이해하려 합니다. 그래서 오해를 사기도 하지만 제 생각은 양보하고 싶지 않습니다.

안시원의 경우 모델이 있습니다. 저는 『불의 제전』에 나오는 감나무집과 같은 진영 장터의 '울산댁'이란 객주점에서 전쟁 후 삼 년을 가족과 떨어져 불목하니로 보냈습니다. 그 객주점의 안주인이 울산댁인데 그네의 남편은 이인택 씨란 분이셨습니다. 강직한 성품을 지닌 줏대가 강했던 분으로, 저를 친손자처럼 사랑해주셨지요. 어린 시절 저는 그분을 인생의 스승으로 받들어 존경했습니다. 「울산댁과 이인택 씨」란 자전 실화를 단편 길이로 발표한 적도 있습니다. 『불의 제전』의 안시원, 『바람과 강』의 이인태, 『전갈』의 강치무는 그분의 성격을 조금씩 변형시켜 만들었으니, 그분의 분신들이라 하겠지요. 『불의 제전』의 안시원을 그분의 실제와 가장 가깝게 그렸습니다. 안시원의 개성이 살아 있다는 독자의 말도 가끔 듣는데, 실제 모델이 있기 때문일 것입니다.

그들은 자기 처벌자이다. 자신을 완전히 지우거나, 인간 이하의 자리로 추방하거나, 인간 세상 밖으로 스스로를 유폐하는 것을 내용으로 하는 자기 처벌의 형식은 '부정의 대상' 항에서 '긍정의 대상' 항으로 옮겨가는, 개과천선을 내용으로 하는 계몽의 형식과 다르다. 개과천선이 아니라 자신에 대한 전적인 부정이 초점이기 때문에 그것은 우리 소설을 지배하는 윤리적 이분법과도 크게 다르다. 그들의 자기 처벌은 윤리적 이분법의 틀 밖에서 이루어진다. 자기 처벌을 거친 뒤에 오는 그들의 자리도 이분법의 틀 밖에 있다. 자기를 지워버리거나, 스스로 사람의 자리에서 내려앉아 개나 돼지의 존재로 사는 가혹한 자기 처벌(『바람과 강』의 이인태)은 자신의 책임에 정직하고자 하는 정신만이 감행할 수 있는 고귀한 행위이다. 김원일의 그 자기 처벌자들은 단 한 번도 자신의 잘못된 과거를 상황이나 타인의 탓으로 돌리지 않았다. 그들은 또한 신에 귀의하여, 그 넉넉하고 따뜻한 포용(용서)의 품에 안겨 죄의식의 문제를 처리하는 손쉬운 방식을 택하지 않고 마지막 순간까지 그 죄의 기억을 안고 살았다. 그들은 자신을 망친 책임을 송두리째 짊어지고 극단적인 자기 처벌로 나아간, 정직하고 철저한, 그렇기 때문에 고귀한 존재들이다.

김원일은 자기 처벌자라는 개성적 인물들을 통해 죄의식의 문제를 깊이 다룬 세계를 일구었다. 우리 소설에서 죄의식의 문제를 다룬 작품이 없었던 것은 아니지만, 자기변호와 합리화의 유혹에 갇히지 않고 깊이 나아간 경우는 거의 없다는 게 문학사의 상식이다. 해방 직후, 식민지 시기 친일 행위에 대한 자기비판의 과제가 전 사회적으로 제기된 적이 있다. 대부분의 작가가 자기비판의 과제를 다루는 작품 창작을 다짐했지만 채만식을 비롯한 몇 작가를 제외하고는 작품으로써 자기비판의 과제 수행에 나아가지 않았다. 자기비판의 과제 수행에 나아간 작가들도 하나 예외 없이 자기변호와 자기합리화에 멈추었을 뿐이다. '친일 잔재의 청산'이 민족사적 과제로 주어졌던 해방 직후의 문학 현실이 이러하니 그 이후는 새삼 말할 나위도 없다. 과거 비판, 과거 청산 등 변절과 배신의 과거에 대한 새로운 대결을 강조하는 구호와 담론이 정치세력이 치켜든 깃발에 적히고, 제도교육의 교과서에 담기고, 언론을 통해 상시적으로 보이고 들리는 우리 현실을 생각하면 아이러니가 아닐 수 없다. 김원일 문학의 특별한 의미가 새삼 돋보이는 대목이다. [대담자]

정호웅 방황하는 지식인 심찬수는 정말 특별한 인물로 보입니다. 그는 어디에도 속해 있지 않지만 동시에 어디에나 속해 있는 인물입니다. 그의 이런 존재성, 회의하고 갈등하는 고뇌가 있어 좌우의 이분법에 갇히지 않고 작품 세계가 풍성해질 수 있었던 것으로 보입니다.

김원일 남북문제와 관련하여 양쪽을 비판할 수 있는 중도에 선 자로서, 저의 대변인 격으로 심찬수를 등장시켰습니다. 방황하는 주정뱅이 지식인으로 그리기 위해 일제 말 전쟁에 참전했다가 한 팔을 잃은 불구자로 설정했는데, 작품을 써나가면서 그 '불구자' 설정의 덕을 톡톡히 보고 있음을 알고, 우연이었지만 인물 설정 때 '잠재적인 어떤 계시'가 있었다는 느낌을 여러 번 받았습니다. 그는 불구자였기에 어느 쪽에도 징발되지 않을 수 있었습니다. 징발된다는 것은 존재와 삶이 어느 한쪽에 갇혀버린다는 것을 뜻하는 것일 텐데, 그렇게 되었다면 좌우익 이념의 갈등, 전쟁의 참상을 객관적 시선으로 비판하기 힘들었을 겁니다.

정호웅 심찬수는 필리핀 민다나오 섬에서 동료의 인육을 먹고 죽음의 문턱에서 살아 돌아오지만 그 참혹한 기억에 덜미 잡혀 고통 받는 인물로 그려져 있습니다. 심찬수의 생환은, 그러나 다시 전쟁을 만나 지옥에서 또 다른 지옥으로 옮겨간 것이라 할 수도 있지 않나 싶습니다. 모델이 있었는지요?

김원일 모델은 없었고요, 청소년기에 읽었던 일본 전후 작가들의 태평양전쟁 체험소설에서 모티브를 얻었습니다. 심찬수의 삶이 지옥에 갇힌 것이었다고 하시니까 생각나는데, 제 독자 중 한 분은 그런 심찬수가 불쌍하다며, 심찬수와 서주희가 맺어지는 쪽으로 이야기를 전개해달라고 하기도 했습니다. 저 또한 그렇게 결말을 맺겠다고 애초에 구상했으나 소설 속 인물의 운명은 작가가 마음대로 처리할 수 있는 게 아니라, 인물의 성격, 삶의 조건 등이 결정하는 것이어서 어쩔 수 없었습니다. 심찬수가 소설 속에서 자기에게 허용된 제 갈 길을 부득불 가겠다는데야 작가로서도 그가 가는 길을 뒤따라갈 수밖에요. 남녀의 결합을 포함해서, 둘러보면 인간사에는 '조금 엉뚱한 관계 맺음이 아닐까?' 싶은 경우도 더러 있는 것 같습니다. 삶에는 그 나름의, 그렇게 될 수밖에 없는 '운명' 같은 게 있다고 봅니다.

정호웅 중학교 선생이라는 지식인 신분과 농민으로 노동하는 일상이 한 사람의 삶에 통합되어 있는 박도선도 이번 소설에서 아주 문제적인 인물인 것 같습니다. 부조리한 농지개혁에 대한 항의, 농민들의 공동체 모색, 전쟁 와중에 고아 돌보기 등을 보면 그는 단연 시대를 앞서간 인물로 보입니다. 이념을 넘어선 인물 같기도 하고요. 아치골댁, 서주희, 갑해 등 소설의 주요한 인물이 모이는 자리가 박도선의 한얼농장입니다. 진영 지방 보도연맹 학살이 일어나는 곳도 이곳이고요. 이런 문제적 인물을 어떻게 구상하게 되었는지 이야기를 조금 들려주시면 좋겠습니다.

김원일 '농촌 공동체 한살림'(농지를 공동 구입하여 여러 가구가 협동하여 경영하며 수익을 공동 분배하는 방법)은 젊은 시절 무정부주의 관련 서적을 탐독할 때 내 이상향으로 자리 잡아, 그런 공동체 생활이야말로 낙원으로서의 농촌 건설의 첩경이라 생각한 바 있었고, 인생을 걸 만한 가치 있는 일이라고 보았습니다. 그래서 『불의 제전』은 물론이고 『늘푸른 소나무』에서도 주인공 석주율이 일제강점기에 빈농을 모아 '농촌 공동체 한살림'인 '석송농장'을 운영합니다. 한편, 박도선을 궁핍했던 50년대 남한 농촌 사회의 바람직한 모델로 설정하기 위해 그를 농민, 저술가, 교육자, 농민운동가 등 다채로운 얼굴을 갖게 했습니다. 심찬수와는 다른 '실천적인 지식인'인 셈이지요.

정호웅 노무현 전 대통령의 고향인 본산리 소작농들이 등장하는데, 진영 지역 진보적 농민운동과 관련된 것이겠지요?

김원일 본산리는 고모부(부친은 독자였고, 고모가 한 분 계시다)의 고향으로 어린 시절 그 사돈댁에 더러 드나들었습니다. 지금도 사돈댁이 거기 사시고요, 노대통령이 투신한 봉화산은 초등학교(대창초등학교) 시절 단골 소풍지로 저한테는 추억의 공간입니다.

진영들(진영평야)은 김해평야와 비교할 만한 넓은 벌판으로, 일찍이 지주의 겸병이 많아 태반의 농민이 소작인이었습니다. 일제강점기 초기 이미 면, 읍 단위로는 남북한을 합쳐 전국에서 지주가 가장 많았다는 기록이 있습니다. 한국사람 일곱 명이 대지주로 나누어 소유했던 그 농지가 일제 중엽에는 대부분 일본인 하사마의 '하사마(迫間)농장'으로 넘어갔습니다. 소작인들의 삶이란 '짐승'을 방불할 정도로 열악했던 모양입니다. 『불의 제전』에도 나오는 물통걸의 수리조합 서기로 오래 근무하셨던 고모부로부터 소작농들의 비참한 생활 이야기를 자주 들었습니다. 지주의 착취가 하도 가혹해 해마다 소작쟁의가 줄을 이었는데, 1931년 봄에 시작된 '진영 하사마농장 소작쟁의'는 이듬해 2월까지 진행되어 칠십여 명이 구속되기도 했습니다. 이 소작쟁의는 일제강점기 전국 3대 소작쟁의(나머지 둘은 1923년 전남 무안군 암태도 소작쟁의, 1925년 평북 용천군 불이흥업주식회사 서산농장 소작쟁의) 중 하나로 알려져 있지요. 소설 속 박도선의 아버지를 그 소작쟁의에 등장시키기도 했습니다.

진영은 마산과 부산에 인접한 곳으로 교통의 요충지였습니다. 개방적인 중소도시 성격을 띠고 있었고 민도(民度)도 꽤 높았습니다. 굶주림과 노역을 견디다 못한 청소년들이 일찍이 일본이나 경성으로 탈출, 갖은 고생 끝에 고학으로 학업을 마치고 귀향하여 수탈당하는 소작농을 위한 농민운동(적색농민조합 계열)을 전개해 반골과 저항정신이 강했습니다. 저의 부친도 일제하 고향에서 농민운동과 야학운동을 펼쳤습니다. 저의 집안은 농사를 짓지 않아 저 자신 농사꾼의 삶에 대해 체험이 없다보니, 소작쟁의에 관한 자료를 찾고 증언을 얻기 위해 정말 발로 뛰며 열심히 현장을 누볐습니다.

정호웅 『불의 제전』은 소작농을 비롯한 하층민들의 슬픈 현실을 따뜻한 연민의 눈으로 그린 작품입니다. 그들 하층민들은 때로는 서로에 대해 폭력적이지만 대체로는 서로를 깊이 이해하고 연민하는 인물들로 그려져 있습니다. 저에게는 짝사랑하는 남자를 찾아 무작정 길을 나선 끝년이와 장돌뱅이 황봉술의 밤길 동행이 특히 인상적이었습니다. 서로 살아온 내력을 노래로 주고받으면서 조롱말 달구지에 흔들리며 가는 그들의 밤길 동행은 그런 이해와 연민의 마음으로 깊고 웅숭한, 이 소설의 주제 하나를 품고 있는 백미 가운데 하나가 아닌가 합니다.

김원일 소설이란 당대의 역사적 정치적 현실(『불의 제전』에서는 이념 대결)도 중요하지만 그 시대를 살아낸 인간 자체에 더 관심을 두어야 한다고 봅니다. 역사는 당대를 증언하지만, 문학이 역사적 증언에 동의하기 위해서 씌어져서는 안 된다고 봅니다. 소설에서 이념 추구에 따른 주제가 '뼈'라면, 그 속에서 꼼지락대는 이름 없는 많은 사람들이 '살'이지요. 뼈대를 살로 감싸야 사람의 형체가 되듯, 전쟁 속에서 그들의 곤고한 실체가 잘 드러나야 좋은 소설이겠지요. 끝년이가 연인(강명길)을 만나러 가는 그 삽화는 이효석의 「메밀꽃 필 무렵」을 염두에 두면서 제 나름의 상상으로 풀어본 장면입니다.

정호웅 아우인 소설가 김원우 씨와는 경험세계 공유에서 생기는 소재의 취사선택 등 고충이 있을 듯싶습니다. 소재를 비롯하여 문체, 주제 등 여러 측면에서 동생의 문학과는 다른 문학을 향하는 무의식적, 의식적 지향이 있었을 법한데 어떠셨는지요?

김원일 아우는 47년생으로, 아버지는 물론이고 우리 가족의 서울

살이와 6·25전쟁은 거의 기억하지 못할 걸요. 아우의 기억은 우리 식구가 대구에 정착한 1953년 전후(6세 전후)의 피난 생활부터 시작되었을 겁니다. 형이 소설가가 되어 집안 이야기를 화두로 삼자, 아우는 이를 의식적으로 형에게 양보하고(?) 자신의 문학세계를 따로 구축한 게 아닌가 싶어, 가족사를 독점한 형으로서 늘 미안한 느낌입니다. 아우의 소설 중 우리 가족 이야기는 초기 단편 두세 편 정도가 아닌가 싶습니다.

정호웅 시간이 많이 흘렀습니다. 대작 『불의 제전』을 속속들이 들여다보지는 못했지만 대강을 짐작할 수는 있을 것 같습니다. 말머리를 돌려보겠습니다. 김원일 문학을 좋아하는 애독자들을 위해 대표작 몇 편을 골라주십시오. 말하자면 '작가 자선 대표작'입니다.

김원일 주위에서들 단편소설로 「어둠의 혼」 「미망」 「연」, 중편소설로 「도요새에 관한 명상」 「환멸을 찾아서」 「마음의 감옥」 「손풍금」, 장편소설로 『노을』 『바람과 강』 『마당 깊은 집』 『늘푸른 소나무』와 『불의 제전』을 꼽는데, 저도 그 정도라 생각합니다.

정호웅 선생님께서는 가난, 이별, 떠돎 등 어두운 세계를 주로 다뤄오셨습니다. 청춘의 연애, 동화적 세상 등 밝은 세계를 쓰고 싶은 생각은 없으신지요? 앞으로의 집필 계획과 함께 말씀해주시지요.

김원일 현재로는 그런 계획이 없습니다. 짧은 장편소설을 예정하고 백 장 정도 쓰다 『불의 제전』을 개작하느라 일 년 동안 중단했는데 그걸 계속 쓰려고 합니다. 휴전 직후의 시골을 무대로, 전쟁

후 이념 충돌의 후유증에 시달리는 각박한 민심과 50년대 중반의 시골 풍정을 그려볼 작정입니다.

　이제 제 문학을 마무리할 때가 되어간다고 판단하고 있습니다. 삶이 하도 괴로워 "빨리 늙은이가 되어 밥벌이 하는 삶에서 놓여나고 싶다"고 젊은 시절부터 입버릇 삼아 잡문에서 고백했는데, 이제 그런 나이쯤에 당도했습니다. 이 나이의 세대가 대체로 그렇듯, 사회 일선으로부터 천천히 잊혀져가는 존재로 살아가는 데 만족합니다. 현역으로 남기 위해 애면글면 쓰지는 않겠습니다.

정호웅　강출판사에서 기획한 '김원일 소설전집'이 하나하나 출간되고 있는 것으로 알고 있습니다. 전집 출간에 대한 선생님의 소회를 마지막으로 여쭙겠습니다.

김원일　생전에 좀더 완성도 높은 작품을 남겨야 한다는 결벽증이 사 년 전 치른 병고를 계기로 더욱 확고해져서, 전집 출판을 마음먹었습니다. 전집을 내며 『불의 제전』 등 몇 작품은 반드시 고쳐놓겠다고 스스로에게 다짐했습니다. 이번 전집을 통해 제 문학이 완결된다는 생각 때문에 그 어느 때보다 공들여 매만지고 있습니다.

| 한국전쟁 연표 |

1945년

2월 4~11일	얄타 회담
8월 15일	해방
8월 15일	건국준비위원회 발족(위원장 여운형)
9월 6일	건국준비위원회, 조선인민공화국 선포
9월 19일	통일재건 조선공산당 출범(위원장 박헌영)
9월 22일	김일성 평양 입성
11월 5일	조선노동조합전국평의회 결성
11월 12일	조선인민당 발족(위원장 여운형)
11월 23일	김구, 김규식 등 임시정부 인사 귀국
12월 27일	모스크바 3상회의 모스크바 협정 체결

1946년

3월 5일	북, 토지개혁법령 공포
3월 20일	1차 미소공동위원회 개막
6월 3일	이승만, 단독정부 수립 계획 발표(정읍 발언)
9월	총파업
10월 1일	대구 10월 항쟁
11월 23일	남조선노동당 결성

1947년

3월 12일	미국, 트루먼 독트린 발표
5월 21일	2차 미소공동위원회 개막
7월 19일	여운형 암살
11월 14일	유엔, 인구비례 남북한 총선거 실시 결의
12월 20일	민족자주연맹 결성

1948년

1월 6일	유엔, 한국임시위원단 입국
2월 7일	남로당, 2·7 구국투쟁 전개
4월 3일	제주 4·3 항쟁
4월 19~23일	남북연석회의
5월 10일	남, 1대 국회의원 선거
5월 31일	남, 제헌국회 구성(의장 이승만)
7월 20일	남, 대통령 이승만, 부통령 이시영 선출
8월 15일	대한민국 정부 공포
9월 8일	북, 인민공화국 헌법 공포
9월 9일	조선민주주의인민공화국 출범(수상 김일성)
10월 19일	여수순천 사건
11월 2일	대구 제6연대 사건
12월 1일	국가보안법 공포
12월 12일	UN, 대한민국 정부 승인

1949년

5월	국회프락치 사건
6월 26일	김구 암살
6월 27일	북, 조국통일민주주의전선(조국전선) 결성
8월 12일	제네바 협약 체결
10월 1일	중화인민공화국 수립 공포

1950년

1월 12일	미국 애치슨 선언 발표
3월 27일	남로당 김삼룡, 이주하 체포
4월 6일	농지개혁 실시. 지가증권 발행
5월 30일	2대 국회의원 선거
6월~8월	보도연맹 사건
6월 25일	한국전쟁 발발
6월 27일	대한민국 정부 대전으로 이전
6월 28일	북한군, 서울 점령
7월 16일	금강 방어선 붕괴. 정부, 대전에서 대구로 이전
8월 18일	정부, 부산으로 이전
9월 2일	북한군, 낙동강 일대에서 총공격 개시
9월 15일	인천상륙작전
9월 28일	서울 수복
10월 25일	중공군 참전
12월 5일	북한군, 평양 점령
12월 30일	유엔군, 모든 전선에서 38선 이남으로 철수

1951년

1월 4일	중공군, 서울 점령. 정부, 부산으로 이전(1·4후퇴)
2월 11일	거창 민간인 학살 사건
2월 19일	중부전선에서 중공군 철수
3월 14일	국군, 서울 재탈환
3월	국민방위군 사건
4월 11일	맥아더 극동사령관 해임
3월 24일	유엔군, 38선 이북으로 진격
7월 10~11일	정전회담(12일 중단, 15일 재개)
7월 18일	유엔 함대, 원산 포격

1952년

1월 13일	지리산 일대에서 빨치산 토벌작전
2월 2일	경상도 9개 군에 비상계엄
2월 5일	국회의원 보궐선거
3월 13일	거제도 포로수용소 집단시위 발생
5월 7일	거제도 포로수용소장 도드 준장 포로들에게 납치
5월 26일	부산 정치파동 시작
8월 5일	2대 대선(대통령 이승만, 부통령 함태영)
11월 5일	미 대통령 선거, 아이젠하워 당선

1953년

1월 5일	이승만, 일본 방문(요시다 수상과 회담)
2월 15일	화폐 개혁
3월 5일	스탈린 사망
6월 18일	이승만, 반공포로 석방
7월 27일	휴전 협정 체결
9월 18일	지리산 남부군 총사령관 이현상 사망
10월 1일	한미상호방위조약 체결

| 등장인물 |

심찬수 일제 말 학병 출신의 한 팔 없는 불구자. 소설의 중심 인물.
심동호 심찬수의 부. 중학교 재단 이사장 겸 농지위원회 위원장.
심찬정 심찬수의 누이. 감상적인 문학도. 서성호와 연인 사이.
안시원 사리 판단이 분명하고 근엄한 읍내 유식자.
감나무댁 안시원의 처. 장터에서 '감나무집' 객주점 경영.
조민세 안시원의 동서. 이론과 실천을 겸비한 공산주의자.
봉주댁 조민세의 처. 감나무댁의 동생.
조갑해 조민세의 둘째아들. 중학 일학년생.
조시해 갑해의 누이동생. 영리함.
박도선 농민운동가. 중학교 훈육주임. 읍내 영향력 있는 지식인.
박귀란 박도선의 누이. 교사 출신의 빨치산. 배종두의 처.
박상란 귀란의 동생. 허정우를 짝사랑함.
허정우 평양 출신 실향민으로 협심증 환자. 중학교 영어 교사.
김신혜 평양 출신. 전쟁 중 서울의 인민학교 교사가 됨. 허정우의 약혼녀.
서용하 중학교 교장. 과수원을 경영하는 읍내 유지.
서주희 서용하의 딸. 크리스천. 중학교 음악 교사. 심찬수의 전 약혼녀.
서성호 서용하의 아들. 미술학도.
서성구 서성호의 사촌. 내성적인 법학도.
서성옥 서성구의 누이. 고녀 출신.
안골댁 성구와 성옥의 모친. 서울로 솔가.
배현주 당대에 몰락을 겪는 후덕한 지주. 안시원과 교우 관계.

배종두 배현주의 아들. 박귀란의 남편으로, 강직한 공산주의자.
차구열 지주를 살해한 후 빨치산으로 입산. 아치골댁 남편.
아치골댁 좌익 남편 탓에 모진 수난을 겪는 근면한 촌부.
한광조 지서장. 일제 때 헌병 보조원 출신.
남구회 후임 지서장. 강직한 우익 경찰 간부.
진석구 국군 파견대장. 중사. 육사에 입교함.
강명길 지서 차석에서 주임으로 승진한 경찰 간부.
노기태 호색한으로 순경에서 차석으로 승진.
이문달 중학교 과학 교사. 반골형으로 전쟁 후 좌익에 편입.
민한유 자혜병원 원장. 전쟁 발발 후 군의관으로 복무.
한정화 북에서 남파된 첩보원. 전쟁 후 인민군 중좌로 활동.
안진부 안시원의 사촌. 남로당 자금책. 조민세의 동지로 사업가.
끝년이 감나무집 어린 작부. 소리에 능함.
김바우 배현주네 상머슴. 아치골댁을 연모함.

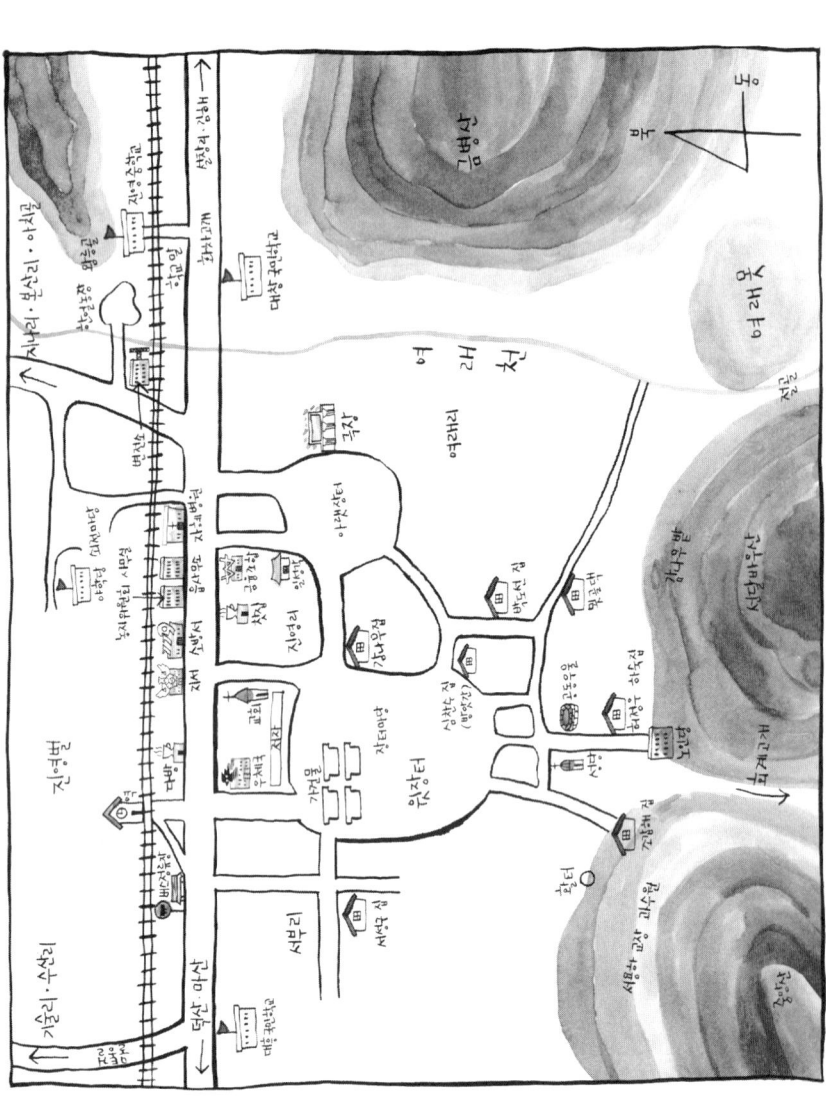

▲ 진영을 중심부
▼ 진영 인근 지대

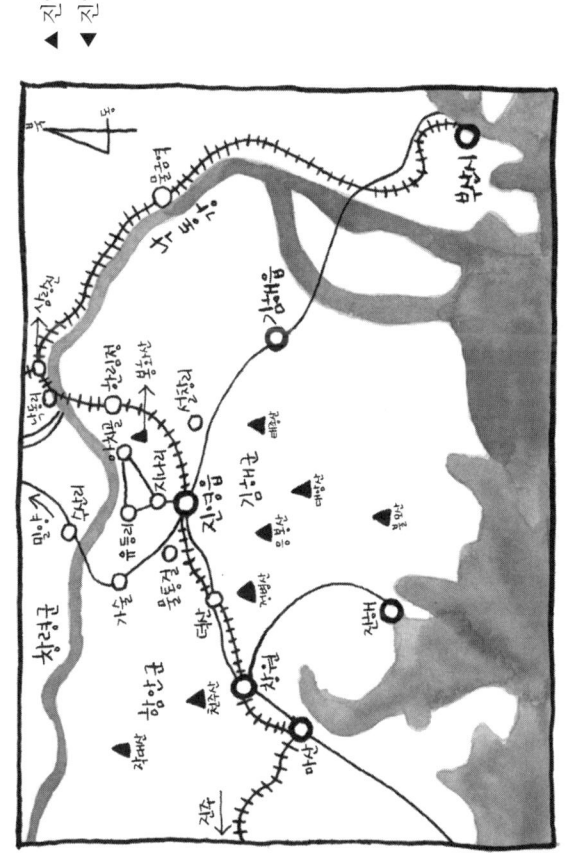

김원일 소설전집 15
불의 제전 1

1판 1쇄 발행 | 2010년 6월 18일

지은이	김원일
펴낸이	정홍수
편집	김현숙 김현주
펴낸곳	(주)도서출판 강
출판등록	2000년 8월 9일(제2000-185호)
주소	서울시 마포구 서교동 460-45(우 121-842)
전화	325-9566~7
팩시밀리	325-8486, 070-7556-8496
전자우편	gangpub@hanmail.net

값 12,000원
ISBN 978-89-8218-149-8   14810
       978-89-8218-133-7(세트)

이 도서의 국립중앙도서관 출판시도서목록(CIP)은 e-CIP 홈페이지(http://www.nl.go.kr/cip.php)에서 이용하실 수 있습니다.(CIP제어번호:CIP2010002065)